Montyn

Van dezelfde auteur:

Manipulaties *verhalen* 1971
Een romance *roman* 1973
De theorie van de opiniërende identificatiereflex *satire* 1974
Souvenirs *verhalen* 1974
De grote stilte *roman* 1975
De schrijver droomt *verhalen* 1976
Carrière *verhalen* 1979
Niets gebeurt *verzamelbundel verhalen* 1979
De vertellingen van een verloren dag *roman* 1980
Alles moet anders *alternatieve kunstnota* 1981
De afwezige *roman* 1990
De terugkeer *roman* 1996
De verdwenen weg *verhalen* 1998
Victorie *roman* 2001
Oefenen in ontsnappen 2007

Dirk Ayelt Kooiman

MONTYN

Uitgeverij De Harmonie
Amsterdam

DEEL 1

Een reis door de tijd

Er viel een stilte. Ik nam een slok, liet de whisky over mijn tong spoelen, tuurde naar het silhouet van de heuvels aan de overkant. De heuvels van Thailand, trillend in de hitte, blauwgroen vervaagd door de waterdamp die opsteeg uit de rivier.

'Maar dat is de helft van het verhaal,' heeft hij gezegd. En het is niet nodig dat ik daarop antwoord geef, ik hoef niet eens te knikken. Er is meer, en we weten het allebei. Hij wist het op het moment dat onze blikken elkaar kruisten. Ik slenterde door de straten van Vientiane, hij was, omringd door straathandelaren, inkopen aan het doen: een rijzige, breedgeschouderde man van een jaar of vijftig, gekleed in spijkerbroek met brede leren riem en openhangend kaki shirt, de bruinverbrande schedel omkranst door grijs, gemillimeterd haar. We kregen elkaar in het oog en de blik die we wisselden was een blik van herkenning.

'Alles oké?'

'Gaat het goed?'

Hij heette Ted, onnodig te zeggen dat hij een Amerikaan was. We liepen samen op naar het restaurantje dat hij dreef. Al bijna een jaar, naar hij vertelde. We zaten op een vlonder, door een afdakje van bamboe en palmbladeren beschermd tegen de zon. Tussen de kierende planken glinsterde het water. We keken uit over de brede, traag-stromende Mekongrivier. We dronken thee, daarna bier, tenslotte whisky.

'Wat voert jou hier?'

Ik vertelde hem dat ik al jaren heen en weer trok tussen

Europa en Zuidoost-Azië: Thailand, Cambodja, Laos, Vietnam. Voor mezelf, omdat ik in die verplaatsingen een innerlijk evenwicht gevonden had, en voor m'n werk: 'Ik ben schilder. Ik maak etsen. In Frankrijk heb ik m'n atelier, maar mijn onderwerp ligt hier.'

Ik vertelde van de kindertransporten, sinds '69. Aanvankelijk een paar keer per jaar, omdat ik geen geld had en er een gratis ticket aan vastzat.

'Maar hoe harder het er hier aan toeging, hoe meer het een eigen leven ging leiden.'

Op den duur soms wel drie, vier vluchten per maand. De ene keer in m'n eentje als begeleider van zes kinderen, de volgende keer als leider van een transport van zestig kinderen. Heen en weer. Af en toe tweeënzeventig uur lang op de been, boven mezelf uitstijgend van vermoeidheid, duizelend van de tijdsverschillen. Tussenstops in Tokio en Anchorage. Heen en weer, van Korea naar Stockholm, van Bangladesh naar Parijs, van Saigon naar New York. Gezonde kinderen, op weg naar adoptiegezinnen in het Westen. Zieke en verminkte kinderen, op weg naar gespecialiseerde ziekenhuizen. Kinderen met napalmverbrandingen. *Boua Van Sac, Mari-Li Dinah, Nokh Van Boon, My Sari, Vanida Ah Neng, Sang Van Sorn.* Duizend namen. Duizend ogenparen.

Huilende kinderen. Kinderen die schreeuwen. Kinderen die blind om zich heen slaan. Kinderen die apathisch in een hoekje zitten. Kinderen die weigeren te slapen. Kinderen die je niet wakker kunt krijgen. Kinderen die dromen. Kinderen die om hun moeder roepen in hun slaap. Kinderen die niet willen eten. Kinderen die misselijk worden. Kinderen die overgeven. Kinderen met diarree. Kinderen die doodgaan.

Kisten vol paspoorten en medische bescheiden. Medicijnen, injectiespuiten, dieetvoorschriften, vluchtschema's. Uur na uur.

En dan opeens een meisje, niet ouder dan acht. Ze wijkt niet van je zijde. Ze helpt de kleintjes te verschonen, ze voert ze, troost ze in een taal die jij niet spreekt, zingt voor ze met een glashelder stemmetje. Tenslotte valt ze tegen je aan in slaap. Drie etmalen. Terugzien zul je haar niet. Want dan komt het afscheid. Het huilen. Het vastklampen. Ze kijken je na tot je uit het zicht verdwenen bent.

En dan de leegte. Te moe om te slapen. In een stilte waarin nog steeds het huilen doorklinkt.

Dat was wat ik vertelde.

'Maar dat is niet alles,' heeft hij gezegd. En zo is het. Er is meer.

Ted is een voormalig kolonel van de Amerikaanse luchtmacht. Hij was squadron-leader, voerde bombardementen uit, hoeveel zou hij niet eens kunnen vertellen. Hij werd neergehaald boven Vietnam, de schietstoel heeft hem gered. Hij heeft een paar weken krijgsgevangen gezeten maar is ontsnapt. Terug in Saigon wilde het niet meer, hij had te veel gezien. Hij is ertussenuit gelopen. Nooit meer de druk op de knop. Nooit meer terug. Ver weg in de *States* wonen zijn vrouw en zijn drie kinderen: een wit huis met twee auto's, op de voorgrond in het gras een baseballknuppel. Hier leeft hij samen met twee jongens. Ze helpen in het eethuisje waarin hij de kost verdient: een handvol rijst, wat vis, wat groente, precies zoveel als nodig is. Hij was kolonel, nu staat hij met een schort voor te kokkerellen onder een afdakje van palmbladeren. En hij beschouwt het niet als een achteruitgang, zo te zien. Het verleden heeft hij achter zich gelaten. De toekomst is van later zorg. Hij leeft bij de dag.

Dat alles las ik in zijn blik, toen ik hem daar in het oog kreeg, op dat pleintje van gele, aangestampte aarde, een hoofd groter dan de straatventers die hem omringden. Maar ook ik zag meer.

Je hebt mensen die elkaar tegenkomen in de vreemdste uithoeken van de wereld. Dat kan een marktpleintje in de hoofdstad van Laos zijn, maar ook een kroeg in het havenkwartier van Hamburg, de lobby van een hotel in Mexico City, of een stille straat in een buitenwijk van Parijs. Ze kennen elkaar zonder dat ze de ander ooit eerder ontmoet hebben. Soms spreken ze elkaar aan en hebben ze aan een paar woorden voldoende. Vaak ontlopen ze elkaar. Maar altijd is er een blik van herkenning.

Sommigen van hen leiden een onopvallend bestaan, zijn getrouwd, hebben kinderen en wonen in een rijtjeshuis, anderen hebben nergens rust kunnen vinden, zijn aan het zwerven geslagen, bemannen de vliegtuigen van duistere luchtvaartmaatschappijtjes of boren naar olie. Sommigen van hen leiden een onopvallend of zelfs achtenswaardig bestaan, anderen leiden een leven aan de zelfkant van de samenleving. Sommigen van hen zijn gezondheidsmaniakken, anderen zijn hopeloos aan de alcohol of de verdovende middelen geraakt.

Toch hebben ze zonder uitzondering één ding gemeen.

Er zijn er die, opeens na jaren, nachten achtereen gekweld worden door steeds terugkerende angstdromen. Er zijn er die bij tijden geplaagd worden door slapeloosheid. Er zijn er die alleen maar kunnen slapen wanneer ze hun schoenen aanhouden. Ze zijn altijd op hun qui-vive, ze schrikken op bij ieder onbekend geluid. Waar ze ook binnentreden, ze zullen zich eerst met één oogopslag van de situatie vergewissen. Ze kunnen niet de aanwezigheid van mensen achter hun rug verdragen. Sommigen van hen zullen zich nooit ophouden achter in een afgesloten ruimte. Anderen zullen in het open veld doorlopend om zich heen speuren. Er zijn er die niet bestand zijn tegen eenzaamheid, er zijn er die juist geen gezelschap kunnen verdragen.

Ze kunnen in alles van elkaar verschillen, maar één ding

hebben ze gemeen: de blik in hun ogen, waakzaam en schuw. Het zijn ogen waarachter een verleden broeit, ogen die meer hebben gezien dan de menselijke blik verdragen kan.

Ze herkennen elkaar. Ooit hebben ze over de rand van het bestaan gekeken. En ze hebben het overleefd.

Ik herkende hem, de Duitse industrieel aan wie ik werd voorgesteld bij een opening van een tentoonstelling in Parijs. Zijn naam zei me niets. Ik had hem vermoedelijk nooit eerder gezien. Maar ik zag zijn ogen, en ik zei:

'Zwölfte U-Jagdflottile. Danzig 1944...'

Waarop zijn hand klam werd in de mijne, zijn rug zich een ogenblik kromde, en zijn veel jongere vrouw hem even later bezorgd vroeg *wat er toch was.*

En die Franse garagehouder, diep in de Provence. Ik had panne met mijn auto. Een Zweedse auto in Frankrijk. In het dorp hadden ze naar hem verwezen, een eind verder, in de wildernis:

'Die kan alles. *Als* hij je wil helpen...'

Ik herkende zijn werkplaats al van een afstand: de georganiseerde chaos van een werkplaats achter het front. Hier wordt niets weggegooid. Niemand weet hier de weg behalve hij. En toen ik uit mijn auto stapte was hij het die *mij* herkende. Hij ging tegenover me staan. Een boom van een kerel met de scheve neus van een bokser, een alpinopetje op het kale hoofd, een bruine sigarettenpeuk die in zijn mondhoek bleef hangen terwijl hij zei:

'Jij hebt bij het Legioen gezeten...'

We dronken wijn. We wisselden trefwoorden uit. Sidi bel Abbès, Dien Bien Phoe, Saigon. Meer hoefde niet. We knikten. We namen een slok. En daarna repareerde hij de uitlaat van mijn auto zonder dat ik iets hoefde te betalen.

En die man achter in een bar in Bangkok, ook hem herkende ik. Hoewel het nog vroeg in de avond was zat hij al achter zijn tweede fles Mekong-whisky van die dag. Hij zat recht onder de roterende vin aan het plafond, maar het zweet liep in straaltjes langs zijn nek. Paars van de alcohol. Ik herkende hem, hoewel hij in Korea was aangekomen toen ik al lang en breed gewond was afgevoerd. In '52 was hij als piloot afgezwaaid. Sindsdien dronk hij twee, drie flessen whisky op een dag. Maar ook zoveel alcohol had de blik in zijn ogen niet kunnen uitwissen. Alleen achter de stuurknuppel van zijn aftandse Dakota was hij nuchter, ongeacht het promillage in zijn bloed. Elk ander moment trilden zijn handen. We vlogen rakelings over de bomen. Eén uur heen, één uur terug. Met de kaart op de knieën. Zandweggetjes, dorpjes, riviertjes als enige punten van oriëntatie. En tussen dat ene uur en het andere: een landingsstrip tussen de bomen, zo kort dat hij zijn kist er als een baksteen op neer moest laten vallen. Dan uitladen met draaiende motoren. Loodzware, grijsgeschilderde kratten en kisten zonder enig opschrift. Dan een dik pak dollars.

En daarna slaagde hij er ook nog een keer in om weer in de lucht te komen, met de rafels aan zijn banden. Tenslotte een zucht van verlichting, en, wanneer we er zeker van zijn dat we de grens gepasseerd hebben, het eerste blikje bier.

'Wat zat er nou in die kisten?'

'Alles wat je maar wilt. Ik weet het niet.'

Hij wist het niet en wilde het ook niet weten. En wanneer de propellers met enig nahoesten stilvielen, luidde het steevast:

'Zo. Dit was de laatste keer...'

Altijd was het de laatste keer geweest. Maar een week later ging hij weer:

'Nog één keer en dan nooit meer in die vervloekte klotekist...'

En hij ging weer. Tot het moment aan zou breken dat het

voor hem *echt* de laatste keer zou zijn, een moment, zo kort dat hij niet eens de tijd zou hebben zijn zelfgekozen lot te betreuren.

En ik? Een maand hier, twee maanden daar. De kindertransporten. Geld en medicamenten voor het Bevrijdingsfront. Op en neer tussen oorlog en vrede, tussen leven en dood, tussen wanhoop en geluk.

'Maar dat is niet alles,' heeft hij gezegd: Ted, een breedgeschouderde Amerikaan van in de vijftig die een jaar eerder beslist tegen zijn voorhoofd zou hebben getikt wanneer iemand hem toen voorspeld had dat hij het niet meer met vrouwen maar met jongens zou gaan houden en dat hij zijn kolonelsuniform zou verruilen voor een schortje.

En hij had gelijk. Er was meer.

Ik lag op mijn buik in snijdend gruis, happend naar adem. De lucht was verzadigd van stof. Mijn hemd was aan flarden, op mijn ellebogen en knieën gloeiden de schaafwonden. Mijn spieren stonden gespannen alsof ik ieder moment op zou moeten kunnen springen om aan de haal te gaan: lopen, bevrijdend hollen, de zuurstof diep in de longen. Maar ik kon geen vin verroeren, ik lag ingesnoerd in een dwangbuis van massieve steen. Naar voren kon ik niet, terug kon ik evenmin. Voor me, in het aardedonker, voelde ik een paar rubber Ho Tsji Minh-sandalen, bij mijn voeten iemands schouders en een hoofd. Aan de ondraaglijke prikkel in mijn hals om me op te richten viel niet te voldoen in een mollengang die maar een paar decimeter hoog was. En zo smal dat het slechts met moeite lukte mijn schoudertasje, dat zich hinderlijk ter hoogte van mijn heup bevond, omhoog te werken langs mijn zij. Ik drukte mijn bezwete voorhoofd in het door jaren van weer en wind gelooide canvas. Het tasje is mijn talisman. De aanwezigheid van het vertrouwde attribuut, dat me al die jaren vergezeld heeft, en van m'n spullen, hoe schamel ook, helpt me, niet voor de eerste keer, de paniek te overwinnen.

De lucht is gloeiend heet. Fosfor. Napalm. Bij iedere inslag wordt de zuurstof weggezogen. De explosies dringen, gedempt door rotssteen en aarde, dof door. Onweer. Ik tel onwillekeurig, zoals ik als kind deed na een bliksemflits. Iedere tel een kilometer. Ik tel, al is het een onzinnig tellen. Want dit is geen onweer. Ik tel om de tijd op te heffen. Zes minuten is een etmaal, een etmaal is de eeuwigheid.

En wanneer ik de tel ben kwijtgeraakt, begin ik overnieuw. De aarde beeft. De heuvel davert op zijn grondvesten. Wanneer de tunnel het begeeft hoeft er geen graf voor ons gedolven te worden. Niemand zal het weten. Ik zal voorgoed verdwenen zijn.

Ik zat op de helling van deze zelfde heuvel. Ongerepte, golvende jungle strekte zich voor me uit, zover het oog reikte. Beneden me lag een kampong, half verscholen onder het bladerdak. Aan de oever van het riviertje klonken kinderstemmen. Vrouwen stonden zich te wassen, een visnet werd ingehaald. Een houten schoepenrad piepte. Een pluimpje rook. Getok van kippen. Een varken knort.

Aan dit oord is de zondeval voorbijgegaan. Ik had mijn schetsboekje te voorschijn gehaald, het flesje Oost-Indische inkt opengeschroefd, en ik was bezig een bamboe pennetje te snijden. Naast me lag de brief die ik juist gelezen had, voor de zoveelste keer.

Maar plotseling ben ik opgeveerd, *voordat* ik het hoorde: het ijle gepingel van heuveltop naar heuveltop. Condensstrepen aan de horizon. Ik sta al overeind. En wanneer de wachtpost op onze heuvel alarm slaat, metaal op metaal, een ijzeren staaf op een holle pijp, heb ik mijn tasje al van de grond gegrist, en mijn schetsboek, en de brief. Het volgende moment ben ik, half glijdend, half vallend, beneden.

Nog is het stil, want hier nadert de dood sneller dan het

geluid. Roepende stemmen. Kinderen worden meegesleurd. We kruipen als bezetenen door de loopgraaf, duiken weg onder het afdak van boomstammen en aarde, en naar binnen, eerst nog gebukt, dan op de hurken, dan op handen en voeten, en tenslotte, wanneer de gang niet meer dan schouderbreed is, en niet eens een halve meter hoog, op onze buik, ons afzettend met de ellebogen. Naar het binnenste van de aarde, zo snel je kunt. *Nog* sneller. Iedere meter die je wint kan achter je door een ander ingenomen worden.

Dan dringen de eerste inslagen dreunend tot ons door en blijven we liggen, hijgend, doorweekt van het zweet, met tranende ogen in een absolute duisternis. Buiten kookt het. Het paradijs wordt tot hel gebombardeerd.

Ik pers mijn gezicht in het canvas van mijn tasje. Daarin een brief. Het enige bewijs van mijn bestaan. Ik druk mijn vingers in mijn oren. En ik tel...

Het is zwart geworden om mij heen. Ik zweef. Ik zweef, al tellend, in een eindeloze tunnel duisternis. Een ijskoude wind jaagt langs mij heen.

Maar er gloort licht, eerst heel ver weg, onzeker flakkerend als een ster. Dan dichterbij. Het licht komt op mij af. Of zweef ik erheen? Het schijnsel wordt feller en feller. Een zee van licht. Schitterend. Oogverblindend.

Ik lig in hoog wuivend gras, bezaaid met pinksterbloemen. Ik knipper tegen het zonlicht. De lucht is doorzichtig blauw. Stralend witte wolken zweven voorbij. Het riet naast de sloot ritselt in de voorjaarswind. Kikkers kwaken. Bijen gonzen. Het is de eerste warme dag.

Naast me staat een kruiwagen met stro. Er bovenop een rieten mand met gras. Het stro heb ik gehaald bij de stroboer, het gras heb ik gesneden in de polder, aan de waterkant. Straks ga ik de dieren verzorgen. Eerst de konijnen en de duiven. Want die zijn van mij. Dan de kippen en het varken – die zijn van mijn vader.

Maar voorlopig lig ik op mijn buik, de zon op mijn rug, mijn neus in het gras. Sprietjes, nog kleinere sprietjes, worteltjes, ragdun en fijn, korreltjes droge aarde...

Haast heb ik niet. Het is zaterdagmiddag, uren vrijheid liggen voor me.

Mijn kin op mijn vuist. Oudewater gaat schuil achter een tropisch regenwoud van halmen. Alleen de kerktorens steken erbovenuit. De stompe toren van de Grote Kerk, de spitse van de Roomse. Alles is loom en zwaar. In de verte ratelt een kar over de IJsselbrug. De klok slaat twee. Zo vroeg nog! Ik rek me uit en zucht.

DEEL 2

Heksenwaag en ooievaarsnest

Oudewater, mijn geboorteplaats, was een stokoud stadje, qua inwonertal niet groter dan een dorp, gelegen in een streek die men 'het groene hart van Holland' noemt: een gebied van water, molens en zelfkazende boeren. Aan de ene kant zag je aan de horizon het silhouet van Woerden, aan de andere kant dat van Gouda – daar eindigde de wereld, of, vanuit een ander gezichtspunt: daar begon zij. Want in Oudewater had de tijd stilgestaan. Je had er grachten met eeuwenoude geveltjes, smalle straatjes en steegjes, een kaasmarkt, een ophaalbrug over de Hollandse IJssel, een kronkelend riviertje met de allure van een flinke sloot, maar ook opeens midden tussen de huizen een boerderij met een hooischelf.

Twee zaken waren er waarop men zich in Oudewater kon beroemen. In een monumentaal gebouwtje aan de markt was de vermaarde heksenwaag gevestigd, die tot in de vorige eeuw had dienstgedaan, en, op het dak van het raadhuis bevond zich een al even vermaard ooievaarsnest, waar, als een van de laatste in ons land, ieder jaar een ouderpaar trouw op terugkeerde. Verder leerden we op school dat ons stadje in 1575 door de Spanjaarden was uitgemoord en met de grond gelijkgemaakt – niet echt een roemrucht wapenfeit in de ogen van een jongen van tien. En dat was het dan.

Mijn vader, die in een zeker aanzien stond omdat ettelijke burgemeesters van Oudewater onze naam hadden gedragen, was huis- en rijtuigschilder van beroep, zoals ook zijn vader dat geweest was. We woonden boven de werkplaats, in een groot huis aan een plein aan de rand van het stadje, waar altijd wel karren en rijtuigen stonden, want behalve het bedrijf van mijn vader, was tegenover ons een uitspanning gevestigd en naast ons een hoefsmid en wagenmaker. Aan de achterkant keek ons huis uit over moestuinen en, daarachter, over het mozaïek van weilanden en sloten dat zich tot de einder uitstrekte. Daar lag ook een stuk land dat van oudsher in het bezit van onze familie was, en door onszelf bewerkt werd.

We waren dus, naast het ambachtelijke bedrijf, echte buitenmensen. Maar uit de klei getrokken waren we niet – zie burgemeesters.

Ons stadje telde amper tweeduizend inwoners. Maar zo klein als het was, zo rijk was het, naar goed Hollands gebruik, aan kerkgenootschappen. Wat men geloofde – en vooral hoe – leek een geestelijk eigendom, overdraagbaar van generatie op generatie. Er waren hervormden, die in de Grote Kerk bijeenkwamen, er waren katholieken, oud-katholieken, remonstranten, er was een joodse synagoge, er waren lutheranen, doopsgezinden – te veel om op te noemen. En dan had je nog een kleine, geïsoleerde gemeenschap die officieel gereformeerde gemeente heette, maar in de wandeling, om een in het oog springende reden, 'Zwartekousenkerk' genoemd werd, of ook wel de 'zwaren', want ze waren niet alleen zwaar op de hand maar ook zwaar in de leer.

Tot dat kerkgenootschap was mijn vader omstreeks zijn twintigste na een vingerwijzing Gods toegetreden. Hij had het zelfs tot ouderling gebracht. Door de week had hij altijd een schipperspetje op zijn kale hoofd, maar 's zondags tooide hij zich met een garibaldi, een stijve bolhoed waar hij bijzonder trots op was. Op zondag ging hij voor in de eredienst, want de gemeente was te klein om er een dominee op na te houden.

Zo had iedere gezindte niet alleen haar eigen bedehuis, maar ook haar eigen God, hemel en hel. Godsdienst scheidde en bracht bijeen. Het werd heel gewoon gevonden dat iemand van gereformeerden huize door de week een normaal contact onderhield met zijn katholieke buurman, terwijl ze op zondag lucht waren voor elkaar en zonder groet elk huns weegs gingen. En o wee, wanneer de zoon van de een scharrelde met de dochter van de ander. Dat sprak zich in nog geen dag rond, daar had je de oude stadsomroeper niet voor nodig. 'Twee geloven op één kussen, daar slaapt de duivel tussen', wist men te vertellen.

Speelde godsdienst in het algemeen al een belangrijke rol, bij ons thuis draaide alles erom, van het ochtendgebed tot het avondgebed. Je werd geacht te leven in de Vreze Gods, en de rest was 'van de satan'. Kranten waren bijvoorbeeld 'van de satan'. En de radio. Of sport. Of een schoolreisje met de klas. Om van kermis of bioscoop maar te zwijgen. Je mocht je niet verzekeren tegen brand of inbraak, want dan spotte je met de Voorzienigheid. Om dezelfde reden was het zondig wanneer je je liet inenten tegen een ziekte als polio. Want God beschikt. Op zondag fietsen mocht ook niet, behalve om naar de kerk te gaan. En naar de kerk *moest* je dan weer. Twee- of driemaal op één zondag. En je moest nog veel meer. Niets mocht eigenlijk, en wat wél mocht, dat *moest* dan ook meteen...

Boven mijn bed hing een traditionele wandplaat: de brede en de smalle weg. De smalle weg, omzoomd met saaie aangelegenheden die voornamelijk te maken hadden met 'bid en werk' voerde naar de hemelpoort, terwijl de brede, waarover drommen mensen zich voortbewogen, linea recta uitmondde in de hel. Daar werden cafés bezocht, er werd gekaart en gedobbeld dat het een lieve lust was, en de mensen, die er, in tegenstelling tot die schaarse wandelaars op het smalle pad, in het geheel niet bedrukt uitzagen, gaven zich over aan allerlei geheimzinnig genot. Die hel boezemde me weliswaar diep ontzag in, maar toch kon ik er heel lang naar kijken, naar die brede weg...

Gebeden werd er bij ons thuis veel, en gewerkt ook. De hele werkweek stond in het teken van de arbeid, want voor pleziertjes was de mens niet op de wereld gezet. Wanneer het seizoen ernaar was, moesten we 's ochtends om vijf uur op. Helpen op het land, van jongs af aan. Aardappels rooien, onkruid wieden, mesten, zaaien, oogsten, afhankelijk van het jaargetijde. En wee je gebeente wanneer je de kantjes eraf liep, want mijn vader was een driftig man en een passende bijbeltekst was altijd paraat – en werd desnoods uit de duim gezogen. Geslagen werd er niet en gevloekt werd er evenmin. 'Sapperloot', dat was wel de sterkste krachtterm die hij over zijn lippen kon krijgen, zelfs wanneer hij zich met een hamer op zijn vingers sloeg. Maar ook zonder slaag en krachttermen had hij de wind eronder. Stond hij niet op zondag op de preekstoel, predikte hij dan niet de toorn van God? Hij was niet groot van gestalte, en enigszins aan de gezette kant – maar gezag had hij.

Andijvie, uien, wortels, kool, aardappels, bonen. Maar ook appels, peren, pruimen. In november stond de kelder onder de werkplaats vol met de opbrengsten van het land. En dat was nodig ook, want er was een economische crisis en het schildersbedrijf floreerde maar matig. Dan verscheen ook de slachter met zijn schietmasker en messen. Mijn vader kon het niet aanzien, die stond achter de schuur stilletjes te huilen: maandenlang had hij dat varken vertroeteld, iedere zaterdag had hij het met de boender een grote schoonmaakbeurt gegeven...

Maar wij jongens stonden er met onze neus bovenop, hielpen het dampende bloed opvangen in emmers, en keken ademloos toe hoe het dier gekruisigd werd op een ladder om volgens de regelen der kunst te worden uitgesneden. Binnen had moeder al grote pannen op het vuur staan en een paar dagen later zouden de Keulse potten in de kelder weer boordevol staan met karbonades, diep onder het vet. Niets ging verloren. De zijden spek en ham werden gerookt in de schoorsteen, de darmen werden schoongemaakt om te dienen als vel voor de worst.

Om acht uur was het werk op het land gedaan. Er werd ontbeten, en dan naar school. Naar de openbare school wel te verstaan, en niet naar de 'bijzondere', de christelijke met andere woorden. Want wat men daar aan godsdienstonderwijs genoot kon niet door de beugel. Dwaalleren waren dat. Daar werd gezongen van 'De Heer is mijn herder' – alsof je daar zo zeker van kon zijn... Misschien was je wel een verdoemeling!

Nee, van dat soort opgewekt christendom moesten ze bij de zwaren niets hebben. Dan maar liever helemáál geen godsdienstonderwijs op school, dat werd thuis dan wel weer bijgespijkerd. Daar zat ik dus, op Piet Koot, één geloofsgenootje na, te midden van de heidenen. En onder die heidenen recruteerde ik mijn vriendjes. Daar werden wel aanmerkingen op gemaakt, maar verbieden wilde mijn vader het toch niet. Behoorden niet tot zijn kennissenkring ook katholieken en zelfs een liberaal die in het geheel *niets*, o onbegrijpelijke gedachte, scheen te geloven?

Na school had ik zo mijn andere taken op te knappen. Eerst de poepemmer naar de mesthoop op het land. Een doortrek-wc was een uitvinding van de duivel die tot niets diende dan verspilling. In de winter ging de productie van een jaar vermengd met stro over de tuin.

'Boven eigen mest gaat niets,' aldus een geliefde uitdrukking van mijn vader. – Want ook kunstmest kostte geld.

Wanneer dat karweitje zonder morsen was geschied, een

loszittende traproe zorgde eens voor een debacle, was ik meestal te vinden in de werkplaats onder het huis. Het rook er lekker naar lijnolie en terpentijn, er waren donkere hoekjes en geheimzinnige kastjes. Vaak stonden er een of twee koetsjes, strakzwart, glanzend als spiegels. Niemand kon met zo'n vaste hand gouden biezen trekken als mijn vader. Hij was een vakman van het oude stempel. Hij maakte zijn verven zelf, op een wijze zoals dat eeuwenlang gedaan was. Uren was ik bezig met het malen van de pigmenten, alles met de hand. Het duurde eindeloos lang, maar de resultaten waren schitterend: de klassieke, minerale kleuren. Je had de ombers, de okers, de sienna's, je had Pruisisch blauw en kopergroen. Een theelepeltje van dat natuurlijke pigment was voldoende om een hele bus witte verf een diepe kleur te geven. We hadden zelfs een pot vol gedroogde Ethiopische luizen. Daar maakte je de rode, transparante kraplak van. Eerst moest je ze stampen in een vijzel, daarna haalde je ze door de molen, wel twintig, dertig keer, tot het spul zo fijn was als de fijnste poedersuiker. Pas dan was de volmaakte kleurkracht bereikt.

Vanaf mijn zevende, achtste jaar moest ik ook geregeld op vrije middagen mee op karwei, want vaak was er te weinig werk om er een knecht op na te houden. Verf roeren, schuren met puimsteen, gronden. Vaardigheden als plamuren en aflakken zou ik als ik groot was leren. Want ik was als oudste zoon voorbestemd vader op te volgen in de zaak, zoals het hem ook gegaan was. Dat lag besloten in de orde der dingen. Aan iets anders hoefde geen gedachte gewijd te worden. Buiten die orde der dingen bestónd er namelijk niets.

Tussen de middag werd er warm gegeten en om zes uur opnieuw. Daarna werd er uit de bijbel gelezen, de hele Schrift het jaar rond en dan weer opnieuw, en vervolgens, na de afwas zat het gezin rond de grote tafel in de huiskamer. Moeder met de stopmand, vader met zijn stichtelijke lectuur, de zusjes met hun eeuwige borduurwerk. Dan werden er ook wel spelletjes gedaan. Halma, ganzenborden of een potje dammen. Terwijl de kachel snort en de pendule op de schoorsteenmantel tikt. Hollandser bestaat het niet.

Totdat vader geeuwt en zich uitrekt:

'Moeder, hoe denk jij erover?'

'Ja man, 't wordt tijd.'

En dan ging het hele gezin in de huiskamer op de knieën voor het avondgebed.

Maar er waren ook lange zomeravonden. Dan zaten we in de tuin, zoals we het stuk land achter ons huis noemden, bij het prieel – dat in mijn herinnering onveranderlijk geblonken moet hebben van een fris kwastje verf. Alles ziet er piekfijn uit. De groentebedden liggen er schoon en kaarsrecht bij, het varken, roze als een baby, heeft zijn wekelijkse schoonmaakbeurt gehad. Mijn vader doet, de pijp tussen de tanden, de duimen achter de bretels, zijn avondronde, langzaam en genietend. In de konijnenhokken ritselt het van vers stro. De duiven koeren. In het nachthok klinkt af en toe het gefladder van een kip. De hond aan mijn voeten knippert loom tegen de zwermen onweersvliegjes. Achter me klinken gedempt de stemmen van mijn zusjes. Verder is het stil.

En dan, terwijl aan de westelijke hemel een laatste streepje violet verloren gaat in blauw, terwijl een donzen grondmist naderbij zweeft over de weilanden, en mijn vader zich mompelend bukt bij een eigenzinnig sprietje dat ontsnapt is aan de hark, hoor ik het overbekende kraken van een rieten stoel. Dat is mijn moeder. Ik zie haar voor me zonder haar te hoeven zien. Hoe ze wat moeizaam overeind komt, haar breiwerkje onder de arm geklemd. En ik wéét wat ze nu gaat zeggen, en wat het vervolg zal zijn.

'Man, 't wordt hier *kil...*'

Daar staat mijn vader, zijn donkere silhouet scherp afgetekend tegen het laatste licht, de handen in de zij, de buik naar voren, de wolken uit zijn pijp – in stil protest. Hij staat roerloos alsof hij wortel heeft geschoten.

Gerinkel van kopjes op een dienblad. Geschuif van stoelen op de houten vloer van het prieel.

'We *gaan* hoor...'

Het hek piept ten alscheid, en hun stemmen sterven weg over het laantje. We zijn alleen.

Daar staat mijn vader, hier sta ik. Ik ben geruisloos omhooggekomen van mijn krukje. Ik ben op mijn tenen naar de konijnenhokken geslopen, ik heb een deurtje opengemaakt en een konijn op mijn arm genomen. Het is vaalgrijs, met een witte spikkel op zijn neus. Hoewel volgroeid, is het klein gebleven. Misschien is het daarom mijn lievelingskonijn. Ik aai het over zijn oren. Het warme lijfje trilt... – Dit is een moment van gelukzaligheid. *Laat het zo blijven!* – Maar in het leven van volwassenen heeft alles zijn tijd, is alles afgemeten: één koekje is voldoende, al is de trommel tot de rand gevuld...

Mijn vader heeft zijn pijp leeggeklopt tegen de zijkant van zijn klomp:

'Kom jongen. Naar bed.'

'Mevrouw, mag Jan buiten komen spelen?' – Dat was de stem van Piet, die net als ik op zondag zwarte kousen droeg, en ik stond al beneden voordat er bezwaar kon worden gemaakt. Om de hoek wachtten Pim en Chiel, dat was een vast patroon. Wij vieren vormden een onafscheidelijk groepje, al was Piet mijn boezemvriend.

Pims vader was advocaat. Ze woonden in een deftig landhuis, omringd door een heus parkje, even buiten de stad. Ze waren katholiek en gingen door voor uitzonderlijk werelds.

Zijn moeder rookte zelfs sigaretten... En Chiel, zoon van de antiquair Van den Berg. Die waren thuis orthodox-joods en woonden onder de synagoge. Ik stak op vrijdagavond het gas en het licht bij ze aan, want zo had ieder zijn eigen verboden op zijn eigen religieuze gronden. Behalve bij Pim thuis. Die gingen op zondag zelfs tochtjes maken met de auto!

'Wat gaan we doen?'

Bij mooi weer trokken we de polder in: slootje springen, roeien, vissen, kikkers vangen. Die bliezen we op met een rietje om op het schoolplein de meisjes mee aan het schrikken te maken. Want wij waren een geducht viertal! Wie hadden het gewaagd pruimen te pikken uit de boomgaard van boer Keijzer, die wijd en zijd gevreesd was om zijn drift? Dat waren wij.

Wie hadden bij deurwaarder Kolk, bekend om zijn angst voor alles wat blaft en bijt, een grote hond aan de deurknop gebonden om vervolgens aan te bellen? Wij. Wie waren er meesters in om, hangend aan het achterbalkon, de paardentram te laten ontsporen zodat er wel zes man aan te pas moesten komen om hem weer in de rails te tillen?

Wie hadden ooit, o onvergetelijk wapenfeit, veldwachter Venekater met een deksel van een melkbus de fiets onder het zwaarlijvige lichaam vandaan geschoten?

Men neme een oude melkbus, bore er een gaatje in, en men beschikt, in combinatie met carbid en een lucifer, over een wapen met grote vuurkracht. De deksel vliegt er af. Nu hadden wij aan carbid nooit gebrek, want mijn vader, die het zelf ook in zijn fietslantaarn gebruikte, verkocht het. Alleen, die ene keer hadden we wel erg veel springstof in de bus gedaan. De knal was verschrikkelijk – wanneer we niet zo goed gericht hadden waren er beslist ongelukken gebeurd. Nu bleef de schade beperkt tot één achterwiel, finaal weggeschoten uit het frame, en een stuur. Dat stuur hield de verbijsterde Venekater namelijk los in zijn handen en daarmee zat hij ons nog stratenlang achterna.

'Wat doen we?'

'Wie 't eerste bij de hoek is!' roept Piet. – En de eerste dat is hij.

Toch was ik ook vaak alleen. Dan zat ik op mijn kamertje, op zolder, onder de pannen. Dat was een vesting waar niemand zich waagde, mijn vader niet, mijn zusjes nog veel minder, alleen, wanneer ik naar school was, af en toe mijn moeder om het schoon te houden. Daar werden met tinnen soldaatjes complete veldslagen geleverd, daar bewaarde ik mijn verzameling foto's en knipsels van militaire aangelegenheden, afkomstig uit oude geïllustreerde tijdschriften die ik mee naar boven smokkelde, of die me, wanneer ik ziek was, bezorgd werden door Piet, want die had, in tegenstelling tot Pim en Chiel, vrij toegang tot mijn domein. En ziek was ik vaak en langdurig.

'Jan zal zich wel geen grijze haren kammen...' had ik onze familiedokter, de oude dokter Van Praag, die alle kinderen in huis ter wereld had helpen brengen, eens op de gang tegen mijn vader horen verzuchten. 'Zwak op de longen', werd dat genoemd, en ook wel: tuberculeus. Herhaalde malen moest ik maanden, een keer zelfs meer dan een halfjaar, liggen, in de kale, ongezellige logeerkamer beneden, zodat mijn moeder niet steeds de trap op en neer hoefde:

'Jan moet kuren...'

In die logeerkamer lag ik rond mijn twaalfde met een zware longontsteking. Dagen en nachten worstelde ik met de koorts, dagen en nachten dat er bij me gewaakt werd. En toen die eindelijk geweken was, kwamen op een ochtend mijn vader en Kees, de oudere broer van Piet, de kamer binnen. Hun gezichten stonden ernstig. Kees ontweek mijn blik, mijn vader zocht naar woorden.

'We moeten je iets ergs vertellen, Jan. De Heere heeft Piet tot zich genomen...'

Ze hadden het me vanwege mijn toestand niet eerder durven vertellen – zelfs niet dat hij ziek was. Piet was aangetast door polio, waartegen hij dus, evenmin als ik, was ingeënt. Want dat was tegen Gods gebod. In minder dan een week was het gebeurd...

Piet dood. Hij die nooit ziek was. *Ik* was ziek. – Het was zo onbegrijpelijk dat ik niet eens kon huilen. Ik lag versteend. Mijn hart stond stil.

'Wanneer wordt hij begraven?'

'Hij is al begraven, vorige week.'

'Hier Jan. Die is voor jou.'

Kees reikt me met een onhandig gebaar een piepklein fototje aan. Het waterglas op het nachtkastje valt op de grond. Zowel Kees als mijn vader bukt om het op te rapen. Hun hoofden botsen tegen elkaar.

'Verdorie,' zegt Kees, die met een rood hoofd overeind komt.

'Er wordt hier niet gevloekt, Kees.' – Mijn vader.

Alleen gelaten bekijk ik het kiekje. Piet, lachend. Blond haar in een kuif. Korte broek, afgezakte kousen, klompen. En opeens, zonder dat ik weet waarom, moet ik denken aan de *haartjes op zijn arm.* En dan komen er ook tranen. Onstuitbaar.

Wanneer ik een week later weer af en toe naar buiten mag, sterk vermagerd, met zwabberende benen, ga ik naar Piets huis. Daar zit ik een uur lang stil in zijn kamertje, waar alles onaangeroerd is gelaten. Alleen zijn bed is afgehaald. Daar staan zijn boeken, zijn zondagse schoenen, schoolschriften vol kennis die nu nergens meer voor dient. Daar hangt de smalle en de brede weg.

Buiten is het intussen donker geworden. Langzaam loop

ik naar huis. De klinkerstraatjes glimmen in het zachtwitte licht van de gaslantaarns. Hun ijle ruisen. De vertrouwde geluiden, de overbekende beelden, de geuren die je allang niet meer ruikt. Het getinkel van een winkelbelletje. De ratel van de vuilnisman. Het tonggeklak van voerman Hendriks:

'Zo Jan. Weer op de been?'

'Ja Hendriks.'

'Moet je meerijden?'

'Nee, ik loop liever. Dat is goed voor me.'

Ik wil dat alles nu heel traag verglijdt. Ik hoor alles, ruik alles, zie alles. Nooit zijn mijn zintuigen zo scherp geweest als nu. Het geschuifel van klompen. In de verte een korte avondgroet. Het gestommel van de koeien in de stal van Van der Lee. Het afstrijken van een lucifer in de sigarenwinkel van meneer Putmans. Het droge getiktak van de biljartballen in de uitspanning van Kraan. Het aanzetten van het mes in de scheersalon. Daar zit mijn vader, de kin in het schuim. Het is zaterdag. De klok van de Grote Kerk slaat zes. Vanuit de smidse klinken felle hamerslagen. De geur van gloeiend staal. Gesis van water. De geur van een geschroeide hoef. Alles is helder om mij heen. Ik ruik, hoor, zie.

In het duister van een portiek staat Gekke Lena.

'Ik weet 't niet. Mij moet je 't niet vragen. Ik weet 't niet, ik weet 't niet...' Ze praat hardop in zichzelf, als altijd.

Ze wrijft over haar betraande wangen, als altijd. Ze is simpel, zeggen de mensen. Net als Scheve Bertus. Die hebben ze een tijdje geleden uit de IJssel opgedregd. Wij keken, Piet en ik. Hij was blauw en opgezwollen. We hadden nooit eerder een dode gezien. Die heeft er een eind aan gemaakt, zeiden de mensen, en Scheve Bertus zou in ongewijde aarde begraven worden. Die brandt eeuwig in de hel, zeggen ze.

Ik huiver.

Bleke gezichten boven het zwart

Zoals de werkweek in het teken van de arbeid stond, zo stond de zondag, saaiste aller dagen, volledig in het teken van de Heer.

Toch begon de dag veelbelovend. We mochten wat langer slapen, en werden door vader en moeder gewekt met een rauw geklutst ei in een kopje: een ongekende lekkernij. Dan was het gedaan met de pret.

De ochtenddienst begon om tien uur, maar mijn vader ging altijd een halfuurtje eerder om zich geestelijk te prepareren op de eredienst. Als kleine jongen ging ik meestal met hem mee. Ik vermaakte me zolang met het orgeltje, of ik zocht op handen en voeten tussen de kerkbanken naar een eventueel gevallen collectecent. Dan kwamen de eerste kerkgangers, en de ruimte begon zich te vullen met de weeë lucht van eau de cologne. Daar verschenen ook mijn zusjes, in het zwart als ieder, met een hoedje op het hoofd, en ik moest maken dat ik op mijn plaats kwam, aanvankelijk voor in de kerk, de traditionele plaats van het gezin van de ouderling – later op de gaanderij, bij de andere jongens.

De preek werd door mijn vader voorgelezen uit de daarvoor bestemde boeken, want naar eigen inzicht preken was voorbehouden aan bevoegde predikanten. Alles ging aan de hand van de oude statenvertaling, in de tale Kanaäns. Ik begreep er geen syllabe van.

'Het gekrookte riet zal Hij niet verbreken en de rokende vlaswiek zal Hij niet uitblussen...'

Luisterde ik wel? Nee, geen woord drong tot me door. Het enige waarvoor ik belangstelling had was het omslaan van de bladzijden, want ik had voor de dienst snel even gekeken hoeveel pagina's de preek van de dag telde. Bij het omslaan slaakte ik inwendig een zucht van verlichting. Nog maar acht, nog maar zeven, zes pagina's... Wanneer je maar eenmaal over de helft was.

In het gebed, dat wel een kwartier kon duren, kreeg mijn vader de gelegenheid zich uit te leven. Daar stond hij: klein, kaal, de ogen gesloten, de handen deemoedig gevouwen. Maar met galmende stem. De geest was over hem vaardig. De zonden van de wereld werden breed uitgemeten en het komend verderf werd in schrille kleuren geschetst:

'De donder en de bliksem van de Sinaï komen neer over hunne hoofden...'

Daarna werd ieder afzonderlijk bedacht. De zieken, de ouden van dagen, de kinderen, de zeevarenden, de soldaten, en natuurlijk ons geliefde koningshuis. Wanneer iemand binnen de boezem van de gemeente Gods gebod had overtreden, werd zijn zonde in bedekte termen aan de kaak gesteld – bij een gedwongen huwelijk, een 'moetje', kwam er zelfs een openbare schuldbekentenis aan te pas. En het was geen sinecure wat de zondaars in het vooruitzicht werd gesteld:

'Je zult branden en tandenknarsen. Je tong zal uitgerukt worden. Het vuur zal zijn tot in der eeuwigheid...'

Dan werd er gezongen. De oude psalmen. Maar dat ging meestal mis. Want er was tweespalt over de vraag of er ritmisch gezongen mocht worden of niet. Dus men zong tegen elkaar in. Wanneer de ene partij uitgezongen was, had de andere nog twee regels. En wanneer die verklonken waren, galmde nog steeds de stem van Bertels, de kruidenier, door de ruimte. Want die was zeer bijzonder tegen ritmisch zingen en beschikte over een uitzonderlijk krachtig stemgeluid.

Na de dienst kwam er een stoet kerkgangers met ons mee naar huis. Dan werd er nagepraat over de preek, mijn vader werd gecomplimenteerd omdat hij weer 'uit het hart' gebeden had. En dan begon het. Dan kwamen de bekeringsgeschiedenissen, de stichtelijke verhalen.

'Je weet allemaal dat ik een vreselijk ongeluk heb gehad, broeders en zusters. Dankzij de liefde Gods ben ik aan de dood ontsnapt...'

Dat een dergelijk voorval misschien wel tien jaar eerder had plaatsgevonden, deed niet ter zake. Dat het misschien al wel honderd keer was opgedist evenmin:

'Vertel eens broeder Kromhout, hoe was dat dan?'

'Ik ging met de brik met melkbussen het land in, het wiel raakte in de sloot, de kar sloeg om...'

Broeder Kromhout was in het water beland en had de kar over zich heen gekregen. En iedereen luistert ademloos.

'En ik zag de dood naderen, ik zag God in zijn aangezicht. En de Heere sprak tot mij, broeders en zusters. De Heere sprak tot mij en zeide, "Leendert," zei Hij-wiens-naam-eeuwiglijk-geprezen-is, "Leendert richt u op en u zal behouden blijven..."'

En zo was ook geschied. Leendert hád zich opgericht, was heelhuids onder de kar vandaan gekomen en had zich aan een graspol aan land kunnen trekken. De Heere was hem wel zeer genadiglijk geweest, hij moest wel in hoog aanzien staan bij God... En zo ging het, onder eerbiedig geknik, de kring rond. Mijn vader bijvoorbeeld, had ooit de stem van God vernomen tijdens een zwaar onweer, terwijl hij op een afgelegen plek aan het werk was. Hem zou, wilde het, ondanks zijn benauwdheid niets overkomen, wanneer hij maar geloofde in de stem van God. En zie: hij was niet getroffen door het vuur. Toen wist hij dat hij geroepen was.

Maar niet iedereen was geroepen. Slechts een afgeteld aantal mensen was voorbestemd voor de zaligheid. Niet iedereen kon dan ook bogen op zo'n bekeringsgeschiedenis. Van der Weijden, de drogist bijvoorbeeld niet. Die luisterde, de lange vogelnek geheven, het gezicht ontsierd door een zenuwtrek, knikte dapper mee, maar deed zelf geen mond open. En ook mijn moeder niet. Ze zat er, kaarsrecht op haar stoel, het haar als altijd in een knotje, wat bleekjes bij. Want steevast luidde de vraag:

'En u, vrouw Montyn?'

Waarop zij:

'Daar ben ik niet aan deelachtig.'

'Je verkrijgt het niet zomaar, zuster,' klonk het dan.

En ik, ik zat daar bij, en ik begreep van dat alles niets. Hoe was het nu mogelijk dat die dikke Leendert Kromhout, met zijn slechtgeschoren, baksteenrode wangen en zijn kleine varkensoogjes was uitverkoren, terwijl mijn moeder te horen kreeg dat ze verdoemd zou worden? Was dat omdat ze weleens grapjes maakte, weleens echt uitbundig lachte, en zelfs weleens een liedje zong?

'Zuster, je ledematen zullen krullen in het vuur...'

En één ding begreep ik dan nog wel het allerminst. Dat mijn vader daarbij *zweeg*.

Op zondag was het middageten uitgebreider dan normaal. Moeder had de hele zaterdag in de keuken gestaan, want op de Dag des Heeren zult gij niet koken. Daarna gingen mijn ouders rusten. Wij kinderen lazen dan wat, of speelden in huis, want naar buiten was iets ongehoords, mooi weer of niet. Om zeven uur gingen we dan opnieuw naar de kerk. Wanneer er een echte dominee preekte moesten we zelfs driemaal: ook nog een keer om twee uur 's middags. Die diensten duurden nog veel langer dan normaal, al was het maar doordat ik dan geen houvast had aan het aantal bladzijden. – Steeds wanneer je uit de intonatie van die zalvende stem meende te mogen opmaken dat er een eind aan kwam, begon hij opnieuw.

Die predikanten logeerden altijd bij ons thuis in de beste kamer. Ze arriveerden op zaterdag en vertrokken 's maandags weer, want op zondag mocht er niet gereisd worden. Het waren net pinguins, melkbleek als ze waren, en gestoken in lange zwarte jassen. Ze waren bijna God zelf. Alles wat ze zeiden, was in bijbelse taal gegoten. Dat ze gewoon meeaten aan tafel, zij het met mes en vork, was al iets ongelooflijks, maar dat ze ook, net als een gewoon mens, naar de wc moesten... Als klein kind drukten we ons oor tegen de deur om iets op te vangen van het onbegrijpelijke dat daar plaatsvond.

De hoogste van allen was een dominee die Kersten heette. Die was voorman van het kerkgenootschap en hij was bovendien lid van de Tweede Kamer namens de door hem opgerichte Staatkundig Gereformeerde Partij. Wanneer die preekte, zat de gemeente der gelovigen te sidderen van ontzag en angst.

Want in den beginne was er angst, en die angst was allesoverheersend. Vooral wanneer het donker was op zolder en de dakpannen klepperden in de wind. Dan zag ik in iedere beweging van de gordijnen, in iedere schaduw, een grijnzende duivel. 'Zij die zijn uitverkoren weten het, zij die het niet weten zijn niet uitverkoren.' Vader was uitverkoren, moeder niet. En hoe zat het met Piet? Bij mijn weten had God nooit met kracht in zijn hart gesproken. Brandde hij nu in de hel? En hoe zat het met mezelf? – De angst snoerde me de keel dicht. Was 't maar weer licht!

Angst voor verdoemenis, angst voor de dood... Hoe vaak had vader me niet meegenomen, achter op de fiets? Dan gingen we naar naburige dorpen, de kerkhoven af. Vader las de namen en de opschriften, ik keek huiverend naar de stenen waaronder het gebeente lag.

Maar het toppunt van angst werd gebracht door onweer. In het holst van de nacht werden we naar beneden geroepen. Rillend van kou en ellende stonden we in het duister van de werkplaats. Dan werd er luidop gebeden dat we toch maar bewaard mochten blijven. Terwijl de kleintjes huilden. Want onweer was de bulderende stem van de wrekende God... – Was 't maar weer licht!

De angst regeerde in de nacht, met het daglicht kwam de twijfel. God schiep de wereld in zes dagen en de zevende dag rustte Hij. Dat leerde de bijbel. Maar hoe zat het met die leer van de evolutie, waarover de meester op school vertelde? En de bulderende stem van God... Kon het niet wáár zijn dat donder en bliksem toch iets te maken hadden met elektrische ontladingen – hoe weinig ik daar ook van begreep? En polio. Inenten mocht niet. Maar waarom had God, die toch alles geschapen had, er dan voor gezorgd dat er een vaccin tegen bestond?

'Waarom mogen we op zondag niet fietsen?'

'Fietsen is van de wereld, Jan.'

'Je mag op zondag niet werken, maar de boeren mogen wél op zondag de koeien melken.'

'Dat kan nu eenmaal niet anders.'

'Op zondag mag je niet reizen. Maar die emigranten die naar Amerika gaan, die varen op zondag. Die bootreis duurt acht dagen dus daar zit ook een zondag in. Er zijn zelfs dominees bij. Waarom mag dat opeens wel?'

'Ja, dat weet ik ook niet. Dat moet je maar aan je vader vragen.'

'En Piet? Brandt die nu in de hel?'

Mijn moeder zwijgt. Ze wendt zich abrupt van me af. Ze veegt met haar schort over de beslagen keukenruit. Huilt ze?

De twijfel knaagde. Wie kon me een bevredigend antwoord geven? Bij mijn vader hoefde ik niet aan te komen, in diens ogen was twijfel hetzelfde als kleingelovigheid. En Pim? Die lachte me uit wanneer ik erover begon.

Terwijl Chiel zich wonderwel scheen te kunnen schikken in de regels die het joodse geloof hem oplegde.

'Ik wil niet, ik kan niet, ik heb niet, ik deug niet en ik weet niet.' Dat waren de *vijf dierbare nieten*, een gevleugeld woord dat te pas en te onpas werd gebruikt. Dat ik niets hád en ook niet deugde, voor mijn part. Maar dat ik niets wist, niets kon en vooral, dat ik niets wilde... – daar had ik zo mijn eigen denkbeelden over.

Eigenlijk konden mijn vader en ik elkaar maar op twee gebieden vinden. Zijn hang naar alles wat militair was en mijn vaardigheid in tekenen.

Het militaire stond thuis in hoog aanzien. 'Voor Koningin en vaderland' was het motto. Mijn vader was tijdens de Eerste Wereldoorlog vrijwilliger geweest. Dat hield natuurlijk niet zoveel in omdat Nederland neutraal was gebleven, toch vertelde hij er graag over. Dan blonk er iets in zijn ogen dat daar normaal niet blonk. Bovendien was hij lid van de Bijzondere Vrijwillige Landstorm en nam hij soms als zodanig deel aan oefeningen. Parades met militaire marsmuziek brachten hem in ongekende geestdrift.

Mijn geliefkoosde lectuur bestond uit oorlogsboeken, of het nu ging over de Tachtigjarige Oorlog of de Boerenoorlog. Ik wist alles af van rangen en standen, van cavalerie en infanterie, van medailles en insignes. Hoe hoger de rang, hoe groter, in mijn ogen, de held. Ademloos kon ik luisteren naar de verhalen van een oom die in zijn jonge jaren machinist bij de Koninklijke Marine was geweest. Montevideo, Rio de Janeiro, Kaap de Goede Hoop, Batavia – het waren toverwoorden. Een andere oom was in Indië officier bij de marechaussee. Een echte houwdegen was dat. Die had – voor koningin en vaderland – Atjehers over de kling gejaagd en had daar een duim bij ingeschoten.

Graag toonde hij die lege plek...

En dat tekenen. Mijn vader had ooit de stille wens gekoesterd kunstschilder te worden. Schilderijtjes van koeien in de wei, aan de muren van de huiskamer, getuigden er nog van. Maar zijn verplichtingen jegens gezin en bedrijf, en zijn godsdienstige roeping hadden daar een stokje voor gestoken.

Er kwamen geregeld kunstschilders bij ons over de vloer. Echte artiesten waren dat, met baarden, gehuld in wijde capes, een flambard op het hoofd. Die kwamen uit Den Haag of Rotterdam om te schilderen in de omgeving. Landschapjes, Hollandse luchten, lentebloesems, en ook weleens in opdracht een boerderij. En o wee wanneer ze zich daarbij enige vrijheid permitteerden! De spijltjes van de ramen, de balletjes van de vitrage – ze werden allemaal door de boerin bij aflevering geteld. En wanneer er één ontbrak, werd er niet met het volle pond afgerekend...

Tussen de middag aten die schilders bij ons thuis, en ik ging vaak met ze mee om schetsjes te maken, in houtskool, mijn favoriete materiaal.

'Jan kan toch zo aardig tekenen,' aldus mijn vader op een dag tegen meneer Zielman, vertegenwoordiger in verfwaren, glas en aanverwante artikelen, en, naar het heette, liefhebber van schilderijen. 'Jan, laat die tekening van die bomen eens aan meneer Zielman zien...' – Ik had kort daarvoor een houtskooltekening gemaakt van een rij bomen in de wind:

'Je *voelt* het waaien...' Meneer Zielman knikte instemmend.

'Meneer Bremmer in Den Haag zou Jans tekeningen eens moeten zien. Dat is een vriend van me – een groot kunstkenner. Ik zou weleens willen weten wat die ervan vindt...'

Afgesproken werd dat meneer Zielman me de eerstvolgende keer dat hij op zijn ronde langs kwam, mee zou nemen naar Den Haag. En twee maanden later was het dan zover. Helemaal naar Den Haag! Met de auto! Ik kon bijna niet eten van opwinding. Langs de kronkelende IJssel tuften we naar Gouda. Waddinxveen lieten we links liggen. Op naar Boskoop! En zo verder, tot we stilhielden voor een statig huis aan de Lange Voorhout. Een meisje met een wit schortje voor deed open. Ik keek m'n ogen uit.

Kamers die wel zalen leken, met dikke tapijten belegd. Spiegels. Bronzen beelden op sokkels. Zwaar geverniste schilderijen in dikke, vergulde lijsten. Kasten vol porselein. Een vleugel. Sofa's. En op die sofa's jonge vrouwen in laaguitgesneden exotische gewaden, gewaden die wel doorzichtig leken...

'Zo, dus jij bent Jan Montyn.'

Daar, in een grote leren fauteuil, zat een heer. Hij was gekleed in een zijden sjamberloek, rookte een scherpgeurende sigaret uit een lang sigarettenpijpje. Zonder op te staan reikte hij me de hand:

'Jouw vader is een vriend van meneer Zielman hier. Meneer Zielman is een vriend van mij. Dus wij zijn ook vrienden, Jan...'

Ik mocht zitten op een lage poef, en toen die jonge vrouwen zich om me heen vlijden, wist ik helemaal niet meer waar ik kijken moest. Ze dronken wijn uit kristallen glazen, ik kreeg limonade.

'Ik ben erg benieuwd naar je werk, Jan. Laat je schetsboek maar eens zien, dan gaan we dat rustig bekijken...'

En dat deed hij, blad na blad. Bij de tekening van de bomen in de wind bleef zijn blik langer rusten.

'Heb jij dat gemaakt?'

Ik knikte ademloos.

Meneer Bremmer keek op naar meneer Zielman, die over zijn schouder meekeek:

'Zo hoort een tekening opgezet te worden, Hans.'

Waarop meneer Zielman opmerkte: 'Je *voelt* de wind gewoonweg...'

En daarna moesten we nodig weer eens opstappen, want in het donker rijden, dat deed meneer Zielman liever niet.

'Ga zo door, Jan. Veel oefenen, hard werken,' aldus meneer Bremmer bij het afscheid. En dat waren de woorden die ik thuis herhaalde. Ik had uitgebreid verslag gedaan. Prachtig huis. Prachtige schilderijen. Prachtig beeldhouwwerk.

Maar over die jonge vrouwen had ik gezwegen. Dat was mijn geheim.

Met tekenen ging ik inderdaad door, omdat ik er plezier in had. Maar vroeg iemand wat ik worden wilde, later, dan antwoordde ik:

'Zeeman, net als m'n oom. Of piloot.'

Waarmee ik bedoelde: weg. Weg van huis. Weg uit die zwaarmoedigheid, weg uit al dat zwarte om me heen...

Ik had een fiets gekregen voor mijn verjaardag, weliswaar een afdankertje van mijn oom uit Apeldoorn, maar niettemin... Het was een echte *Raleigh*, een herenfiets met knijpremmen. Geen van de jongens had er zo een. Uren was ik bezig hem te schuren, tot er geen spatje verf meer zat op het blanke metaal, en daarna lakte ik hem, laag na laag, tot hij diepzwart glansde alsof hij nieuw gemoffeld was. – En ik trok de polders in, alleen... Achter de horizon lokte het onbekende. *Vrijheid* heette dat onbekende.

Het begon ermee dat ik op zondag, na het middageten, terwijl mijn ouders rustten, het huis ontvluchtte. Dan ging ik naar de tuin, zogenaamd om te kijken of het wel goed ging met de dieren. Dat mocht niet maar ik deed het toch, zonder het te vragen. Niets mocht immers? Wat had het voor zin om voor iets toestemming te vragen wanneer je van tevoren wist dat je die toch niet kreeg? 'Je bent een nagel aan m'n doodskist. God heeft gezegd: wie zijn ouders vertrapt, zal zelf vertrapt worden... Ga uit m'n ogen!' –

Waarop ik voor straf op mijn kamer werd opgesloten en door het raam naar buiten klom.

De volgende stap was dat ik, wanneer het mooi weer was, eenvoudigweg de fiets pakte en eropuit trok, de polders in. Dat was ongekend... De fiets! Op zondag! En dat voor de zoon van een ouderling! Er werd geschreeuwd en gedreigd, er werd geweend en er klonk tandengeknars, maar het mocht niet baten.

En het eindigde ermee dat ik ronduit weigerde nog langer naar de kerk te gaan. Ik hield het niet uit tussen die vier muren. Die somberheid, die bleke gezichten boven 't zwart. En die zondvloed van woorden die me absoluut niets te vertellen hadden... – Dan maar naar de hel.

Ik was twaalf, het was een halfjaar na de dood van Piet. Het was een zondagochtend. Schitterend weer. Ik had de dag tevoren met Pim afgesproken te gaan zeilen op de plas. Ik was vastbesloten. We hadden het zondagse geklutste ei op bed gekregen, als altijd. Ik had me aangekleed, dromerig, afwezig. M'n doordeweekse plusfours, grijze kousen. En niet de zwarte, die moeder op de stoel had klaargelegd. De trap af, naar beneden.

'Waarom heb jij je kousen niet aangetrokken?'

'Omdat ik daar geen zin in heb.'

Tijdens het ontbijt werd er verder gezwegen.

En toen dat moment. Dat moment waarop de wereld even ophield met draaien.

De zusjes zijn bezig de tafel af te ruimen, moeder staat met de theepot in haar hand, vader zit in zijn stoel, het prekenboek op schoot. Ik kuch. En het is alsof mijn stem van heel ver weg klinkt. Mijn oren zijn verstopt.

'Ik ga niet naar de kerk. Ik ga straks zeilen met Pim...'

Stilte. Alles en iedereen, moeder, de zusjes, de mussen in de dakgoot, tot de pendule op de schoorsteenmantel toe, houdt de adem in. Maar dan opeens een schrille kreet en een opeenvolging van wilde bewegingen, in zo'n razend tempo dat het lijkt of de tijd, die even heeft stilgestaan, de schade in wil halen. Mijn vader is opgesprongen uit zijn stoel, met uitpuilende ogen. Zijn vest is grijs van de as. En hij vertrapt iets, zomaar op het vloerkleed. Mijn vader heeft zijn kostelijke zondagse sigaar verkeerd om in de mond genomen... En hij heeft gevloekt! *Mijn vader heeft gevloekt!* – Een vloekwoord zo verschrikkelijk dat niemand het ooit zou durven herhalen. Hij priemt met zijn vinger in de lucht, roodaangelopen, happend naar adem:

'*Jij! Jij!* De duivel die in jou is gevaren heeft met mijn tong gesproken! *Dit komt op jouw hoofd neer!*' – Waarna hij naar de keuken holde, gevolgd door mijn moeder, en er een luid gespetter en gejammer opklonk.

Een andere ouderling zou die ochtend voorgaan in de eredienst. Maar ik was daar niet bij. Ik was zeilen.

Over de drempel van de kerk had ik mijn laatste stap gezet. Stilzitten in een kerkbank, stilzitten op school – het deed in saaiheid nauwelijks voor elkaar onder. Toen ik niet lang daarna voor de keus gesteld werd verder te gaan leren of vader te helpen in de zaak, koos ik voor het tweede. Bij vlagen ging het goed. Maar dan kreeg de onrust me te pakken. Dan pakte ik de fiets en was ik de verdere dag verdwenen. Naar Utrecht. Winkels kijken, turen naar de plaatjes bij een bioscoop. Of ik ging naar Soesterberg, het militaire vliegveld. Daar stond een rijtje Fokkers D21. Die waren verkocht aan Finland. Want in Finland gebeurde iets.

'Dankzij die meneer Hitler is er in Duitsland toch maar mooi geen werkloosheid meer...' aldus meneer Veenstra, een kogelrond mannetje met kraaloogjes, die om de zoveel tijd verscheen, met in de ene hand een koffer met stichtelijke boeken en in de andere eentje met korsetten – want die in de winkel werden verkocht deugden, om geheimzinnige redenen, niet.

Mijn vader kauwde, slikte, de ogen strak op zijn bord. 'De aardappels staan er prachtig bij dit jaar, maar in de sla zit luis...'

Want politiek aan tafel was taboe, of het nu ging over Colijn of Mussert. Je stemde op de SGP van dominee Kersten, je las De Banier, het blaadje van dominee Kersten. En zo was het voldoende. Colijn, Mussert wie waren dat? Het waren hoge heren in het verre Den Haag. Die wetenschap was ruim voldoende.

In Spanje was een burgeroorlog geweest. 't Ging tussen de bolsjewieken en de roomsen. Zoiets als de duivel tegen de satan dus. Want de bolsjewieken loochenden God en de paus was de antichrist van het Vaticaan.

Drie jaar later vielen de Russen Finland binnen. En in Finland woonden *christenen.* Eigenlijk was het dus een strijd tussen gelovigen en ongelovigen, net als in de Boerenoorlog: de dappere Boeren, recht in de leer, zonen van Hollands stem, tegen een groot overwicht van verwijfde, laffe Engelsen. De ene partij was 'goed', de andere 'slecht'. Geloof tegenover ongeloof. Uitverkoren of verdoemd. Held of schurk.

Het wereldgebeuren speelde zich af op een toneel dat onmetelijk ver verwijderd was, voorbij Utrecht, voorbij Amsterdam. Van die wereld was je gescheiden door een onvoorstelbare kloof, een reis van dagen. Dat maakte de angst voor oorlog tot iets onwezenlijks. Daarvoor moest je immers helemaal naar Finland, helemaal naar Polen?

Maar op een schitterende voorjaarsmorgen bleek ook het omgekeerde mogelijk. Het wereldgebeuren ondernam die onvoorstelbare reis. Om vijf uur 's ochtends werden we gewekt door het gebrom van vliegtuigen. Het was de tiende mei van het jaar 1940.

De orde van de bezetter

Die eerste oorlogsdagen waren spannend en verwarrend. Niemand leek te werken. De mensen hingen rond in de straten, liepen zomaar bij elkaar naar binnen. Thuis werd, tot ontreddering van mijn moeder, zelfs het heiligste gebod, het vaste tijdstip van de maaltijden, met voeten getreden: we liepen in en uit, aten wat in de keuken. De onwezenlijke sfeer werd nog versterkt doordat het zulk schitterend weer was, de eerste stralende lentedagen na een lange, sombere winter.

Wij jongens, Pim, Chiel en ik – we waren vijftien – trokken er de hele dag met de fiets op uit, ondanks het verbod van onze ouders. Daar was geen houden aan. Hier vond iets plaats dat je alleen kende uit de geschiedenisboekjes, en we wilden er absoluut niets van missen. Gevaar of geen gevaar.

Enorme formaties Duitse vliegtuigen trokken onder een monotoon gebrom over ons heen.

'Die gaan met parachutisten naar Den Haag,' aldus Pim, die thuis de beschikking had over een radiotoestel.

Er werden luchtgevechten geleverd. Droog geknetter van boordgeschut in de leegte. Witte wolkjes waaierden uit in de ijle blauwe lucht. Duizelingwekkende wendingen, sierlijke loopings...

Maar het was menens, en wanneer er een Duits vliegtuig neerkwam, brandend als een fakkel, met achter zich een vuile staart van rook, steeg er een gejuich op. Alleen, dat gebeurde toch eigenlijk wel verontrustend weinig...

We riepen elkaar de namen van de verschillende typen vliegtuigen toe. Daar had je de Nederlandse Fokkers D21, daar een GI, met zijn dubbele staart. Dat waren de Duitse Heinkels, en, in groot aantal, de Junkers, herkenbaar aan het soort golfplaat waarvan ze gebouwd waren. Met een dijkje als dekking keken we, naast onze fietsen in het gras gedrukt, toe hoe duikbommenwerpers een viaduct platgooiden, niet meer dan een paar honderd meter van ons vandaan. De explosies daverden over ons hoofd, brokken cement en steen kwamen tot vlak bij ons neer. Ik moest happen naar adem. Dit gebeurde *echt*. Al het vertrouwde werd uiteengescheurd. Niets was langer voorspelbaar, alles was mogelijk...

Op de terugweg onthielden we ons van het gebruikelijke, opgewonden commentaar.

Hoe de zaak er precies voorstond wisten we niet, zoals niemand het wist. Wel vonden we het logisch dat we vliegtuigen richting Den Haag zagen gaan. Dat was tenslotte onze residentie, de zetel van de regering. Oorlog was iets dat zich op hoog niveau tussen twee staten afspeelde, zoals in vroeger tijden tussen koningen. Wanneer de een het regeringscentrum van de ander bezet had, was het pleit beslecht. Maar dat zoiets in dit geval ook werkelijk zou kunnen gebeuren... In uiterste nood kon ons leger zich altijd nog verschansen achter de Hollandse Waterlinie. Daar kwamen die Duitsers van hun levensdagen niet overheen! Trouwens, wat hier plaatsvond was een 'laffe overval'. En daar rustte nooit een zegen op, zoals een dappere minderheid ook nooit het onderspit zou delven tegen een overmacht van gewetenlozen. Ooit een boek gelezen waarin het recht *niet* zegevierde? – Wij niet.

Intussen gonsde het van de geruchten. Ons leger hield dapper stand aan de Afsluitdijk en bij de Grebbeberg, aan de Rijn. Een sterke Franse legermacht rukte vanuit Zeeland op. En onze mariniers, de befaamde 'zwarte duivels', hakten bij Rotterdam de Duitse luchtlandingstroepen in de pan. Toch was hoogste waakzaamheid het devies, want de NSB'ers zouden een 'Vijfde Colonne' gevormd hebben om de onzen in de rug aan te vallen. Vandaar dat ze bij bosjes werden opgepakt. Dat ging aan de hand van zwarte lijsten. Ook in Oudewater werden er een aantal ingerekend en opgesloten in een schoolgebouw. Daar waren mensen bij van wie niemand geweten had dat ze NSB'er waren. Het verraad loerde aan alle kanten.

Er gebeurden, wanneer je het geloven mocht, de gekste dingen. Het drinkwater zou besmet zijn, er waren vergiftigde bonbons uitgeworpen, en ook bepaalde vulpennen waren beslist niet te vertrouwen: ze ontploften wanneer je ze openschroefde... Verder zouden er Duitse soldaten gedropt zijn, vermomd als dienstmeisjes, monniken en priesters. Roomse geestelijken werden dus met het grootste wantrouwen bejegend, ook door mijn vader, die als Vrijwillige Landstormman ingezet was bij de bewaking van de IJsselbrug. Daar stond hij op wacht achter een prikkeldraadversperring, bewapend met een echt geweer, dat thuis eindeloos gepoetst en geolied werd. Er viel niet met hem te spotten.

Wanneer ik hem wenkte, groette hij niet terug. Met een norse hoofdbeweging gaf hij te kennen dat ik moest maken dat ik wegkwam, net als de andere jongens. Zoon Jan of niet.

Drie dagen later was het gebeurd. 's Ochtends hoorden we dat het koninklijk gezin uitgeweken was naar Engeland. Mijn moeder zat te snikken bij dat bericht. Het leek alsof het nu pas tot haar doordrong dat het waar was, wat er allemaal gebeurde. Het gezicht van mijn vader stond strak:

'Dan is alles verloren. God heeft het wel voorzegd. Nederland wordt gestraft...'

Diezelfde dag verhief zich rond het middaguur een enorme, zwarte rookkolom aan de horizon: Rotterdam was gebombardeerd. Een 'open stad', zei men. Dat was een misdaad tegen de oorlogswetten. En vroeg in de avond werd de capitulatie bekendgemaakt.

Ik stond naast Chiel geleund tegen de gevel van Hotel de Roos. Door het open raam klonk de radio. 'Generaal Winkelman spreekt', hadden we horen zeggen. Wat hij zei, konden we maar bij flarden verstaan. Ons leger had de strijd gestaakt, dat was duidelijk – en het was alsof er iets bij me knapte. Dit was iets onherroepelijks, en ik moest opeens denken aan de dood van Piet. Het zou nooit meer worden als vroeger...

Toen klonk het, met een stem die eensklaps krachtig was en duidelijk verstaanbaar, alsof het allemaal op een misverstand berustte en er toch een overwinning gevierd kon worden:

'Leve hare Majesteit de Koningin! Leve het Vaderland!' – En daarop klonk het Wilhelmus, schel en metaalachtig zoals ik het nooit eerder gehoord had. Binnen gooide iemand een bierglas aan scherven. Voorbijgangers hadden tranen op de wangen. We gingen op huis aan, Chiel en ik, stil en verslagen.

Die nacht sliep ik in met het denkbeeld dat ik de volgende ochtend wakker zou worden in een compleet andere, want bezette wereld.

De werkelijkheid was anders, want de daaropvolgende dagen vond er ogenschijnlijk niets bijzonders plaats: de mensen gingen weer aan het werk, ook vader en ik, en het leven van alledag kreeg weer zijn beloop. Tot ik voor het eerst weer naar de tekenschool ging, waarop ik sinds een jaar een avondcursus volgde. Meteen bij het binnenkomen bespeurde ik een vijandige houding, zowel bij de leerlingen als bij de leraren.

'Die vader van jou pakken we wel, en jou erbij...' werd

achter me gesist toen ik mijn plaats innam. Ik draaide me om, verbijsterd:

'Maar wat is er dan...?'

'Hou je bek, moffenvriend!'

Wat ik niet wist, scheen iedereen te weten: op die beruchte zwarte lijst van potentiële landverraders had ook mijn vaders naam gestaan. Toen de school uitging, werd ik in het donker op straat bedreigd. Vijf, zes tegen één.

Ik moest het op een lopen zetten om ongehavend thuis te komen. Niets begreep ik ervan. Hoe kon mijn vader, die toch, al was er in onze omgeving niet gevochten, pal had gestaan om de IJsselbrug tegen de Duitsers te verdedigen, nu opeens een landverrader zijn? Het was Chiel die me de volgende dag opheldering verschafte, want mijn vader er rechtstreeks naar vragen durfde ik niet. Misschien wist hij het zelf niet eens. Of schaamde ik me?

Chiel had thuis gehoord dat mijn vader die afgelopen zondag in de kerk gepredikt had dat je te allen tijde aan de overheid moest gehoorzamen, of dat nu een bezetter was of niet.

'De Duitsers zijn een gesel in de hand van God...' imiteerde hij op galmende toon.

Of *ik* het daar nu mee eens was, bleek er niet toe te doen. De bedreigingen hielden de daaropvolgende dagen aan. Jongens met klompen in hun hand wachtten me op in steegjes, ooit vertrouwd, nu holen waar het gevaar school. 'Hé, vuile landverrader! Kom op als je durft!'

Ik waagde me voorlopig maar liever niet op straat. Dan maar geen tekenles. Wanneer het er nu één was... Maar ze waren nooit alleen. En wat me nog het meest bevreemdde, was dat jongens uit NSB-gezinnen ongemoeid werden gelaten. Hun vader was wél opgepakt, die tiende mei. Zij werden hoogstens niet gegroet. Maar daar bleef het dan ook bij...

Toen kwamen de Duitsers. Eerst gemotoriseerde eenheden: tanks, pantserwagens, motorfietsen met zijspan. Ze raasden over de IJsseldijk, stopten, vorderden benzine, en verdwenen richting Gouda. Ze waren de vijand, maar dat nam niet weg dat ik mijn ogen uitkeek. Die Duitsers zagen er toch wel heel wat krijgshaftiger uit dan die Nederlanders in hun slobberige uniformen en met die malle beenwindsels om. Daarna kwam er een afdeling cavalerie, paardenvolk, en die bleef in Oudewater. De paarden werden tegenover ons huis gestald in de uitspanning van Kraan en we kregen inkwartiering. En opeens, van zo dichtbij, bleken die Duitse soldaten helemaal niet de woeste rabauwen die ik me had voorgesteld. Er werd niet geplunderd, er werd niet gebrandschat, mijn zusjes werden ongemoeid gelaten. Het waren eigenlijk doodgewone boerenjongens, afkomstig uit Noord-Duitsland, die zich, afgezien van hun wonderlijke taaltje dat op ons Fries leek, in weinig onderscheidden van de boerenjongens uit onze omgeving. Het ingegoten denkbeeld dat een vijand ook meteen een bruut onmens is bleek niet erg op te gaan.

En zo was er meer.

Van der Woude, de metselaar, en Knier, een van de aannemers, waren al jaren lid van de NSB. We namen vaak samen met hen werk aan, verbouwingen, restauraties, en ik kwam vaak bij hen over de vloer. En die mensen, die je al jaar en dag kende en van wie je nooit enig kwaad ondervonden had, die deugden opeens niet meer. De NSB had immers het land verraden, hoe weinig je daarvan ook in Oudewater gemerkt had. Van der Woude en Knier waren eensklaps 'fout'.

Ik wist niet goed wat ik met dat woord aan moest. Waren ze nu opeens niet 'aardig' meer, en de mensen door wie ze met de nek aangekeken werden juist wel? Waren die misschien zelfs 'goed'? Daar klopte dan toch niet veel van in mijn ogen, want diezelfde mensen bogen als knipmessen voor de Duitsers wanneer ze zaken konden doen, en de zonen van die mensen waren het die me op straat het leven zuur maakten.

'Zeg maar tegen je vader dat ik verder van zijn diensten geen gebruik zal maken...'

Het was Zaliger, een grote boer, die dat zei. Hij was van oudsher een goede klant geweest. Ik was die ochtend voor het eerst na die roerige dagen bij hem op karwei verschenen om het werk af te maken waar we al een paar weken mee bezig waren geweest. Ik haalde diep adem.

'Wie levert er hier kaas aan de moffen?'

'Opgelazerd! Van m'n erf af jij!'

Los van dergelijke incidenten vond het leven aanvankelijk normaal voortgang: werken op het land, op karwei, met vader of in m'n eentje. Maar na verloop van tijd werd het steeds moeilijker om aan schildersmateriaal te komen, terwijl ook het aantal opdrachten sterk verminderde. 't Was nu eenmaal niet de tijd om je huis eens een goede opknapbeurt te geven.

We moesten dus naar andere wegen zoeken om ons kostje bij elkaar te schrapen. Er was een schaarste aan zeep ontstaan, en dat gingen we maken, van caustische soda en lijnolie. Daarvan hadden we nog grote hoeveelheden in voorraad. En toen die uitgeput raakten, gingen we op stukloon vellen papier sausen met een tabaksextract. De hele werkplaats hing ermee vol. Wanneer ze droog waren gingen ze naar de sigarenfabriek om tot dekblad verwerkt te worden. – Niet het meest afwisselende werk dat een mens zich denken kan.

Met mijn oorspronkelijke vrienden had ik weinig contact meer. Pim was naar de HBS gegaan, Chiel werkte in de antiekzaak van zijn vader. En in het tweede oorlogsjaar verhuisden ze, Pim, wiens vader inmiddels lid was geworden van de NSB, naar Bergen op Zoom en Chiel naar Amsterdam. Andere vrienden kwamen er niet voor in de plaats, en wanneer ik er met mooi weer op uittrok was dat dus altijd in m'n eentje.

Vaak stuitte ik daarbij in de velden op groepjes van de Jeugdstorm, de padvinderachtige jeugdorganisatie van de NSB. Dat gebeuren oefende een onweerstaanbare aantrekkingskracht op me uit. Die jongens oogden sportief, in hun lichtblauwe hemd en hun donkerblauwe broek. Ze trokken, een lange stok in de hand, door de polder met kompassen, ze zongen mysterieuze liedjes, deden aan sport, gingen uit kamperen. Ze déden tenminste iets, ze straalden ondernemingslust uit – in schrille tegenstelling tot mijn dagelijkse omgeving waarin iedereen zwaar op de hand was en niemand tot iets scheen te kunnen komen. Bovendien heerste er een sfeer van joviale kameraadschappelijkheid waar ik, gaandeweg eenling geworden, in hoge mate jaloers op was.

Ik stond van een afstandje te kijken. Een wat oudere jongen had een eind touw in de hand, deed een knoop voor: 'Dit is de reefknoop. Hij wordt gebruikt bij het reven en het vastmaken van de knuttels...' – Hij zag me, stokte, gaf een van de jongens die in een halve kring aan zijn voeten zaten een wenk. Deze stond op en kwam op me af. Ik kende hem van gezicht.

'Wat doe jij hier?'

'Ik kijk een beetje...'

'Je mag er best bij komen zitten.'

Steeds vaker was ik op zaterdagmiddagen in hun omgeving te vinden. Die kring werd mijn toevluchtsoord. Daar werd ik geaccepteerd, ook al was ik geen lid van hun organisatie.

Er was nog iets. Een hang om te midden van jongens te

verkeren. Maar dat die hang misschien verder kon reiken dan gebruikelijk werd geacht – daarvan was ik me niet bewust. Hoewel...

'Hé, mooie jongen...'

Het was kleermaker Krul die me dat niet lang geleden had gezegd, zijn hand rond mijn nek. En, hoewel hij getrouwd was en kinderen had, er werd iets gefluisterd over die Krul. Ik had me met een rood hoofd losgetrokken, maar die avond had ik mezelf langdurig in de spiegel aangestaard. Ik? Mooi? – Ik had over mijn kin gestreken, waar nog geen enkel baardhaartje zich had aangediend. En ik was in bed gekropen, verward, verhit.

Met de jaarwisseling van 1942 op '43 werd de Arbeidsdienst, bij wijze van vervanging van de militaire dienstplicht, verplicht gesteld. Ik was net achttien geworden en behoorde tot de allereerste lichting die opgeroepen werd. Wanneer je werk verrichtte dat in het belang van de oorlogsvoering werd geacht, kon je een vrijstelling krijgen, maar dat ging in mijn geval niet op. Trouwens, ik wilde wel. Eindelijk iets anders. Meteen na nieuwjaarsdag vertrok ik, mijn koffertje in de hand. Op naar Leusden, in de bossen bij Amersfoort. Voor het eerst van huis, het grote avontuur tegemoet...

Samen met een paar honderd andere jongens zat ik daar, ondergebracht in barakken. We kregen een poepgroen uniform uitgereikt, en ontvingen een basistraining. Exerceren met een spade over je schouder. Linksom, rechtsom. Op de plaats rust... De leiding was in handen van onderofficieren van het voormalige Nederlandse leger. We hielden lange dagmarsen, deden veel aan sport. Arbeidssoldaten werden we genoemd.

Het was een enorme opluchting weg te zijn uit Oudewater, al bespeurde ik toch ook voor het eerst een gevoel van heimwee naar de geborgenheid van het ouderlijk huis, hoezeer ik me er de afgelopen jaren ook tegen had afgezet. Toch gaf ik er, toen we na een korte aanvangsperiode de weekenden naar huis mochten, meestal de voorkeur aan in het kamp te blijven. Ik had mijn fiets meegenomen, ieder vrij moment zwierf ik door de bossen: alles was even spannend en schitterend in mijn ogen.

Na Leusden volgde Weert, in Limburg, waar we werden ingezet bij de ontginning van heidevelden in de Peel. Weer een nieuwe omgeving die verkend moest worden. Dat ik op mijn zwerftochten werd uitgelachen vanwege mijn rare pakje nam ik maar op de koop toe.

'Hé! Koenraad van de Arbeidsdienst!' – Dat was een figuur die optrad in advertenties: een brave Hendrik die oude vrouwtjes hielp oversteken en zijn zitplaats aanbood in de tram...

'Wanneer je 'n scheet laat raapt *hij* 'm wel voor je op!' – En die hij was ik dan.

Dat alles duurde een halfjaar. Toen werd ik voor de keus gesteld om bij te tekenen. Je kon dan in aanmerking komen voor een kaderopleiding. Zo niet, dan ging je terug naar huis. Dat laatste moest dan maar – ik had het intussen wel gezien, die Arbeidsdienst.

Zo zat ik dus weer in Oudewater, voor het eerst van huis geweest. De oude sleur deed weer zijn intrede. Dekblad sausen in de werkplaats, op tijd aan tafel, avonden waar geen eind aan kwam. En dan naar bed. En morgen weer hetzelfde. – Dat ging niet meer, ik voelde me een vogel in een kooi. Met de dag werd ik ongeduriger en liep de spanning thuis hoger op. Bij dat alles kwam dat tijdens mijn afwezigheid de Arbeitseinsatz was ingevoerd: de gedwongen tewerkstelling in de oorlogsindustrie. Dat hing ook mij boven het hoofd, want voor een vrijstelling kwam ik niet in aanmerking, hoezeer ik dit keer ook soebatte. Werken in een fabriek – het was voor mij symbolisch voor vernedering en slaafsheid. Even buiten Oudewater stond een touwfabriek, en van jongs af aan had ik met afgrijzen gadegeslagen hoe de arbeiders van de nachtploeg iedere ochtend eerbiedig langs de kant van de weg bleven staan wanneer meneer Van der Steen, de directeur, op de fiets passeerde. Hij hier, aan de ene kant, in pak met vest en met een gleufhoed op het hoofd, zij daar, het hoofd gebogen, de pet in de hand...

'Halt en front,' noemde mijn vader dat met een militaire term. 'Voor een mens behoef je nooit te buigen, Jan.' Maar hij nam wel zijn hoed af voor Van der Steen, terwijl deze er alleen maar even tegen tikte: het was een grote klant. – En nu moest ik naar een fabriek? Ik huiverde bij de gedachte.

Een paar weken later was het zover. Ik werd geplaatst bij een machinefabriek niet ver bij ons vandaan, in Waddinxveen. Daar moest ik, omgeven door een oorverdovend kabaal, bouten aandraaien, van acht tot zes.

Ik raakte volledig in paniek. Het gedreun van de machines, het gevoel opgesloten te zijn, afgeblaft te worden omdat ik weer eens iets fout had gedaan... Alles in me kwam er tegen in opstand. Na twee dagen liep ik weg, zomaar, midden overdag, vastbesloten nooit meer één stap in een fabriek te zetten.

Maar dat kon natuurlijk niet. Dat was werkweigering, een strafbaar feit.

Ik moest weer aantreden op het arbeidsbureau, en daar kwam ik toevallig een jongen tegen die ik kende uit de kringen van de Jeugdstorm. Wanneer ik me daar nou ook officieel voor opgaf, wist hij via een partijlid wel een voorlopige vrijstelling voor me te bemachtigen. En dat deed ik, ondanks de protesten van mijn ouders. Voor mij was het angstbeeld van die fabriek voorlopig naar de toekomst geschoven...

Zo was ik die zomer op zaterdagmiddagen te vinden in het clubhuis in Woerden, of als het mooi weer was buiten: spoorzoeken, kompaslezen, vuurtjes stoken, groepsgewijs marcheren door de polder. Ook gaf ik me op voor een kampeertocht die vanuit Arnhem zou starten. Met de trein naar Utrecht, dan overstappen en verder.

En daar in Utrecht op het perron, liep ik een jongen tegen het lijf die, zonder dat ik precies onder woorden kon brengen wat het was, iets in me teweegbracht vanaf het moment dat ik hem in het oog kreeg: een gevoel dat ik tot dan toe noch in het geval van een meisje, noch van een jongen eerder ervaren had. Een gevoel van spanning en ontspanning in één. Een gevoel van kracht, terwijl op hetzelfde moment alle kracht me leek te ontvloeien. *Bitterzoet*, het was een woord waarvan ik nooit begrepen had hoe het proefde. Wel, dit was dus bitterzoet.

Zonder dat er een woord gewisseld was stapten we in hetzelfde voor de Jeugdstorm gereserveerde rijtuig, in dezelfde coupé. We zaten tegenover elkaar. Hij keek me aan en ik beantwoordde zijn blik. We lachten.

'Wat voer jij uit in 't leven?'

Het ongebruikelijke van die vraag school, wat mij betrof, niet zozeer in de inhoud ervan, maar in de wijze waarop zij gesteld werd: stoer, de toon van volwassenen onder elkaar.

'Ik werk bij m'n vader in de zaak. Huis- en decoratieschilder. En jij?'

'Ik ga varen. Stuurman grote vaart...'

Hij zei het met de vanzelfsprekendheid van iemand die gewend is zijn eigen beslissingen te nemen. Varen... Dat nam je je voor, en dat déééd je dan gewoon! – Maar zo simpel lag het natuurlijk niet. Weliswaar had hij net z'n HBS afgemaakt, maar het was oorlog, en er wérd helemaal niet gevaren... Hij heette Hein, was afkomstig uit Limburg. Zijn vader was Duitser en zat bij de Wehrmacht, zijn moeder was Nederlandse. Hij was iets ouder dan ik, en een half hoofd langer: een slanke, lenige jongen met donker krulletjeshaar, net als ik, en bruine, iets scheefstaande ogen. En toen pas drong het tot me door wat me, half bewust, was opgevallen, zo-even, op dat overvolle perron. Hij liep, net als ik, niet in het Jeugdstormuniform. Over het blauwe shirt droeg hij een licht windjack. Geen blauwe korte broek maar donkere plusfours. Zwarte sportschoentjes met rubberen zool. – Zulke moest ik ook eens op de kop proberen te tikken...

'We moeten zien dat we straks bij elkaar worden ingedeeld,' stelde Hein voor, terwijl de trein het station van Arnhem binnenreed. Dat lukte. En zo waren we, amper een uur nadat we elkaar ontmoet hadden, met z'n tweeën op stap, de bossen in. We hadden een route en een aantal opdrachten meegekregen: een voettocht van drie dagen, kriskras door de Veluwe, zowel over gebaande wegen als dwars door veld en bos. Daar gingen we, bewapend met wat leeftocht, detailkaarten en een kompas. Drie dagen lagen voor ons als een stralend vergezicht.

Onder het lopen wisselden we onze ervaringen uit. We leken in verschillende opzichten op elkaar, Hein en ik. Allebei waren we afkomstig uit een besloten gemeenschap waarin het geloof een belangrijke rol speelde. Ook hij kwam uit een ambachtelijk milieu. Allebei hadden we een moeilijke tijd achter de rug: conflicten thuis, botsingen met een vijandige omgeving, ik vanwege de erfenis van die godsdienst, hij vanwege zijn Duitse afkomst. In avontuurlijkheid deden we voor elkaar niet onder, we waren allebei vlug en lenig, hij misschien wat sterker, ik taaier en vasthoudender.

Maar waarin hij mij de baas was, was zijn fantasie.

De jeugdstormkampementen meden we, we sliepen in

een hooiberg. En dan, vlak naast me, klonk zijn stem. Urenlang kon hij vertellen. Hij was koerier van de tsaar geweest. Hij had op buffels gejaagd. Hij had overwinterd op Nova Zembla. Hij was de Amazone afgezakt...

Overigens zou hij binnenkort ook in werkelijkheid een grote reis ondernemen. Voor drie maanden naar Oostenrijk, naar een weersportkamp. Daar leerde je bergbeklimmen, skiën, schieten met buksen, wat je maar wilde. En het kostte niets...

'Ga mee, Jan. Dan ben je meteen verlost van dat gezeik van die Arbeitseinsatz!'

Daar hoefde ik geen seconde over na te denken. Ik kneep hem in zijn arm.

'Doe ik. Wat dacht *jij* nou?'

Drie dagen later waren we vrienden voor het leven geworden. We namen afscheid van elkaar op de plaats waar we elkaar waren tegengekomen, het station van Utrecht, met de wederzijdse belofte elkaar snel te schrijven. Twee dagen later kwam zijn eerste brief. En die had de mijne gekruist... De daaropvolgende weken zagen we elkaar vrijwel ieder weekend. We spraken af in Utrecht, hij kwam met de trein, ik op de fiets. Kuierden daar wat rond, gingen naar de bioscoop – ik voor het eerst van m'n leven. We logeerden bij elkaar, ik in Venray, hij in Oudewater.

En dat we daarbij in één bed sliepen beschouwden we als een vanzelfsprekendheid.

Begin september was het eindelijk zover. Het hoge woord moest eruit:

'Ik ga morgen weg. Naar Oostenrijk. Ik ga naar een weersportkamp, samen met Hein...'

Het huis was te klein. Moeder in tranen, vader trillend van toorn. Die kampen werden georganiseerd door de Hitlerjugend, dat wisten ze vanwege de reclame die ervoor gemaakt werd. Er werd gesmeekt, er werd gedreigd.

Maar ik zei dat er niets anders meer opzat. Ik had getekend. Ik had m'n treinkaartje al op zak...

Zo stapte ik de volgende ochtend in een trein vol jongens, toch wel aangedaan door het afscheid voor zo'n lange tijd, en ook behoorlijk zenuwachtig vanwege die lege plaats tegenover me, die ik bezet hield met mijn rugzak. Maar dat veranderde bij toverslag toen we het station van Nijmegen binnenreden. Want daar stond Hein.

Vuurproef in overleven

Vier dagen en nachten duurde de reis. Soms reden we lange tijd stapvoets, dan weer stonden we urenlang stil op rangeerterreinen of zomaar midden in het veld. De trein werd steeds langer. Eerst werden wagenstellen aangekoppeld, afkomstig uit België, daarna uit Denemarken en Frankrijk. Tenslotte waren we met ongeveer zeshonderd man, allemaal jongens van een jaar of achttien.

De opwinding was groot. Vrijwel niemand was eerder in het buitenland geweest, sommigen zelfs nooit eerder van huis. We keken onze ogen uit. Duitsland. Zelfs de bomen leken hier anders. Daar had je het glinsterende lint van de Rijn, die we aanvankelijk trouw bleven volgen, daar, in de verte lag de Eiffel, daar het Taunusgebergte – alles uit de aardrijkskundeboekjes bleek echt te bestaan. En wat we daar zagen was nog maar laaggebergte. Dat stelde, wanneer je de enkeling mocht geloven die deze tocht eerder had ondernomen, nog helemaal niets voor in vergelijking met het doel van onze reis: de Alpen. Maar we zagen meer.

We passeerden gebombardeerde steden, uitgebrande fabrieken, bergen puin. Voor het eerst maakten we kennis met de tekenen van oorlogsgeweld op grote schaal. Dat gold voor mij, dat gold voor de meesten van ons. We zaten opeens midden in een oorlog die tamelijk ongemerkt langs de dorpen en provincieplaatsjes waar de meerderheid vandaan kwam, geslopen was. Sommigen zaten er stil en beklemd naar te kijken, anderen deden met veel bravoure alsof ze het de gewoonste zaak van de wereld vonden.

Tijdens een oponthoud stonden we langs een perron

waarop een transport gewonden lag, rechtstreeks van het front.

'Wat een slagerswinkel,' zei de een.

'Oorlog is oorlog,' zei een tweede.

Terwijl een derde zijn blik afwendde en zweeg, ietwat bleek rond de neus.

Hein en ik hadden de gelegenheid uren fluisterend te praten. Ik vertelde over de kerk. Over de dood van Piet. Over mijn vader. Nooit eerder had ik dat gekund. Het was of de periode van mijn kinderjaren nu pas achter me lag, zowel in afstand als in tijd.

'Je tong zal worden uitgerukt, je ledematen zullen krullen in het vuur, je zult voor eeuwig branden...'

Ik vertelde van de angsten die ik had uitgestaan, 's nachts in bed. Hein luisterde aandachtig. En op mijn vraag of hij het niet een kinderachtig verhaal vond schudde hij het hoofd:

'Wat een zakken. Wanneer dat tuig naar de hemel gaat, geef mij dan maar de hel...'

Af en toe werd er gestopt bij een klein station en mochten we een uurtje de benen strekken. Verder kwamen we de trein niet uit. We aten er, sliepen er, in smalle kooien die overdag werden neergeklapt. Dan liepen we wat heen en weer, van het ene groepje naar het andere. Het was een wonderlijke mengelmoes van talen. Veel stemverheffing wanneer een ander geen woord begreep van wat je uitbracht. Veel gebarentaal.

De krijgskansen vormden natuurlijk hét onderwerp van gesprek. Stalingrad was gevallen, Rommel had in Noord-Afrika in het zand gebeten. 'Duitsland zegeviert op alle fronten', had ik in Utrecht op een bord zien staan. Wel, dat klopte dan toch niet. Toch scheen een uiteindelijke Duitse overwinning door niemand betwijfeld te worden. Ik wist het niet. Het was nu bijna drie jaar oorlog. Had ik aanvankelijk nog het idee gehad dat oorlog iets was dat vanzelf voorbij ging, zoals een jaargetijde, nu was het me moeilijk voor te stellen dat er ooit nog een eind aan kwam.

Ook werden er druk politieke denkbeelden uitgewisseld – in mijn oren napraterij van wat ze thuis hadden opgevangen. Er waren twee groepen die lijnrecht tegenover elkaar stonden. De ene, waartoe veel Vlamingen en Denen behoorden, leek pro-Duitser dan de Duitsers zelf. Ze vonden dat hun land op moest gaan in één groot Germaans rijk. De andere meende dat de verschillende landen hun onafhankelijkheid terug moesten krijgen. Maar dat Duitsland hun vaderland was binnengevallen, daar schenen ze het allemaal mee eens te zijn. Was dat dan geen 'laffe overval' geweest? – Ik hield mijn mond maar.

'Mijn broer zit aan 't Oostfront. Wanneer ik van het kamp terugkom ga ik ook. We zullen die bolsjewieken eens een lesje leren! En jij?'

'Ik mag niet van m'n ouders...'

'Hij mag niet van z'n ouders,' klonk het schamper. 'Voor een goede zaak heb je geen toestemming van je ouders nodig!'

'Die is gek,' zei Hein. – Ze hadden thuis al lang geen bericht meer van zijn vader gehad. Die was voor z'n nummer opgekomen. En niet bepaald met geestdrift...

Op een van de nachten onderweg – we hadden die avond München achter ons laten liggen – werd ik wakker. De trein stond stil, en er was niets te horen dan het regelmatige ademhalen van Hein en de andere jongens in de coupé. Ik draaide me op mijn zij, schoof het rolgordijn een stukje omhoog en keek naar buiten.

Het was een heldere, windstille nacht. Te oordelen naar de stand van maan en sterren moest het een uur of vier zijn. We stonden op het diepste punt van een door flauwe hellingen beschut dal. Boomgroepjes, struiken, een duistere boerenhoeve, telefoonpalen, een omheinde weide met een roerloos paard – alles was gehuld in een bovenaards, blauwachtig licht, waarin alle contouren haarscherp afgetekend werden, terwijl alles wat in de schaduw lag in diepzwart verborgen bleef.

Onvoorstelbare gedachte dat op ditzelfde moment ergens ver van me vandaan een huis stond, stil en duister. Op je tenen de trap op... Alles is in rust, voorzichtig met de deur. En dan: mijn kamertje. Het bed is afgehaald. Voorwerpen, roerloos, dood, alsof ze niemand meer behoren. Achter het raam: de tuin. Het zilveren licht van de maan. Dezelfde maan als deze...

Ik keek, met ingehouden adem. Het was of de aanblik van dit landschap me de sleutel kon bieden tot een geheim: het mysterie van die peilloze sterrenhemel, van die onbegrijpelijk immense aardbol waarop ik me op één punt bevond, te weten in een trein vol jongens die ergens in het niets, midden in het Beierse heuvelland stilstond. Ik tuurde naar het hoogste punt van de tegenoverliggende heuvel. En ik probeerde me voor te stellen dat ik dáár stond, buiten, in de vochtige septembernacht. Ik stond daar roerloos, op de top van die heuvel met gespitste oren, in een stilte die zelfs niet door een nachtvogel verbroken werd. Ik keek. Beneden, op het diepste punt van het dal aan mijn voeten, stond een trein. Aan weerszijden bogen de rails, koel glanzend in het maanlicht, weg achter een glooiing. Links het verleden, rechts een toekomst, enkelspoor. En in mijn verbeelding ging ik met mijn ogen de raampjes langs, geblindeerd met rolgordijnen. Want één raampje moest daar zijn dat een smalle donkere spleet vertoonde. En die daarachter lag, dat was ikzelf... Zo lag ik daar en keek. En precies op het moment dat ik, huiverend van het gevoel van leegte waarin ik vervloeid was, het gordijn wilde laten zakken, zette de trein zich weer in beweging, vrijwel zonder schok. De wagons begonnen te piepen en te schommelen. Ik boog me verder over naar het raampje. Er was iets dat ik niet missen mocht. Langzaam, stapvoets, meter na meter, verdween het dal achter een bocht – en met het dal verdween iets méér, iets dat ik niet onder woorden zou kunnen brengen maar dat me, terwijl ik me weer op mijn rug draaide, een ongekend gevoel van eenzaamheid bezorgde.

De volgende ochtend werd ik gewekt door groot tumult. Iedereen verdrong zich voor de raampjes. We reden door een heus, zonovergoten berglandschap. Roodbonte koeien met bellen om de hals, enorme houten boerderijen, dorpjes met witte torentjes waarvan de spits uivormig was, precies als op de plaatjes. Het blonk van frisheid, alsof alles geharkt, geboend en geschrobd was.

En boven dat alles torenden de Alpen uit, in de verte, de toppen vuilwit, schitterend in het zonlicht.

Omstreeks het middaguur verwisselden we de trein voor open vrachtauto's. En verder ging het, met ronkende motoren. Een van de begeleiders wees. Daar, in de hoogte, moesten we zijn, op zeshonderd meter.

Het kamp lag op een uitgestrekt plateau, met onbelemmerd uitzicht over een meer. Het omvatte vier lange, witgeschilderde barakken, dienstgebouwen, sportvelden en een excercitieterrein. Een omheining was er niet, wel stond er bij de ingang een wachthuisje.

Hoewel het kamp ressorteerde onder de Hitlerjugend bleken er maar weinig jongens te zijn die daaruit afkomstig waren. Het overgrote deel bestond uit leden van buitenlandse zusterorganisaties. We werden ingedeeld aan de hand van lijsten, jongens van verschillende nationaliteit door elkaar.

'Mogen Montyn en ik in één groep?' vroeg Hein, die vanwege zijn vader vloeiend Duits sprak. Het verzoek werd met een hoofdknik ingewilligd. We kregen een grijsblauw werkpak uitgereikt, gymschoenen, een petje met een brede klep. Het leven kon beginnen.

Elk groepje van twaalf jongens stond onder leiding van een instructeur, een gewonde of verminkte Wehrmachtsoldaat die van actieve dienst ontheven was. De een miste een been, de ander een hand, er was zelfs een ex-vlieger bij die zijn gezichtsvermogen vrijwel had verloren. Onze instructeur miste zijn rechterarm. Hij droeg de zwarte baret van het tankkorps. Hij was luitenant, had in Rusland gevochten. Hoewel hij maar een paar jaar ouder was dan wij keken we huizenhoog tegen hem op, zoals tegen alle instructeurs.

Die jongens hadden iets meegemaakt, dat viel aan alles te merken: hun manier van spreken, de blik in hun ogen, ja zelfs hun loop. Ze hadden aan het front gezeten. Ze waren keihard voor zichzelf, beklaagden zich nooit over hun gebrek. Was je arm eraf – dan moest je ervoor zorgen dat je andere arm twee keer zo sterk werd als voorheen. In oorlog gebeurde dat soort dingen nu eenmaal. De een sneuvelde, de ander raakte verminkt. Dat was aan de ene zijde zo, en zo was het aan de andere zijde van het front. Risico was een vanzelfsprekend onderdeel van het natuurgebeuren dat oorlog heette. Want oorlog was zo oud als de mensheid.

's Ochtends om vijf uur werden we uit ons bed getrommeld. Naar buiten, weer of geen weer. Conditietraining, met niet meer aan dan een sportbroekje en gympjes. Daarna een koude douche. Dan ontbijten in de eetzaal. In de ochtend kregen we diverse oefeningen: schijfschieten met lichte karabijnen, bewegen in het veld, exercitie. Na het middageten was er een uur verplichte rust. Daarna volgden theorielessen. Oorlogsstrategie, aan de hand van de krijgsgeschiedenis, maar ook politieke vorming, *Politische Weltanschauung* – in het Duits dus, waarvan ik geen woord verstond. Dan waren er corveediensten en was er het wachtlopen. Tenslotte, na het avondeten, kreeg je een uurtje voor jezelf: sommigen legden een kaartje, anderen schreven een brief naar huis. Ik niet. Weg is weg. Om tien uur gingen de lichten uit.

Maar ook dan waren we er soms nog niet.

Het kwam geregeld voor dat we midden in de nacht uit bed gefloten werden. Binnen vijf minuten paraat voor een nachtmars: vijf, zes uur lopen in tempo zus of zo, dwars door de bergen. En de volgende ochtend, eindelijk terug, begon het leven weer van voren af aan. Of je nou veertig kilometer in de benen had zitten en omviel van de slaap of niet. Keihard zou je worden. Zo niet, dan ging je maar weer terug naar moeders pappot.

Geen wonder dat er veel afvallers waren. Iedere week keerden tientallen jongens terug naar huis, sommigen in tranen, zodat er tenslotte van de oorspronkelijke zeshonderd nog maar de helft over was. En dat dan los van de gewonden.

Het begon ermee dat er een krant werd uitgespreid. Ga erop staan, spring eraf. 't Is maar een millimeter hoogte. Doet er niet toe. Het gaat erom dat je bewust leert vallen. Dat kan ooit je leven redden.

En daarna ging het van een kistje, en zo hoger. Twee meter, drie, vier... Tenslotte stonden we aan de rand van een afgrond, twintig meter diep. Naar beneden, een voor een. Er was een touw gespannen, van boven naar beneden, misschien wel zestig graden steil. Over dat touw sloeg je een lus, daaraan hangend suisde je de diepte in. Je valsnelheid kwam overeen met die van een parachutist, zei men. Ogen open! – Wie het niet durfde kon zijn koffer wel gaan pakken, wie het verkeerd deed brak een enkel of een been...

Op een avond kregen we het consigne paraat te blijven in plaats van te gaan slapen. Tegen elven werden we in gesloten vrachtauto's geladen. Tijdens de rit, die een paar uur duurde, werd verteld wat ons te wachten stond. We zouden los van elkaar midden in de bergen worden afgezet, en werden vervolgens geacht op eigen kracht terug te keren naar het kamp. Morgenmiddag voor zes uur melden. Hoe we dat aanlegden, was onze zaak. Lopen, liften, alles was toegestaan, behalve gebruikmaken van geld en, uiteraard, bedreiging of geweld. Een vuurproef in overleven werd het genoemd.

Zo. Ik luisterde ingespannen naar het jankende gegier van de motor in zijn eerste versnelling. Of was het de tweede? – Stom dat ik niet van het begin af aan beter had opgelet. Maar toen wist ik nog niet welke opdracht we zouden krijgen. Eerst waren we een flink stuk gedaald, misschien wel tot het meer, daarna hadden we, wanneer ik me niet vergiste, een scherpe bocht naar links gemaakt. Maar daarna... Ik wist het niet meer. Nu ging het steil omhoog, heel lang al – daarvan was ik zeker.

'Heb jij een idee hoe hard we gaan?'

Maar voordat Hein iets had kunnen zeggen:

'Hé daar, geen onderonsjes!'

En stil was het weer, afgezien van de protesten van de motor en het geknars van steenslag onder de banden. We maakten een bocht naar rechts. Of verbeeldde ik me dat? Hoe hard? Vijftien kilometer per uur, de snelheid van een fiets op vlak terrein? Vier uur onderweg. Dat zou dan zestig kilometer zijn. O ja? En wanneer ze nu om ons te misleiden in een halve cirkel reden? Trouwens, haalde hij dat wel, vijftien kilometer per uur? Misschien reed hij wel stapvoets, vijf kilometer. O ja? Waarom niet dertig? – En wachten, dicht tegen elkaar aangepakt, met de ellebogen steunend op de knieën, de ogen roodomrand.

'Wachten, wachten en nog eens wachten. Oorlog is wachten. Wachten en op je hoede blijven...' Wagner, onze instructeur had dat gezegd. En daarna had hij verteld hoe ze bij hun allereerste tankgevecht een voltreffer onder de geschutskoepel hadden gekregen. Patsj! Dan kon je het verder wel vergeten. Hij was er als enige van de bemanning levend uitgekomen. Hoe wist hij niet. En die arm, was die afgeschoten? Nee, finaal afgekneld. – Daar had *hij* dan anderhalf jaar op moeten wachten...

Eindelijk stopten we. Er klonk een snerpend fluitje. Niels, een Deense jongen uit ons groepje werd als eerste aangewezen. Met een korte groet kroop hij naar buiten. En verder gingen we. Hein was als vierde aan de beurt. Steeds was er een tussenpoos van twintig, vijfentwintig minuten. Ik had me al afgevraagd hoe dat ging met de laatste. Had die niet de minste tijd? Was die niet het verst van huis? – Het eerste zéker.

'Hou je taai, Hein.'

'Tot morgen...'

Even later beduidde Wagner met een hoofdknik dat het voor mij zover was. – En wanneer ik het nu eens gewoon niet *doe*? Maar ik stond al buiten, in de ijzige oktobernacht. De versnelling knarste, achterlichten verdwenen rond een bocht, en het duurde niet lang of het geronk van de motor, dat door de echo's opeens van alle kanten leek te komen, was weggestorven. Het was stil. Het was donker. Ik was alleen. Terwijl ik wachtte tot mijn ogen aan de duisternis gewend waren, overlegde ik met mezelf. Wanneer ik de weg volgde, hetzij terug, hetzij in de richting waarin de vrachtauto verdwenen was, zou ik vast te laat komen morgen. Daar hadden ze ongetwijfeld rekening mee gehouden. Ik moest een stuk afsnijden, ik moest klimmen. Of juist dalen? – Wanneer ik nou gewoon wacht tot het licht wordt? Nee, dat zou te gek zijn, dan red ik het natuurlijk nooit...

Mijn ogen hadden zich inmiddels aan het donker aangepast, maar dat had weinig opgeleverd. Het was een vochtige, nevelige nacht. Bedekte hemel. In m'n directe omgeving onderscheidde ik de omtrekken van wat nietige struiken. Nergens een boom. Zou ik op de boomgrens zitten? Hoe hoog lag die ook weer, verdomme... Ze hadden het gezegd, maar ik was het vergeten.

Ik hurkte neer bij mijn kompas. Het radiumwijzertje bleef onzeker trillen. Kompassen zijn onbetrouwbaar in de bergen, hadden ze gezegd. Komt door de ertsen in het gesteente. – Wat had ik trouwens aan de windstreken wanneer ik toch niet wist hoe mijn positie lag ten opzichte van het kamp. Wanneer we zuidwaarts gereden hadden moest ik naar het noorden. En andersom. Of niet soms.

Ik luisterde een tijdje met ingehouden adem, het hoofd langzaam draaiend, mijn handen achter mijn oren. Niets. Absoluut niets. Zelfs niet het gekabbel van een beekje. Niets te horen, niets te zien. De bergkammen gingen verborgen achter nevels, nergens een lichtje. Aan mijn voeten gaapte een duistere leegte. Was daar een dal? – Maar wanneer er een dal was, kon het er eentje zijn zonder uitweg. Boven me tekenden de rotsen zich af tegen de iets lichtere schakering zwart van de lucht. Zoek een hoog punt om je te oriënteren, hadden ze gezegd. Omhoog dan maar...

Ik begon te klimmen, op handen en voeten, van struik naar struik, van richel naar richel. Ondanks de kou gutste het zweet me algauw over het voorhoofd. Af en toe rustte ik, luisterde, tuurde. Niets. En weer verder, hoger en hoger. Eén plateau moest het laatste zijn. Het werd rood voor mijn ogen. En door dat rood gloorde een steeds terugkerend visioen. Dat ik rechtop ging staan, mijn rug weldadig rechtend, dat ik over een rand keek, en daar, binnen handbereik, glinsterden de lichtjes van het kamp...

Maar van rechtop staan was geen sprake. De helling

werd steiler en steiler. Steeds moeizamer vonden mijn klauwende handen houvast. Mijn nagels waren gebarsten, mijn knieën beurs. – Toen stuitte ik op een rotswand die zich vrijwel loodrecht boven me verhief. Terug. Dan maar terug... Maar ik *kon* niet terug. Ik werd bevangen door een duizeling, mijn maag draaide zich om. Er was onder me geen houvast te onderscheiden voor mijn voeten. Met mijn handen kon ik tasten, met mijn voeten ging dat niet...

Ik stond op een smalle richel boven een ravijn waarvan ik de diepte niet kon peilen. Ik riep om hulp. Ik schreeuwde zo hard ik kon. Het enige antwoord was de schrille echo van mijn stem. Ik stond daar in de eeuwigheid.

Uren bestonden niet, minuten bestonden niet, alleen het moment bestond. Het moment waarin ik worstelde met de prikkeling die uitging van de diepte. Me los te laten, slap te maken. Heel even maar. En dan voorgoed verlost te zijn van deze angst...

Maar ik verroerde me niet. Ik drukte me plat tegen de rotswand, mijn vingers in een kramp rond hun nietige steunpunt. Ik klemde mijn kiezen op elkaar. Het ene moment, het volgende, minuten, uren...

Nooit zou het weer licht worden in deze eeuwigheid – maar het werd weer licht. In de hoogte begonnen de toppen van de bergen zich af te tekenen tegen de lucht. Alles begon contour te krijgen, langzaam maar gestaag. De kloven, de boomtoppen in het dal, de steenslagweg honderd meter beneden me, de kale struikjes aan mijn voeten. Schemerig. De zon kwam op.

Toen pas stelde ik voldoende vertrouwen in het licht.

Ik was nog nooit zo stijf geweest, maar het was verwonderlijk hoe weinig moeite het kostte beneden te komen.

Niet op handen en voeten, lopend, steunend met één hand. Daar had ik gestaan. Bij daglicht ging er geen enkel gevaar van uit...

Verkleumd tot op het bot begon ik te lopen. Vogelgeluiden, blauwe lucht, zon – ik hoorde, zag alles voor het eerst. Ik deed er een uur over om de berg te ronden, en daar, ik kon mijn ogen niet geloven: een pluimpje rook, een boerderij. Even later zat ik aan een houten tafel. Zulk heerlijk brood met kaas had ik nog nooit geproefd. Ik bofte, want de boer stond op het punt om met de kar naar de markt te gaan, in een naburig dorp. Vandaar zou ik vast wel een lift verder kunnen krijgen.

Tegen vier uur bereikte ik het kamp, eerder zelfs dan Hein. Wagner, aan wie we verslag uit moesten brengen, verzweeg ik mijn nachtelijk avontuur. En tegenover Hein lukte het me niet de juiste woorden te vinden.

'Ik ben bijna van de wereld afgevallen...' – Daar liet ik het maar bij.

Twee insignes waren er in het weersportkamp te halen: voor schijfschieten en sport: de honderd meter, vierhonderd meter, tot de 10 000 meter en de marathon toe, alles binnen voorgeschreven tijdslimieten. En die twee insignes hadden Hein en ik op zak toen we na drie maanden terugkeerden naar huis. Naar huis, maar niet voor lang. De overgang was te groot. Binnenzitten, op tijd aan tafel, op tijd naar bed. In het kamp was me discipline bijgebracht – maar dit hier was sleur, niet om uit te houden. En dat bleek niet alleen voor mij te gelden. Na twee weken, kerst en nieuwjaar waren achter de rug, stond Hein alweer voor de deur in Oudewater, zijn koffertje in de hand:

'Ik ga thuis door het behang...'

Twee dagen later zaten we alweer in de trein, naar een vervolgkamp, eveneens in Oostenrijk, zij het in een andere streek, niet ver van de Hongaarse grens.

Voorlopig in veiligheid, voor twee maanden dit keer. Er had, zoals we tijdens onze terugtocht konden constateren, een omslag in het oorlogsgebeuren plaatsgevonden. Veel vaker luchtalarm, een toename van bombardementen. Trajecten die op de heenreis nog ongeschonden waren geweest, vertoonden nu, drie maanden later, volop verwoestingen. Dus wat ons betrof: wegwezen. Hoe verder weg hoe beter.

De envelop van het arbeidsbureau die ik in Oudewater op de deurmat had gevonden, was ongeopend gebleven. Ik was zogenaamd niet thuisgeweest.

Fatale vrouwen

De eisen die in het tweede weersportkamp gesteld werden, wogen aanzienlijk zwaarder dan in het eerste. Dat bracht spanningen met zich mee die hun weerslag hadden op de stemming die er heerste. Ronduit grimmig kon die zijn. Om de geringste aanleidingen ontstonden knokpartijen. Hein en ik moesten daarbij soms danig van ons afbijten. We waren vrijwel de enige donkerharigen in een gezelschap van een paar honderd jongens met blonde haren en blauwe ogen, en golden, omdat we altijd in elkaars gezelschap te vinden waren, als twee buitenbeentjes. Geen van beiden hadden we veel groepsbesef. Wanneer het kon waren we met z'n tweeën en wanneer het niet kon waren we alleen.

Vooral een zekere Hans, een boerenzoon uit de Achterhoek met gemillimeterd haar en een grof gezicht dat me vanaf het eerste ogenblik antipathiek was voorgekomen, had het op ons gemunt. Hij had aanvankelijk geprobeerd aansluiting bij ons te vinden, en toen bleek dat we daar niet van gediend waren, was zijn houding honderdtachtig graden omgeslagen. Toen bleken we opeens twee *mietjes* in zijn ogen. Mijn opmerking dat hij wat mij betrof gerust een boerenhufter genoemd mocht worden, kwam me vervolgens op een fikse aframmeling te staan.

Het aantal afvallers en gewonden was hier nog groter dan in het eerste kamp, wat gezien de zwaarte van de proeven waaraan we onderworpen werden geen wonder was. Al meteen de eerste week werden we bepakt en gezakt in vrachtauto's geladen. Het hooggebergte in, met een groep van veertien man, voor een voettocht van tien dagen, zonder in contact te komen met de bewoonde wereld.

Sommige oefeningen waren rechtstreeks ontleend aan een opleiding tot commando. Ware slachtpartijen waren dat. We leerden bijvoorbeeld van rijdende auto's te springen. Eerst ging het stapvoets, dan sneller, tot een snelheid van veertig, vijftig kilometer per uur. Levensgevaarlijk, maar wanneer je de techniek beheerste, en vooral, je angst wist te overwinnen, bleek het mogelijk. Dat een zekere Hans bij die proef een hersenschudding opliep was intussen iets dat ik niet kon betreuren. Ik had hem desnoods wel een handje willen helpen, maar dat was niet nodig. Het was nu eenmaal onverstandig te springen wanneer er in de berm een boom in aantocht was.

Alle eisen waren strenger in dit kamp. Ook hier werden nachtmarsen en duurlopen gehouden, zij het in een hoger tempo en met een nauwer bemeten tijdslimiet.

Maar het zwaarste was toch wel het leren overwinnen van ravijnen. Daarbij werd met een kleine mortier een lijn met een anker overgeschoten. En dan moest je, terwijl je aan handen en voeten boven de gapende afgrond bungelde, maar hopen dat de verankering aan de overkant het hield. Zo niet dan ging je met lijn en al de diepte in. Het begon ermee dat je zelf schoot, de verankering testte, en als eerste de overtocht waagde. Uitermate griezelig was dat, maar wanneer je in de afgrond zou storten was het tenminste nog je eigen schuld. Ronduit gruwelijk was de volgende stap. Dan schoot jij en een ander was het proefkonijn.

Ik had geschoten, ik had de lijn strakgetrokken en met de veldkijker vastgesteld dat het anker achter een flinke boomtak haakte. Maar het was winter en de boom droeg geen blad. Was het een levende tak? Was het een vermolmde?

'Vertrouw je 't, Jan?' vroeg de instructeur. Ik knikte. Maar toen Hein werd aangewezen om als eerste naar de overkant te klimmen, durfde ik niet te kijken.

Dat soort proeven staalden je verantwoordelijkheidsgevoel, zei men. En wanneer je bij vorst op je buik door een beek gestuurd werd dan was het je gezondheid die gestaald werd...

Wanneer we vrijaf hadden – en in dit kamp kon je zelfs nachtpermissie krijgen – trokken we de naburige dorpjes in. Het was een landelijke, geïsoleerde streek. Dat Europa een strijdtoneel was, viel uit weinig meer op te maken dan het enorme overschot aan vrouwen. Vrijwel alle mannen van tussen de achttien en de vijfenveertig waren aan het front, en de bevolking die we aantroffen in de cafeetjes die we bezochten, was dan ook overwegend van het vrouwelijk geslacht. Ze wilden best, die vrouwen. Het karige zakcentje dat we bij ons hadden, was meestal nog intact wanneer we 's nachts met onzekere tred terugkeerden naar het kamp: het kostte meer overredingskracht het bier af te slaan dan het aangeboden te krijgen. En ik kon niet tegen drank...

Kolossale vrouwen waren dat, het blonde haar in twee gevlochten strengen boven de oren, de borsten ingesnoerd onder een laaguitgesneden jakje. De wangen rood, de heupen breed. Ze dansten met elkaar op de neuzige tonen van een blaaskapel.

't Is zaterdagavond, uitgaansavond. Ze lachen met witte tanden, werpen het hoofd in de nek. Ze pronken, de handen uitdagend in de zij, hun wervelende rokken wijd. Ze komen op ons af, verhit, bezweet. Ze ginnegappen, maken gebaren, ze keuren ons als op de markt – wij jongens zitten op de lage, houten bank tegen de muur geleund. De kachel staat te schudden. Bruine muren, rook, rumoer. Het draait, het deint. Zwijnenkoppen, karrenwielen, geweien, koekoeksklokken – alles in één deining. Ze trekken je op schoot. Ze hebben grote aardewerken pullen bier. Je drinkt. Het bier is lauw. Nog zo'n slok. Het loopt over je kin. Ze slaan hun armen om je heen. Een tong in je oor, een tong in je nek. Van wat ze fluisteren in hun vreemde koeterwaals, de stem donker en hees, versta je geen woord.

't Is zaterdagavond! Zeg maar ja! Dan krijg je bier of schnaps. Zeg maar ja! Dan word je meegetrokken, de gang door, de achterdeur uit, naar buiten in de winterkou, dan word je in het duister tegen de muur van een stal gedrukt, je hoofd tussen twee enorme borsten, happend naar adem. Een wilde worsteling met vele lagen rokken. In de bankschroef van naakte armen die het gewend zijn in elke hand tien literpullen bier te torsen. In de klem van dijen. Een ritmisch hijgen. Tot er gekreund wordt, diep uit de keel...

Dat was mijn eerste les in liefde.

Maar er waren ook jonge meisjes, rank en smal van leest.

Anna was zo'n meisje. Anna was achttien. We hadden gewandeld met z'n tweeën, hand in hand. Ik had, gekoesterd door een winterzonnetje, met haar achter een bosje in het gras gelegen, mijn lippen stijf op die van haar gedrukt.

Zij was het die me uitnodigde voor het veertigjarig huwelijksfeest van haar grootouders. Een groot feest zou het worden, van de middag tot diep in de nacht zou het duren. Een feest voor de hele streek.

Het erf stond vol karren. Er waren honderden mensen, in klederdracht, van heinde en ver gekomen. Ook daar was een blaaskapel. Lange tafels met voedsel. Aardappelsalade, hammen, witte worst. We dronken pruimenbrandewijn en we dansten. Jan uit Oudewater danste! Met Anna. Met haar jongere zusje Karin. Met Hanna, haar vriendin. Anna was het die me op het hoogtepunt van het feest, kort na middernacht, zonder dat iemand het merkte mee naar buiten troonde. Tussen de karren door het erf over, de vinger op de lippen. De schuur in. De deur werd afgesloten met een balk, en ze ging me voor in het donker, haar hand vertrouwelijk knijpend in de mijne. Een ladder op, en we kropen door het hooi, steeds dieper, tot achter in de schuur. Daar was een hol, daar hing een olielampje, maar daar, *mijn hemel*, was ook Karin. En Hanna. Plus een meisje, niet ouder dan dertien, dat ik op het feest niet had opgemerkt.

Er viel geen woord. Alles leek afgesproken. Het waren Karin en Hanna die me op mijn rug neergedrukt hielden in het stuivende hooi, een hand op mijn mond. Het was Anna die mijn broek naar beneden trok. Anna was het die op mij neerhurkte. En daarna Hanna. En vervolgens Karin. En toen Anna weer. En zo ging dat door, terwijl ik, machteloos op m'n rug, geen vin kon verroeren. Drie paar ogen boven me, drie monden. Tastende handen. Borsten boven witkanten lijfjes. Meisjesbenen onder opgeschorte bonte rokken. Van wie was wat? Wie was wie? – Terwijl het jonge meisje roerloos toekeek, met grote ogen. Haar eerste les in de liefde was dit. En voor mij was het de tweede.

De volgende dag kon ik amper op mijn benen staan, om van lopen maar te zwijgen. Dat weerhield Hein, die ik verslag had uitgebracht – verkracht door drie meisjes, écht verkracht – er niet van te verzuchten:

'Natuurlijk! Uitgerekend als ik wacht moet lopen!'

Maar ook hij zou aan z'n trekken komen.

Op een ochtend vertelde hij opgewonden dat hij de avond tevoren een werkelijk schitterende vrouw ontmoet had – nu ja, ontmoet... Gesproken had hij haar niet, maar ze had hem een paar keer lang en doordringend aangekeken, met ogen, mooier dan hij ooit gezien had:

'Bruine ogen Jan, met lange wimpers...'

En toen hij, wilde hij niet te laat terug zijn in het kamp, het café had moeten verlaten, had ze hem beslist heel zeker gevolgd met haar blik en hem zelfs toen hij bij de deur had omgekeken ten afscheid een knikje toegeworpen...

Zijn fantasie sloeg, zoals gewoonlijk, meteen oeverloos op hol: 'Ze was heel chic, met prachtige kleren aan. Ze droeg schoenen met hoge hakken en ze praatte met niemand in dat café. Ze is vast van adel, Jan. Ze woont in een kasteel, met paarden en hazewindhonden. Ik ga met haar op reis... Nou ja, we gaan met z'n drieën natuurlijk. Jij gaat mee, dat spreekt vanzelf.'

De eerstvolgende keer dat we weg konden vergezelde ik hem naar het bewuste café, minder zeker van haar aanwezigheid dan hij. Maar werkelijk: ze was er, en uit haar blik van herkenning viel af te leiden dat Hein niets uit zijn duim gezogen had. Ze glimlachte...

Dat ze heel mooi was viel niet te ontkennen. Ze was slank, had zacht, kastanjebruin haar, donkere ogen, hoge jukbeenderen. Dat was nog eens wat anders dan die blonde, plompgebouwde vrouwen uit de streek. En chic zag ze er ook uit, een sigaret sierlijk tussen de vingers, in haar bontmantel die ze ondanks de warmte binnen had aangehouden. Maar ze was wel heel erg oud, leek me. Misschien al wel dertig...

Gesterkt door mijn aanwezigheid en twee glazen bier waagde Hein het haar aan te spreken. Ik hield mijn adem in terwijl hij voor haar boog en haar iets vroeg. Ze knikte, stond op en trok haar mantel uit. Die werd zolang bij mij over een stoel gelegd. Ik werd voorgesteld:

'Dit is mijn vriend Jan.'

Ze nam mijn hand, keek me met glanzende ogen aan:

'Ik heet Monika.'

Ze dansten. Ik volgde Hein bewonderend met mijn ogen. Een echte man van de wereld was hij, zoals hij een buiging had gemaakt, haar volgens de regelen der kunst ten dans gevraagd had, mij aan haar had voorgesteld. En dansen kon hij ook. Dat was nog eens wat anders dan het boerse gehos waaraan ik me weleens waagde. – En hij was toch maar mooi *mijn* vriend!

Toen ze uitgedanst waren en terugkeerden, allebei met een blos, zaten we nog lang gedrieën aan dat tafeltje, Monika en Hein hand in hand. Hij tolkte, want mijn Duits was nog steeds niet veel zaaks. Waar we vandaan kwamen, wilde ze weten. Uit Holland. O, Holland kende ze wel. Scheveningen, Amsterdam. Daar waren wijzelf niet eens geweest... Of we militairen waren. Nee hoor, we zaten in het sportkamp, ons tweede al.

'Maar we zullen er misschien wel aan moeten geloven,' zei Hein gewichtig.

Ze was weduwe, vertelde ze. Haar man was al in het eerste oorlogsjaar gesneuveld. Hij was arts geweest. Dat vonden we vreemd, dat ook artsen konden sneuvelen...

Kwam ze uit deze buurt? Nee, ze kwam van heel ver, helemaal uit Servië. Haar echtgenoot was van hier geweest.

Maar daar wilde Hein maar liever niet te veel van horen, van die echtgenoot... Waarop het gesprek tussen die twee op fluistertoon werd voortgezet.

'God Jan, wat een vrouw...' verzuchtte Hein toen we de terugtocht naar het kamp ondernamen. Afgesproken was dat we de eerstvolgende zaterdag bij haar zouden komen eten. En daarop had ze hem op beide wangen gekust. En daarna mij.

In een kasteel bleek ze niet te wonen, wel in een groot, afgelegen landhuis, omgeven door een uitgestrekte tuin, een uur lopen van het dorp. Wat was ze mooi in haar strakzittende japon, wat lachte ze stralend toen we onze jas uit hadden gedaan en binnentraden!

Het huis was deftig van inrichting, met tapijten en antiek, maar ook vrouwelijk, dankzij de vele tinten roze en violet. De tafel was gedekt met wit damast, porselein, kristal. We kregen kleine, fijne hapjes zoals we nog nooit geproefd hadden. Heel wat anders dan boerenkool met worst – hoewel dat altijd een lievelingsgerecht van me geweest was. En er werd witte wijn gedronken. Witte wijn bleek lekker fris, maar toch ook wel een beetje zurig. We kregen koffie. En daarna speelde Monika op de piano stukjes van Chopin, een Poolse componist.

Later zaten we in de zitkamer die door haar 'salon' genoemd werd en precies bleek te beantwoorden aan de klank van dat woord. Daar dronken we cognac. En toen zei Monika, naast Hein, die zijn ogen niet van haar af kon houden, op de sofa:

'Ik moet eens ernstig met jullie praten...'

Over de oorlog ging het, *Krieg*: met dat woord was ik inmiddels wel vertrouwd geraakt.

'Wat zegt ze, Hein?'

'Ze zegt dat de oorlog iets verschrikkelijks is omdat onschuldige mensen gedood worden. Wij moeten haar beloven er nooit aan mee te doen...'

Die oorlog deugde niet. Van geen enkele kant. Duitsland had er de schuld aan. Hitler was een schurk. We moesten ons erewoord geven dat we ons afzijdig zouden houden, anders zouden ook wij gedood worden...

Dat waren geluiden die we nog niet eerder vernomen hadden. Politiek had ons koud gelaten, en de oorlog hadden we beschouwd als een natuurverschijnsel, iets dat om de zoveel tijd onafwendbaar op kwam zetten, net als onweer. Na een periode van vrede kwam er oorlog, zoals er na een periode van droogte regen kwam, en in de oorlog vielen er nu eenmaal slachtoffers.

Maar met die belofte hadden we geen moeite, en een omhelzing was onze beloning. We bleven slapen die nacht. Ik beneden op de bank. Hein boven. En het duurde lang voor het daar stil was.

De daarop volgende dagen raakte Hein niet uitgepraat over de bekoringen van zijn vriendin. En één ding was zeker. Wanneer, drie weken later, het kamp er voor ons opzat, zouden we bij haar intrekken. Want ze gingen trouwen, Monika en hij...

Maar de eerstvolgende keer dat hij haar ontmoette, midweeks en zonder mij, leek er in hun verhouding een omslag te hebben plaatsgevonden. Hein was gespannen en stil. Over wat er gebeurd was, liet hij niets los. We moesten de komende zaterdag vroeg uit het kamp zien weg te komen. Monika verwachtte ons. Meer wilde hij niet zeggen.

De zaterdag verstreek en Hein werd nerveuzer en nerveuzer. Zo had ik hem nog nooit meegemaakt. Om vijf uur konden we weg. We liepen in de richting van het dorp.

'Zeg Hein, ze krijgt toch geen baby van je, hè?'

Tot die conclusie was ik na eindeloos gissen en verwerpen gekomen.

'Jezus Jan, dat kun je niet weten na een week...'

O nee, natuurlijk niet. Maar wat dán? Had Monika hem haar liefde opgezegd? Maar wat deden we dan nu? Ik begreep er niets van. – Terwijl Hein naast me voortsjokte, zwaar transpirerend en bleek, alsof hij de wandeling zo lang mogelijk wilde rekken. Opeens bleef hij staan. Hij schraapte zijn keel.

'Je laat me toch niet in de steek, hè?'

'Natuurlijk niet. Maar wat is er toch?'

'Monika wil ons een bepaald verzoek doen. Ook jou. Maar ze wil het je zelf voorleggen...'

Daar werd ik ook niet veel wijzer van, en het zou nog tergend lang duren voor de sluier werd weggetrokken.

We arriveerden. Hein en Monika zeiden niet veel. De maaltijd, die toch beslist niet minder was dan de vorige keer, leek niet erg aan hen besteed. En er werd geen wijn gedronken dit keer. Monika sprak, Hein vertaalde.

Zij en Hein waren helemaal gek op elkaar. Het was liefde op het eerste gezicht geweest. Hein zou bij haar blijven. Later, wanneer de oorlog afgelopen was, zouden ze trouwen. Dat stond vast. Maar eerst moest er voldaan worden aan een bepaald verzoek. Hein moest Monika het bewijs leveren van zijn liefde. En ik moest daarbij helpen...

Het was geen gering verzoek.

Een tiental kilometer van het dorp liep een spoorbaan. Eénmaal per week passeerde er een goederentrein uit Duitsland richting oosten, beladen met wapens, materieel, munitie. Hein moest dat transport saboteren, met mijn hulp. Daarmee zou de oorlog bekort worden en werden er uiteindelijk mensenlevens gespaard...

Ik keek Hein aan. Zijn ogen waren vochtig, zijn lippen trilden. Monika had haar arm om zijn schouder geslagen. Ze keek me strak aan.

'En wanneer moet dat gebeuren?'

'Vannacht. Die trein passeert morgenochtend vroeg, nog bij donker.'

Ik dacht na. Of beter: ik deed of ik nadacht. Mijn besluit was al genomen. Wat Hein betrof was ik daarvan niet zo zeker.

'Wat doen we, Jan?'

'Hoe moeten we 't aanleggen?'

Er werd een kaart op tafel uitgespreid. Daar liep de lijn. Daar stond een pijl. Een bocht, vlak achter een tunnel. Aan de buitenzijde van die bocht een diep ravijn...

Monika ging ons voor naar de kelder. Daar lag een zware Engelse sleutel. Ze opende een kist. Twee pakken met staven dynamiet.

We overlegden. Met dat dynamiet wisten we niet om te gaan. Monika evenmin.

'We moeten het zo aanleggen dat het op een ongeluk lijkt.'

Ik herinnerde me opeens de paardentram, vroeger, in Oudewater. Hoe we als kleine jongens, hangend aan het achterbalkon, in staat waren geweest die zware wagen naast de rails te zetten.

'Wanneer het lukt om de voorwielen van de locomotief te laten ontsporen wordt hij door de snelheid en het gewicht van de wagons vanzelf in dat ravijn geduwd...'

Ik maakte een schetsje. Monika knikte. Hein zweeg.

De kaart en het schetsje verdwenen in de haard. We wachtten tot de duisternis volledig was en gingen op pad. Tien kilometer, dwars door bos en veld. Met z'n drieën, ondanks mijn tegenwerpingen. Maar Monika bleek verrassend weinig moeite te hebben ons tempo bij te benen. Zij had de sleutel onder haar jas, ik het blad van een kolenschep, Hein de steel.

We vonden de aangegeven plek zonder veel problemen en klommen naar beneden. Monika zou boven op de uitkijk blijven staan. Wanneer het karwei geklaard was, kreeg zij van ons een seintje. Zij zou dan terugkeren naar huis, wij rechtstreeks naar het kamp. Uit veiligheidsoverwegingen was het beter elkaar drie dagen lang niet te ontmoeten.

We togen aan het werk. Binnen een uur hadden we over een flinke afstand de bouten uit de bielzen losgeschroefd. We zweetten als otters, want ze zaten muurvast. Nog een uur later, en we hadden een loodzwaar, plat brok basalt aangesleept en ingegraven. De voorwielen van de locomotief zouden erdoor zijwaarts geslagen worden – en dat moest al met al voldoende zijn. Hein kon het afgesproken seintje geven.

We liepen terug, langzaam, zwijgend. We hadden alle tijd. Pas in de ochtend zouden we ons onopvallend onder de andere jongens kunnen mengen. Om twaalf uur ging onze dienst in: patrouillelopen rond het kamp, een vol etmaal lang.

In de loop van de middag kwam het nieuws. Er was een goederentrein ontspoord. De lijn was door de ravage volledig geblokkeerd. Over sabotage werd met geen woord gesproken.

We wachtten de afgesproken drie dagen. Toen keerden we terug. Maar er klopte iets niet. Het huis leek verlaten. De luiken waren gesloten, de voordeur zat potdicht en er werd niet opengedaan op ons gebons.

We informeerden in de buurt. Nee, een zekere Monika kenden ze niet. Dat afgelegen huis? Dan moesten we ons vergissen. Het was in de winter onbewoond. 't Was het vakantieverblijf van een advocaat uit Wenen.

Monika weg. Een trein ontspoord.

Pas veel later zou het ten volle tot ons doordringen welke risico's zij genomen had door twee wildvreemde jongens voor haar karretje te spannen, en welke gevolgen onze actie voor onszelf en voor anderen had kunnen hebben.

Wat wisten we? Dat het oorlog was. Maar wat oorlog was wisten we nog niet.

DEEL 3

Mannheim 1944

Drie weken later. Terug in Holland. Oudewater. De misère begint weer. Surrogaat dekblad per strekkende meter in de werkplaats. Zwarte kleren. Gezucht over de schaarste. Armoe, honger. – En die bruine dienstenvelop die me in de borstzak brandt, op de fiets onderweg naar Gouda, naar het arbeidsbureau.

Dit keer viel er niet aan te ontkomen. Ik moest naar Duitsland, naar Hannover. De fabriek in.

's Nachts werd ik wakker, badend in het zweet. Stampende machines in een onafzienbare fabriekshal. Een leger arbeiders in vette overalls. Knipperend oogwit in vervuilde, afgeleefde gezichten. Vuren, gedreun van voorhamers, gesis van perslucht. En dan opeens gillende sirenes. Luchtalarm. Hollen. Van deur naar deur. Maar alle deuren zijn gesloten.

Alles had ik geprobeerd. Ik was in korte broek verschenen, had gezegd dat ik zestien was – want daarvoor kon ik nog steeds doorgaan. Was uitgesloten, volgens het bevolkingsregister was ik negentien, baard of geen baard. De volgende keer was ik ziek geweest. Een longaandoening. Daar had ik als kind al aan geleden. Maar de dokter kon niets vinden uiteraard. Dan weer wachten op een nieuwe oproep. Niet verschijnen. Wachten op een herhaalde oproep, met de angst dat de politie aan de deur zou komen om me op te halen.

Maar de ambtelijke molen draaide, langzaam, zonder aanzien des persoons. De formulieren voor uitstel of afstel, binnen handbereik, bleven onaangeroerd. Droog en zakelijk klonk het, alsof het om iets anders ging dan het uitspreken van een vonnis:

'Volgende week woensdag...'

'Dan ben ik weg, meneer. Naar een derde weersportkamp.'

'Waar is je inschrijfformulier?'

'Thuis laten liggen, meneer...'

En de keer daarop:

'Ik ga tekenen voor de marine, meneer. Ik heb een week bedenktijd gekregen...'

Helemaal uit de lucht gegrepen was dat niet.

Ik was kort tevoren met Hein in Utrecht op een aanmeldingsbureau geweest. We hadden er gesproken met ronselaars van de Kriegsmarine. Oud-bootslui waren dat. Ze hadden hun hele leven gevaren en vertelden de schitterendste verhalen. Montevideo, Rio de Janeiro, Kaap de Goede Hoop – daar waren ze weer, de toverwoorden. Ze toonden foto's van jongens in lange roeiboten, de spanen rechtop geheven, van snelle, slanke schepen die door het water kliefden met op de achtergrond een fjord, van officieren, de pet scheef op het hoofd, de handen nonchalant in de zakken. Echte vagebonden waren dat, zwervers. In de eerste plaats zeeman, en dan pas militair...

'Ik doe 't, Jan. Mij kan 't niet meer verdommen allemaal...'

Hein was volkomen ontredderd. Na de verdwijning van Monika had hij dagenlang geen hap gegeten. Het ene moment was hij ontroostbaar omdat hij verlaten was, het volgende moment woedend omdat hij verraden was. En daar kwam nog bij dat hij bij zijn thuiskomst had moeten vernemen dat zijn vader gesneuveld was in Rusland...

'Ga jij de fabriek maar in. Ik ga varen!'

Ik weifelde. Het was een onherroepelijke stap. De oorlog in. Vechten tegen de Russen – want je kon kiezen waar je ingezet wilde worden, oost of west, en de bolsjewieken werden thuis niet voor niets 'het rode gevaar' genoemd. Maar wanneer ik naar een fabriek in Hannover ging, dan ging ik óók de oorlog in, dan was ik het doelwit van bombardementen. En daarvan had ik onderweg naar en van Oostenrijk de huiveringwekkendste tekenen gezien. In de Arbeidsinzet zou ik veroordeeld zijn tot een lijdelijk wachten, wanneer ik tekende voor de marine behield ik het initiatief. Passiviteit of actie. – Bovendien, de opleiding tot matroos duurde drie volle maanden. Misschien was de oorlog dan wel afgelopen.

'Dan monsteren we aan bij de koopvaardij, Jan. De wilde vaart. Mij zien ze hier in ieder geval niet terug...'

's Ochtends meldden we ons voor de medische keuring. We werden goedgekeurd. 's Middags sjouwden we in willekeurige richtingen door Utrecht. Zogenaamd naar Venray en Oudewater voor de handtekening van thuis.

In een cafeteria, naast een waterig bord rode kool, imiteerde ik de handtekening van mijn vader op het aanmeldingsformulier: J. J. Montyn, precies als op de kwitantie die ik met dat doel thuis achterover had gedrukt. Hein deed hetzelfde. We stonden op. Naar het wervingskantoor. Steeds langzamer werd onze tred.

'Wanneer we ze verscheuren...' opperde Hein.

'Heeft geen zin. Ze hebben onze namen.'

'En als ze ontdekken dat we die handtekeningen vervalst hebben?'

'Pech gehad.'

We gingen naar binnen, legden de formulieren op de balie. Twee contracten met het ongewisse. Twee handtekeningen waar niemand acht op sloeg.

Onze bestemming was Mannheim, de Zuid-Duitse industriestad, gelegen aan de oevers van Rijn en Neckar. Het was de vijfde keer in een halfjaar dat we dagen en nachten in een trein verbleven. Voor de vijfde keer passeerden we Keulen. Alleen de Dom stond overeind. Duitsland had de totale oorlog afgekondigd, maar het leek er eerder op dat het de totale vernietiging over zichzelf had afgeroepen.

'Die oorlog is verloren...'

Dat waren de woorden van aannemer Knier geweest, toen hij hoorde dat ik getekend had voor de Kriegsmarine. En die was NSB'er. Dat hij er nog aan toegevoegd had dat hij me, wanneer ik zijn zoon geweest was, gerust m'n beide benen gebroken had om me tegen te houden – daarvan maakte ik tegenover Hein maar liever geen melding. De reacties waren uiteenlopend geweest.

'Ik heb getekend voor de marine. Ik ga varen...'

Vader bleek van woede, moeder in tranen.

'Daar komt niets van in!'

'Ik heb m'n handtekening gezet. Wanneer ik niet ga, komen ze me halen.'

Wat mij betrof, kon er ook naar een andere opvolger voor het schildersbedrijf worden uitgekeken. Want ik kwam niet meer terug, zoveel was zeker. Ik werd zeeman. Er werd thuis weinig gesproken, die dagen voor mijn vertrek.

Maar ook kon het gebeuren dat ik over straat liep en toegeknikt werd door leeftijdgenoten.

'Dat is Jan, die gaat knokken tegen de Russen,' hoorde ik achter mijn rug. En ik hoorde het woord 'marine' vallen.

Er waren er meer voor wie dat begrip een magische klank bezat...

Voorlopig was er van knokken trouwens helemaal geen sprake, of het moest de strijd zijn om het hoofd boven water te houden. We werden ondergebracht in een oude luchtmachtkazerne aan de rivier de Neckar, samen met twaalfhonderd andere jongens van verschillende nationaliteit, allemaal vrijwilligers. Daar werden we op klassieke wijze gedrild tot lichtmatroos: eindeloos exerceren, zwemmen, met z'n dertigen roeien in een grote sloep. We leerden zeilen. We leerden alle zeemansknopen. We leerden sloepen uit te zetten, trossen over te gooien en vast te leggen, en alle andere vaardigheden waarover een dekmatroos moet beschikken. Voor dat doel lagen er een paar afgedankte torpedoboten in de rivier. Die werden ook eindeloos gezwabberd en gepoetst, van de machinekamer tot de mast, want, zo moesten we geloven, de grootste vijanden van de marineman waren vettigheid en vuil.

De sfeer in de kazerne was, vergeleken met de discipline die we in de weersportkampen hadden leren kennen, gemoedelijk te noemen. Voor een matroos werd het belangrijker geacht dat hij vlug en vaardig was, dan dat zijn haar een keurig rechte scheiding vertoonde, en wanneer je te laat 'aan boord' kwam, want zo werd bij de marine de kazerne betiteld, werd er nog weleens een oogje toegeknepen. Met avondverlof de stad in noemden we 'passagieren', al hadden de meesten van ons, net als ik, nooit de zee gezien. Veel bier moest er dan gedronken worden, anders was je geen echte matroos. En naar de bordelen. Achter in de rij aansluiten. En wachten op je beurt, zwaaiend op je benen. – Anders was je geen echte matroos.

Ook hier had je de politieke tegenstellingen die we in het weersportkamp hadden leren kennen. Sommige jongens waren afkomstig uit fanatieke nazi-milieus. Maar in het kader, van de commandant, kapitein ter zee Von Hassel, tot onze directe meerdere, bootsman Heyne, was vrijwel niemand partijlid. Van de oorlog moest hij niets hebben, bootsman Heyne. Hij had de zeven wereldzeeën bevaren en diende de laatste jaren voor zijn pensionering uit. Hitler noemde hij 'onze zeergeëerde korporaal'.

Maar ja, vaderland was vaderland. Dienst was dienst. En plicht was plicht.

Luchtalarm was aan de orde van de dag. Mannheim en Ludwigshafen, aan de andere oever van de Rijn, bleken als industriecentra een geliefd doelwit voor de Engelse en Amerikaanse bommenwerpers, terwijl ook onze kazerne, een paar kilometer buiten de bebouwde kom, niet bepaald als een burgerobject beschouwd kon worden, laat staan de oorlogsbodems in de Neckar, al waren die ontmanteld.

Na een paar keer kennisgemaakt te hebben met de binnenkant van een schuilkelder, had ik besloten dat ik ten enenmale ongeschikt was me daarin op te houden. Met een paar honderd man, soms zelfs met duizenden, in een onderaardse ruimte zitten met de deur dicht, en wachten op het onvermijdelijke – het klamme zweet brak me uit, alleen al bij de gedachte. Het enige waarmee je je, meestal in het aardedonker, bezig kon houden was je eigen doodsangst. En die angst leek nog vermeerderd te worden door die van de anderen om je heen. De atmosfeer was om te snijden: mensen die luidop baden, kinderen die huilden. Je zat daar met gespitste oren, iedere siddering van de bodem registrerend, in de voortdurende wetenschap dat je elk moment, dood of levend, begraven kon worden onder het puin. Bovendien had ik het benauwende gevoel opgesloten te zijn, precies in het doelwit van zo'n bombardement. Ik zat daar even weerloos, niet in staat tot enige beweging als het gebouw dat zich boven me bevond. Passiviteit of actie. Was dat het?

Het kostte zelden moeite om er, in de chaos die ontstond wanneer de sirenes begonnen te loeien, ongemerkt tussenuit te knijpen. Een schuilplaats was altijd wel te vinden. Zolang ik maar voldoende dekking had, zonder dat ik me in mijn bewegingsvrijheid gehinderd voelde. Ik lag nu eenmaal liever boven de grond achter een muurtje dan onder de grond achter een hermetisch gesloten stalen deur – volledig overgeleverd aan het botte noodlot.

Want wanneer je bovengronds bent, is er nog een andere

factor, en dat ben jij. Hoe klein de speelruimte ook soms mocht zijn, je diende te vertrouwen op je opmerkingsvermogen, je snelheid en vooral op je intuïtie. Je liet je op de grond vallen, je dook weg en maakte je klein, of je zette het juist op een lopen in de richting van een plek waar je je veiliger waande.

Vooral bij nacht was het betrekkelijk eenvoudig te voorspellen volgens welke strategie het bombardement verlopen zou. Dan werd de doelsector door verkenningsjagers met lichtbommen uitgezet, en hulde de omgeving zich in een bleekwit schijnsel. Recht boven je betekende: ze komen hier. Blijf zitten waar je zit. Zoeklichten tasten de hemel af. Nog is het stil, nu de sirenes zwijgen. Dan klinkt geronk. Het eerste eskader nadert. Gebulder van de Flaks. Het eerste bommentapijt daalt neer. Lichtflitsen. Oorverdovende explosies. Ik hoor niets meer. Twee gevelwanden zijgen ineen. Een straat is weg. Eén wolk van kalk en rook. Wegwezen nu!

Ik spring overeind, ik hol, zigzag tussen brokken puin het plein over. Dáárheen. Weg hier. Ik duik weg in het portaal van een benedengronds toilet en houd mijn adem in, mijn handen op mijn oren...

Maar ook kon het zijn dat er helemaal niets gebeurde tijdens zo'n luchtalarm. Dan vlogen de eskaders hoog over, op weg naar het achterland, en prentte ik de beelden in mijn geheugen. Overdag was de blauwe hemel overdekt met een grillig web condenslijnen. Die legde ik later vast. Bijna abstracte tekeningen werden het, onontcijferbaar voor vreemden. – Ik had, na er een paar jaar niet naar te hebben omgekeken, voor ik vertrok uit Oudewater, mijn oude schetsboek opgediept.

Het was een heldere zomernacht dat Hein en ik, samen met enkele anderen, wacht hadden op de torpedoboten in de rivier. Er werd luchtalarm gegeven. We hoorden het vanuit de verte naderen en maakten dat we aan wal kwamen. Gelegen achter een talud wachtten we af wat komen ging. Aan alle kanten flitsten de lichtbanen van de schijnwerpers op en klonk het luchtafweervuur. Duitse nachtjagers bonden de strijd aan met Engelse Mosquito's, de verkenners die aan een bombardement voorafgingen. Het was van een omvang die we nog niet eerder hadden meegemaakt. Terwijl de lichtbommen zacht neerdaalden aan hun parachutes hoorden we een gedreun naderen alsof er een volledige luchtvloot in aantocht was. En zo was het ook. Het ene bommentapijt na het andere daalde neer op de chemische fabrieken van de I. G. Farben in de verte. Boven onze hoofden bogen de vliegende forten, met een verhoogd toerental doordat ze hun bommenlast hadden laten vallen, af, om terug te keren naar hun basis. We lagen daar, overweldigd, niet alleen door het massale karakter van de aanval, maar ook door de feilloze precisie waarmee alles in zijn werk ging. Het leek of die machine geheel zonder de tussenkomst van mensenhanden functioneerde. Het ene complex na het andere ging de lucht in, er werd geen plekje overgeslagen. De inslagen waren zo veelvuldig dat ze niet langer los van elkaar konden worden waargenomen, de luchtverplaatsing zo hevig dat de bladeren van de bomen achter ons ruisten en de takken bogen.

Wanneer er even een pauze was, hoorde je, boven de exploderende reservoirs uit, in de verte alweer nieuwe formaties dreunend dichterbij komen. Dat duurde, alles bij elkaar, misschien een uur. Toen vertoonde de hemel alle kleuren van de regenboog, van felgeel, tot een gemeen groen en blauw. Enorme vuurbollen stegen op, als trage luchtbellen in water, en spatten in de hoogte als sterren uiteen. De thermiek veroorzaakte cycloonachtige kolkingen, waardoor het vuur op sommige plaatsen vrijwel gedoofd werd, om het volgende ogenblik weer huizenhoog op te laaien. Steekvlammen ontstonden opeens op grote hoogte, waar gloeiend gas in contact kwam met zuurstof in hogere luchtlagen. Af en toe was de hitteontwikkeling, ondanks de afstand die ons van de haard scheidde, zo hevig dat we weg moesten duiken.

Zo werden voor onze ogen, verdubbeld door de weerschijn in het water van de rivier, Mannheim en Ludwigshafen opgetild in een kokende zee van vuur.

Al die tijd dat we daar lagen, nu eens weggedoken achter de beschutting van de glooiing, dan weer omhooggekrabbeld terwijl we ons gezicht beschermden met onze armen, werd er geen woord gesproken. We lagen vlak naast elkaar, Hein en ik, maar we meden zelfs elkaars blik. Want ook maar het geringste blijk van verstandhouding kon slechts betrekking hebben op één ding. En dat was iets waarbij ons voorstellingsvermogen zozeer tekortschoot dat we onze gedachtewereld ervoor afsloten. En dat ene was, dat het *steden* waren, daar aan de overkant van de rivier. Steden vol mensen.

Toen een paar uur later de dageraad het schijnsel van de vlammen deed verflauwen, brandden de chemische complexen nog onverminderd, grillige paddestoelen rook uitbrakend. Alles in de omgeving was bedekt met een vet laagje roet en er heerste een ondraaglijke stank. Van de bebouwing leek niet veel meer te resten dan een geblakerd silhouet van ruïnes. Fluitjes klonken in de kazerne. We werden, zoals iedereen in de wijde omtrek die ingeschakeld kon worden, opgetrommeld om te helpen bij de opruimingswerkzaamheden. We naderden stil, met lood in onze schoenen.

Rook. Geknetter van vuur. Geur van zwavel en trotyl. Gerommel van inzakkende huizen. Af en toe nog een ontploffing. En mensen. Stemmen van mensen. Mensen die bevelen geven, die roepen, schreeuwen, gillen, huilen. Voetstappen. Gehol. Geschuifel. Mensen die verwezen rondscharrelen te midden van het puin – niet wetend wat ze zoeken, en nog minder waar.

De eerste hulpploegen waren al koortsachtig bezig om brandweerauto's en ambulances toegang te verlenen tot de straten die nog enigszins begaanbaar konden worden gemaakt. Anderen doolden door de ruïnes, klauterden over de kegels puin, op zoek naar gaslekken, naar gesprongen waterleidingen. Ontploffingsgevaar. De kelders zouden onder water lopen. Wie niet bedolven was, wie niet gestikt was, wie niet geroosterd was door de hitte kon nu nog verdrinken.

Aan de hand van plattegronden werd geprobeerd de schuilkelders te lokaliseren. Dan puinruimen, met scheppen, met de hand, een natte doek voor je gezicht, je wenkbrauwen en wimpers schroeiden. Steen voor steen, brok na brok. Het puin wordt afgevoerd door een levende ketting van handen. En pas op. Voorzichtig! Een vloer kan het elk moment begeven onder de belasting van het puin, voorzichtig...

Terwijl het overal nog brandt, terwijl af en toe, ver weg, dichtbij, een explosie davert. Blindgangers met tijdsafstelling zijn dat. Je kunt er op stuiten, elk ogenblik...

Uren waren we in de weer, steen na steen. Het puin lag meters hoog. Kalk, cement, stro, brokken huisraad, balken. Af en toe propten we bij een ijlings opgetrokken hulppost wat eten naar binnen. En verder ging het weer. Verbeten, zonder gedachte, zonder besef. Onze ogen traanden, maar we merkten het niet, onze handen waren bloederig en rauw, maar we voelden het niet.

We hoorden klopsignalen. We hoorden stemmen uit het onderste der aarde. En sneller ging het, steen na steen. Maar de tijd verstreek. Uur na uur. Het werd donker en er werden lampen aangevoerd. We zwoegden, uur na uur. De nacht verstreek. De klopsignalen werden zwakker. We verhoogden ons tempo. De zon kwam op. Stemmen hoorden we niet meer. En ook geen klopsignalen.

Tegen het middaguur slaagden we erin de toegang tot de kelder te ontsluiten. Maar we vonden niets dan dood. We zaten terneer, geblakerd en beroet, verslagen, uitgeput. En toen opeens een wonder. Het was bootsman Heyne. Hij rukte als een bezetene aan een manshoog brok metselwerk, het gezicht in een verdwaasde kramp. Zijn ogen puilden uit. Roder en roder werd hij, de aderen op zijn slapen leken te zullen barsten. Maar de muur van stenen week en hij moest opzij springen om er niet door verpletterd te worden. En er werd een nis zichtbaar. En in die nis een grote biezen tas.

'Ik wist het, godverdomme, ik wist het, godverdomme, godverdomme,' stamelde bootsman Heyne. – En hij nam iets in zijn armen. Iets dat heel klein was en bewoog. Iets dat huilde.

Aan het eind van de middag, de middag van de tweede dag, toen de fabriekscomplexen aan de rand van de stad uitgebrand waren en voldoende afgekoeld om benaderd te kunnen worden, werden we daarheen gedirigeerd. En het kon nog erger. De grenzen van gruwelijkheid bleken toch nog overschreden te kunnen worden. De fabriekshallen waren veranderd in kale staketsels, gesmolten en verwrongen door de hitte. De stalen deuren van de onafzienbare schuilkelders onder de werkvloeren werden geopend. Daarbinnen viel geen overlevende meer aan te treffen. De vuurzee bovengronds had alle zuurstof aan de lucht onttrokken. Eerst was de verstikkingsdood ingetreden, en pas daarna – zo hielden we ons maar voor – waren die kelders als ovens gaan werken. Die nacht waren we zo uitgeput dat zelfs angstdromen onze slaap niet konden verstoren.

Het hemelvaartcommando

'Aantreden! Alle hens aan dek!'

We moesten ons verzamelen op de binnenplaats. Het was aan het eind van de derde maand van ons verblijf in Mannheim. We werden toegesproken door kapitein ter zee Von Hassel, onze commandant.

Eerst werd er een overzicht gegeven van de oorlogssituatie, voorzover aan hem bekend. Heel openlijk ging dat. De zaak stond er niet best voor, zwak uitgedrukt. In het westen was Parijs net gevallen – of bevrijd, precies van welke kant je 't bekeek – en in het oosten was de situatie evenmin rooskleurig.

In feite was Duitsland op alle fronten in het defensief gedrongen. Vervolgens kwam de aap uit de mouw. We mochten dan opgeleid zijn tot matroos, maar de kans dat we ook werkelijk de zee zouden zien konden we verwaarlozen. De Duitse marine had intussen zoveel verliezen geleden dat er geen oorlogsbodems meer waren om ons op te plaatsen. Daarom had de hogere legerleiding besloten dat we ingezet zouden worden op het land. We zouden, na een korte training, ingedeeld worden bij de marinestoottroepen, hetzij aan het Oostfront, hetzij, wanneer we geen voorkeur te kennen gaven, elders in Europa. Uit de gekozen bewoordingen bleek wel dat hijzelf het allerminst eens was met deze wending, en ook beslist geen deel uitmaakte van de 'hogere legerleiding' die ertoe besloten had. Tenslotte legde hij er de nadruk op dat het hier niet om een bevel kon gaan. We hadden immers getekend voor normale zeedienst, en niet voor marinier, want daar kwam de taak van de stoottroepen ongeveer op neer. Wie er niet mee akkoord ging kreeg de gelegenheid de dienst te verlaten, al was de consequentie daarvan wel, dat hij tewerkgesteld zou worden in de oorlogsindustrie. De beslissing moest wel ter plekke, zoals we daar stonden, genomen worden.

Dat bericht veroorzaakte uiteraard consternatie, al waren de omstandigheden er niet bepaald naar om uiting te geven aan verbazing, woede of angst. We keken elkaar aan, de blik van de ander peilend. Wat doen we? Wat doe jij? Niemand verroerde zich.

Uiteindelijk was er van de meer dan duizend jongens slechts een drietal, van wie er een afkomstig was uit onze compagnie, dat er de brui aan gaf. Wij bleven. Wat ons precies te wachten stond wisten we niet. Maar ons animo voor de Duitse oorlogsindustrie was er, met de vernietiging van de I.G. Farben nog vers in het geheugen, niet bepaald groter op geworden. Bovendien: we zouden eerst een opleiding krijgen. En iedere dag opleiding betekende een dag uitstel. Had Von Hassel niet de indruk gewekt dat die oorlog bijna afgelopen was? Misschien werden we gered door de tijd. Nog diezelfde dag werden we op de trein gezet, richting Pommeren, in het noordoosten van Duitsland.

'Hein, Jan, hou je taai, zie dat je erdoorheen komt...' De woorden van bootsman Heyne, ten afscheid. En daarna waren we tegen een harde stoppelbaard gedrukt. Tijdens de reis, die ook weer ettelijke dagen in beslag nam, werden, voorzover nog aanwezig, onze laatste illusies gedoofd. De marinekazerne had, ondanks alles, een zeker gevoel van bescherming geboden, en de toekomst als varensgezel had zich nog enigermate laten romantiseren. Daar was nu wel rigoureus een eind aan gekomen. Uit de wereld, zoals we haar vanuit de trein zagen, terwijl we dwars door Duitsland reden, leek geen ontsnapping mogelijk. Vernietiging en dood grijnsde je aan alle kanten tegen. Er restte ons maar één doel. Te overleven. Hoe dan ook.

'We kunnen het wel vergeten...' – Dat was Hein, somber naar buiten starend.

'We proberen ertussenuit te knijpen, Hein. Pommeren ligt vlak bij de Oostzee. We pikken een zeilboot. Zien dat we in Zweden komen...'

'Ach, schei toch uit...' Ze werkten niet meer, de oude fantasieën. Reizen rond de wereld, vrijbuiteren, vreemde havens, exotische steden – het waren de dromen uit een verleden. Een verleden dat een mensenleeftijd achter ons scheen te liggen. Terwijl het toch niet langer dan een jaar geleden was dat we elkaar voor het eerst ontmoet hadden, Hein en ik: een voettocht dwars door de bossen van de Veluwe, onder de Hollandse augustuszon.

Het weer was omgeslagen. Najaarsregen stroomde onafgebroken neer en veranderde het troosteloze boerenland van Pommeren in een modderpoel van taaie klei. De herfst stond voor de deur, de winter zou volgen. De gedachte aan voorjaar was even onwezenlijk geworden als de gedachte aan vrede, het waren begrippen die je uitsluitend kon plaatsen in het verleden. Er was geen toekomst, er was alleen een *nu*: een dag die je weer ongeschonden door moest zien te komen, van moment op moment. En dit was nog maar een voorspel.

We werden ondergebracht in een stel haveloze barakken, midden in de suikerbietenvelden, in de buurt van een dorpje waarvan we de naam niet eens kenden. Daar werden bevelen gesnauwd. Voor het eerst maakten we kennis met Duitse kadaverdiscipline. 'Hemelvaartcommando's', zo werden de eenheden genoemd waarvoor we in een moordend tempo werden klaargestoomd. Onze taak zou het zijn om vanuit de voorste linies een bres te slaan in de vijandelijke afweerlijn, en zo'n voorpost in handen te houden tot de komst van gemotoriseerde, zwaarder uitgeruste eenheden. De betiteling gaf een ondubbelzinnig beeld van de overlevingskansen binnen dit krijgsbedrijf. De training die we ondergingen, onder leiding van instructeurs van de Wehrmacht, vormde een passende voorbereiding, want op een dode of gewonde meer of minder werd niet gekeken.

Het begon ermee dat we letterlijk dag en nacht door de modder gejaagd werden. We moesten leren bruggenhoofden te vormen, waarbij, omdat er geen water in de buurt was, gebruikgemaakt werd van vrachtauto's in plaats van landingsvaartuigen. Er werden schijngevechten geleverd die zo natuurgetrouw mogelijk de werkelijkheid nabootsten. Er werd geschoten – en niet altijd met losse flodders. 'Ohne Rücksicht auf Verluste' werd dat genoemd.

We moesten prikkeldraadversperringen aanleggen, springladingen aanbrengen, kazematten opblazen. Al die handelingen moest je bij nacht en ontij blindelings uit kunnen voeren: een opleiding die normaal misschien drie maanden duurde werd hier in een koortsachtig tempo in een paar weken afgewerkt. Dat gold niet minder voor het gevaarlijkste onderdeel van onze toekomstige taak, het aanleggen en opruimen van mijnenvelden. Zelfs daarbij werd er, ten koste van heel wat slachtoffers, ook in het kader, van uitgegaan dat de praktijk de beste leermeester is.

Eerst werd ons aan de hand van doorsnedetekeningen en gedemonteerde blindgangers de werking van de verschillende typen mijnen gedemonstreerd. Maar daarmee was het ook meteen gedaan met de theorie. Want men ging ervan uit dat je bij dit werk niet met je hoofd maar met je handen moest leren denken. En dat moest je ook verdraaid snel onder de knie krijgen, want het materiaal dat we vervolgens in handen kregen, stond in de regel op scherp. Wanneer je een fout maakte, ging je gegarandeerd de lucht in. Daar werd niet sentimenteel over gedaan, al was het natuurlijk pijnlijk dat de instructeurs hetzelfde risico liepen als jij. Overigens huldigde men het standpunt dat je, wanneer je ongeschikt was, dat lot toch wel zou ondergaan, was het nu niet, dan later. Die oefeningen vonden uiteraard in de openlucht plaats, terwijl je ook om voor de hand liggende reden samen met je instructeur op een behoorlijke afstand van de anderen verwijderd stond. Schoorvoetend gingen we naar buiten, die eerste keer.

Daar lag die mijn, en ik had het wel op een lopen willen zetten, of althans mijn handen voor mijn ogen willen slaan. Maar dat kon dus niet. Zelfs de neiging je ogen tot spleetjes te knijpen moest je onderdrukken, want, zo was ons voorgehouden, mijnen zijn net dieren: ze worden gevaarlijk wanneer je ze onzeker benadert. De instructeur, een jongen die misschien drie jaar ouder was dan ik, gaf me een duwtje in de richting van het metalen monster dat volgens mijn stellige overtuiging een zacht brommend geluid produceerde, aldus het voornemen aankondigend spontaan te zullen exploderen. Het leek of hij, die vermoedelijk even gespannen was als ik, mijn gedachten geraden had:

'Het is uitgesloten dat een mijn uit zichzelf tot ontploffing komt. Dat zou dan namelijk al gebeurd zijn bij het plaatsen en het aanbrengen van de ontsteking. Onthoud dat altijd. Wanneer er iets misgaat is het beslist je eigen fout. En wanneer je precies doet wat ik zeg gaat er niets mis...'

Dus hurkten we neer, hij met de tekening in zijn handen. Nooit had ik in die mate het gevoel gehad mijn eigen noodlot letterlijk in handen te hebben. Eén druk op de knop, bij wijze van spreken, was voldoende om van alle schrikbeelden verlost te zijn. Waarom nu niet forceren wat over korte tijd bijna zeker tóch zou gebeuren? Waarom eigenlijk niet? – Niet eens uit een drang te overleven, niet eens uit verantwoordelijkheidsgevoel tegenover die ander, maar domweg omdat mijn handen al bezig waren zo nauwgezet als ze konden instructies uit te voeren. Wel twijfelde ik op dat moment aan alles. Aan links en rechts. Aan de richting van de wijzers van de klok. En wie garandeerde me dat die tekening klopte? Maar mijn handen aarzelden niet, en het was verwonderlijk hoe snel ik opstond, met die ontsteking in mijn hand, terwijl de mijn, gaaf en stom aan mijn voeten lag.

Maar toen kwam de deceptie. Want er was geen enkele reden tot opluchting, geen sprake van, dat ik met een schouderklopje werd heengezonden. Nee, ik moest het opnieuw doen, en wéér, tientallen keren. Waarbij zich het verschijnsel voordeed dat dit werk in bepaald opzicht gevaarlijker werd naarmate je het beter beheerste. Je moest elke keer op je qui-vive zijn alsof het de eerste keer was.

En ook dit was nog maar een begin. Want in de praktijk krijg je bij het onklaar maken van mijnen uiteraard niet de gelegenheid een instructieboek te raadplegen. Je diende het dus na een paar keer uit je hoofd te doen. En daarna geblinddoekt. Want in werkelijkheid werd het karwei meestal bij nacht geklaard.

Maar ook dan, wanneer je dat eindeloos lang geoefend had, was je er nog niet. Mijnen liggen namelijk niet open en bloot. Ze liggen juist zo goed mogelijk gecamoufleerd onder de grond. Tenslotte was je opdracht ze uit de aarde op te graven, geblinddoekt, korreltje voor korreltje. Je moest ze aan het kleinste detail kunnen herkennen, ze blindelings kunnen demonteren, in dekking liggend op je buik, en er voortdurend op bedacht zijn dat er onder de mijn een kleinere, een boobytrap, kon liggen die je, wanneer de eigenlijke mijn althans niet mee ontplofte, in ieder geval kon komen te staan op een afgerukte hand of arm.

Zo leek iedere nieuwe opdracht de vorige tot kinderspel te maken.

Dat ging voort, dag na dag, twaalf tot vijftien uur per etmaal – waarbij ieder moment van verslapte concentratie fataal kon zijn. 's Avonds kroop je met spierpijn in al je ledematen vanwege de doorgemaakte spanningen op je brits, met maar één hoop: dat je een paar uur kon blijven liggen, en niet ook nog voor een nachtoefening opgetrommeld zou worden. Want dat ging onverminderd door. Soms zagen we achtenveertig uur ons bed niet.

Wie het niet volhield werd afgevoerd, waarheen wisten we niet. Misschien was hun toekomst te prefereren boven de onze, toch vergde iedereen het uiterste van zichzelf, radeloos van vermoeidheid. Zo was de training die we ondergingen althans in één opzicht succesvol te noemen: we waren volledig murw gemaakt voor wat komen ging. De weinige vrije momenten die we kenden, lagen we volkomen uitgeblust op onze britsen, rookten een sigaret en zwegen.

Maar daar naderden alweer zware laarzen. Kamerinspectie. En er zou wel weer iets niet in orde zijn.

'Noem je dat schoon, soldaat?' – Wanneer je het erkende werd je twintig keer met volle bepakking rond het kamp gejaagd, tot je kotste van vermoeidheid. En wanneer je het ontkende ook.

Bijna een maand lang zaten we in Pommeren, zonder iets anders te zien dan modder, regen, natte sneeuw.

Toen brak er een moment aan dat het even leek of de zon verscheen, al bleef het wolkendek grauw en gesloten als tevoren.

Bij het ochtendappèl kregen we te horen dat er veertig plaatsen voor de zeedienst waren vrijgekomen. Veertig zouden hun spullen kunnen pakken, veertig van de duizend. En het wonder geschiedde. Hein en ik waren daarbij.

Een paar uur later zaten we in de trein. Richting Danzig.

De overgang was nauwelijks te bevatten. Daar liepen we, de volgende avond, bijna in vakantiestemming door de straatjes van een oude havenstad aan de Oostzee, in matrozenpak, de matrozenpet met linten op het hoofd, de gage van een maand op zak. We hadden ons de vorige dag afgemeld bij de marinekazerne en voor het eerst, de oorlogsomstandigheden in aanmerking genomen, weer een nacht normaal geslapen. In Danzig merkten we, na het isolement in het binnenland van Pommeren, hoezeer de zaak erom spande. De Russen konden ieder moment doorbreken en de stad was overspoeld met vluchtelingen.

'sOchtends hadden we, de plunjezak op de schouder, de eerste stap gezet op de loopplank van het schip waarop we waren ingedeeld, een mijnenveger: Hein, een andere Hollander van onze afdeling die Frits heette, en ik. Ik had die schrede, al had ik het niet graag toegegeven, niet zonder plechtige gevoelens gezet. Dit was toch wat we hadden gewild. We waren wegwijs gemaakt door bootsman Heinrich, een gemoedelijke vent van tegen de zestig die nog onder 'der Kaiser' gevaren had. Ons saluut had hij weggewuifd en hij had ons eenvoudigweg een hand gegeven:

'Voor poespas hebben we op zee geen tijd...'

Onze spullen verhuisden in kastjes in het verblijf van de matrozen, een onwaarschijnlijk kleine ruimte vol buizen en afsluitkranen, bijna midscheeps, grenzend aan de machinekamer. Aan weerszijden rijen hangmatten, drie boven elkaar. Onze geweren konden we in een rek zetten, die had je wanneer je voer niet nodig. Vervolgens waren we meteen aan het werk gezet: dek schrobben, kajuit schoonmaken, poetsen in de kombuis. Aan het eind van de dag hadden we gaandeweg met alle schepelingen kennisgemaakt, tot de kapitein toe. Er was natuurlijk een strikte hiërarchie onder de vijftig koppen die de bemanning telde, er was vanzelfsprekend discipline, maar toch ging het er, zeker zolang we in de haven lagen, bijna hartelijk aan toe. Hakkenklakken was er aan boord van het kleine schip niet bij, daarvoor zat je te dicht op elkaar en was je te zeer op elkaar aangewezen.

En nu waren we, in het gezelschap van een paar nieuwbakken maats, leeftijdgenoten die het havenkwartier en de besloten kroegen als hun broekzak kenden en daar niet weinig trots op waren, aan het passagieren. Straks zouden we voor het eerst in een schip een hangmat opzoeken. Nu lag de avond nog voor ons. De anderen vertelden van hun ervaringen op zee. Hein deed verslag van onze maand Pommeren. Broodmager was hij geworden, Hein, met donkere wallen onder zijn ogen. Die waren met één nacht slaap niet weggewist.

Grote kroegen waren het, vol zeelui en marinemensen. Die herkenden elkaar, wanneer we het geloven moesten, waar ter wereld ook met één oogopslag. Ze waren even snel met hun vuisten als met hun vriendschap. Al waren we nog niet buitengaats geweest, ons matrozenpak was voldoende om in de nieuwe omgeving geaccepteerd te worden.

Eén avond, tussen de ene harde werkelijkheid en de volgende, leek het alsof er iets van een toekomstdroom werd ingelost. Er was een luid rumoer van stemmen, muziek schalde uit luidsprekers. We kenden ze al en neurieden ze mee: Lili Marleen, Das ist die Liebe der Matrosen.

Het was er warm. Het geurde er naar eten. En naar parfum. Want ook waren er vrouwen. Sommigen waren tandeloos en oud maar schenen daarvan geen enkele hinder te ondervinden, anderen waren jong. Marika was jong, niet ouder dan zeventien. Ze was bij me op schoot gaan zitten en had me naar mijn naam gevraagd. Ze had blond haar en grijze ogen. Licht als een veertje was ze geweest, haar arm om mijn nek. We hadden gedronken, en toen ze vroeg of ik mee naar boven ging had ik geknikt. Een smalle trap, een halfduistere gang, overal deuren. Achter die deuren gestommel en gelach. Dan een piepklein kamertje zonder raam, verlicht door een onooglijk elektrisch peertje zonder kap. Op een verveloze wastafel prijkten een gebutste emaillen bak met vuil zeepwater en een lampetkan zonder oor. Een keukenstoel. Een matras op de grond.

En dat was het. Marika was op de matras gaan zitten, ik op de stoel. Ik had een sigaret geaccepteerd hoewel ik zelden rookte. Waar ik vandaan kwam, wilde ze weten. Uit Holland. Of ik broertjes en zusjes had. Zes. Zij had één broertje, maar of die nog leefde wist ze niet. Ze was gevlucht, uit Riga, haar ouders waren omgekomen. Ze was nog geen maand hier.

En er had me iets op de tong gebrand, een vraag, nee, vele vragen... Maar meteen daarop had ze bijna onmerkbaar haar schouders opgehaald, was ze gaan liggen, de ogen open, en had ze gemompeld:

'Kom Jan...'

Duistere straten. Straten die deinden als de zee, huizen die overhelden, hoeken die niet bleven waar ze waren. Een echo van gelach. Hou me vast Hein! Ik ga vallen! En dan een bodemloos niets, een lauwe put van slaap. En meteen daarop, o nee, dit *kan* niet: schrille fluitjes, het geschreeuw van de bevelen. Slaapdronken op de benen. Droge mond. Nóóit drink ik meer bier...

We kozen voor dag en dauw het zeegat: een paar mijnenvegers, min of meer beschermd tegen Russische lucht- en duikbootaanvallen door een torpedojager. Echte flottieljes, die normaal numeriek veel sterker waren, konden bij gebrek aan oorlogsbodems niet meer samengesteld worden. Dat we beslist geen pleziervaartje tegemoet gingen, hadden we uit de verhalen al begrepen. We liepen aan alle kanten gevaar, nog afgezien van de risico's die de behandeling van de mijnen met zich meebracht. Niet alleen beheersten de Russen het luchtruim volledig, ook was de Duitse afweer tegen hun duikboten minimaal.

Daar kwam nog bij dat wij, in tegenstelling tot onze te verwachten aanvallers, op de waterlijn te midden van de mijnen zaten.

Het was, zo te horen, nog een wonder dát er schepen waren. Het was onze taak de zeeweg tussen de Baltische staten, Estland, Letland, die ingesloten waren door het Russische leger, en de westelijke havens, bevaarbaar te houden. De smalle corridor, met aan weerszijden uitgestrekte mijnenvelden, was voortdurend vergeven van de mijnen, die door de Russen vanuit vliegtuigen werden afgeworpen. Die moesten opgeruimd worden ter wille van konvooien van transportschepen en logge, stokoude passagiersboten die op de heenweg beladen waren met materieel en versterkingen, voorzover die er nog waren, en op de terugtocht uitpuilden van de gewonden en de vluchtelingen. Wanneer zo'n schip op een mijn liep, en dat scheen nog weleens te gebeuren, gingen er duizenden reddeloos mee de diepte in.

De eerste uren voeren we in kiellinie over het betrekkelijk kalme water van de Golf van Danzig. Het regelmatige gestamp van de machine begon me al in de oren te klinken alsof ik nooit anders gehoord had. Als zwarte schimmen in een spookachtige kudde tekenden zich de schepen voor en achter ons af tegen het decor van de nacht, het schuim van de boeg- en hekgolven lichtte flauw op.

De dag brak aan, een grauwe dag, vol regenvlagen. Ik boog me over de reling, likte mijn lippen. Loodgrijs, met witte koppen schuim. Voor het eerst van mijn leven: de zee.

Kriegsmarine

'Wachten. Oorlog is wachten.'

Dat waren de woorden van Wagner, de instructeur in het weersportkamp. En met dat wachten maakte ik kennis, meteen al de eerste dag van onze tocht die vier etmalen zou duren. En met de angst die zich over uren uit kan strekken.

We waren nog maar amper op volle zee of de alarmbel klonk. Met de dopplerinstallatie was de aanwezigheid van een duikboot gesignaleerd. Iedereen moest als de weerlicht zijn alarmpositie innemen. En die van mij was benedendeks, bij de zware deur van het matrozenverblijf, die deel uitmaakte van een waterdicht schot. Die moest bij een voltreffer dichtgeslagen worden en vervolgens afgegrendeld met een schroefwiel. – En dan maken dat ik wegkwam, het voorschip in, een ladder op, door een mansgat naar buiten... *Alsof dat kon!* Alsof die tijd me geboden zou worden! Alsof het iets anders was dat ik vergrendeld had dan mijn eigen doodskist!

Ik stond daar, luisterde ingespannen, wachtte, mijn vochtige handen aan het wiel, in een bedompte ruimte waarin geen daglicht doordrong, de lucht vergeven van dieselolie en van smeer. De machine stampte. Volle kracht vooruit ging het, op en neer, omhoog, omlaag, af en toe dwars op de golven. Tegen duikboten hadden we geen enkel verweer. Zigzag koersen, varen zo snel we konden, en hopen dat we niet op een losdrijvende mijn zouden lopen – daarin lag onze enige kans. Zo niet, de scheepswand zou door een torpedo uiteengeslagen worden, en dan een muur van ijskoud water... – Niet aan denken! Wachten, luisteren.

Je bent een verlengstuk van het schip. Oren en handen, het zijn je instrumenten. En instrumenten denken niet. Je hoofd is leeg, *niet denken* is je enige verweer. Het denken is de angst. En angst is zweet, meer niet. De angst parelt op je voorhoofd. De angst loopt in kriebelende straaltjes over je rug, je borst. Luister, wacht.

Zeven volle uren duurde het voor het sein veilig werd gegeven, zeven volle uren stond ik op mijn post. Toen kwam Hein de ladder afgedaald, lijkbleek, met trillende handen. Had ik niets gehoord? Nee, behalve het stampen van de machine en het breken van de golven niets. Hij vertelde het hakkelend. Eén van onze zusterschepen was getorpedeerd, een voltreffer, recht in de flank.

'Jezus Jan, zo snel als dat ging, binnen een paar tellen was 't gebeurd...'

Een paar man waren er nog af gekomen. Hein had ze zien springen, zien drijven. Toen waren ze, met zwemvest en al, meegezogen in de diepte. Zoeken naar overlevenden was zinloos, een olievlek was alles wat er restte. Ik vroeg welk schip het was geweest. 'Heregod...' Gustav en Erich – de avond tevoren waren we nog met ze op stap geweest. We hadden gedronken, gepraat, gelachen. Zij en wij. Het was of Hein mijn gedachte raadde:

''t Gaat onwaarschijnlijk snel...'

'Gustav en Erich. Godverdomme wat een troep...'

Maar de fluitjes klonken alweer. En de bevelen. Aan het werk. We gingen verder. Poetsen. Schrobben. Eten halen. – En dan weer het alarmsignaal. En wachten. Niet denken. Luisteren en wachten.

Maar ik maakte die eerste dag aan den lijve met meer kennis dan met het gevecht tegen de tijd. Het liep tegen oktober, het was gemeen koud en de zee was, althans in mijn ogen, onheilspellend ruw. Het schip, dat in de haven nog heel wat had geleken, bleek opeens, gemeten naar de oneindigheid rondom, minder dan een notendopje. Het steunde en kraakte aan alle kanten, bij iedere golf stoof het buiswater over het dek. En dit stelde nog niets voor, zo werd me verzekerd, dit was nog maar een straffe bries. Het kon ook vreselijk spoken.

Al met al moest ik, of ik wilde of niet, iets vaststellen. Dat er vermoedelijk in mij geen zeeman stak. Naast de permanente angst voor de diepte ondervond ik een gevoel van beklemming dat me geen moment verliet, of ik nu benedendeks was of in de openlucht. Ik voelde me een vreemd voorwerp op dat schip, iets dat er niet thuishoorde en zich voortdurend vast moest houden om er niet af te vallen. Hein leek ermee vergroeid. Hem verschaften lucht en horizon een sensatie van vrijheid, terwijl ik in dat perspectief nu juist de minimale afmetingen van het schip zag. Het was te klein. Ik wilde eraf.

Veel tijd voor dit soort overwegingen schoot er overigens niet over. We hadden het zelfs te druk om zeeziek te worden. Dag en nacht werden we door de bootsman van voren naar achteren gejaagd. Je mocht blij zijn wanneer je gedurende een etmaal een paar keer, en dan nooit langer dan twee uur achtereen, je hangmat zag.

We stonden eindeloos te schrobben en te boenen. Dan weer werd je naar de kombuis gestuurd om eten of koffie te gaan halen, moest je de officiersverblijven schoonmaken, of stond je uren op de voorplecht ingespannen door een verrekijker te turen of ergens het schuimspoor van de periscoop van een duikboot opdoemde, of dat ergens iets ronds en zwarts op- en neerging op de golven.

Mijnen. Bij kalme zee werden ze met de grootste omzichtigheid aan boord gehaald en onklaar gemaakt. Vijfhonderd kilo explosieven. Wanneer de golfslag het onmogelijk maakte om met de veeginstallatie te werken, werd er wel een sloep uitgezet. Langszij gekomen kostte het alle behendigheid om ondanks de deining contact tussen de boot en de uitstekende loden doppen te vermijden. Die bevatten glazen buisjes, de buisjes een bijtend zuur. Wanneer ze breken, wordt de ontsteking in werking gezet – dan kun je het wel vergeten. Schroef ze los, een voor een, klappertandend van de kou, met verkleumde vingers, terwijl je maats toekijken, de ogen tot spleetjes. Een verkeerde beweging zal fataal zijn, en hoe die te vermijden vanuit een bootje dat open neergaat op de golfslag? Maar het kon, en een glas rum was even later je beloning. Het was verwonderlijk hoe snel een dergelijke opdracht tot een routine werd. Hetzelfde gold het beschieten van de mijnen. Bij werkelijk ruw weer werden ze op die wijze tot ontploffing gebracht, op flinke afstand uiteraard. De eerste keer leek het of de wereld verging, zo luid daverde de explosie in de leegte, zo hevig ging het schip tekeer onder de luchtverplaatsing, maar na verloop van tijd sloeg je er nauwelijks meer acht op. Je wist wat er gebeurde, je wist wat er ging komen. En het duikbootalarm...

'Je moet je koudstellen,' had Hein gezegd, toen ik hem vertelde van de duizend angsten die ik had uitgestaan, die eerste keer op mijn alarmpost. Je koudstellen, zo noemde hij dat. De binnengehaalde mijnen werden benedendeks opgeslagen zodat ze later door mijnenleggers opnieuw uitgezet konden worden, maar dan op plaatsen die wel aan de Duitsers en niet aan de Russen bekend waren. Toen, na drie dagen, het magazijn vol was, leefden we in de onprettige wetenschap dat we ons aan boord van een drijvende bom bevonden. En zelfs die gedachte wende. Lag je aanvankelijk met open ogen in je hangmat, luisterend naar ieder onregelmatig geluidje, gereed om elk moment op te kunnen veren – het duurde niet lang of de vermoeidheid won het van de angst.

Op de vierde dag, we waren ruimschoots op de terugweg,

was ik met puts en zwabber bezig op het voordek. Plotseling boorde een Russische jager zich door het laaghangende wolkendek. Een duikvlucht zo laag dat het een wonder was dat hij de mast niet ramde. Een salvo – en niets waarachter ik dekking kon zoeken. Links en rechts sloegen de mitrailleurkogels in het dek. En voorbij was het. Verdwenen in het wolkendek. Ik stond nog steeds bevroren. Niets voelde ik. Ik keek. Mijn armen, mijn benen, mijn borst. Ik tastte naar mijn rug, mijn hoofd, mijn nek. – Naast me stond de puts. Twee straaltjes water uit twee gaatjes.

Pas toen begon ik te klappertanden en te beven.

Een paar uur later: land in zicht. Ik begroette het ijle streepje aan de horizon met grote opluchting. Nu zou ik de kust desnoods zwemmend kunnen bereiken. Dat was natuurlijk een illusie, net zoals het idee dat we er bijna waren, want we zaten vervolgens nog bijna een halve dag op zee. Het was al laat in de middag toen we afmeerden in de marinehaven van Danzig. De officieren en de gespecialiseerde bemanning kregen verlof om aan wal te gaan. Ze verdwenen in groepjes, frisgewassen en geschoren, duidelijk in de stemming om de doorgestane vermoeienissen en spanningen met een stevige slok weg te spoelen. Dat was voor ons lichtmatrozen de eerste uren nog niet weggelegd. Eerst schoon schip maken. We werkten als bezetenen, ondanks de vermoeidheid en het slaapgebrek, want iedere minuut tijdwinst betekende dat we langer van onze vrijheid zouden kunnen genieten.

Tenslotte wist de officier van de wacht werkelijk niets meer voor ons te verzinnen en konden we nog een paar uur passagieren.

Daar ging ik, toch nog op zeebenen, al was het tegen wil en dank. Op naar de drank, op naar een jong, warm lichaam, hoe kort de toegemeten tijd ook was.

'Hoe was het op zee?' En ieder antwoord op die vraag zou onzinnig hebben geklonken, even onzinnig als wat me even later ontviel, voor ik er erg in had:

'Marika, ik kom terug. Wanneer de oorlog voorbij is...'

Want de oorlog wás niet voorbij, de oorlog ging verder, de volgende ochtend om halfvijf alweer. En iedere gedachte aan de toekomst, iedere belofte was een farce.

We voeren uit, we keerden terug. Marika. We voeren uit en werden overvallen door een zware noordwesterstorm. Een avond en een nacht zaten we benedendeks te wachten, klappertandend, ziek als honden. Boven was onder, onder was boven, achter was voor. Maar we vergingen niet. Het werd weer dag, de wind ging liggen. We voeren uit, we keerden terug. Marika. We haalden mijnen binnen, we escorteerden een schip met vluchtelingen, we werden beschoten, er was duikbootalarm, een etmaal lang. Maar we keerden terug.

Na vier patrouilletochten kregen we twee dagen de tijd om op verhaal te komen. Daarna werden we zonder opgaaf van reden overgeplaatst, Hein, Frits en ik, op een torpedoboot die een konvooi zou begeleiden. Ook nu waren we de enige Hollanders onder de bemanning – die honderdtwintig koppen telde. Het was een vrij nieuw schip, slank, en ongelooflijk snel. Met meer dan dertig knopen sneed het door het water, zigzag kruisend voor de andere schepen uit. Onze taak verschilde niet veel, maar de sfeer aan boord was harder. We hadden dieptebommen aan boord, torpedo's, twee stukken geschut. We zochten de tegenstander, een tegenstander die zich ergens ophield onder de waterspiegel.

De eerste dag gebeurde er niets. En de tweede dag was het meteen raak.

De klap was zo hevig, dat het leek of we volledig boven het water getild werden. Ik werd tegen de reling geslingerd en kon me net vastklampen. Het achterschip ging verborgen achter een zuil van water: we waren getorpedeerd zonder dat er ook maar een alarm geklonken had.

En meteen daarop, zelfs voordat die zuil van water teruggevallen was, klonk een tweede explosie, nog krachtiger dan de eerste. Het complete arsenaal dieptebommen in het achterruim vloog de lucht in.

Het voltrok zich zo snel, het ging met zoveel geweld gepaard, dat mijn zintuigen niet in staat waren de verschillende indrukken afzonderlijk te registreren. Alles speelde zich af in één langgerekt moment. Ik werd heen en weer gesmeten, naar links, naar rechts, omhoog, omlaag, er was een steekvlam, een waterhoos – ik klampte me vast aan de spijlen van de reling, zonder duidelijk besef of dat nu mijn ondergang of behoud zou zijn. Al mijn wilskracht was gericht op één ding: niet loslaten, anders word je overboord geslagen.

Toen ik weer bij m'n positieven kwam, was het allemaal voorbij. Het was stil, een kolom vuilwitte rook verwoei in de wind. De schijnbaar zo degelijke scheepswand was gescheurd als vloeipapier. Het achterschip was finaal afgebroken en verdwenen, brug en sloependek lagen half onder water. Onmogelijk een sloep te strijken, gesteld dat er nog een intact was. We maakten zwaar slagzij. Gezien de helling van het dek moest de boeg zich vrijwel boven het wateroppervlak verheven hebben. Maar ik was niet alleen. En onder het vijftiental dat zich, zoals ik, aan het wrak vastklampte, ontdekte ik Hein. Ze moesten, gedurende de ogenblikken dat ik door het tumult verdoofd was geweest, in een reflex naar voren zijn gerend. Verder was iedereen die zich achter op het schip of benedendeks had bevonden, dood of levend meegegaan naar de diepte.

Zo dreven we, dankzij een luchtbel in het voorschip, zacht deinend op de golfslag, te midden van een kring van wrakstukken en schuim. Maar lang zou dat niet kunnen duren. De luiken mochten waterdicht zijn, luchtdicht waren ze niet. Ieder opborrelend luchtbelletje ging ten koste van ons drijfvermogen. En dat proces zou zich versnellen naarmate de druk toenam. Tergend langzaam kroop de waterlijn omhoog, centimeter na centimeter, van klinknagel naar klinknagel. We zakten.

We waren met vijftien man. Eén was zwaargewond. Maar zijn gekerm werd zwakker. Hij was het die als eerste door het water opgenomen werd.

Het was stil, er was geen tijdsbesef. Gesproken werd er niet, iedereen bleef op zijn plek, alsof men vreesde dat ook maar de geringste beweging het riskante evenwicht zou kunnen verstoren. Iedereen lag daar, bevangen door een angst die niet gedeeld kon worden, juist omdat het vonnis dat zo langzaam aan ons voltrokken werd, gemeenschappelijk was. We bevonden ons op volle zee.

Van onze positie had ik geen flauw idee, net zomin als ik wist waar de schepen zich bevonden die we geacht werden tegen duikboten te beschermen. Aan zwemmen hoefden we niet te denken. De temperatuur lag om het vriespunt, je hart zou het binnen enkele tientallen seconden begeven.

Onze enige hoop was gevestigd op het feit dat we ons midden in een corridor bevonden, niet breder dan tien, vijftien zeemijlen. Maar hoeveel tijd restte er? Het was alsof er twee klokken geluidloos tegen elkaar in tikten.

Op de een verstreek de tijd die nodig was om ons te redden, de andere telde de seconden af dat het wrak nog kon blijven drijven. Er restte niets dan wachten, doorweekt als we waren, verkleumd, de vingers verkrampt rondom een zinloos voorwerp – mogelijk fataal zelfs, omdat het ons, wanneer het moment gekomen was, onverbiddelijk mee zou zuigen in de diepte. Dat kon een kwestie van uren zijn, maar ook van minuten. Af en toe klonk een knal. – Klinknagels die losprongen. Wanneer een van de luiken onder de druk bezweek zou het een kwestie van seconden zijn.

Hoe lang het duurde wist ik niet. Ernaar vragen was onzinnig. Alleen de tijd op die twee onzichtbare klokken telde.

Maar opeens gebeurde er iets vreemds. Iets dat in dagen, misschien wel in een week niet was voorgevallen. Een brede, scherpgebundelde baan licht boorde zich door het grauwe wolkendek. De zon brak door. Mogelijk was er alle reden toe om die plotselinge verschijning op te vatten als een afscheid – de zon, voor het láátst – maar op mij was de uitwerking precies omgekeerd. Ik putte er een plotselinge vastberadenheid uit die de doffe angst op slag verdreef. Verdwenen was de lijdzaamheid. Wat er ook gebeurde, ik moest er met mijn hoofd bij blijven. Wanneer ik dat verzuimde zou ik bij voorbaat verloren zijn, dan zou ik de kans op behoud onbenut voorbij laten gaan. En iedere situatie bood een kans. Ik richtte me op. 'Het is helder,' zei ik in mezelf. 'De zee is kalm.' De scheidslijn tussen water en lucht had zich verscherpt. De zee was eensklaps diepgroen, de kammen schuim lichtten helder op. De hemel vertoonde plekken blauw. Ik rekte me verder uit. En ik zag wat wij allen zagen, alle veertien, op hetzelfde moment.

'Een schip!' zei ik hardop.

We durfden weer te praten. Aanvankelijk verkeerden we, bij gebrek aan een verrekijker, nog in onzekerheid of het een Russisch of een Duits schip was, maar al spoedig bleek het een Duitse mijnenveger te zijn, een zusterschip van de boot waarop wij drie weken gezeten hadden. Intussen hield ik de toestand van het wrak nauwlettend in het oog. Bij een eerste aanwijzing zou ik onmiddellijk overboord springen en maken dat ik uit de buurt kwam, zwemmend, op een stuk wrakhout, hoe dan ook, om te voorkomen dat ik door de zuiging meegesleurd zou worden. Hein zou hetzelfde doen. Maar het wrak bleef stabiel.

Er werd een sloep uitgezet, maar men durfde met oog op de golfslag niet al te dicht te naderen. Er zat niets anders op, we moesten springen, we moesten zwemmen. Een kloof van tien meter, maar oneindig diep. – Het behoud leek binnen handbereik. Misschien was dat moment daarom juist het meest beangstigend van alle, Marika. Je laat los, je springt, het water omvat je, zo koud dat het lijkt of het warm is. *En onder je is niets.* Onder je is niets dan een diepte die aan je trekt en zuigt. De kou snijdt je de adem af. Je raakt in paniek, je armen en benen malen door het water, maar vooruit kom je niet. Dan komt de kramp.

We keken elkaar aan en zwegen. Ieder wist wat de ander wist. En we sprongen, een voor een. Eerst ik, Hein! Ik wil je niet zien...

Ik sprong. Het water was zo koud dat het eerst warm leek. Onder me was niets meer. Alleen een diepte die aan me trok en zoog. Maar ik zwom. De sloep kwam dichterbij en ik werd door twee paar handen aan boord getrokken. Daar zat ik, schuddend over al mijn ledematen, en wachtte. De volgende wiens hoofd boven de rand verscheen was Hein. Daar zaten we tenslotte, doorweekt en klappertandend, met dertien man. De tweede stuurman, hoogste in rang, was als laatste gesprongen. Eén moest het niet gehaald hebben. We waren zo geschokt dat niemand wist wie.

Aan boord werden we meteen in dekens gewikkeld en volgegoten met cognac. Pas toen drong het werkelijk tot ons door dat er iets ongelooflijks gebeurd was. We hadden het overleefd.

Maar nog waren we er niet. De mijnenveger bleek juist bezig aan de tweede dag van een vierdaagse patrouilletocht. Zodat dus ik, die me had voorgenomen nooit weer, ongeacht de gevolgen, één stap aan boord van een schip te zetten – liever de kogel dan een langzame verdrinkingsdood –

gedwongen was nog twee volle etmalen lang benedendeks door te brengen. Er kon nog van alles gebeuren.

Niet alleen tijdens de slaap werd ik achtervolgd door angstvisioenen. Maar er gebeurde niets. En eindelijk konden we in de thuishaven van de mijnenveger, de stad Libau, op het Letlandse schiereiland Koerland, voet aan wal zetten. Nooit meer naar zee.

We hadden het gehaald. We waren aan wal. Maar we zaten dichter bij Leningrad dan Berlijn – om van Holland maar te zwijgen. Nooit waren we zo ver van huis geweest.

Samen met de overlevenden van enkele andere schepen werden we, een man of zestig sterk, ondergebracht in een loods aan de haven. Koerland was ingesloten door de Russen. De stad Libau was overspoeld door vluchtelingen. Het moesten er honderdduizenden zijn, vrouwen, kinderen, bejaarden, afkomstig uit het noordelijker gelegen Riga en omgeving. Onder de meest primitieve omstandigheden wachtten ze op een mogelijkheid om via zee naar Duitsland te ontkomen. We zagen ze smeken, we zagen ze vechten op de kade om een plaatsje.

Bij gebrek aan schepen kon er nu inderdaad van zeedienst geen sprake meer zijn. We werden administratief ondergebracht bij de landstrijdkrachten, de Pantsergrenadiers. Wat dat precies inhield, was me onbekend. Grenadiers droegen hoge berenmutsen. En pantser zou wel staan voor tank...

Een paar dagen later verschenen er vrachtauto's om ons op te halen. Toen we de bewoonde wereld achter ons gelaten hadden werd het steeds stiller in de laadbak. Alles ademde dood en verderf. Het landschap dat ons omringde was leeg. De schaarse boerderijen waren, indien al niet uitgebrand of kapotgeschoten, door de bewoners verlaten. Heuvels, dennenbossen, smalle, modderige wegen, bomkraters links en rechts. Dat was het. Zover het oog reikte wees niets op leven. En boven dat alles een sombere, grijze hemel waaruit de motregen neerdaalde om nooit weer op te houden.

Open trucks met doden en gewonden, lukraak opgestapeld, kwamen ons tegemoet. Een hospitaalsoldaat zat achterop, met bungelende benen, een sigaret in de mondhoek. Holle ogen. Een uitgebluste blik, zonder herkenning, zonder groet.

We keken ze na. Zij kwamen, wij gingen. De wacht werd afgelost.

De loopgraven van Koerland

We werden uitgeladen in een dorpje, niet meer dan een tiental boerderijen, waarvan de bevolking geëvacueerd was. Het was ingericht als divisiehoofdkwartier: ordonnansen op motorfietsen, op paarden, gingen af en aan. Bij monde van een hoge officier kregen we een toespraakje bij aankomst. De legerleiding was bijzonder verheugd met onze komst, want men had dringend versterkingen nodig. Vervolgens werd aan de hand van een grote landkaart op een schoolbord de situatie in grove lijnen ontvouwd.

Het front was over een afstand van een paar honderd kilometer vastgelopen in een stellingenoorlog. Hier, hij wees het aan met een stok, bevonden we ons op dat moment: het was de laatste lijn, de hoofdcommandoposten waren er gevestigd, en, het was af en toe duidelijk te horen, de zware artillerie stond er opgesteld. De eigenlijke frontlijn was een kleine tien kilometer van ons verwijderd. Daartussen, ongeveer halverwege, bevond zich de lichte artillerie, houwitzers en tanks. Daar waren ook de bevoorradingsposten, veldkeukens en hospitaaltenten te vinden. Dan kreeg je een stelling zware mortieren, en tenslotte, een duizend meter verder, de voorste linies: een netwerk van loopgraven, door een strook niemandsland gescheiden van de vijand.

Het niemandsland was nergens breder dan een paar honderd meter, maar op sommige plaatsen slechts twintig meter smal. Bij gebrek aan infanteristenopleiding zou onze taak er voornamelijk uit bestaan wacht te lopen, de aan- en afvoerlijnen te onderhouden, en versperringen aan te brengen of te herstellen.

Het was van groot belang de Russen van ons af te houden: in Koerland waren een paar miljoen vluchtelingen samengedreven. Die moesten geëvacueerd worden naar Duitsland, en dat zou nog maanden en maanden vergen, want het kon uitsluitend over zee plaatsvinden. Dat ook wij, wanneer het front bezweek, over zee afgevoerd zouden moeten worden wilden we krijgsgevangenschap ontlopen, dat we met andere woorden ingesloten waren tussen de Russen en de Oostzee, dat we klemzaten, als ratten in een val – dat werd er niet bijgezegd... Veel moed en sterkte werd ons toegewenst. En dat was dat.

Daarop werd onze indeling voorgelezen. En voor het eerst sinds langer dan een jaar bleken Hein en ik gescheiden. We zaten in dezelfde compagnie, maar in een ander peloton. Wat dat inhield was ons onbekend en we namen dan ook nauwelijks afscheid van elkaar, Hein en ik, toen we vervolgens in groepjes van tien, twaalf man werden opgesplitst:

'Hou je taai.'

'Jij ook...'

Dat was alles.

We gingen te voet verder, ik in mijn groepje, Hein in het zijne. Eerst voerde de tocht nog over modderige karrensporen, daarna over het ongebaande veld. Onder dekking van een dennenbos waarin hier en daar brand gewoed had en bomen ontworteld lagen passeerden we de top van de laatste heuvel, daarna ging het gebukt langs de bosrand neerwaarts. Tenslotte hurkten we neer. We moesten wachten tot de schemering inviel, want op het laatste stuk open terrein dat ons scheidde van de loopgraven zouden we zichtbaar zijn voor de Russische artilleriewaarnemers. Bij de minste beweging kon er een mortiersalvo volgen, want ze wisten tot op de meter nauwkeurig welke sluipwegen in gebruik waren.

Wat we zagen was een kilometersbrede, tot het laatste grassprietje omwoelde strook aarde, overdekt met kraters, prikkeldraadversperringen en lichte terreinverhogingen waaronder zich commandoposten en kazematten moesten bevinden. Niets bewoog. Alles wat zich daar afspeelde, aan weerszijden van de scheidslijn die vanuit onze positie nauwelijks te onderscheiden viel, gebeurde onder de grond. Het was onvoorstelbaar dat zich onder die omgeploegde strook modder, die zich in de verte tussen de heuvels afboog, duizenden mensen bevonden.

Zien kon je ze niet, maar je kon ze ruiken. Er hing een penetrante, weeë geur, die bij het minste zuchtje wind misselijkmakend sterker werd. Het was de geur van het slagveld, de geur van lijken, van vervuiling, diarree.

Het was al die tijd stil gebleven, en dat voorspelde volgens onze begeleider weinig goeds. Slechts heel af en toe klonk ver weg een hoog gefluit, gevolgd door een lichtflits en een explosie. Een fontein van modder was het resultaat. Dat was storingsvuur, leerden we. 'Om je wakker te houden.' Wanneer het links van ons terechtkwam was het afkomstig uit een Russische vuurmond, en rechts uit een Duitse. 'Ze kunnen over een afstand van een kilometer een uitgespreide zakdoek raken...'

Bij het invallen van de duisternis ontstond er een schimmig verkeer op het open terrein dat ons van de eerste loopgraaf scheidde. We zagen jongens van onze leeftijd gebukt rennend de afstand overbruggen, een grote metalen etensgamel met riemen op de rug. Jongens met kisten, met grote canvas zakken. We zagen het verschil tussen zomaar rennen en rennen voor je leven, rennen in een gat van angst. – En we zagen een hospitaalsoldaat naderen.

Hij sleepte een van een uitgeholde boomstam vervaardigde slee door de modder achter zich aan. Daarin lag roerloos een donkere figuur. Bij het passeren zagen we de ogen in het vervuilde, zwaarbebaarde gelaat bewegen.

En we zagen dat de benen aan de romp ontbraken.

Toen was het onze beurt om een voor een de oversteek te wagen. Rennend in een gat van angst.

Zonder dat er vuur was binnengekomen bereikten we de achterste verbindingsloopgraaf, buiten adem, het hart bonkend in de keel. Die loopgraaf was diep genoeg om rechtop in te kunnen lopen, maar niet meer dan een halve meter breed. Je moest je klein maken om iemand te kunnen passeren. De wanden waren met gehalveerde boomstammetjes versterkt, op de bodem lagen planken. Wanneer die niet goed aansloten, en ze sloten niet goed aan, zakte je meteen tot over je enkels in de modder. En verder ging het, met soppende schoenen, van de ene loopgraaf naar de andere, over een afstand van een paar honderd meter. Af en toe passeerden we een verlaten schuttersput of kazemat, naargeestig leeg in het halfduister.

Eindelijk bereikten we de compagniescommandopost. Een zwaar canvas gordijn werd weggeschoven. Naar binnen. Een volgend gordijn ging open, terwijl het gordijn achter je weer zorgvuldig gesloten was. Een lichtsluis heette dat.

We betraden een ondergrondse ruimte van amper drie bij vier meter, voorzien van een metersdik dak van boomstammen en aarde. Er stond een tafel, bedekt met stafkaarten en paperassen, een veldtelefoon ernaast, een olielamp erboven. In een hoek stond een klein potkacheltje, geflankeerd door twee britsen. Een paar mannen zaten zich te warmen, de ellebogen steunend op de knieën. Ze rookten met gulzige trekken een sigaret. Hun marineuniformen stonden stijf van de modder. Hun oogwit, diep in de kassen, lichtte, te midden van hun vervuilde gelaat, op in het lamplicht. Eén van hen leek me op te nemen. Opeens hoorde ik mijn naam:

'Montyn?'

Hij was opgestaan, wankelde, zocht steun tegen de planken wand. We keken elkaar aan alsof we oog in oog stonden met een geestverschijning. Maar we vergisten ons niet. We kwamen allebei uit Holland, we kwamen allebei uit Oudewater. Hij had op de lagere school twee klassen hoger gezeten dan ik...

'Wat doe jij hier?'

We vroegen het allebei tegelijk, en allebei even stompzinnig.

Hij vertelde met een paar woorden dat hij als voormalig matroos op de koopvaardij bij de Duitse marine was terechtgekomen. Daarna was hij, op dezelfde wijze als wijzelf, in deze uithoek van de wereld beland – zes weken eerder. Hij had rode randen rond zijn ogen, zijn linkerarm zat tot de elleboog in het verband, roestbruin van het geronnen bloed.

'Het is hier een hel, Jan. Niemand komt hier levend uit...'

Inmiddels waren ook zijn metgezellen opgestaan. Blijkbaar zat hun pauze erop. We gaven elkaar een hand. Hij keek me in de ogen en zei schor:

'Wanneer *jij* het redt, Jan, doe mijn ouders dan de groeten. Maar vertel ze niet wat je gezien hebt...' – Waarop hij zich omdraaide en achter de anderen aan verdween.

Ik staarde hem na, ik staarde naar het canvas gordijn dat weer was teruggevallen. Jan van Putten. Nu pas herinnerde ik me zijn naam. De zoon van de schoenmaker in de Breestraat. – Het speet me dat het me niet een moment eerder te binnen was geschoten. Jan van Putten...

Even was het stil gebleven in de onderaardse ruimte, alsof iedereen deelde in deze verbijsterende ontmoeting.

Toen nam onze nieuwe compagniechef het woord. Het was een eenarmige ex-tankcommandant, niet ouder dan vijfentwintig jaar. Met zijn zandkleurige uniform van het Afrikakorps, zijn slappe pet nonchalant achter op het hoofd, en een baard van drie dagen, was het een wonderlijke verschijning. Hij rookte de ene sigaret na de andere en sprak heel langzaam, zoals vroeger op school de onderwijzer wanneer hij een dictee opgaf. Carstens was zijn naam, en hij gaf voor zijn aanwezigheid, bijna op verontschuldigende toon, de verklaring dat zijn voorganger, een marineofficier, kort tevoren zwaargewond was afgevoerd. Er was geen marinekader meer voorhanden, dus we moesten ons maar tevredenstellen met hem. Trouwens, voegde hij eraan toe, tanks werden wel de schepen van het land genoemd, dus we zouden het wel met elkaar kunnen vinden. – Het klonk allemaal wonderlijk familiair. Voor vormelijkheden en overbodige dienstklopperij was dit ook niet de aangewezen plaats, begrepen we, daar moesten echte frontsoldaten niets van hebben...

Ook hij gaf een overzicht van de situatie. Zonder terughoudendheid ging dat. We kregen te horen dat er dagelijks enorme verliezen werden geleden. De kleinste eenheden, die normaal bestonden uit tien à twaalf man, konden nu, dankzij onze komst, aangevuld worden tot vier à zes. Ook dan nog hadden de Russen een drievoudige overmacht. Aan mankracht dan, want materieel overtroffen ze ons in nog veel hogere mate, terwijl er van Duitse luchtdekking al helemaal geen sprake meer was. Op een plattegrondje werd aangewezen welke positie we innamen. De ons begrenzende loopgraven waren bemand met een allegaartje troepenrestanten: er waren parachutisten, er waren Wehrmachtmensen, gedecimeerde eenheden Waffen-SS, er waren marinemensen zoals wij, en er was een overschot van het Vrijwilligerslegioen Nederland. Onze compagnie bemande de voorste linie over een breedte van een paar honderd meter. De Russen zaten tot rond de veertig meter van je vandaan. Je kon ze horen, en zij jou. Je kon op sommige plaatsen een pakje sigaretten naar ze overgooien maar ook een handgranaat. En zij naar jou...

Uiteindelijk werden onze namen afgeroepen, en de presentielijst werd afgetekend. Nu was onze aanwezigheid onloochenbaar en definitief geworden. We waren er. Zowel lijfelijk als administratief.

In het laatste daglicht werd ik naar mijn eigenlijke post gebracht: de schemering duurde in deze noordelijke streek heel lang. Eerst een paar verbindingssleuven, waarvan er één half onder water was gelopen. We moesten tot onze knieën door de modder baggeren. Tenslotte de meest vooruitgeschoven, in een flauwe zigzaglijn gedolven loopgraaf. Ook deze was slechts schouderbreed. Om de zoveel meter passeerden we een schuttersput, sommige bemand: een donkere, roerloze gestalte, het geweer in de aanslag.

Dan wordt me een donker hol gewezen, in de wand uitgegraven, open van voren, een meter hoog, anderhalve meter breed en misschien twee meter diep, afgedekt met planken en aarde. Een afgrijselijke stank slaat me tegemoet. Er ligt iemand in. En naast hem nog iemand. De ene werkt zich half naar buiten, steunend op een elleboog. Hij knikt me toe:

'Ik heet Franz...'

'Jan...'

Ik twijfel, intussen alleen gelaten, een moment. *Is dit het?* Kan dit waar zijn... – Dan klinkt een hoge fluittoon, een gedreun alsof er een trein overkomt, en een daverende explosie, achter me, honderd meter van me vandaan. En ik weet niet hoe snel ik naar binnen moet kruipen... Die fluittoon, dat gedreun: honderd meter verwijderd van de dood. Die eerste inslag zal je maatstaf zijn. Alle inslagen die volgen zul je eraan afmeten. De fluittoon hoger, het gedreun luider. Die komt verder weg... Die komt vlakbij... – En inslagen zouden er volgen, meteen die eerste nacht al, want met die eerste inslag werd een trommelvuur ingezet dat een uur zou aanhouden, het eerste uur van een periode waaraan iedere tijdsdimensie ontbreekt. Bijna tweeënhalve maand. Meer dan negen weken.

Hoeveel uren? Hoeveel minuten? Iedere tijdseenheid is gefragmenteerd tot een oneindig aantal momenten van spanning en angst. Ieder moment zal er één zijn dat je overleefd hebt. Behalve het laatste. Dan zal het gefluit en gedreun anders klinken dan eerdere. En de inslag zul je niet meer horen.

Die nacht zou ik mijn vuurdoop in nog een opzicht ondergaan. Ik werd op wacht gezet. Het schuttersputje in, voor het eerst. Daar stond ik, met ingehouden adem, in mijn klamme handen een geweer. Niet denken... Stel je koud...

Aanvankelijk gebeurde er niets. Rustig, heette dat hier.

De heuvels tekenden zich donker af tegen de door een dunne wolkenlaag bedekte hemel. Het niemandsland in het dal lag er aardedonker bij. Er viel minder te zien dan te horen. Gehoest. Een getik van metaal op metaal dat ik niet kon thuisbrengen. Een brommende stem. Een laars die uit de zuigende modder getrokken werd. Dat was de stem van een Rus, dat was een Russische laars... Verder was het stil. Af en toe kwam er storingsvuur binnen, maar steeds in een ver verwijderde sector. De maan brak door de wolken. Ik tuurde ingespannen over het omwoelde terrein dat zich op ooghoogte voor me uitstrekte – mijn hart bonsde in mijn keel. Want ik zag iets dat *bewoog*.

Wat een onschuldige boomstronk had geleken, half bedekt door opgeworpen aarde, bleek nu, in het ijle maanlicht, een gehelmde gedaante. Wanneer ik hem in het oog hield bleef hij doodstil liggen, maar zo gauw ik mijn blikveld verlegde – want ook in mijn ooghoeken zag ik van alles naderbij komen – nam hij de gelegenheid te baat om een paar centimeter dichter naar mij toe te kruipen. De rest gebeurde sneller dan dat ik er overwegingen aan had kunnen wijden. Ik had aangelegd, gemikt. Ik schoot. De knal daverde door de stilte. Echo's. Ik dook ineen en begon over al mijn leden te beven.

Maar op hetzelfde moment was er al een donkere gestalte achter me verschenen. Of ik gek geworden was, werd me toegesist. Schieten mocht je pas op het allerlaatste moment, wanneer er werkelijk geen andere uitweg was, en eigenlijk 's nachts ook dan niet. Ieder schot was voldoende om massaal vuur uit te lokken, het was een wonder dat het rustig gebleven was aan de overkant. Ik stamelde iets. Niemand had me dat verteld. Maar ik was alweer alleen.

En daar stond ik weer. Huiverend van angst, huiverend van kou. De gehelmde sluipschutter had weer de gedaante van een boomstronk aangenomen. Ik vroeg me niet eens af of ik hem geraakt had.

Na twee uur werd ik afgelost, zonder dat er aan mijn opvolger verder iets te melden viel. Twee uur op, vier uur af, dat was de regelmaat. En zo het etmaal rond. Die vier uur bracht ik door onder het aarden afdak, klam van het vocht, naast twee maats, een Belg van mijn leeftijd die Hugo heette en zwaar aan astma leed, en Carl, een wat oudere matroos. Franz had wacht op dat moment. Gezegd werd er niet veel, geklappertand te meer, en gehuiverd, en gezucht. Vier volle uren lang hield ik mijn blik onafgebroken gericht op een minuscuul hoekje sterrenhemel, vechtend tegen de slaap. Hoe kom ik hier door, hoe kom ik hier ooit levend uit? – Ik pijnigde mijn hersens, alsof het werkelijk mogelijk was een antwoord op die vraag te vinden. Optellen, aftrekken, vermenigvuldigen... Maar er viel niets op te tellen. Het was een vraag zonder antwoord, een probleem zonder oplossing. Ik luisterde naar het bonken van mijn hart, naar een geritsel waarvan ik nog niet wist dat het veroorzaakt werd door ratten, naar de piepende, astmatische ademtochten naast me. Ook ik moest naar adem happen. Het bonkte in mijn hoofd. Eén gedachte, lokkend, zuigend. Op te staan. Die loopgraaf te verlaten. Schiet maar, doe maar...

Toen de vier uur verstreken waren en ik opnieuw gepord werd voor de wacht, was het nog steeds volop nacht. Daar stond ik weer, iedere vezel gespannen, eindeloos voor mezelf dat ene voornemen herhalend. Dat ik mijzelf in de hand zou houden, mijn aandacht geen moment zou laten verslappen. Ik moest hier uitkomen. En dat kon alleen wanneer ik geen overlevingskans onbenut zou laten passeren. De rest was noodlot.

Twee uur op, vier uur af. Dag en nacht. Etmaal na etmaal. Modder. Duisternis. Mist. Rottenis en lijklucht. Storingsvuur. Trommelvuur. Spervuur. Twee uur op, vier uur af. Wachten. Het wordt donker. Het wordt dag.

En verder niets.

Er bleek niet één vijand op de loer te liggen, het waren er een heleboel. De sleur van het geestdodende wachten was er een. Want elk moment moest je op je qui-vive blijven. Wanneer je even je dekking uit het oog verloor kon het fataal zijn. Scherpschutters wachtten hun kans af. Honger en slaapgebrek waren vijanden. De kou. De vlagen van krankzinnigheid waaraan niemand ontkwam: frontkolder. Soms zag je iemands blik verstarren. Shocktoestand. Schud hem dan ijlings door elkaar. Sla hem met de vlakke hand in z'n gezicht, zo hard je kunt. Hij zal een gevaar worden voor zichzelf en anderen. Hij kan gaan gillen en vuur uitlokken. Hij kan in het wilde weg gaan schieten op alles wat beweegt, ook op jou. Hij kan uit de loopgraaf kruipen, het op een lopen zetten, een zekere dood tegemoet...

Maar Hugo, de Belg van onze afdeling, had een heel eigen

methode om de spanning af te reageren. Door het gevaar te zoeken. Hij sloot de wonderlijkste weddenschappen af. Voor een paar sigaretten durfde hij zich wel even bloot te geven en te zwaaien naar de overkant. En dat deed hij dan. Hij zou weleens een handgranaat op zijn helm leggen en ontzekeren. Dat kón, beweerde hij...

Een helm is rond en kan de werking hebben van een paraplu, de scherven zouden alle kanten opslaan, maar niet naar onder. Een helm is rond... Toen de knal verklonken was en we omhoogkwamen uit onze dekking stond hij daar nog, hangend tegen de wand van de loopgraaf. Zonder gezicht.

Uitputting, slaapgebrek, honger, kou – maar de gevaarlijkste tegenstanders waren de afstomping en de onverschilligheid. De enige wapens tegen dat alles, werd ons steeds weer voorgehouden, waren een voortdurend gescherpt bewustzijn, concentratie. En, het belangrijkste: intuïtie. Je lag, je stond, tussen waken en slapen. Maar niets ontging je. Je bukte je, zonder dat je wist waarom, je liet je vallen zonder dat je wist waarom. Een kogel sloeg in, een granaat vloog over. *Achter de dingen* moest je kijken. – Dat was het voornaamste dat ik leerde, die eerste dagen, die eerste weken. En het waren, merkte ik, juist die eerste dagen dat de meeste nieuwkomers sneuvelden.

Gert was zo'n nieuwkomer. Hij was zestien en droeg het pakje van de Hitlerjugend. Ik zag in zijn ogen, achter ronde brillenglazen, dezelfde verbijstering die ikzelf ervaren had toen ik wegwijs werd gemaakt, die eerste dag alweer bijna een maand eerder. Hij stond te trillen op zijn benen, hij knipperde met zijn ogen. Hij had nog nooit een echt geweer in zijn handen gehad. En ik voelde dat hij het niet lang zou maken.

'Je moet bij iedere handeling die je uitvoert nadenken,' hield ik hem voor. 'Van niets mag je een gewoonte maken.

Aan de overkant zitten scherpschutters dag en nacht op de loer. Wanneer je een lucifer afstrijkt, ben je er geweest. Iedere regelmatigheid in je gedrag merken ze op. Wanneer je een loopgraaf uit moet scheppen, gooi de aarde dan niet twee keer op dezelfde plek over de rand. Hij zal meteen schieten...' – Gert knikte. Hij zou eraan denken. Maar nog geen twee uur later hoorde ik een kreet. Hij was uit de loopgraaf geklommen. Met zijn broek naar beneden was hij getroffen. Met tien passen was ik bij hem, had ik hem aan zijn benen naar beneden getrokken. *O, kaffer die je bent!* Had ik dat dan óók nog moeten zeggen... – Zijn lies vertoonde een groot gat. Ik rukte een rolletje surrogaat verband uit mijn borstzak. Maar het armzalige papier was binnen een paar tellen doorweekt. Ik drukte met mijn duimen de wond toe, biddend en smekend dat er iemand langs zou komen. Roepen durfde ik niet: dat zou mortiervuur uit kunnen lokken. Gert lag te hijgen, de mond halfopen. Pijn scheen hij niet te voelen. Laat er in godsnaam iemand komen! Niemand kwam. Het bloed dat tussen mijn vingers doorgutste, vermengde zich met de modder. En Gert bewoog niet meer.

Die nacht zag ik wanneer ik mijn ogen sloot de tuin bij Oudewater. Ik zag stralend zonlicht, statige witte wolken in een blauwe lucht. Ik zag het prieel, fris in de verf. Mijn konijnenhokken. Een sloot met kikkers. Een merel in een boom. De duiven koeren... – Ik klemde mijn kaken op elkaar. Drogbeelden, verdwijn! Verleid me niet! Er is maar één werkelijkheid, en die werkelijkheid is deze.

Werkelijkheid was dat de dood overal aanwezig was en elk moment. Twee uur op, vier uur af. Scherpschutters, trommelvuur, bombardementen. Maar daarmee waren we er niet. Gedurende het duister was de strook niemandsland het toneel van een spookachtig schaakspel. Dan werden prikkeldraadversperringen aangelegd of opgeruimd. Dan werden mijnen gelegd of juist onklaar gemaakt. Dan trok je erop uit, met als enig werktuig je handen en een dun metalen staafje ter lengte van een breinaald. Dan kroop je op je buik, centimeter voor centimeter, prikkend in de modder, je ogen dicht om beter te kunnen luisteren. Het geringste tikje van metaal op metaal was voldoende. Dan begon je te graven, kluitje na kluitje...

Werkelijkheid was dat je erop uitgestuurd werd om vuur uit te lokken. Je kruipt door de modder. Je zoekt een dekking die althans de illusie wekt op overlevingskans. En je schiet, zomaar, in het wilde weg. Lichtkogels gloeien boven je op. Je ligt als bij daglicht. Een salvo volgt.

Je opdracht is volvoerd: achter je hebben artilleriewaarnemers de positie van de Russische mortieren kunnen vaststellen. En je kruipt weer terug, wanneer je er nog bent...

Werkelijkheid was dat er een spervuur aanhield op onze aanvoerlijnen, twee volle dagen lang. En dat er niets te eten was, twee volle dagen lang. Werkelijkheid was dat naarmate de verliezen groter werden, de afstand tussen de bemande schuttersputten toenam – en daarmee het risico beslopen te worden in het donker. Werkelijkheid was dat we op een vroege ochtend Carl aantroffen. Zijn romp, zijn ledematen. Maar zijn hoofd niet.

Werkelijkheid was dat het niet mogelijk was om de angsten en verschrikkingen van deze werkelijkheid tot je door te laten dringen.

De tuin bij Oudewater. Die zou ik nooit meer terugzien. Dat was de werkelijkheid.

Van de modder in de sneeuw

Eind november werd het kouder. De winter liet zich gelden, de barre winter van een landklimaat. Aan de ontberingen werden nieuwe elementen toegevoegd. Verblindende sneeuwstormen, snijdende kou, vooral 's nachts, wanneer het kwik tot dertig graden onder nul kon zakken. Uiteindelijk lag er een pak sneeuw van een meter. De modder in de loopgraven had plaatsgemaakt voor ijs. We hadden gewatteerde camouflagepakken uitgereikt gekregen, handschoenen, voetlappen, vilten laarzen. En daar stond je, een doek voor je mond – en daar lag je, in het onverwarmde mansgat, gewikkeld in alles wat je maar te pakken kon krijgen.

Als ieder leed ik aan dysenterie: de bloeddiarree die gepaard gaat met hoge koorts – gevolg van drinken van besmet water. Je moest het kwijt, soms twee, drie keer per uur. In de ijzige kou. En je moest het zien af te dekken vanwege de stank, vanwege de ratten die erdoor aangetrokken werden. Maar alles was keihard bevroren... Als ieder was ik broodmager en vervuild, en werd ik geteisterd door de luizen. We waren al die weken niet uit de kleren geweest. Water was er niet, geen mogelijkheid je ook maar te wassen. Je gezicht ja, met een handvol sneeuw – maar voor wie eigenlijk? Als ieder leed ik honger. Wat koolsoep met gort, een homp brood, meestal bevroren: daar moesten we het een vol etmaal mee doen. En de slaap.

In feite sliep je nooit. Je lag, de schaarse uren dát je lag, met gespitste oren, in staat om ieder moment op te kunnen springen. Het was een halfbewustzijn dat zich voortzette wanneer je waakte. Je stond op wacht, je was zo moe dat je met open ogen stond te slapen. Dat gold mijzelf, dat gold de anderen, die ik erop betrapte wanneer ik ze afloste. Toch was je zo lucide dat niets je ontging, je had een zintuig ontwikkeld dat je waarschuwde voordat het gevaar in aantocht was. Je dook ineen. Een daverende explosie scheurde je trommelvliezen, granaatscherven vlogen alle kanten op, smoorden in de sneeuw. – En je kwam weer overeind... Maar het was een gevaarlijke grens, de scheidslijn tussen slapen en waken. Want je kon wegzakken, al was het maar voor een moment. Slapen op wacht – daarop stond de kogel. Slapen op wacht – het betekende de bevriezingsdood. En die lokte, die zoog je weg uit de wereld van verschrikkingen als een weldadige, likkende narcose...

Het moest nu al langer dan zes weken zijn dat ik niets gezien had dan die ene sector, dat ene kleine stukje loopgraaf. Tien, twintig meter links, dezelfde afstand rechts. En het vervuilde hol dat als rustplaats diende. Van het drietal dat ik die eerste dag had aangetroffen was er geen meer in leven. Franz, die het nog het langst had volgehouden, was na een corveedienst niet meer teruggekeerd. Van anderen was ik de namen al vergeten: getalsmatig gezien moest de bezetting van de voorste linie om de zoveel weken vervangen worden. Van die ene sector loopgraaf kende ik tenslotte ieder balkje, ieder richeltje, elke uitholling in sneeuw en aarde. Dat gold ook voor het voorland, de strook niemandsland waar het nachtelijke schaakspel onverminderd plaatsvond – nu in witte camouflagepakken. Maar voor het achterland, waardoor de verbindingslijnen liepen, gold dat niet. Dat bleef onbekend terrein, hoewel ik er twee keer per week opnieuw mee kennismaakte. Het was de route waarlangs we ook op deze plek waren aangekomen. Vroeger. Eens. Ooit. Alles in de loopgraaf moest per voet worden aan- en afgevoerd, bij toerbeurt, peloton na peloton. De laatste verbindingsloopgraaf. Dan wachten. Dan hopen. Ieder moment kon er een spervuur komen, uit honderd vuurmonden tegelijk. *Nu!* – En hollen... De heuvel op. De bosrand langs. Een open plek. Daar was de bevoorradingspost. Je kreeg een canvas zak met plunje uitgereikt. De etensgamel op je rug werd gevuld. Een kist met munitie voor de lichte mortieren...

'Maar dat zijn er maar twaalf...'

'Wanneer hier staat twintig, *zijn* het er twintig...' – En dan tekende je af.

Maar soms kreeg je helemaal niets. Dan ontwaarde je in het halfdonker de restanten van een stukgeschoten kar. Twee paarden ervoor, de poten in de lucht. Dan bleef de gamel leeg, en zou er niets te eten zijn, het hele komende etmaal.

Aangevoerd werd voedsel, hoe karig ook. Aangevoerd werd munitie, en nooit voldoende. Aangevoerd werden medicamenten, maar nooit waar behoefte aan was.

En afgevoerd werden de zwaargewonden en lijken. Dat kon een vreemde zijn of iemand die onherkenbaar verminkt was. Het kon een bekende zijn. Jan van Putten kon het zijn, de zoon van een schoenmaker. Het was een onbegrijpelijk toeval dat hij de eerste geweest was die ik zag op deze plek. Dat het zijn lichaam was dat ik achter me aantrok door de sneeuw was toeval. – Maar dit was een oord waarin uitsluitend toeval heerste.

In een duisternis zo diep, doet het geringste lichtpuntje een moment vergeten dat je in het voorportaal van de dood verkeert.

Daar waren de geruchten. Het gerucht dat we binnenkort *op rust* zouden gaan. Vervolgens dat we *morgen al* op rust zouden gaan...

We gingen niet op rust, want er waren geen reserves die

ons zouden kunnen vervangen. Toch genoot je van de illusie, al was het maar voor een ogenblik. De gedachte dat het zou kúnnen...

Soms bleef het rustig aan de overkant. Een uur dat je je ontspande. Twee uur. Maar het derde uur bracht die rust juist onrust. En het vierde uur bracht angst. En bij het vijfde uur van stilte dreigden je zenuwen het te begeven – en dat was nu juist de opzet van de stilte.

Want het zevende uur zou een bombardement brengen heviger dan je ooit had meegemaakt. Of misschien het zeventiende uur of het eenentwintigste. Hoe langer de stilte, hoe minder voorbereid je was op het moment dat het zou komen. – En het kwam, onvermijdelijk.

Koolsoep. Meer water dan kool. Maar heel soms kwam er opeens bouillon. Je wist niet wat je proefde...

'Ik had vier stukjes vlees!'

'Ik vijf...' – En gedurende een paar uur had je de illusie dat je echt gegeten had.

Hout was overal voorhanden en je kon uren bezig zijn om met je bajonet ragdunne schilfertjes te snijden. Een lucifer erbij, en je had, in de diepte van het mansgat, een heel klein rookloos vuurtje. Een mok met sneeuw erboven. Wanneer het water kookte een mespuntje surrogaat oploskoffie erbij. Het smaakte naar niets, maar je had iets warms in je hand, al was het voor heel even. Dat *even* was weer voldoende om een dag mee door te komen.

Om de drie, vier dagen mocht je je een uurtje gaan warmen bij het potkacheltje in de commandobunker. Dat was heerlijk. Maar ook de luizen vonden het heerlijk. Er ontstond een druk verkeer vanuit de nesten die in alle naden van je kleren zaten. En de jeuk was onverdraaglijk. Luizen vangen, fijnknijpen tussen je nagels...

'Hoeveel heb jij er?'

'Tachtig.'

'Ik al meer dan honderd...'

Soms kregen we een borrel. Zonder uitzondering een opwekkend woord van Carstens. Het was een eigenaardige kerel, die ons allemaal bij de voornaam kende. Hij was geliefd. Wanneer er een extra rantsoen sigaretten arriveerde, of een partij voetwindsels, dan was dat in onze ogen altijd aan *zijn* inspanningen te danken. En misschien was dat ook wel zo. Hij kwam uit Hamburg, was van huis uit jurist. Hoewel hij al maanden in de voorste linie zat, had hij zijn menselijkheid niet verloren – en dat was iets dat bepaald niet van iedere officier of onderofficier gezegd kon worden.

De pelotonscommandant in de sector naast de onze was een Fin. Hij kwam uit Karelië, had in '39 nog tegen de Russen gevochten. Een echte houwdegen, die vrijwillig meedeed aan iedere gevechtspatrouille – acties waarvoor wij marinemensen niet in aanmerking kwamen. Hij had van Carstens opdracht gekregen twee Russen die 's nachts krijgsgevangen waren gemaakt, achter de linies naar de bataljonscommandopost te begeleiden. We zagen het drietal in de schemering over de sneeuwvlakte verdwijnen.

Maar opeens gebeurde er iets vreemds. De Fin begon te schreeuwen en liet zich op de grond vallen, terwijl de twee Russen het op een lopen zetten. Eerste gedachte was, dat hij die twee liet ontsnappen, maar dat zou nogal verbazingwekkend zijn geweest, want hij stond bekend als een fanatieke anti-communist. Maar op hetzelfde moment klonken er twee explosies, vrijwel tegelijk. Hij had een handgranaat in hun ransel gestopt en ze in hun taal toegeroepen dat ze moesten maken dat ze wegkwamen. Dat was dan twee Russen minder...

Maar Carstens liet de Fin gevangen zetten in een lege kazemat. Hij moest vervolgens met de bataljonscommandant per veldtelefoon overlegd hebben, want die verscheen even later in hoogst eigen persoon. Een absolute zeldzaamheid. De Fin werd afgevoerd.

De volgende dag ging het gerucht dat hij, door een militair tribunaal berecht, gefusilleerd zou zijn.

En dat gerucht bleek op waarheid te berusten.

''t Was ook een schoftenstreek,' zei de een.

''t Is wel een man minder...' zei de ander.

Maar bij de meesten steeg Carstens toch in achting.

Hoe koud het ook mocht zijn, toch had de weersomslag een voordeel. Na weken van onveranderlijk grijze luchten, dag na dag, van mist, regenvlagen, van allesdoordringende najaarsstormen, verscheen eindelijk de zon. En één windstille dag steeg de temperatuur zelfs tot het vriespunt. Een wonder.

Het was alsof we elkaar opeens voor het eerst aanschouwden: vervuild, met zwarte kringen rond de ogen, de meesten met een baard, uitgemergelde gestalten gehuld in een wonderlijk allegaartje uniformstukken en lappen. Eén dag konden we ons koesteren in de zon – zonnestralen die zich niet beperkten tot onze zijde van de frontlijn: niet één schot viel er die dag.

'Wat is *dit* heerlijk...'

De jassen gingen uit, de vilten laarzen, de voetlappen, stijf van het vuil, van etter en geronnen bloed. Klompen van voeten kwamen bloot, grijs van de verrotting. Leun achterover! Steek ze omhoog! Laat ze bespelen door de zonnestralen! – Eindelijk konden we alles laten drogen, voor hoe kort het ook zou zijn.

Want naast alle al bestaande vijanden was er een nieuwe bijgekomen. En die heette *vocht*. De minste onachtzaamheid of onverschilligheid kon je fataal worden. Op wacht staan met natte voeten kwam je bij deze extreme temperatuur onherroepelijk te staan op bevroren tenen. Wie dat overkwam mocht wensen dat hij tijdens de wacht maar liever volledig bevangen was geraakt door de kou.

Dat was tenminste nog een zachte dood die onmerkbaar intrad als een ijle droom. – Ik was dan ook voortdurend in de weer met lappen, vodden van dekens die ik in repen scheurde, om ze, zo goed en kwaad als het ging, te drogen boven minuscule spaandervuurtjes. En met wapenolie. Je daarmee invetten leverde een ontzettende smeerboel op, maar gaf enige bescherming. Links en rechts vielen de slachtoffers van bevroren lichaamsdelen, oren, vingers, tenen. Wanneer die niet snel geamputeerd werden, en meestal was dat niet mogelijk, begonnen ze onherroepelijk af te sterven en weg te rotten. Dat resulteerde in bloedvergiftiging. En dan was het te laat.

Om de zoveel dagen verscheen er een dokter of verpleger in de compagniesbunker, maar veel meer dan wat verband aanleggen kon hij, bij gebrek aan medicamenten, niet. Je was ziek, je stond te zwaaien op je benen van de koorts – maar dat was niets bijzonders, dat gold voor iedereen. Alleen de zwaargewonden werden afgevoerd naar veldhospitalen achter het front. Vandaar werden ze, wanneer dat tenminste nog zin had, afgevoerd naar Duitsland. 'Een schot naar huis', werd dat genoemd.

Al snel was het tot ons doorgedrongen dat dat de enige mogelijkheid was om te ontkomen aan de snelle of langzame dood in de loopgraven. Wanneer het iemand overkwam ging het nieuws als een lopend vuurtje rond. 'Fritz heeft een schot naar huis gekregen!' klonk het dan afgunstig. – Of die jongen misschien voorgoed een been moest missen, of een geperforeerde long had opgelopen, deed daarbij niet ter zake. Hij had een kans om erdoorheen te komen. Wij niet. Tenzij door zo'n verwonding.

Er waren er die het noodlot probeerden te forceren. Ze gingen 's nachts aan de haal – sommigen zelfs in volledige paniek bij daglicht. De bezetting was inmiddels zo uitgedund dat dat meestal niet meteen werd opgemerkt. Maar je kon er zeker van zijn dat ze achter het front in de armen van de Feldgendarmerie, de gevreesde militaire politie, zouden lopen. Die patrouilleerden onafgebroken vlak achter de linies. Wanneer je in hun handen viel en je was niet in het bezit van een pasje, moest je wel een uitermate geldig excuus hebben, of het was met je gebeurd. Verzachtende omstandigheden kenden ze niet. Zelfs wanneer je tijdens een corveedienst de weg was kwijtgeraakt – en in het besneeuwde landschap kon je je soms moeilijk oriënteren – liep je het grootste risico. Er was een onzichtbare demarcatielijn, alleen aan hen bekend. Wanneer je die overschreden had werd je onherroepelijk beschouwd als deserteur. Volgens het standrecht betekende dat de kogel of de strop.

Zelfverwonding was een andere methode. Het kwam voor. Jongens die zo wanhopig waren dat ze zichzelf door hun voet of hun arm schoten, soms zelfs door de schouder of de borst. Er school een tegenstrijdigheid in, want er was toch durf voor nodig om dat te doen. Maar het werd vrijwel altijd herkend, was het niet aan het gedrag van het slachtoffer, dan wel aan de aard van de verwonding Ook in dat geval werd je uitgeleverd aan de Feldgendarmerie. Je wond zou niet hoeven helen, want ook dat gold als desertie. – En dan was er tenslotte nog de mogelijkheid over te lopen.

Daarvoor werd nachtenlang door de Russen propaganda gemaakt. Metalen stemmen uit luidsprekers, afgewisseld door muziek. Meestal natuurlijk in het Duits, maar soms ook in het Nederlands. Ze wisten precies wie er in de tegenoverliggende loopgraven zaten, vermoedelijk van jongens die eerder overgelopen waren. Soms werd er zelfs iemand met naam en toenaam aangeroepen.

'... Leg de wapens neer. De geallieerden staan aan de Rijn en de Oder. Tegenstand is zinloos geworden. Kom naar ons toe. Je wordt hier correct behandeld volgens de regels van de Conventie van Genève. Je krijgt goed te eten, je krijgt een bed, een fatsoenlijk dak boven je hoofd...'

Soms waren het ook lieflijke meisjesstemmen die uit de luidsprekers klonken, stemmen die niet alleen beloftevol klonken, maar ook beloofden, het wat en het hoe...

Er was iemand voor wie de gedachte aan overlopen tot een obsessie was geworden. Dat was Hein. Hoewel we hemelsbreed op een afstand van misschien tweehonderd meter van elkaar verwijderd lagen, was het slechts zeer sporadisch mogelijk elkaar te zien. Je post verlaten was verboden. Bovendien was het levensgevaarlijk, want wie op wacht stond, schoot in de regel eerst, om pas daarna te kijken wie hij geraakt had. Maar wanneer het een heldere dag was, en de Russen hielden zich rustig, kreeg een van ons het weleens van Carstens, die wist dat we boezemvrienden waren, gedaan dat er van post naar post de waarschuwing uitging dat er iemand aankwam. – Dan konden we een halfuurtje fluisterend praten, hij en ik. Hein was bijna onherkenbaar: vel over been, met uitgebluste ogen. Hij had, naast alles, een zware bronchitis opgelopen, en een moeilijk te verbinden schampschot aan zijn jukbeen dat maar niet helen wilde. Maar ook geestelijk was hij volledig in ontreddering. Hij was dan ook wel zeer rigoureus geconfronteerd met verschrikkingen die ik meer stapsgewijs te verwerken had gekregen. Meteen de eerste dag na onze aankomst had zijn groep een voltreffer gehad: een zware granaat, precies op de zandzakken afdekking van het mansgat. Doordat hij toevallig op dat moment op wacht gestaan had was hij de enige overlevende geweest. Bovendien had hij pal daarop met een verschijnsel kennisgemaakt dat ook ik, later, als het meest lugubere ervaren had.

Een gevechtspatrouille was 's nachts precies voor zijn

sector op Russisch vuur gestuit. Er waren een paar jongens gesneuveld, maar enkele anderen waren gewond geraakt, midden in het niemandsland. Urenlang hadden ze liggen roepen om hulp die niet geboden kon worden.

Een van hen had het zelfs langer dan een etmaal volgehouden. – Toen was besloten te pogen hem met mortiervuur uit zijn lijden te verlossen. En merkwaardig genoeg was van Russische zijde hetzelfde gedaan. Hij had gezwegen, uiteindelijk.

'Jan, ga mee. We lopen over. Over een week zitten we bij de Russische of Engelse marine...'

Hij wilde weg, ten koste van alles, maar niet alléén. Ik moest mee...

'We komen nooit heelhuids aan de overkant, Hein...'

'Natuurlijk wel. Anderen is 't toch ook gelukt?'

'Trouwens, 't is allemaal propaganda wat ze door die luidsprekers beweren...'

Gruwelverhalen deden de ronde over de behandeling die je ondervond wanneer de Russen je krijgsgevangen maakten. Ze sneden je lul af en die staken ze in je mond, ze spietsten je op een scherpgepunte paal. En zo niet, dan ging je toch op z'n minst de loodmijnen van Siberië in...

Wie zei dat ze niet hetzelfde deden met overlopers?

Maar er was nog iets anders. Hein koesterde de gedachte aan overlopen als een laatste strohalm. Hij was ervan overtuigd dat het zijn enige kans was op althans een mogelijk behoud. Dagelijks waren er situaties waaruit je ternauwernood ontsnapte. Dat kon een kogel zijn, die vlak langs je scheerde, een voltreffer op de sector naast de jouwe, een opgloeiende lichtkogel terwijl jij op dat moment juist onzichtbaar in de schaduw van een bomtrechter lag... Hein schoof dat alles op geluk. Maar geluk raakt op. Je kunt niet tot in het oneindige geluk hebben. Hij was ervan overtuigd dat iedere ontsnapping aan het noodlot de kans op een volgende ontsnapping kleiner maakte. Ik wist het niet...

'Wanneer je met een dobbelsteen een één moet gooien, is het een kans van één op zes dat je dat lukt...'

'Precies. Maar wanneer je twee keer achter elkaar een één moet gooien is het een kans van één op twaalf, en ga maar door...'

'Goed. Maar wie zegt dat het nog een keer een één moet zijn? Misschien moet je de keer daarop wel een drie gooien of een vijf...'

Geluk, noemde Hein het. Ik noemde het intuïtie. Misschien waren het twee woorden die hetzelfde dekten. Misschien bestond er zoiets als een intuïtie voor geluk...

Twee uur op en vier uur af.

Dat was een onbereikbaar ideaal geworden. De troepen waren zo gedecimeerd dat het omgekeerde gold: vier uur op, twee uur af. Zestien uur per etmaal op. En acht uur af. Terwijl de corveediensten en patrouilles onverminderd doorgang bleven vinden, bij toerbeurt, dus steeds vaker.

Want ergens in het achterland, onbereikbaar voor het Russische artillerievuur, stond op papier dat een groep twaalf manschappen telde. Maar het waren er geen twaalf. Het waren er drie, of twee. En soms was het er één. Volgens voorschrift diende er om de vijf meter een schuttersput bemand te zijn. In praktijk was dat om de tien meter geworden. Om de vijftien meter. Twintig meter. Het was een zich versnellend proces. Want wie is in staat om een strook van veertig meter duisternis te overzien? – Dat de Russen niet doorbraken was een raadsel. Soms veegden ze een paar sectoren schoon en trokken zich weer terug. Het was een spel van kat en muis geworden.

Intussen: de tijd verstreek. Hoezeer we ook vervreemd waren van de werkelijkheid van alledag, ook in de voorste linie van het front was aan ieder etmaal een datum verbonden. En er was blijkbaar ook nog iemand die die datum in het oog hield. Op een dag was er een kerstboompje verschenen in de compagniesbunker. Een kerstboom... – een heidens gebruik heette het thuis in Oudewater. Oudewater. Onvoorstelbaar dat de wereld verder reikte dan deze doorploegde strook van sneeuw en ijs, onvoorstelbaar dat daarbuiten ook maar iets bestónd. Twee werelden die als enige overeenkomst dezelfde datum kenden. Eén en dezelfde klok die de seconden wegtikte.

Ik zit bij een armzalig potkacheltje, warm mijn handen, staar naar een nog niet versierd kerstboompje. Misschien stommelt mijn vader *op precies ditzelfde moment* thuis de trap op naar boven. Hij trapt zijn klompen uit. *Nu* hangt hij zijn petje aan de kapstok. *Nu* schuift hij aan. Mijn moeder staat achter het fornuis, de ramen zijn beslagen. Mijn zusjes dekken de tafel. Moeder komt binnen met de schalen. *Nu* wordt de bijbel opengeslagen. En dan nadert een onvermijdelijk moment. – En het gevoel van heimwee slaat om in koppigheid. Want de gedachte dat tijdens het gebed mijn naam zal vallen is er een die ik niet verdragen kan...

Een paar dagen later werd de kerstpost uitgedeeld. Niets voor mij. Allicht niet. Ik had nooit geschreven, niemand wist waar ik uithing. Wel kreeg ik, zoals iedereen, een op naam gesteld Rode-Kruispakket. Koek, chocolade. Een handgebreide das. Een foto van een meisje. Een brief aan een haar onbekende frontsoldaat. En er kwam een kerstbestand.

De gevechtspauze zou van vier uur 's middags tot de volgende ochtend zes uur duren. Er trad een onwezenlijke stilte in. Aarzelend kropen we te voorschijn. Wij aan onze kant. Zij aan de hunne. Stap voor stap naderden we elkaar, bijna verlegen. En de tegenstander van wie tot dat moment niet veel meer zichtbaar was geweest dan de vage beweging van een helm of de loop van een geweer, bleek opeens te bestaan uit jongens zoals wij. Ook zij waren in lompen gehuld, ook zij waren uitgemergeld, ziek, vervuild. Midden in het niemandsland ontmoetten we elkaar. Er werden handen geschud, namen genoemd, sigaretten geruild. Zij probeerden hun weinige woorden Duits, wij Russisch. Er werd gelachen om een tongval. Vrolijk kerstfeest.

We legden grote vuren aan, verdeelden de kerstrantsoenen. Een paar uur zonder spanning, een paar uur geen gevaar. – Was dit nu zoiets als *vrede?* Ik wist het niet. De oorlog duurde nu al meer dan vier en een half jaar. Vrede was iets van lang geleden, van toen ik nog klein was. Ik kon het uitsluitend situeren in de omgeving van mijn jeugd. Konijnen voeren, slootje springen, fietsen door de polder – dat was vrede. Zou er een eind komen aan de oorlog? Die gedachte was even onwezenlijk als het denkbeeld dat ik terug zou kunnen keren in de tijd, om mijn leven vanaf mijn vijftiende jaar opnieuw voort te zetten. De wereld was een wereld in oorlog. Ik kende geen andere.

Toen we ons na middernacht terugtrokken, ieder naar zijn kant, gloeiden de vuren in het niemandsland nog na. Een paar uur hield de stilte aan. Toen kwam er trommelvuur. Was het zwaarder dan de dag tevoren? Helemaal niet. Maar er vielen meer slachtoffers dan ooit. De pauze, hoe kort ook, had bij velen de weerstand gebroken.

Niet lang na kerst verscheen er een ordonnans. Of ik maar naar de compagniesbunker wilde komen. Ik ging, in de veronderstelling dat ik met een lastig karweitje zou worden opgescheept. Hoe vreemd ook, na twee maanden loopgraaf gold ik als een oudgediende. Af en toe werd ik zelfs als artilleriewaarnemer ingezet, hoewel dat specialistenwerk was waarvoor ik niet was opgeleid. Zo groot waren de verliezen. Maar het was iets anders. Het was Hein.

Hij had een moment zijn dekking verwaarloosd en was door een verdwaalde kogel getroffen. Pech of geluk: waar wij ons bevonden waren het begrippen die elkaar overlapten. Zijn schouder lag open, je kon het versplinterde bot zien. Maar hij was bij bewustzijn en, terwijl een hospitaalsoldaat bezig was hem provisorisch te verbinden, ondanks de pijn in een bijna uitgelaten stemming:

'Hé, Jan! Ik ben eruit! Ik ga naar huis, Carstens heeft 't zelf gezegd.' Inderdaad gold een dergelijke kwetsuur aan schouder of heup als een klassiek 'schot naar huis', als een gelukstreffer zelfs, want er zou nog best iets aan op te lappen zijn in tegenstelling tot een amputatie.

'We zien elkaar terug, Jan. Jij haalt 't ook!'

Het wachten was op de schemering. Dan zou hij naar een veldhospitaal achter het front overgebracht kunnen worden, en vandaar verder. Ik kreeg van Carstens toestemming hem zolang gezelschap te houden. Hij kreeg water.

Ik een borrel. We praatten. Hij al ijlend door de wondkoorts.

'Weet je nog, die eerste keer op het station in Utrecht? Ik zag je meteen. Weet je 't nog? Weet je nog van Monika, Jan. In Oostenrijk. Jezus wat een nacht was dat...' En hij verzekerde me nogmaals dat het ook snel mijn beurt zou zijn. We mochten elkaar beslist nooit uit het oog verliezen, wat er ook gebeurde. Alles zou in orde komen...

Maar opeens, opeens stierf zijn stem weg. Het bloed trok weg uit zijn gezicht, zijn adem stokte.

Carstens stond erbij. De hospitaalsoldaat. De jongen uit Heins sector die hem naar de bunker had helpen dragen, een metgezel van weken. Iedereen was stil. Ik zat naast de brancard en was niet in staat het te bevatten. Hein had een schot naar huis gekregen. Hij zou straks afgevoerd worden. Ik zou achterblijven. Was het niet zo?

'Toch een longschot,' mompelde de hospitaalsoldaat. 'Wat zonde.'

''t Was een goeie kerel,' zei Carstens.

Ik zag dat de wangen van de jongen uit Heins sector nat waren van de tranen. En toen pas drong het tot me door dat het werkelijk gebeurd moest zijn.

'Wat stom...' – Was ik het die dat zei? Was dat mijn stem?

'God wat stom...'

Ik holde zo hard ik kon met een lege etensgamel op mijn rug door het besneeuwde landschap, het zweet op mijn voorhoofd hoewel de kou me de adem afsneed. Hoe vaak had ik dat nu al niet gedaan, door modder, door sneeuw? Bijna twee en een halve maand. Meer dan negen weken. Hoeveel uren? Hoeveel minuten? – Iedere tijdseenheid is gefragmenteerd tot een oneindig aantal momenten. Ieder moment is er één dat je overleefd hebt. Behalve het laatste. Dan zal het gefluit en gedreun van de granaat anders klinken dan eerdere. En de inslag zul je niet meer horen.

Wanneer er iets gebeurd is voordat het tot je doordringt kun je niet meer spreken van *snel*. Wanneer je buiten bewustzijn bent is er geen sprake meer van *tijd*.

Ik werd wakker in een hospitaaltent. Ik hoorde gekreun en gegil. Nu eens van heel ver weg, dan weer aanzwellend tot vlakbij. Ik zag licht. Nu eens versluierd, dan weer fel. Maar voortdurend rook ik ether.

Er was een ongekende rust over me gekomen. Ik was bevrijd, eindelijk. Mijn handen en voeten waren weg. Ik voelde ze niet en het kon me niet schelen. In mijn borst smeulde een vuur. Mijn hoofd was zo groot als de wereld.

Ik zou doodgaan en het kon me niet schelen.

Ik was eruit. Het was voorbij.

DEEL 4

Passage

'Je gaat niet dood. Je haalt het en ik zal ervoor zorgen dat je hier vandaan komt...'

De schaarse momenten dat mijn bewustzijn reikte tot aan de werkelijkheid, had me een stem in de oren geklonken die dat zei. En steeds mijn naam:

'Montyn, Jan Montyn... Je gaat niet dood. Je gaat niet dood en ik zal ervoor zorgen dat je hier vandaan komt. Word wakker, Montyn. Ik weet dat je me hoort...'

Vier dagen moest ik in coma gelegen hebben. Ik was bijgekomen in het marinehospitaal van Libau. Schneider was de naam van de man die bij die stem hoorde, en hij was marinearts.

Het was een wonder dat ze me gevonden hadden die ochtend, in de sneeuw. Ik had er de hele nacht gelegen. Nu waren mijn handen en voeten verborgen onder dikke lagen surrogaat verband. Tweedegraads bevriezing. Ik had een papieren tulband om mijn hoofd. Er was een granaatscherf tegen mijn kop geslagen. Ik had een hersenschudding en een hoofdwond. Er was iets met mijn borst. En er zat een splinter in mijn knie.

Waarom Schneider zich precies mijn geval had aangetrokken wist ik niet. Van de verpleegsters had ik gehoord dat hij uren bij mijn bed had gezeten, steeds maar weer pogend me terug te halen naar de werkelijkheid. Van mijn zaalgenoten kreeg ik dubbelzinnige opmerkingen te verdragen.

'Dokter Schneider kent me van vroeger,' was de verklaring die ik uiteindelijk maar verzon. – Jonger dan ik me een afgestudeerde arts kon voorstellen, was hij in mijn ogen een leeftijdgenoot. Hem naar zijn leeftijd vragen leek me ongepast. Hij, van zijn kant, had zich erover verbaasd getoond dat ik, getuige mijn papieren, al twintig jaar moest zijn. Hij had me zestien, zeventien geschat, zei hij. Misschien kwam dat doordat ik zo vermagerd was, misschien doordat ik nog steeds geen baardgroei had. Eén keer had ik hem, toen ik m'n ogen opende, betrapt met mijn schetsboek op zijn schoot. Hij moest het opgediept hebben uit het schamele bundeltje bezittingen naast mijn bed, dat me blijkbaar nagestuurd was uit de loopgraaf. En ik was blijven tekenen. Ook daar.

'Hé Montyn, daar komt je oom...'

Er lagen jongens met afgeschoten benen, met een buikschot, met een verwonding aan de ruggengraat. En te midden van die menselijke ravage liep Schneider rond, het haar in een keurige scheiding, gladgeschoren, steeds in een smetteloos witte jas, met een elegantie die hem blijkbaar zozeer tot een tweede natuur geworden was dat hij haar ook in deze omgeving niet had afgelegd. Hij was het die ervoor zorgde dat ik een attest kreeg dat eigenlijk voorbehouden was aan wie in Libau niet geopereerd of gerevalideerd kon worden. Of dat voor mij gold was de vraag. Maar het was een vraag die niet meer gesteld hoefde worden. Want opeens was er aan het hoofdeinde van mijn bed een in mica foudraaltje gestoken label verschenen. Daarop stond mijn naam. Mijn legernummer. En mijn bestemming: Stettin, de Noord-Duitse havenstad.

De dagen die me van het transport scheidden waren doortrokken van de koorts. Mijn hoofd bonkte, duizend spelden prikten als hagel in mijn lijf. Ik opende mijn ogen. Zag het label aan mijn hoofdeinde. Bracht me te binnen waar ik was. De reflex om op te springen vloeide weg. Ik werd zwaar over al mijn leden.

Ik lig, ik hoef niet meer. Doe alles maar. Dan zak ik weer weg in dromen. Vier uur op, twee uur af. Precies dat ritme. Angstbeelden flitsen op, in een bezeten ijltempo.

Alles is er nog. Ik lig weer in het besneeuwde niemandsland, in het oogverblindend schijnsel van de Russische lichtkogels, roerloos weggedoken achter een minieme terreinverhoging die even later een stijfbevroren, onder de sneeuw gestoven menselijk lichaam zal blijken. Hoofdhaar. Een arm. De stugge stof van een uniformjas. Ik sta weer, weggedoken in een schuttersput, terwijl de kogels over me heen fluiten. Links en rechts explosies. Een voltreffer in de sector naast de mijne. Van de jongen die daar stond vinden we alleen nog de afgerukte helm. Ik hoor weer het gebrul in de nacht, ik druk mijn oren toe, maar het dringt door alles heen. Het geluidloos opflitsen van het afschot achter de horizon. De aarde beeft. Dan weer het gezicht van Hein waaruit het bloed wegtrekt. Er glipt iets door mijn vingers. Zijn ogen zijn vlakbij. Ik wil schreeuwen, maar mijn tong is verlamd en mijn lippen zijn bevroren. En dat ene moment, steeds weer. De jankende fluittoon in de schemering, gedreun zoals ik het niet eerder hoorde. Een klap gevolgd door duisternis. – En dan weer twee uur af. Ik lig. Ik ben nog nooit zo moe geweest. Een pijn als deze heb ik nooit gekend. Maar ik hoef *niets* meer. Ik kan me overgeven. En er prijkt een mica foudraaltje aan mijn hoofdeinde – iedere keer wanneer ik mijn ogen opsla. Ik houd mijn blik erop gevestigd en werkelijk, de pijn ebt even weg...

In de haven van Libau dreven schotsen, alles waar het water aan likte was begroeid met een vuilgele koek van ijs. We lagen op britsen, in een lange rij op de kade. Het was een zonnige, heldere vriesdag. Een roestige veerboot torende hoog boven ons uit. Witte rookpluim tegen strakblauwe lucht.

Een eindeloze stoet van vluchtelingen ging de ruimen in. Vrouwen, kinderen, bejaarden. Bundels op de rug, steunend op stokken, gammele kinderwagens voortduwend. Die kinderwagens onder protest op de kade achterlatend, de inhoud in de armen. Er werd afscheid genomen van achterblijvers, er werd tot spoed gemaand. Wie niet snel was, was te laat.

Eindelijk was het onze beurt. Op aanwijzingen van Schneider en andere artsen werden we de loopplank over het schip op gedragen en mannetje aan mannetje bovendeks in een halfronde ruimte gelegd. De voormalige rooksalon, getuige de lambriseringen en monumentale glas-in-loodlampen. Wie nooit eerder aan boord van een schip was geweest keek zijn ogen uit. Bronzen ornamenten, een mozaïek van tinten houtfineer, wandschilderingen...

Het duurde niet lang of het schip begon te trillen. Hijskranen, loodsen, masten van andere schepen – alles schoof achter de raampjes weg. We voeren. Ik zocht Schneider met mijn ogen. Hij keek naar buiten. Draaide zich om. Onze blikken ontmoetten elkaar en er gleed een triomfantelijke lach over zijn lippen. Want dat was de stemming. Alsof we er al waren, alsof het een pleziervaart gold. Iemand vroeg hoe lang de tocht zou duren. Ik kon hem dat precies vertellen, maar ik zweeg. Een dag of drie, afhankelijk van de wind, want meer dan tien knopen zag ik dit bejaarde schip niet maken. Wanneer het meezat. Wannéér we het haalden. Want mij hoefde niemand iets te vertellen van mijnen en torpedo's. Het was intussen ruim twee maanden terug dat ik de zee vaarwel had gezegd en de situatie zou er wel niet beter op geworden zijn. – En dit keer lag ik volmaakt machteloos, met dik omzwachtelde handen en voeten, een razende hartslag bonkend in mijn oren. Ik zou niet in staat zijn ook maar een stap te verzetten...

En we haalden het niet.

Een explosie onder de waterlijn hoef je maar één keer gehoord te hebben om hem voor altijd te herkennen. We werden getorpedeerd, nog maar een paar mijl buitengaats. Een dreun. Alles wordt opgetild en komt weer neer. De vensters worden een moment verduisterd door het neerkletterende water. Britsen zijn omgevallen, iedereen schreeuwt en gilt door elkaar. De machine valt stil...

En toen klonk een geluid dat niemand die het overleefde ooit vergeten zou. Een geluid, zo verschrikkelijk en angstaanjagend dat er geen woorden voor bestaan. Het was het geluid, voortgebracht uit duizenden kelen, waarbij het ruim van een schip als klankkast werkt. We maakten in een ommezien slagzij. Alles schoof naar één kant, mensen en britsen. Ik probeerde overeind te komen, maar veerde terug door de pijn. – Toen is er een schim op me afgekomen, dwars door een waas van bloed. Ik ben opgetild door twee armen, als een kind. Ik vang nog een glimp op van een gezicht, een bekend gezicht, door de inspanning tot een grimas vertrokken – daarna ben ik weggeraakt. Het vervolg vindt op grote afstand van me plaats. Ik ben er wel, ik ben er niet. Af en toe licht, dan weer duisternis, af en toe geluiden, dan weer diepe stilte.

Een zwaar hijgen in mijn oor. Een wankeling. We vallen. Maar we vallen niet. Een stalen deur slaat dicht. Zonlicht. Mijn hoofd bonst tegen een gangboordwand. Dan onmiddellijk duisternis.

We drijven op een reddingsvlot, omhoog, omlaag op de golfslag. Wit schuim, opspattend water, glinsterend in het zonlicht.

'Sneller godverdomme. Eén, twee, drie. Eén, twee, drie! Sneller, anders verzuipen we...'

Ik vang een blik op van het schip, achter ons. Het heeft zwaar slagzij gemaakt, zakt langzaam, log en zwaar als een kadaver, weg te midden van een kolking en een krans van schuim. Krankzinnig gekrijs van meeuwen. En duisternis. – Maar dan weer licht, alsof er een vlies openbreekt. We bonken tegen een grijsgeschilderde scheepswand. Dat grijs ken ik. *Marine*, betekent dat grijs. Opnieuw word ik opgetild, nu door vele handen, en aangereikt.

Ik lig op het volgepakte voordek van een klein bootje van de kustwacht, rillend in een deken die in een oogwenk stijfbevroren is. De man die zich over me heenbuigt heet Schneider. – Maar zijn blik wijkt, en hij staart weer, zoals iedereen op het dek, naar een zekere plek. Het moet een plek zijn waar de zeespiegel nog steeds wild kolkt en het water af en toe metershoog opspat door stuwingen vanuit de diepte. Ik lig. Ik kan die plek niet zien. Toch zie ik hem. Ik zie hem weerspiegeld in de ontzetting in ieders ogen.

'Je kunt niet tot in het oneindige geluk hebben. Er komt een ogenblik dat je geluk op is...' – Dat waren de woorden van Hein geweest.

Terug op de kade van Libau troffen we een chaos aan. Niemand had verwacht dat de Russische onderzeeërs zich zo dicht onder de kust zouden wagen. Men wist zelfs niet bij benadering hoeveel mensen er mee gegaan waren de diepte in.

We lagen met enkele tientallen, lukraak in een deken gerold, op de keien. En vanuit die nederige positie waren we getuige van een gebeurtenis die voor iemand die ook maar één dag in aanraking geweest was met de verhoudingen binnen het Duitse leger verbazingwekkender was dan een niet-voorspelde zonsverduistering. Schneider negeerde een dienstbevel! Hij stond in woordenwisseling met een hoge officier, een hoofd groter dan hijzelf, in een smetteloos zwart uniform gestoken, adelaars en kruisen op de borst, een stijve hoerapet op het hoofd. Wat er gezegd werd viel door het rumoer niet te verstaan. Maar Schneider hief de kin. Nooit had ik iemand zo arrogant gezien als hij. En hij wees. Wegwezen. Waarop de glanzend gepoetste laarzen wegbeenden, de hakken dreunend op de keien, en het gelaat van Schneider zich ontspande, van het ene op het andere moment. Kalm gaf hij de hospitaalsoldaten, die op een afstand wat beteuterd hadden staan wachten, niet wetend welk bevel nu opgevolgd moest worden, aanwijzingen. En ze deden wat hij zei... – De gewonden die op de keien lagen, konden het zo koud niet hebben of ze gloeiden een moment.

We werden direct weer ingescheept, nu op een gammel vrachtschip, en dit keer niet bovendeks, maar in het diepste van het ruim. Daar lagen we dicht tegen elkaar aangepakt, op eindeloze rijen britsen, halflevend, halfdood, in een schaars verlichte, door luiken hermetisch afgesloten ruimte.

Weer was het een machine die begon te stampen, weer trilde er een schip, opnieuw een schroef die door het water sloeg. We lagen met wijd opengesperde ogen. Iedereen wist hoe het met onze vorige passage was afgelopen. Wanneer er nu iets gebeurde zou voor niemand redding mogelijk zijn. We voeren. Eerst nog het stille water van de havenmonding. Dan de kalme deining van de zee. En er gebeurde niets.

We voeren uren. Uren van ritmisch stampen. Iedere slag van de schroef bracht ons dichter bij het behoud. Ik vocht tegen de slaap. Maar waarom ook?

Ik werd wakker van de pijn. Mijn lippen, tong en verhemelte waren kurkdroog. Niettemin bleek ik nog in staat geluiden voort te brengen, half tot mijn verbazing: 'Hoe laat is het?'

Maar de jongen naast me, de ogen achter een sluier van koorts, maakte met een nauwelijks te onderscheiden hoofdbeweging duidelijk dat hij het ook niet wist.

'Dag of nacht?' – Hij wist het evenmin als ik.

Ik lag, en de pijn nam toe. De atmosfeer was bedompt, verzadigd van de stank van olie. Was het daardoor dat mijn wonden gistten? Het verband, aan mijn handen en voeten, rond mijn hoofd en knie, was doorweekt geweest door het zoute water – en nu tot harde klompen opgedroogd. Mijn wonden werden met schuurpapier bewerkt. Kwam het daardoor?

De pijn nam toe, tot ik meende dat het niet erger kón, en het kon nóg erger... Maar er is een grens aan pijn. Dan treedt de bewusteloosheid in. En er is een grens aan radeloosheid. Krankzinnigheid treedt in. Wanneer ik me had kunnen bewegen had ik mijn hoofd kapotgebeukt. Wanneer ik een vuurwapen in handen had gehad zou ik de loop tegen mijn slaap hebben gezet, een handgranaat, ik had hem ontzekerd en tegen mijn borst gedrukt. Ik wilde dood. Pijn. Krankzinnigheid. Doodsverlangen.

En toch bleek er een kracht te bestaan, sterker dan dit alles. Dat was de angst.

Want opeens voer er een siddering door het schip die me deed schudden op mijn brits. En ik herkende die siddering door alles heen. Volle kracht achteruit. De schroef sloeg terug. Toen viel de machine uit. En was het stil. Ik wend mijn hoofd – dat kan opeens. De proporties van het ruim zijn in het schemerdonker onbegrensd. Rijen britsen, zover mijn blik reikt. Alles houdt zich onbeweeglijk. Niemand ademt meer. Verpleegsters staan in verstarring gebogen. Ik zie Schneider. Een pols ligt bevroren in zijn hand. Hij staat roerloos, kijkt omhoog, de mond half open. – Alles is in troebel glas gegoten...

Dan klinkt er gekabbel van water, hoog boven ons, aan alle kanten. En op hetzelfde moment komt alles in beweging in de diepte van het ruim. De razernij breekt los. Alles wat benen heeft is overeind gekomen, alles wat armen heeft maait bezeten om zich heen.

Alleen Schneider staat roerloos, het hoofd luisterend geheven, te midden van een golvende worsteling van rompen, ledematen, krukken, zwachtels, dekens.

Water klotst tegen de waterlijn, hoog boven ons. We liggen stil, op volle zee. De vlucht zonder vluchtweg is in pijn gesmoord, strompelend of kruipend heeft men zijn plek weer opgezocht. Er is een wachten aangebroken... Schneider is langsgekomen. Ik krijg een slokje cognac uit het dopje van zijn zakflacon. Hij heeft geïnformeerd. We zijn van koers geraakt en in een mijnenveld gelopen. We moeten wachten op mijnenvegers.

'Hoe laat is het?' vraag ik.

'Tegen halfdrie.'

'Dag?'

'Nee, nacht. Maar we redden het wel. Ik heb je er niet voor niets doorheen gesleept...'

Dan ben ik weer alleen. Alleen, ondanks het feit dat ik ingeklemd lig tussen lotgenoten. Want ieder ligt hier voor zichzelf. Ik spits mijn oren. Ik bundel alle kracht die in me is. *Ik moet iets doen.* – En het enige dat ik doen kan is me concentreren.

Voor me zie ik een mijn, zwart en rond, deinend op de waterspiegel. Ik zie voelhoorns. Loden knoppen. Daarin een buisje ragdun glas. Daarin een bijtend zuur...

'Het zijn gevoelige klanten, die contactmijnen,' zegt een stem uit het verleden. 'Ze hebben al voldoende aan de kracht van stroom of wind...' – En tegelijk zie ik de scheepswand. Spanten. Klinknagels. Roestig plaatijzer, nog geen vinger dik. Die mijn. Die broze wand. Ik moet ze uit elkaar houden, die twee... Met alle kracht die in mij is.

Ik houd mijn ogen strak gevestigd op een in draadijzer gevat lampje, hoog boven me. En ik tel. Ik tel tot drie.

Langzaam, maar ook weer niet té langzaam. En ik wacht een ogenblik. Niets. Geen droge tik. Geen dreun. Het plaatijzer wijkt niet. Geen muur van water die ons bedelven zal. Dan tel ik tot vier. En wacht een ogenblik. Het plaatijzer wijkt niet. Ik tel tot vijf, steeds van voor af aan, tot zes, tot zeven, acht. En wacht een ogenblik. Niets dan het gekabbel van water tegen de waterlijn. Ik tel door. Eenentwintig, tweeëntwintig. Achtendertig. Negenendertig. Veertig. En ik wacht en luister...

Drie uur. Acht uur. Dertien uur. – Maar ik wist van geen uren. Voor mij gold uitsluitend het moment. En het volgend moment. Momenten die ik telde.

Al die uren lag ik, badend in het zweet, met gloeiende ogen, turend naar de lichtkring op het roestige ijzer, geworpen door de zwakke gloeidraad van een onooglijk lampje hoog boven me, vechtend tegen de uitputting. Want ik zou het noodlot afgewend weten te houden zolang ik keek. Zolang ik telde. Wanneer mijn aandacht niet verslapte, zouden we behouden blijven. Ik was het die het ene moment aan het andere reeg, momenten waarin niets gebeurd was – geen explosie, geen muur van water. Zolang ik telde, de oren spitste, vaststelde dat er niets gebeurd was – en opnieuw begon. Van één tot negentig. Van één tot eenennegentig. Tweeënnegentig... Zo telde ik. En zo vervloeide ik al tellend in de tijd. Mijn ogen werden zwaar. Het licht vervaagde. Het duister sloot zich.

Het was zwart geworden om mij heen. Ik zweefde. Ik zweefde, al tellend, in een eindeloze tunnel van duisternis. Een ijskoude wind joeg langs mij heen.

Maar er gloorde licht, eerst heel ver weg, onzeker flakkerend als een ster. Dan dichterbij. Het licht kwam op mij af. Of zweefde ik erheen? Het schijnsel werd feller en feller. Een zee van licht. Schitterend. Oogverblindend.

Ik lig in hoog wuivend gras, bezaaid met pinksterbloemen. Ik knipper tegen het zonlicht. De lucht is doorzichtig blauw. Stralend witte wolken zweven voorbij. Het riet naast de sloot ritselt in de voorjaarswind. Kikkers kwaken. Bijen gonzen. Het is de eerste warme dag.

Naast me staat een kruiwagen met stro. Erbovenop een rieten mand met gras. Het stro heb ik gehaald bij de stroboer, het gras heb ik gesneden aan de waterkant. Straks ga ik de dieren verzorgen. Eerst de konijnen en de duiven. Want die zijn van mij. Dan de kippen en het varken – die zijn van mijn vader.

Maar voorlopig lig ik op mijn buik, de zon op mijn rug, mijn neus in het gras. Sprietjes, nog kleinere sprietjes, worteltjes, ragdun en fijn, korreltjes droge aarde... – Haast heb ik niet. Het is zaterdagmiddag, uren van vrijheid liggen voor me.

Tegen het hekje staat mijn fiets. Het chroom glinstert in het zonlicht. Geen van de jongens heeft zo'n fiets. Ik heb hem voor mijn verjaardag gekregen van mijn oom. Het is een Engelse fiets met knijpremmen. Een echte Raleigh. Toen ik vanochtend wakker werd, en de zon speelde door de kieren van het gordijn, wist ik: vanmiddag ga ik fietsen. Ik sloot mijn ogen en zag me in gedachten wegstuiven, windje mee, geluidloos – alleen het gezoef van de banden. De polders in. Molens, sloten, boerderijen, dorpjes aan de einder, alles trok aan me voorbij...

Mijn kin rust op mijn vuist. Oudewater gaat schuil achter een tropisch regenwoud van halmen. Alleen de kerktorens steken erbovenuit. De stompe toren van de Grote Kerk, de spitse van de Roomse. Alles is loom en zwaar. In de verte ratelt een kar over de IJsselbrug. De klok slaat twee. Zo vroeg nog! Ik rek me uit en zucht. Dit is de gelukzaligheid. Laat het verder zo maar blijven...

Maar dan hoor ik een stem. Mijn naam. Van heel ver weg en tegelijk van heel dichtbij. Merkwaardig...

'Montyn! Jan Montyn!' – Ik ken die stem... Het is de stem

van dokter Schneider. Hij staat achter het tuinhek, zijn witte jas licht fel op in het zonlicht. Hij roept en wenkt.

'Montyn...'

Nu houdt hij zijn handen als een toeter rond zijn mond. Ik hoor u wel! Ik kom eraan! Ik zal u mijn nieuwe fiets eens laten zien! – Ik wil overeind komen uit het gras, maar ik kan niet. Er is iets met mijn handen, met mijn voeten. Er steken messen in mijn borst en in mijn hoofd dreunt het ondraaglijk...

'Een nieuwe fiets, Jan?'

'Ja dokter. Een echte Raleigh! Geen van de jongens heeft er zo een...'

Ik open mijn ogen en kijk op tegen een meniekleurige scheepswand, overwoekerd met korsten roest. Dikke druppels condenswater. En een lampje in de hoogte, in draadijzer gestoken. Maar dan ook een gezicht. Schneider staat over me heengebogen. Een verpleegster geeft me, mijn hoofd ondersteunend, water te drinken uit een kroes.

Ze hadden zich nogal ongerust over me gemaakt. Ik had bijna vierentwintig uur bewegingloos gelegen, zonder op ook maar iets te reageren. Maar mijn ogen waren open. En mijn lippen hadden onophoudelijk bewogen.

'Het leek of je telde,' zei Schneider.

We dobberden op volle zee te midden van de mijnen. Maar opeens klonk er een signaalbel in de machinekamer, allesdoordringend alsof het laatste oordeel ermee werd ingeluid. En zo was het ook. Het schip werd weer tot leven gewekt. Alles begon te trillen. De machine stampte, eerst aarzelend, alsof zelfs de materie het nog niet helemaal geloven kon, toen regelmatig. Ik zag in mijn verbeelding krukassen voor me, malend, glanzend van de zware olie. De schroef sloeg door het water. Zeer langzaam. Langzaam. Halve kracht. En tenslotte volle kracht vooruit. – Iedereen luisterde. Niemand zei iets. Op een angst die zo lang geduurd heeft volgt geen opluchting maar leegte...

Alles bijeen zou de tocht vier dagen en drie nachten duren. Mijn zintuigen waren tenslotte zo gespitst dat ik uit de zeegang af kon leiden dat we de koers verlegden. We kwamen in rustiger water. De machine schakelde terug op halve kracht, en in mijn verbeelding hoorde ik meeuwen, zag ik een kustlijn aan weerszijden van een brede riviermonding voorbijglijden. Eindelijk sloeg de schroef volle kracht achteruit. Gevolgd door iets dat onmogelijk iets anders kon zijn dan het bonken van een schip tegen een kadewand. De machine plofte nog wat na. Kadoeng... Kadoeng... – En toen niets meer. Alles wat lag of stond hield de adem in. Ogen glansden. De tijd stond stil. Totdat hoog boven ons een luik werd opengegooid. Stemmen. Geratel van kettingen. Ruimte. Tintelende frisse lucht. – En alles wat bewegen kon bewoog.

We werden naar buiten gedragen, een voor een, en op lorries naar een spoorwegemplacement gereden. Het was donker. In de lichtkring van een schaarse lamp daalden sneeuwvlokken neer. De overgang was onbegrijpelijk. Mensen die rustig heen en weer liepen of stonden te praten, een sigaretje tussen de vingers. Geen geschreeuw meer, geen gehol. Geen explosies, geen gedreun, zelfs niet in de verte.

'Waar ben ik?'

'Je bent in Stettin.'

'Hoe laat is het?'

'Tegen tienen. Waar komen jullie vandaan?'

'Uit Libau, Koerland.'

En vervolgens een vraag waarop geen antwoord mogelijk was:

'Hoe is het daar nu?'

Op het perron werden we opgewacht door een schare

meisjes, niet ouder dan veertien, vijftien jaar. Er was soep, voor wie het mocht hebben was er zelfs echte koffie.

'Hoe heet je?'

'Jan.'

'Ik heet Emma...'

Ze hielp me met drinken. Ze legde haar handje op mijn gloeiende voorhoofd...

Het was een droom. Maar het was een droom die niemand kon verwerken. De doorgestane spanning haalde met terugwerkende kracht verhaal. Daar ontkwam ook ik niet aan. Ik zag Schneider langs de draagbaren lopen. Hij zocht iemand. Ik wilde hem wenken, maar slaagde er niet in mijn arm omhoog te krijgen. Onze blikken kruisten elkaar en mijn ogen vulden zich met tranen. Ik begon te beven over al mijn leden. Hij hurkte naast me neer.

'We zijn erdoor Jan...'

Ik wilde hem bedanken, maar kon alleen maar knikken.

Ik huilde met lange uithalen, en kon me niet herinneren wanneer me dat voor het laatst overkomen was.

'Je gaat naar Flensburg, naar het marinehospitaal. Je zult zien hoe snel ze je daar weer op de been krijgen. Misschien zien we elkaar in betere tijden terug...'

Even later liep een lange trein het station binnen. Een heuse ambulancetrein. En daarop mochten we met een nieuw wonder kennismaken. Schone lakens heette dat wonder.

De weg terug

De voorspelling die dokter Schneider me ten afscheid gedaan had, werd bewaarheid. In het marinehospitaal van Flensburg, vlak tegen de Deense grens, genas ik wonderbaarlijk snel van mijn kwetsuren.

'Jij moet wel een keiharde kop hebben,' had de dokter gezegd, toen de massieve papieren koek van mijn hoofd losgeknipt was. Meer dan een oppervlakkige hoofdwond had de granaatscherf me niet bezorgd – plus die hersenschudding dan. Daar moest ik tien dagen plat mee liggen. De koorts werd intussen minder, de dysenterie nam af, en mijn grootste angst, dat mijn vingers en tenen vanwege de bevriezing geamputeerd zouden moeten worden, werd weggenomen. Ze zagen er weerzinwekkend uit, mijn handen en mijn voeten: ze waren blauw, ze stonken, de vellen hingen erbij. Maar de dokter verzekerde me dat ik er hoogstens littekens aan over zou houden. En zelfs dat gebeurde niet. Er verscheen al snel weer een gave, roze huid. Alleen mijn knie, waaruit een scherf operationeel verwijderd was, bleef opspelen.

En daar lag ik dan, in een brandschoon bed, in een lichte, goedverwarmde ziekenhuiszaal, omringd door artsen en verpleegsters – van wie er twee toevallig uit Holland afkomstig waren: *verzorgd*, van 's ochtends vroeg tot 's avonds laat. Drie maaltijden per dag, koffie, thee. Ik werd gewassen en zelfs verscheen er een kapper. Vooral de eerste dagen was het een absurde overgang...

Ik maakte me zorgen over het mogelijke verlies van een paar vingers en tenen! Een week eerder was ik nog oprecht jaloers geweest op een jongen die met de afgebonden stomp van een arm werd afgevoerd...

'Alwéér aardappelsla...' werd er geklaagd. En algauw klaagde ik mee. Twee weken eerder zou ik er opgetogen over zijn geweest wanneer er in mijn etensgamel met koolsoep een paar vetkringetjes hadden gedreven...

Toch bleef het me bezighouden, dat onbegrijpelijke verschijnsel van de gelijktijdigheid. Want in het vervuilde mansgat waarin ik meer dan negen weken verbleven had, moest op ditzelfde moment een ander liggen. Vier uur op, twee uur af. En terwijl ik, inmiddels lopend patiënt, mijn rug koesterde tegen een centrale verwarmingsradiator, mochten elders twee, drie man hun handen een halfuurtje warmen bij het potkacheltje in de compagniesbunker van Carstens. Ik had geluk gehad...

Ik oefende met wandelstokken. Eerst met twee, daarna met een. Mijn linkerbeen bleef slepen, maar ik wist me toch behoorlijk te redden. Eigenlijk te goed zelfs. Want veel behoefte mijn revalidatie te versnellen had ik niet. Zolang ik invalide was of daarvoor door kon gaan, zou ik niet teruggestuurd kunnen worden naar het front.

'Duitsland zal vechten tot de laatste man en de laatste patroon...' – Dat was het nieuwste soort propagandaslogans. In Flensburg werden ze niet bepaald met grote geestdrift begroet. Ook onder de artsen heerste de mentaliteit om de zaak ter wille van de patiënten zo lang mogelijk te rekken, want dat de oorlog in een eindstadium verkeerde, ontging intussen niemand meer.

'Handen en voeten zien er prima uit. Nog last van hoofdpijn, Jan?'

'Een beetje, dokter. Maar m'n knie...'

'Tja, een beetje hoofdpijn hebben we allemaal weleens. En voor die knie is het juist slecht wanneer je ligt...'

Het tekort aan ziekenhuisbedden, dat was het probleem.

Iedere dag dat ik er zonder noodzaak een bezet hield, ging ten koste van de overlevingskans van iemand anders. Er zat niets anders op, ik zou het ziekenhuis toch vaarwel moeten zeggen.

Half januari was het zover. Ik werd 's ochtends vroeg bij de chef-arts, kapitein ter zee Fichtmüller, geroepen. Bij het binnenkomen struikelde ik, niet geheel onopzettelijk, met stok en been over de drempel, maar hij sloeg er geen acht op. Hij bladerde in paperassen. Ik ging voor hem in de houding staan – maar wel zo krom als een hoepel. Hij keek me aan over de halve glazen van zijn brilletje.

'Zo, Montyn. Ga 'ns rechtop staan, kerel...'

En dat deed ik dus maar.

Ik kreeg te horen dat er geen medische gronden waren die mijn verblijf in Flensburg langer rechtvaardigden. Wel zou ik twee weken verlof krijgen om verder bijgespijkerd te worden in een herstellingsoord van de marine, in een Kurort niet ver van Heidelberg. Hoewel dat als een buitenkansje gold voelde ik daar bijzonder weinig voor. Ik kuchte.

'Zeg het eens, Montyn.'

'Kapitein, ik ben al een jaar van huis. Ze hebben al die tijd niets van me gehoord. Wanneer ik nu toch verlof heb...'

'Je komt uit Holland?'

Ik knikte.

'Dat zal moeilijk worden. Nederland is officieel frontgebied. Ik heb niet de bevoegdheid daar een verlofpas voor uit te schrijven...'

Die uitspraak kwam als een donderslag bij heldere hemel. Nederland frontgebied? Onwillekeurig moest ik denken aan de kade van Libau, de karren met huisraad, al die gezichten, ontredderd, radeloos. Maar de situatie bleek gelukkig anders. Hij vertelde dat de geallieerden het zuiden van Nederland tot de grote rivieren veroverd hadden, terwijl een Duits tegenoffensief in de Ardennen was vastgelopen. *Hij* zou me niet tegenhouden, maar ik liep wel de kans dat mijn aanwezigheid zonder geldige papieren uitgelegd zou worden als desertie. Dat risico besloot ik dan maar te nemen. Ik had de laatste dagen tijdens mijn wandelingen buiten het ziekenhuis gemerkt dat mijn slepende been in combinatie met mijn blijkbaar nog steeds nogal jeugdige uiterlijk, tezamen met het verhaal dat ik in de loopgraven van Koerland gewond was geraakt, overal indruk maakte: ik was in een cafeetje geweest en het had me moeite gekost het, zonder een cent betaald te hebben, rechtop te verlaten. Ik zou me wel redden...

Zo stond ik een uur later op straat, een wandelstok in de hand, een vers verband rond hoofd en knie, met de hartelijke raad vooral goed op mezelf te passen. Van de twee Hollandse verpleegsters had ik een margarinedoosje meegekregen, vol boter, worst, tabak – hoogstpersoonlijk achterovergedrukt. Ik had vrij reizen tot Hannover, plus een papier dat mijn status van verlofganger op medische gronden bewees, twee weken geldig; dan zou ik me voor herindeling moeten melden in het Oostenrijkse Klagenfurt.

De reis bood het inmiddels vertrouwde beeld. Overvolle treinen, burgers, militairen. Vanaf Flensburg zat ik tegenover een Wehrmachtsoldaat van mijn leeftijd.

'Waar kom jij vandaan?' had ik hem gevraagd.

'Kopenhagen.'

'Hoe was 't daar?'

'Saai...'

Hij lag daar nu al twee jaar in garnizoen. En *saai* dat 't er was! Overal werd gevochten, en uitgerekend *hij* moest zitten kniezen in Denemarken. En met de vrouwen was 't daar óók al niks, begreep ik uit zijn woorden...

Het was een wonderlijk contrast met de jongen die ik in

een coupé trof toen ik in Hamburg was overgestapt. Hij droeg precies hetzelfde pakje als de eerste. Het enige waarin ze zich van elkaar onderscheidden, was de blik in hun ogen. – En daarbij speelde geen rol dat de een op verlof ging, terwijl de ander ervan terugkeerde. Die tweede kende ik, zonder ook maar iets van hem te weten: hij had het front gezien. Ik vertelde, op zijn vraag, dat ik in Koerland had gezeten. Oostfront. Hij had in Frankrijk gelegen, had deelgenomen aan het Ardennenoffensief. Westfront.

'Hoe was dat?'

'Net zo,' had hij geantwoord. 'Oorlog. Eén grote kleretroep voor niks...'

Waarop hij geïnformeerd had of ik van voetballen hield, en ik hem moest bekennen daar nooit aan gedaan te hebben. Moest ik dan beslist eens proberen, was iets geweldigs wanneer ik het geloven moest. Hijzelf speelde midvoor. En hij noemde een aantal namen die me niets zeiden, ook Hollandse, blijkbaar van ándere midvoors.

Maar dezelfde jongen was het die me bij een controle van de Feldgendarmerie uit de moeilijkheden hielp.

Waar m'n wapen was, werd me toegesnauwd. – Dat iedere soldaat, ook op verlof, verplicht was een wapen te dragen was me niet onbekend, maar ik had in Flensburg beslist geweigerd er een aan te nemen: ik had genoeg van geweren. Ik toonde mijn handen, waarvan de huid nog steeds vlekkerig roze was, en brabbelde iets van Koerland... Hij was het die met mijn medische indicatie wapperde:

'Z'n ogen! Hij mag helemaal geen wapen dragen vanwege z'n ogen...'

'Kan ie dat zelf niet zeggen?'

'Holländer...'

Het klonk als een ander woord voor *gek*, en toen die twee met hun griezelige schildjes op de borst verdwenen waren tikte hij dan ook op z'n hoofd, al was het niet zijn voorhoofd, maar z'n slaap. Koppie koppie.

'Altijd zeggen dat je 't aan je ogen hebt. Kunnen ze niet controleren...'

De trein stond in Hannover nog niet stil of er werd luchtalarm gegeven. Ik wist niet hoe snel ik met mijn manke been in een voetgangerstunnel onder het perron moest komen. Boven ons hoofd barstte weer eens een bombardement in alle hevigheid los, niet het eerste waaronder de stad geleden had, dat had ik vanuit de trein al kunnen vaststellen. En daar was opnieuw die machteloze angst. Angst voor een voltreffer, angst te zullen stikken, bedolven te worden onder het puin. Maar de tunnel hield het. Een halfuur later was het station half platgegooid en betrad ik, me een weg zoekend te midden van het puin, een stad die, voorzover er nog iets overeind stond, brandde als een fakkel. Het waren de verschrikkingen die ik sinds Mannheim kende. Dezelfde verstikkende rook, dezelfde penetrante schroeilucht, dezelfde ontreddering. Hollende mensen, verminkte mensen, dode mensen. Het was onderdeel van één en dezelfde hel.

Ik wist niets beters te doen dan de raad op te volgen die ik van mijn coupégenoot had gekregen. Ik zocht het postkantoor op, in de hoop dat daar een postauto zou staan, richting Holland. Het postkantoor naast het station stond nog half overeind, en werkelijk, het was een bijna absurde aanblik, daar stond ook een rij ongeschonden bestelauto's en vrachtwagens. Terwijl elders de hulpacties op gang begonnen te komen, hinkte ik erheen. Er stond een groepje officieren. Ze praatten. Postbeambten liepen af en aan met steekwagentjes. – Terwijl het overal nog brandde en rommelde in de omringende stad...

Achter me, op een perron, klonk een fluitje, en een trein zette zich in beweging. Alles ging door. Dit land was één immense, zielloos werkende machine. Terwijl de een radeloos van angst in een door puin bedolven schuilkelder op redding wachtte, stempelde een ander, een paar honderd meter verder, postzegels, loste een derde postzakken uit een zojuist gearriveerde trein. Want ook dat moest gebeuren. Alles stond op één lijn. *Ohne Rücksicht auf Verluste.* Zolang de machine maar bleef draaien. Mensenlevens waren cijfers op papier.

Krieg ist Krieg. Dat zei Carstens. – We hadden opdracht gekregen een strook niemandsland vrij te maken van mijnen en prikkeldraadversperringen. Uur *U* was twee uur 's nachts. Dan moesten de gevechtspatrouilles erdoor. We waren met drie groepen. Op papier zesendertig man. In werkelijkheid waren we met z'n elven. Het kon niet zonder haast te maken. En mét haast kon ook niet. Drie gingen met mijn en al de lucht in. Ook een manier om een mijn onklaar te maken. *Krieg ist Krieg.* – Hannover brandde, en ik stond bij een postkantoor, en wilde maar één ding.

Van een afstand keek ik welke officier ik aan zou schieten. Hoe ouder hoe beter, en liefst hoog, maar ook weer niet té hoog in rang. Dat had de ervaring me intussen al geleerd.

Maar voordat ik een keus had kunnen maken, was ik het die aangesproken werd:

'Wat voer jij hier uit?'

Een officier, maar ongeschoren, en met een pet waaruit de baleinen verwijderd waren, net zoals die van Carstens. Een geruststellend teken.

'Ik zoek een postbus naar Holland,' antwoordde ik zo achteloos als ik kon – alsof het de gewoonste zaak van de wereld was dat ik door een brandend Hannover hinkte op zoek naar een postbus naar Holland... Hij keek me aan met een blik of *hij* het moest zijn om verbaasd te zijn over een toeval:

'We gaan over een paar minuten via Enschede naar Apeldoorn. Maar waar kom je vandaan en wat heb je in Holland te zoeken?'

Ik vertelde hem in een paar woorden mijn geschiedenis. Koerland. Twee maanden loopgraaf. Gewond geraakt. Familie een jaar niet gezien. Twee weken verlof...

'Wacht maar even hier, ik zal eens vragen.'

In spanning zag ik toe hoe hij zich bij de anderen voegde, naar me wees, het een en ander zei. Er werd geknikt, en verder van die kant geen aandacht meer aan me besteed.

'In orde. Je kunt mee tot Apeldoorn...'

Toen kwam een moeilijk moment. Want dit was natuurlijk nog maar de helft van het verhaal geweest. Ik vertelde dat ik geen papieren had om de grens te overschrijden. Die hadden ze me niet kunnen geven in het ziekenhuis, en waar ik die wél kon krijgen wist ik niet.

Hij keek me onderzoekend aan.

'Je weet welk risico je loopt?'

Ik haalde mijn schouders op.

'Je weet welk risico *ik* loop?'

Ik knikte.

Hij was misschien vijfendertig en officier. Ik was net twintig en matroos, minder nog dan niets. We waren door een onoverbrugbare kloof gescheiden, qua leeftijd, qua rang. Maar we dreven rond in één en dezelfde beerput die oorlog heette. En nu was *hij* het die zijn schouders ophaalde. Hij wees naar een van de met draaiende motor gereedstaande postwagens:

'Ga daar maar achterin liggen. Hou je gedeisd. We zien wel wat we doen aan de grens.'

Zo lag ik even later op een verende matras van postzakken en probeerde ik me de kaart van Duitsland voor de geest te halen. Van Hannover tot de grens. Twee-, driehonderd kilometer moest het zijn. En dan Apeldoorn, wanneer alles goed ging. Het was niet te geloven. Daar woonden een tante en een oom – de oom die me ooit een fiets bezorgd had voor mijn verjaardag... Ik had ze in jaren niet gezien, maar ze zouden me wel verder kunnen helpen.

Intussen was het niet langer dan een halve dag geleden dat ik als lopend patiënt uit een ziekenhuis was ontslagen. De motor bromde eentonig, en het duurde niet lang of ik viel in slaap.

Ik werd wakker doordat we stilhielden. De motor werd afgezet. Uit de geluiden leidde ik af dat we tankten. We gingen verder.

Ik werd opnieuw wakker. Dit keer bleef de motor stationair draaien. Stemmen. Voetstappen. Dit moest de grens zijn. Ik dook weg tussen de postzakken – maar er gebeurde niets. We vervolgden onze tocht. En ik sliep niet meer. Ik drukte mijn neus tegen het ruitje in de achterdeur: dit waren *Nederlandse* bomen, aan weerszijden van de weg... In Enschede hadden we een uur oponthoud, en toen ze me afzetten bij het station van Apeldoorn begon het al te schemeren. Alvorens mijn familie op te zoeken, leek het me raadzaam even te informeren hoe laat er een trein naar Utrecht ging. Vandaar zou ik een bus kunnen nemen. Het station wekte een uitgestorven indruk, maar buiten waren twee baanwerkers bezig. Ze keken argwanend op bij mijn nadering.

'De trein naar Utrecht?'

'Wat?'

'Hij vraagt hoe laat de trein naar Utrecht gaat,' herhaalde de eerste, alsof hij een kostelijke mop vertelde.

Het bleek dat er al maanden geen treinen meer reden. Ik vertelde dat ik bijna een jaar was weggeweest en geen enkel contact meer had gehad met mijn familie. Ik moest naar Oudewater. Ik kon moeilijk te voet gaan, met dat been van me... En weer had ik geluk. Een van de twee had een broer die in Linschoten woonde. Dat was wel niet Oudewater, maar 't was toch *vlak bij* Oudewater, en die geringe afstand bleek voldoende voor de tip dat er die nacht een munitietrein zou lopen naar het westen, via Amersfoort naar Utrecht. Wanneer ik tegen middernacht bij het seinhuis stond zou hij me misschien verder kunnen helpen.

Toen ik na een halfuur lopen – meer hinken dan lopen – eindelijk voor het huis van mijn oom en tante stond, bevond ik me weer om de hoek bij het station. Die voorbijganger had me blijkbaar de verkeerde kant op gestuurd... Het duurde een eeuwigheid voor er werd opengedaan, en ik wanhoopte al dat ze niet thuis zouden zijn. Maar eindelijk werd de deur toch op een kier geopend. Ik zag een oog en nam, in het schemerduister, maar aan dat ik me in dat oog niet vergiste:

'Tante, ik ben het. Jan uit Oudewater...'

'Goeie hemel, Jan! We dachten dat er een Duitser stond...'

Een paar uur later liep ik half op de tast in het aardedonker terug naar het station. Het margarinedoosje was aanzienlijk lichter geworden.

Ik was binnengelaten. Mijn oom en mijn neef, die van mijn leeftijd was, waren te voorschijn gekomen uit de kelder. Ze waren, net als mijn tante, sterk vermagerd. De situatie in Nederland, hoorde ik, was heel slecht geworden, vooral de afgelopen winter, die uitzonderlijk streng was geweest. Aan voedsel en brandstof viel vrijwel niet te komen. In de grote steden kwamen de mensen zelfs om van de honger. Van de familie in Oudewater hadden ze in tijden niets vernomen. Maar ik... Waar had ik uitgehangen? Ze hadden indertijd gehoord dat ik voor de Duitse marine getekend had, maar dat was tegelijk het laatste nieuws over me geweest. Iedereen, ook thuis, dacht dat ik dood was.

'Ik heb in Koerland gezeten, niet ver van de Oostzee, bijna tegenover Finland. Er waren uiteindelijk geen schepen meer over...'

'Hoe was 't daar?'

'Vreselijk koud. Het vroor 's nachts soms meer dan dertig graden...'

'Dertig graden vorst?' had mijn tante verbaasd uitgeroepen. En tot mijn oom:

'Nou vader, zó erg hebben wij 't hier toch niet meegemaakt...'

Waarop mijn neef:

'Hoe ben je gewond geraakt?'

'Door een granaatinslag. Ik had corveedienst, moest eten halen. Dat deden we te voet, in de avondschemering. Wat er precies gebeurd is weet ik niet.'

En mijn tante:

'Wat hadden jullie daar nou voor eten?'

Zo had zich een gesprek ontwikkeld, en al heel snel was het tot me doorgedrongen dat het me onmogelijk was ook maar iets duidelijk te maken van wat me werkelijk overkomen was. Ik kon de woorden niet vinden. Het was 'heel erg' geweest en 'heel koud'. Ik was er 'slecht aan toe' geweest en 'we' hadden ontzettend zware verliezen geleden. Het *zei* allemaal niets, en bovendien, dat 'we', dat gold hier niet... Want al snel kwam de onvermijdelijke vraag, een vraag waarop het antwoord, gesteld dat ik het ooit had kunnen geven, in een grijs verleden verborgen lag:

'Maar waarom heb je je eigenlijk bij die marine aangemeld...?'

Ja, waarom? Hoe was het gegaan? – Omdat ik weg wilde, weg wilde naar zee. Niet naar de Arbeidsinzet. *Hein*...

Welk antwoord ook, geldig of niet, het zou na alles wat er gebeurd was belachelijk hebben geklonken, in de eerste plaats in mijn eigen oren.

Ik had maar wat gemompeld en de inhoud van de margarinedoos had vervolgens voor een welkome afleiding gezorgd.

De volgende ochtend arriveerde ik bij het aanbreken van de dag in Utrecht. Ik had de hele nacht op het halfronde dak van een goederenwagon gelegen, me vastklampend aan beugels die bedoeld waren om camouflagenetten aan te bevestigen. Daarbij waren mijn darmen weer hevig gaan opspelen. Diarree. Een hoogst onaangename kwaal voor wie boven op het dak van een wagon in de snerpende vrieskou ligt.

Maar er was nog iets anders dat me bezighield, terwijl ik, mijn handen in een kramp rond hun houvast, nu eens stapvoets, dan weer sneller, door het duistere landschap reed. Dat was de gedachte aan een andere trein, een trein die we hadden laten ontsporen, lang geleden, in het verre Oostenrijk. En ik herinnerde me de woorden van Hein, tijdens een van onze korte ontmoetingen in de loopgraaf, vlak voor zijn dood – ik herinnerde me zelfs de toon waarop hij ze had uitgesproken:

'Waarom heeft ze ons godverdomme niet meegenomen. Dan hadden we nu in Joegoslavië gezeten, bij de partizanen...'

Ik had die gedachte onmiddellijk verdrongen.

Ze hád ons nu eenmaal niet meegenomen... En Hein was een week na dat gesprek dood geweest.

Munitietrein. Sabotage. En nu lag ik *erop*.

Vlak voor Amersfoort klonk er een enorme klap en mijn hart stond stil. Maar bij die ene klap bleef het. En toen we na een eindeloos oponthoud verder gingen bleek, zo viel op te maken uit de wrakstukken, dat we in het aardedonker boven op een vrachtauto waren gereden.

Tenslotte was ik zo stijf geworden van de kou, dat ik, eindelijk op mijn plaats van bestemming gearriveerd, bijna geen kans zag om van die wagon af te komen. Mijn margarinedoosje en wandelstok lagen al beneden naast de rails. Nu ik...

Nog niet half bekomen van de sprong was ik al omgeven door soldaten. Papieren! Ik toonde wat ik bezat, en gaf, even later voor de stationscommandant geleid, de verklaring dat ik de rest onderweg was kwijtgeraakt: Hannover, bombardement. Diens belangstelling voor mijn persoon was gelukkig gering. Hij gaf me te verstaan dat ik blij mocht zijn dat hij me niet overleverde aan de Feldgendarmerie, en beter kon maken dat ik wegkwam voordat hij zich bedacht.

Dat bleek gemakkelijker gezegd dan gedaan, want ook de bus naar Oudewater reed niet meer. Er zat niets anders op dan te gaan lopen, meer dan twintig kilometer, ondanks mijn been. Buiten de stad vormde zich een trieste colonne van mensen met tassen, kinderwagens, handkarren, op zoek naar voedsel bij de boeren. Mijn margarinedoos werd lichter en lichter, het lopen ging desondanks steeds moeilijker. Er kwam me een paard en wagen achterop. Ik stak mijn hand op, het boertje stopte onmiddellijk. Niet uit vriendelijkheid bleek, toen ik vroeg of ik mee kon rijden:

''t Is verdikkeme nog een Hollander ook!' reageerde hij op mijn verzoek op te mogen stappen. 'Wat moet jij in dat rare pakje, jochie! Nou ja, stap maar op...'

Hij klakte met zijn tong, en verder ging het, zo snel het kon. Hij moest, vertelde hij, voor de wolken optrokken zien thuis te zijn. Wanneer het helder was liep je het risico door Engelse jagers van de weg geveegd te worden. Ik volgde zijn turende blik naar boven, minder gerust dan toen ik naast hem op de bok had plaatsgenomen. Ik zag me, na alles wat ik achter de rug had, al dood, boven op een melkkar, in het zicht van de haven.

Maar we bereikten zijn bestemming, Heeswijk, zonder noodlottige gebeurtenissen. Nog zes kilometer. In het tempo dat ik met moeite aan kon houden, hinkend, steunend op mijn stok, betekende dat nog minstens drie uur te gaan. Maar ik zag ze al in de verte: de stompe toren van de

Grote Kerk, de spitse van de Roomse... Tien minuten later stond ik aan de rand van Oudewater.

Ik had een personenauto aangehouden, tot mijn schrik gevuld met hoge militairen.

'Was machst du hier! Papiere!'

Ik toonde wat ik had, en wees:

'Daar moet ik heen. Oudewater...'

'Bek houden. Instappen.'

Daar zat ik, achterin, dicht tegen een zwart uniform aangedrukt. En die pet daarboven, nooit had ik zo'n hoge stijve pet gezien... En weg stoven we. Ik linea recta naar de cel. Maar het laatste wat ik verwacht had gebeurde tóch. Bij de IJsselbrug werd er krachtig op de rem getrapt. Portier open. En daar stond ik.

Noorderkerkstraat. Arminiusplein. Ons huis. Niet de vertrouwde verflucht maar de inmiddels vergeten geur van tabaksextract. De deur staat aan. Ik klim de trap op naar boven. In de keuken staat mijn moeder. Of beter: *stond* mijn moeder. Ze was in haar volle lengte onderuitgegaan. De deur van de huiskamer zwaait open. Mijn vader, de pijp recht tussen de tanden. Hij ziet mijn moeder. Hij ziet mij. En hij moet zich staande houden tegen de deurpost, de hand tegen de hartstreek gedrukt.

Ik was terug.

Tussen komen en gaan

Ik kwam, en twee weken later ging ik. De eerste van m'n familie die me in het oog kreeg, mijn moeder, viel flauw. En ook de laatste, een van m'n zusjes, ging onderuit, zij het dat er in haar geval meer nodig was dan alleen wat vlugzout, want ze kwam met haar achterhoofd op een verwarmingsradiator terecht. Tussen die twee gebeurtenissen, tussen Oudewater en Amersfoort, waar dat zusje als verpleegster werkte, lagen veertien dagen van verwarring. Mijn oude omgeving was veranderd en hetzelfde gebleven, ikzelf was veranderd en hetzelfde gebleven. En mijn terugkeer was één groot misverstand tussen die twee.

Het was al begonnen met de aanblik van het stadje. Geen puin, geen rook. Alles stond nog overeind – alsof er niets gebeurd was, elders. En vervolgens, toen ik de IJsselbrug gepasseerd had, de voorbijgangers:

'Hé, jij bent toch Jan Montyn?'

'Ja...'

'Ga je varen, jochie?'

'Nou, ik kom net terug...'

'O, ajuu dan maar.'

En een volgende:

'Hé Jan! Hoe is 't met je vader?'

'Weet ik niet. Ben nog niet thuisgeweest...'

'O. Nou, als je 'm ziet, doe hem de groeten...' – Alsof ik nog wist van *wie*!

En daarna. Mijn moeder, weer bijgebracht, nog wat bleekjes op een stoel:

'Jan, ben je terug...'

Mijn vader, onzeker achter die stoel, alsof hij niet goed raad wist met zijn figuur, mager, met plooien in zijn wangen, de pijp uit gewoonte tussen de tanden – leeg, want tabak was niet meer te krijgen:

'Zo jongen...'

Op de achtergrond mijn zusjes en het kleine broertje, verlegen, zich vergapend. Jan was terug...

Ik had de restanten uit het margarinedoosje maar op tafel uitgestald. Boter. Worst. Koffie. *Echte* koffie. Een zwaar Duits brood. Tabak. – Nooit had ik mijn vader zo bekoord gezien door de geneugten van het aardse. Hij had de pakjes nog niet in het oog of er was er al een opengescheurd. Hij had er nog niet aan geroken, met een verzaligde blik in de ogen, of zijn pijp was al gestopt. – Maar voordat er lucifers verschenen was ik de kamer al uit, naar boven.

In mijn kamertje was het steenkoud. Ik ging op het afgehaalde bed zitten. Niets was van zijn plaats. Daar hing de smalle en de brede weg. Foto's ernaast, ooit geknipt uit geïllustreerde tijdschriften, vergeeld, verweerd. Vlootschouw in Den Helder. De Duitse inval in Polen: *moderne pantservoertuigen tegen lansiers te paard*. Zes jaar geleden was dat geweest. Toen was ik veertien. Nu was ik twintig. Ik stond op. Krabde de bloemen van de ruit. Daar lag de tuin, kaal, troosteloos, de grond hardbevroren en berijpt. 't Was januari, ook hier. Wat had ik dan verwacht?

Er klonken voetstappen op de trap. Moeder verscheen in de deuropening, maar ze zette geen stap over de drempel.

'Ben je terug, jongen...'

'Ja, maar ik moet wel weer weg. Ik ben alleen maar op verlof.'

'O jongen toch. Ik zal gauw koffie zetten.'

Waarop ze weer verdween, mij achterlatend met een plotseling besef. Ze waren bang voor me. Ze meden mijn blik. Ze zagen in mijn ogen wat ik had gezien en wisten zich geen houding te geven...

Beneden begon een ketel te fluiten. Ik was weer op het bed gaan zitten. Was opnieuw opgestaan, had de kastdeur geopend. Een kist met tinnen soldaatjes. Ik had met mijn adem het wak te midden van de ijsbloemen bewasemd, met mijn mouw de condens weggeveegd. De tuin, een andere tuin dan die uit mijn herinnering. Mijn kamertje, het kamertje van een ander, iemand die ik niet meer kende. Je kunt niet teruggaan in de tijd. Terug thuis. – Maar vanwaar ik kwam, bestond geen terug.

Alles was veranderd en hetzelfde gebleven. Ikzelf was veranderd en hetzelfde gebleven.

Gebleven was het surrogaat dekblad in de werkplaats. Gebleven was de kast met stichtelijke lectuur. Er had zich tijdens mijn afwezigheid zelfs nog een kerkscheuring voltrokken. De dominees Schilder en Greidanus. Iets met Artikel 31, iets heel belangrijks met het *doopsel* – terwijl de wereld in brand stond. Gebleven was het bijbellezen. En het onvermijdelijke gebed, daarna:

'... En we danken God dat hij onze zoon Jan beschermd heeft voor bekende en onbekende gevaren en in ons midden heeft teruggebracht...'

Veranderd waren de oorlogsomstandigheden. En dat het om meer handelde dan schaarste en ongemak merkte ik al meteen de eerste dag, een halfuur na het middageten:

'Ik ga straks even naar dokter Van Praag,' kondigde ik aan. Het verband rond mijn hoofd moest nodig ververst worden. Maar dat bleek niet zo vanzelfsprekend als ik het voorstelde.

'Je zult naar een ander moeten,' zei mijn vader, terwijl hij zijn pijp stopte. 'Dokter Van Praag mag z'n praktijk niet meer uitoefenen.'

'Waarom niet?'

'Alle joodse artsen hebben een beroepsverbod opgelegd gekregen.'

'Waarom?'

'Ja jongen, dat weet ik ook niet. Een Duitse maatregel, dat geldt al heel lang.'

Dat mocht zo zijn, ik hoorde het voor het eerst. En ik was absoluut niet van plan me eraan te storen. Dokter Van Praag was tenslotte van oudsher onze familiearts, en hij had me vroeger vaak de hand boven het hoofd gehouden wanneer ik in conflict lag met mijn ouders. Hoe vaak was ik niet naar hem toe gegaan, alleen maar om te praten? – Trouwens, ik had helemaal geen zin me aan een vreemde toe te vertrouwen...

'Je doet maar hoor. Je bent nog niet thuis of je vráágt alweer om moeilijkheden!'

Het doktershuis aan de markt stond er nog als vanouds, alleen het bordje naast de deur was verwijderd. Ik belde. De dokter zelf deed open, de deur op een kier. Ik noemde voor de zekerheid maar gauw mijn naam, anders was er misschien weer iemand onderuit gegaan. Hij was grijs geworden, dokter Van Praag, tot zijn puntige sikje toe. Maar het waren de vertrouwde ogen die me door het kleine brilletje aankeken:

'Jan, ben jij het...'

'Kan ik even binnenkomen, dokter. Ik wou graag dat u even naar me keek.'

'Dat kan niet, jongen. Ik mag mijn beroep niet meer uitoefenen. 't Is zelfs verboden dat je hier binnenkomt.'

Na lang aandringen ging hij me toch voor naar de spreekkamer. Daar stond alles nog zoals ik het voor het laatst gezien had. Ik vroeg hem wat er eigenlijk aan de hand was. Waarom mocht hij niet meer werken? Hij ging achter zijn bureau zitten, en het viel me op hoe oud hij geworden was sinds de laatste keer dat ik bij hem was geweest. Het scheen hem moeite te kosten om de woorden voor een antwoord te vinden.

'Er is veel gebeurd, Jan. De joodse mensen hebben het erg moeilijk gehad de laatste jaren, vooral in de grote steden. De familie Vos is vorige zomer als laatste weggehaald door de Duitsers. Alleen wij en de familie Meyer zijn er nog. Maar daar zul je toch wel iets van gehoord hebben?'

Ik schudde het hoofd. Wel herinnerde ik me dat er in de weersportkampen, en later in Mannheim ook wel, door bepaalde fanatiekelingen was afgegeven op de joden, zoals ze dat ook deden op de kapitalisten of bolsjewieken. Maar ik had daar nooit veel aandacht aan besteed, laat staan dat ik het in verband gebracht had met dokter Van Praag of de familie Vos uit Oudewater.

'Maar waarom is dat allemaal?'

'God Jan, dat is zo moeilijk uit te leggen. Laten we daar maar niet te veel over praten...'

We zwegen. En ik werd bekropen door een onaangenaam gevoel, een gevoel dat me de daarop volgende dagen niet verlaten zou. Ik was Jan, dezelfde Jan die hij, dokter Van Praag, ter wereld had helpen brengen. Maar tegelijk was ik een ander, want ik zat daar gebrandmerkt door het groene uniform van de Duitse marine.

Dokter Van Praag was overeind gekomen:

'Maar laat ik eens naar je kijken, want zo te zien ben jij ook niet zonder kleerscheuren uit de strijd gekomen...'

Een halfuur later stonden we samen buiten. Hij had me, terwijl hij mijn hoofd en knie van een vers verband voorzag, verteld dat hij de straat niet op mocht, en dat had me het toppunt geleken. Wanneer ik dan toch dat uniform aanhad...

Zo liepen we naast elkaar, in het laatste licht van een januaridag, door de vertrouwde straatjes, en werden om de beurt gegroet:

'Dag dokter...'

'Hé Jan, leef jij nog?'

Er was veel veranderd in bijna vijf oorlogsjaren, maar even, tien minuten lang, koesterde ik me in de illusie dat alles bij het oude was.

Mijn terugkeer hing aan elkaar van tegenstrijdigheden. Voor de een was ik Jan uit Oudewater, voor de ander was ik Jan in het Duitse uniform.

Ik zat in de tuin voor het prieel in een waterig winterzonnetje. De konijnenhokken en de duiventil waren leeg, een varken knorde er niet meer. Alleen een paar kippen scharrelden nog rond. – Maar er hing een zeer bekende geur. De geur van mest. Van *eigen* mest...

Opeens kwamen twee jongens aangehold vanuit het griend, jongens die ik nog kende van school, buiten adem. Bij het zien van de Jan in uniform deinsden ze terug. Toen herkenden ze de Jan uit Oudewater.

'Jan! De Landwacht zit achter ons aan!' – Waarop de Jan uit Oudewater ze in het gereedschapsschuurtje verborg, terwijl de Jan in uniform even later twee Landwachters de verkeerde kant op stuurde.

Een zekere Groen werd een paar dagen later door mijn vader thuis uitgenodigd. Hij had iets te maken met de 'Ondergrondse' – een nieuw begrip. Of hij 'ns wilde komen praten. Hoe moest het nu verder met Jan?

Daar stond Groen, hier stond ik. De Jan in uniform werd met afgrijzen bekeken, de Jan uit Oudewater, die hij van kindsbeen af kende, kreeg een hand.

'Nou, daar ben je d'r weer, jongen. Ben je gewond? 't Is toch wat, Montyn, 't is toch wat...'

Veel wijzer was ik niet geworden, toen hij een minuut of twintig later afscheid nam:

'Nou Montyn, we spreken elkaar nog wel. Dag Jan. 't Is toch wat...'

Ik zou na de bevrijding gestraft worden, dat stond wel

vast. Of ik weer terug moest, had mijn vader gevraagd, wanneer mijn verlof verlopen was. Tja, ik moest wel weer terug. Maar ik moest beloven dat ik niet tegen de Engelsen of Amerikanen zou vechten.

'Die helpen wij hier een handje. Houden jullie nou in het oosten de communisten tegen...' – Want Rood gevaar bleef Rood gevaar.

De volgende dag legde ik een bezoek af aan het gezin van de schoenmaker in de Breestraat. Daar hadden ze intussen al een brief ontvangen. Ik herkende de handtekening van Carstens. Hun zoon was een heldendood gestorven, heette het, en ik zou de laatste zijn om het tegen te spreken.

'Heeft hij geleden?' informeerde zijn vader voorzichtig.

'Nee, 't was een verdwaalde kogel. Hij was op slag dood...'

En zijn moeder:

'Hij bad toch wel?'

'Er was iedere zondag een kerkdienst. Er werd gebeden na het eten...'

'Hoe is hij begraven?'

Daarop bleef ik het antwoord maar liever schuldig.

Tegenstrijdigheden. Alles hing aan elkaar van tegenstrijdigheden. Daar had je de reactie van Knier, de NSB'er die me de beide benen zou hebben gebroken wanneer ik zijn zoon geweest was.

Teruggaan? Of ik nu helemaal gek geworden was:

'Zorg dat je voorlopig verdwijnt!' Verdwijnen, jazeker. Maar hoe en waar? Daar wist niemand me een antwoord op te geven.

Dan waren er de leeftijdgenoten. In hun ogen had ik toch maar mooi een heel stuk van de wereld gezien... Daar zou ik wel spannende verhalen over kunnen vertellen. Waar had ik gezeten? Op wat voor schip had ik gevaren? Hoe was ik gewond geraakt? Was het waar dat de Tataren met kromme zwaarden vochten en reden de kozakken echt nog op kleine paardjes?

Maar ik had geen spannende verhalen te vertellen. Ik wist alleen van angstgeschreeuw, verwondingen, honger, dood. En daarover kon ik geen woord over mijn lippen krijgen.

Het waren uitersten. Die ene jongen, een paar jaar ouder dan ik, naast wie ik als kind wel in de kerk had gezeten:

''t Was erg, hè?'

'Ja...'

'Moeilijk zeker om erover te praten...'

En die boerenzoon die zijn spijt erover uitsprak dat hij het niet *gedurfd* had. Hij had gewild, maar had het niet gedurfd! En straks was het allemaal voorbij! Maar ik moest beslist een kijkje komen nemen bij hem thuis...

Daar, op zijn kamer, trof ik een uitdragerij van oorlogsattributen. Insignes, wapens, uniformstukken. Kaarten aan de muur. Frontlijnen, met vlaggetjes aangegeven.

'Waar heb je nou precies gezeten?'

'In Koerland.'

'Ja, dat zei je. Maar wáár in Koerland?' – Waarbij hij een omvattende beweging maakte over een schiereiland dat ik voor het eerst in zijn totaliteit op een landkaart zag.

'Aan het front ken je alleen je eigen sector. Verder weet je niks...'

'Wie was jullie bevelhebber?'

'Weet ik 't. We zijn niet aan hem voorgesteld.'

Hij wist het! Hij luisterde naar de Duitse en Engelse radio. Hij hield alles bij met vlaggetjes. En even later was hij me voorgegaan naar de zolder. Daar, verborgen onder het hooi, stond een compleet stuk snelvuurgeschut, onderdeel voor onderdeel gesloopt uit een neergeschoten Engelse bommenwerper, onderdeel voor onderdeel weer in elkaar gezet. Hij had het liefdevol van het hooi ontdaan, was erachter gaan zitten, met een rood hoofd van opwinding:

'Taktaktaktak!' – Ik was zelfs te verbijsterd om te kunnen lachen.

Diezelfde avond, de stem van mijn moeder, die in de huiskamer bij het schamele licht van een enkele carbidlantaarn met een mand verstelwerk zat:

'Hoe is het met die vriend van je, die Hein?'

Er was gegeten, er was uit de bijbel gelezen, er was gebeden, de afwas was gedaan, er werd koffie gedronken, de nieuwtjes waren de revue gepasseerd. Die en die had een maagzweer. Jan Hendriks was ook al tewerkgesteld in Duitsland. Bij boer zus-en-zo was varkenspest geconstateerd. Maartje Weet-ik-veel was afgelopen zondag niet in de kerk verschenen – zou ze ziek zijn? *Hoe is het met die vriend van je?* – Ik had mijn blik afgewend, en mijn stem had me zelf vals in de oren geklonken:

'Weet ik niet. Ik ben hem uit 't oog verloren. Hij zat bij een ander onderdeel...'

Wat had ik moeten zeggen? Dood? Geen 'schot naar huis'. Toch een longschot. Weg. Foetsie.

Daar en hier: het waren twee werelden waartussen geen contact mogelijk was. En ik, ik was niet daar en ik was niet hier. 's Nachts lag ik in dat zolderkamertje waar niets veranderd was. Ik lag met wijdopen ogen. Tot de morgenstond was ik in strijd gewikkeld met iets dat ik het minst kon verdragen. Stilte.

De oude onrust kreeg me weer te pakken. Ik hield het nergens langer dan tien minuten uit. Ik nam de fiets, sloeg weer aan het zwerven.

'Waarom blijf je nou niet één keer thuis...' – Mijn moeder.

'Beweging. Goed voor m'n been.'

Ik bezocht kennissen in Woerden, Gouda, Utrecht, alleen maar om onderweg te zijn, waarheen deed niet ter zake. Ik fietste naar Zeist, waar m'n zuster en zwager op kamers woonden. Ik zette mijn fiets tegen het hek, liep achterom door de tuin, als gewoonlijk. De gordijnen van de serre waren dicht tot op een kier. De achterdeur was open. – En hij ging zonder kloppen naar binnen, de Jan in uniform.

'Verdomme!' klonk het in het halfdonker. Er bewoog iets driftig, iets dat glansde. – Maar meteen daarop een stem:

'Stop! 't Is Jan uit Oudewater!'

Het voorwerp dat haastig onder een kussen werd weggemoffeld was een stengun.

Ik onderscheidde een tiental jongens, van mijn leeftijd en iets ouder. Ze namen me argwanend op.

''t Is in orde jongens, 't is mijn zwager Jan. Die zal ons niet verraden, daar sta ik voor in...' – En tot mij:

'Waar kom *jij* vandaan? We dachten dat je dood was...'

'Ik heb bij de marine gezeten, op de Oostzee. Daarna in Koerland, de loopgraven. Ik ben er gewond geraakt.'

'Hoe is de situatie daar?'

'Een slachting...'

Ik kreeg een stoel aangeboden, ging zitten, en voelde me hoogst ongemakkelijk.

'Jan, je weet 't: wij zijn tegen de Duitsers...'

Ik knikte. Dit waren studenten, begreep ik vervolgens uit hun woorden. Ze waren ondergedoken, ze bereidden sabotageacties voor. Soesterberg, het vliegveld. Springladingen. Ze stelden hun leven in de waagschaal. – En ik zat in hun midden, in mijn groene uniform.

'Hoe ben je gewond geraakt?'

'Tegen een granaatscherf opgelopen.'

'En je been?'

'Ook een granaatscherf.'

'En wat nu?'

'Ik moet weer terug. Mijn verlof is verlopen.'

Ik stond op. Gaf iedereen een hand. Stond weer buiten, bij de achterdeur. En opnieuw die vraag:

'Waarom heb je toen getekend?'

lk haalde mijn schouders op.

'Ik weet het niet. Ieder antwoord klinkt achteraf belachelijk. 't Is nu eenmaal zo gelopen...'

En één ogenblik had ik bij mijn zwager een aarzeling bespeurd. Trek dat pak uit! Ga niet terug! Maar hij had gezwegen. En ik ook. Ik was de tuin ingelopen, had niet meer omgekeken. In het stille Oudewater hoorde ik niet, in het halfduistere vertrek hoorde ik evenmin. Ik was niet een van hen. Ik moest terug. Omdat het zo gelopen was...

Een paar uur later dwaalde ik door de straten van Amersfoort. Een ouder zusje werkte er als verpleegster. Van haar had ik als laatste afscheid genomen. Ook zij had geleefd in de veronderstelling dat ik dood was: vijf krammen in haar hoofd, nadat ze, toen ze me in het oog kreeg, terecht was gekomen op een verwarmingsradiator. Mijn fiets had ik bij haar achtergelaten. Die haalde ik wel weer eens op. Wanneer ik terugkwam. *Als* ik terugkwam.

Nu liep ik door de straten. Heen en weer. Het werd drie uur. Vier uur. Om vijf uar vroeg ik de weg naar het station. Ik toonde mijn papieren.

'Ik moet naar Klagenfurt.'

Het was een luchtmachtofficier. Hij wierp een blik op de zwachtel rond mijn hoofd, op de stok in mijn hand. En tenslotte bekeek hij mijn papieren.

'Ja, daar had je gisteren moeten zijn...'

Hij nam me mee naar een kantoortje, ging achter een bureau zitten, draaide een formulier in een schrijfmachine.

'Wanneer je door de Feldgendarmerie gepakt was, had je de kogel gekregen.'

Hij overhandigde me een bewijsje dat mijn verlof met een week verlengd was omdat ik op medische gronden niet had kunnen reizen.

'Wacht even...'

Hij verliet het vertrek, kwam een paar minuten later terug met een pakje, in grauw papier gewikkeld. Of ik dat aan z'n vrouw wilde geven. Ik keek naar het adres. Klagenfurt...

Diezelfde avond nog zat ik in een trein. Het zoveelste transport. Militairen en burgers door elkaar. Bij iedere stop werd het voller. Maar ook verschenen er tassen en dozen. Daaruit kwam brood te voorschijn, worst, flessen bier. Er werd geruild, gedeeld. Er werd gepraat, gestaard, geslapen op de schouder van een ander.

Bij het aanbreken van de dag: een hoog gegier, knetterend mitrailleurvuur. Vliegtuigen. De trein kwam met een hartverscheurend gepiep tot stilstand. Iedereen eruit. Ze komen terug! Angstgeschreeuw, gehuil, gedrang. Snel! – Bejaarden werden ondersteund, kinderen door open raampjes aangereikt. En in dekking, plat in het gras van een spoorwegdijk, ergens midden in Duitsland.

En ze kwamen terug, die duikbommenwerpers. Het waren de eerste schoten die ik hoorde sinds Koerland. Twee weken van tegenstrijdigheden werden afgesloten met het toppunt van tegenstrijdigheid. Ik herademde. Er was een ijzige kalmte over me gekomen.

Aan de Oder

Waarom was ik gegaan? Waarom was ik opnieuw gegaan? – Het waren vragen waarover ik onderweg gepiekerd had. Ik herinnerde me letterlijk wat Hein gezegd had, toen ik hem vertelde van mijn angst, in Duitsland tewerkgesteld te zullen worden:

'Onderduiken? In het gootsteenkastje zeker! En zo krom als een hoepel weer te voorschijn komen... Man, dat is toch niets voor *ons*!' – Maar mijn zwager dan? Die wás ondergedoken, en tegelijk voerde hij sabotageacties uit... Gepiekerd had ik, tot de eerste salvo's verklonken waren. Toen was er geen ruimte meer voor vragen. Het was weer een situatie van leven of dood. Er moest gehandeld worden, ik kon weer gehoorgeven aan mijn reflexen – er *waren* weer reflexen. De een schreeuwde ik toe dekking te zoeken, een ander die verstijfd van schrik was blijven staan sleurde ik een greppel in. Ze kwamen een tweede keer. De wagons werden doorzeefd. Ze kwamen opnieuw. Daarna krabbelde ik overeind.

'Die komen niet meer terug.'

'Hoe weet je dat zo zeker?'

Ik haalde mijn schouders op. Ik wist het, zonder er een verklaring voor te kunnen geven. Drie keer, niet vier keer. – Terug kwamen ze niet. De locomotief was onbeschadigd, we konden op eigen kracht verder. Doden waren er niet gevallen, wel een aantal gewonden. We droegen ze de trein in. En verder ging het. Het noodverband kwam weer te voorschijn uit de borstzakken. Anderen werden gekalmeerd. Geen vragen meer. – Op de bodem van de wereld is geen tijd voor vragen.

We kwamen aan in Klagenfurt. Het was een concentratiepunt vanwaaruit nieuwe gevechtseenheden werden gevormd. We werden overgebracht naar een kazerne buiten de stad en moesten exerceren op de binnenplaats. Dat leverde een navrant schouwspel op. Het was alles door elkaar. Jongens van zestien, zeventien jaar, in zwarte korte broek. Huisvaders van middelbare leeftijd, met buikjes, volkomen ongetraind. Plus een ratjetoe, afkomstig uit min of meer reguliere legeronderdelen, in ons geval voornamelijk luchtmacht en marine. Maar de een miste een oog, een ander liep met zijn arm in een mitella of moest zich, zoals ik, behelpen met een stok.

Daar sjokten we, in rotten van vier, over het modderige exercitieterrein. Tweehonderdtwintig man, een compagnie. Niets klopte, behalve ons aantal.

Te midden van het allegaartje van leeftijden, uniformen en veelsoortige kwetsuren, was er één jongen die nogal opviel. Hij was een halve kop groter dan de rest, was breedgeschouderd, en had wonderlijk lichtblauwe, dromerige ogen. Hij heette Willy. Hoewel we in verschillende pelotons zaten sliepen we in dezelfde zaal. En terwijl de anderen 's avonds praatten over *thuis*, over verloofdes, vrouwen, kinderen of ouders, las hij een boek, terwijl ik, een paar britsen verder, bezig was een lichtgrijs vel papier met houtskool te bewerken.

'Wat teken je?'

Hij was me, zonder dat ik het gemerkt had, genaderd en keek over mijn schouder mee. We hadden tot dat moment niet meer dan een paar woorden gewisseld. Ik wist hoe hij heette, en dat hij, ondanks zijn luchtmachtuniform nooit in een cockpit had gezeten – hij had een kantoorfunctie gehad.

Ik wees:

'Dat zijn duikbommenwerpers die door de wolken breken. Dit is een trein op een spoordijk. Dat zijn menselijke figuren – ik ben niet zo goed in mensen...' Ik bladerde. Hij vroeg.

'Dit zijn loopgraven. Een lijkentransport op een slee. Prikkeldraadversperringen. Dat zijn ook lijken. Bevroren. Het was daar soms 's nachts wel dertig graden onder nul.'

'Wat een vreemde onderwerpen om te tekenen.'

'Wat zou ik anders moeten tekenen?'

Ik vroeg hem wat hij las. Rilke, luidde het antwoord. Ik vroeg waar 't over ging en dat bleek een domme vraag te zijn, want het was een dichter. En hij las het niet zozeer, hij leerde de gedichten uit zijn hoofd.

'Poëzie lezen,' verklaarde hij, 'is even mooi als luisteren naar muziek. Maar poëzie kennen, de regels kunnen proeven op je tong, is bijna zo mooi als het spelen van muziek.'

Hijzelf schreef ook gedichten. Hij had op het gymnasium gezeten en, tot hij opgeroepen werd, gestudeerd aan de universiteit. Germaanse filologie – dat had niets te maken met politiek, maar met taal. En ik? Wat deed ik?

Ik haalde mijn schouders op.

'Niets.'

'Helemaal niets?'

'Soldaat.'

Een week na onze komst, het was intussen half februari, werden we op transport gesteld, richting Berlijn. Weer een trein, weer het eindeloze wachten.

'Oorlog is wachten'. Maar ik had een gesprekspartner dit keer, al verliep de conversatie in het donker tamelijk eenzijdig en niet zonder protesten van onze dommelende coupégenoten. Willy streek een lucifer af, las hardop een paar regels, en ik herhaalde ze:

'Gib mir noch eine kleine Weile Zeit:
ich will die Dinge so wie keiner lieben.'

Het leken me weinig toepasselijke regels, onze omstandigheden in aanmerking genomen. Maar daar was hij het niet mee eens. Het ging volgens hem in de poezië om het verlangen en niet om de vervulling.

'Wanneer er geen verlangen meer is kun je net zo goed dood zijn...'

'Overleven,' zei ik. 'Dat is mijn enige verlangen.'

'Maar *waarom* overleven?'

'Om niet dood te zijn...' – Waarop het dringende verzoek klonk om tenminste voorlopig even *stil* te zijn.

Leven en dood. We zouden ermee geconfronteerd worden, die komende nacht. Maar vooral met dood.

We stonden op een rangeerterrein bij Dresden. Er werd luchtalarm gegeven. Zuchtend en vloekend kwamen we overeind. *Alweer* luchtalarm. We bevonden ons op open terrein, er viel weinig anders te doen dan onder de wagons te kruipen. We lagen tussen de bielzen op de kiezels. En wachtten.

Nog lag daar een stad, een stad met een schitterend silhouet van vele torens. Maar in de verte naderde een gebrom, een gebrom dat onheilspellend aanzwol. Ze kwamen. Het ene eskader bommenwerpers had, niet gehinderd door enige luchtafweer, zijn vernietigende lading nog niet laten vallen of het volgende kwam al dreunend over. Eerst een stortvloed van zware brisantbommen, de ene golf na de andere. Het weerlichtte. Droge, allesverscheurende explosies, soms zo snel op elkaar dat ze zich tot één gedaver verenigden dat van alle kanten leek te komen. De aarde sidderde. Boven ons stonden de wagons te schudden op de rails. Verderop werden volledige huizenblokken opgetild, een paar meter verplaatst, om langzaam in te zakken, te midden van een wolk van kalk.

Maar daarmee was het niet gebeurd. Nieuwe eskaders volgden, met een nieuwe lading. Brandbommen. Fonteinen brandende fosfor waaierden in grillige, kerstboomachtige vormen, uit boven de ruïnes. De stad was in een oogwenk veranderd in een zinderende hel van rook en vlammen. Over straatlengten loeide en knetterde het achter de vensters waarvan de ruiten gesprongen waren.

En nog was het niet genoeg. De formaties bleven maar overkomen, met brullende motoren, hoog gierend wanneer de lading was afgeworpen. Het ene bommentapijt was nog niet tot ontploffing gekomen of het volgende kwam alweer, haarscherp uitgelicht door de zacht dalende vuurbakens en de vlammen op de grond. Het vuur zoog alle zuurstof naar zich toe. Er ontstond een storm. Bomen knapten af, de kruinen rolden om en om, de oven tegemoet.

Hoewel we misschien wel een halve kilometer van de stadsrand lagen, moesten we af en toe naar adem happen en was de gloed zo verzengend dat we onze ogen en huid moesten afdekken. We lagen daar, zo verlamd door de aanblik van die allesvernietigende vlammenzee dat er in onze gedachten zelfs geen ruimte was om ons ook maar bewust te zijn van onze kwetsbare positie op het kale rangeerterrein, een doelwit bij uitstek. – Uren leek het te duren, en misschien duurde het ook wel uren. Eindelijk bleef het stil in de hoogte. Ze waren ook niet meer nodig, de bommenwerpers. Het sein veilig werd gegeven. De stad Dresden was voor onze ogen omgekeerd.

Pas na een paar uur was de buitenkant van de vulkaan benaderbaar. Bevelen klonken. We naderden schoorvoetend.

In groepjes werden we door de burgerwacht naar verschillende punten gedirigeerd. Daar verschenen weer de plattegronden waarop de schuilkelders waren aangegeven. Maar waar was wat? Het puin lag soms twee, drie etages dik. – Toch begonnen we, zij aan zij. Met scheppen, houwelen, met de blote hand, het gezicht beschermd met natte doeken. De turbulenties waren nog zo hevig dat het vuur soms letterlijk een hoek om kwam. De *lucht* brandde. Stenen brandden. Alles brandde. En, het was onvoorstelbaar, er liepen ook nog mensen rond, verdwaasd, overdekt met brandwonden, in een stad waarin niets meer herkenbaar was.

We zwoegden, van de ene laag puin naar de volgende. Uren telden niet, vermoeidheid telde niet. We zwoegden om maar niet te hoeven zien, niet te voelen, niet te denken.

Leven troffen we onder de bouwvallen niet meer aan. De schuilkelders waren ovens geworden waaraan alle zuurstof door de vlammenzee erboven onttrokken was. Ze waren overvol geweest. Bejaarden, vrouwen, kinderen. Verschrikkelijk veel kinderen. Er viel niets te verrichten dan ze naar buiten te dragen, ze naast elkaar te leggen, in onafzienbaar lange rijen, zodat ze geïdentificeerd konden worden. Dat was wat we deden, met handen die geen tastzin meer bezaten.

Maar opnieuw begonnen de alarmsirenes te huilen. Opnieuw naderde in de hoogte het gedreun. En weer daalden de bommen neer. Ontploffingen. Ver weg, vlakbij.

We gingen door. We waren zelfs te murw om dekking te zoeken.

De stad met de vele torens was binnen één etmaal veranderd in een massagraf. De dood was zo massaal aanwezig dat het leven, de radeloze activiteit van de geblakerde reddingsploegen te midden van rook en puin, een spookachtig aanzien had. Op pleinen, op open plekken omringd door de skeletten van gebouwen, werden brandstapels opgericht, op roosters van rails. – Er zouden besmettelijke ziekten uitbreken, ratten zouden aangetrokken worden. Ze begraven was ondoenlijk, het waren er te veel. Hoeveel, in een stad die overspoeld was geweest met vluchtelingen, zou niemand ooit weten, niet eens in duizendtallen. Niemand kon zeggen hoeveel er in de rivier de Elbe gesprongen waren om aan de vlammen te ontkomen, mensen die niet zwemmen konden, die te gewond waren, moeders met kinderen in de armen, niemand kon zeggen hoeveel er nog lagen te sterven, verminkt, aangeraakt door dat verschrikkelijke fosforrubber dat, nadat je het gedoofd meende te hebben, meteen weer opvlamde en door alles heenvrat wanneer het met de zuurstof in contact kwam, niemand kon zeggen hoeveel er nog onzichtbaar bedolven lagen onder het puin.

Het was nacht. Het werd licht. De avond viel weer. Een nieuwe dag. Een nacht. En nog een dag. – Drie etmalen, zeventig uur. Toen keerden we terug naar het spoorwegemplacement. De stad die we achter ons lieten brandde nog steeds. Maar daar, onwerkelijke aanblik, stond onze trein. Onbeschadigd. We kropen naar binnen. Daar lagen onze spullen, precies op de plek waar we ze achter hadden gelaten. Mijn plunjezak. Die van Willy. Erbovenop een opengeslagen bundel poëzie:

'Gib mir noch eine kleine Weile Zeit...'

We zaten, staarden verwezen voor ons uit, te moe om te kunnen slapen. Seinen versprongen, wissels knarsten, een stoomfluit klonk. Voor ons ging alles door. Maar wat er ook gebeuren zou, voor niemand zou het leven kunnen worden als voorheen.

Ten noorden van Berlijn werden we overgeladen in vrachtauto's en verder getransporteerd naar Mecklenburg, de stellingen langs de rivier de Oder. Daar hoorde ik mijn naam, uitgesproken door een bekende stem. Het was Carstens. Ook hij bleek, even na mij, gewond uit Koerland afgevoerd. Administratief hoorden we nog steeds bij hetzelfde onderdeel, al was de oorspronkelijke bezetting gedecimeerd tot drie: nog twee jongens waren aan de loopgraven ontkomen. Nog steeds was hij mijn compagniescommandant. Hoe groot de chaos overal mocht zijn, de bureaucratie werkte met onverminderde stiptheid. Maar hij was veranderd, Carstens.

Hij was nog steeds gekleed in een wonderlijk allegaartje van uniformstukken, hij rookte nog steeds de ene sigaret na de andere – maar zijn oude flegma was verdwenen. Nadat hij het miserabele troepje dat hem was toegeschoven in ogenschouw had genomen, vertelde hij dat het sinds de terugtocht uit Rusland de vijfde keer in anderhalf jaar was dat hij bevel over een vrijwel compleet vernieuwde eenheid kreeg. Hij moest met andere woorden zo'n duizend man overleefd hebben – duizend man voor wie hij zich verantwoordelijk had gevoeld. Een paar dagen later liet hij zich ontvallen dat hij in Hamburg zijn ouders niet meer had teruggevonden. De hele straat was weggebombardeerd.

Hij was veranderd – ook ik was dat. Hij had iets niet teruggevonden omdat het was weggevaagd, ik had iets niet teruggevonden omdat het in geen enkel opzicht beantwoordde aan het beeld dat ik me ervan gevormd had. Oudewater, de tuin, de omslotenheid van het gezin: ik was teruggeweest, het was verleden tijd geworden. Ik was volledig teruggeworpen op mezelf. Maar ik klampte me aan het leven vast, met nog meer verbetenheid. Overleven ter wille van het overleven, zonder toekomstbeeld. Ook aan de Oder lagen we, ingegraven achter de dijk langs de sterk gewassen rivier, in de voorste linie van het front, maar daarmee hield de vergelijking met Koerland op. De stellingen, die in een eerder oorlogsstadium waren aangelegd, waren minder primitief. Het landschap was open en vlak. De rivier voor ons was misschien wel een kilometer breed, overdekt met eilandjes. En er lag een groene zweem over de wilgen. Het begon voorjaar te worden.

De Russen lagen op de andere oever, die vrijwel permanent verborgen ging achter een heiige waas. Maar aan hun aanwezigheid hoefde geen moment getwijfeld te worden, net zomin als aan het feit dat ze bezig waren voorbereidingen te treffen om de rivier over te steken.

Zowel qua geoefende mankracht als bewapening was hun overmacht overweldigend. Wanneer ze een goed inzicht hadden gehad in onze zwakte zouden ze vermoedelijk geen dag gewacht hebben met hun invasie. Ze beschikten over stalinorgels, automatisch snelvuurgeschut met een buitengewone vernietigingskracht. Wie daaronder kwam, was ten dode opgeschreven. Het vuur kwam met de snelheid van een stormvloed op je af, geen vierkante meter werd overgeslagen. Bovendien hadden ze uitzonderlijk zware artillerie. Granaten met het kaliber van een bom. Wanneer er daar één dreunend als een trein van overkwam, wist je dat je een beschieting van uren te wachten stond. Ze werden betrekkelijk ongericht afgeschoten, maar met de dodelijke regelmaat van de klok. Iedere halve minuut één, op de seconde nauwkeurig. Een druppende kraan, maar dan waterdruppels die kraters sloegen, zo groot dat je er een huis in kon optrekken. Kwam je fysiek ongeschonden door een dergelijk bombardement heen, dan waren toch in ieder geval je zenuwen aan flarden geschoten – en dat was ook precies de bedoeling. Iedere dertig seconden. Honderdtwintig inslagen per uur, op een frontlijn van enkele kilometers breedte. Je voelde dat er weer een aankwam, maar waar hij terecht zou komen was onvoorspelbaar; het viel ook niet af te leiden uit zijn oorverdovende nadering. Om de halve minuut kon je laatste ogenblik zijn aangebroken, iedere halve minuut opnieuw. Wanneer, na uren, het gedreun eindelijk uitbleef, klonk het nog na in je oren. Je hield even je adem in, om de dertig seconden, terwijl je hart oversloeg. – En de volgende dag opnieuw. Alleen: niet om de dertig, maar om de vijfentwintig seconden... Vier uur op, twee uur af. Hier was het niet de Russische koude, hier was het de Russische vuurkracht – de verliezen waren er niet minder om. Het was een kwestie van wachten en overleven, iedere dag, elk uur, elk ogenblik, of je nu bezig was stellingen te herstellen waarvan je wist dat ze binnen een paar dagen weer in puin zouden worden geschoten, of je nu op wacht stond, of in een kazemat lag te rusten, met altijd gespitste oren.

Het westelijk front was bezig in te storten. Dat hoorden we van Carstens, die de beschikking had over een radio. Op een dag meldde hij dat de Amerikanen de Rijn overgetrokken waren. Ze zaten in Koblenz, in Worms, Darmstadt, ze waren doorgestoten tot Frankfurt. Vanaf dat moment werd ons verblijf een gevecht tegen de tijd. Vooral niet krijgsgevangen gemaakt worden door de Russen, dat was onze laatste en enige interesse. Het ging er uitsluitend nog om, ze tegen te houden tot de Engelsen en Amerikanen zouden verschijnen. Officieus was er geen ander parool – zelfs circuleerde het gerucht dat we ons na een eenzijdige Duitse capitulatie bij de geallieerden aan zouden sluiten en het vervolgens gezamenlijk tegen de Russen zou gaan.

Maar de toekomst telt niet wanneer de dood je op de hielen zit. Het enige dat telt is overleven. Per dag. Per uur.

De rivier was hier het niemandsland. Hier geen prikkeldraad en mijnen, het schaakspel, over en weer, werd gespeeld op de eilandjes. Ze werden bezet en weer ontruimd, van beide kanten, soms een paar uur later, soms de volgende dag.

Op een nacht kregen we, twee pelotons, honderd man, de opdracht zo'n eilandje te bezetten, een paar honderd meter van onze oever verwijderd. Er moest de volgende dag een artilleriewaarnemingspost worden gevestigd.

We roeiden er heen, in rubberboten, zo geruisloos als we konden. Het was doodstil, aardedonker, alleen het gefluister van het water. De stilte was drukkend. Maar kort van duur. We waren nog niet aan land of de hel brak los. Lichtkogels, vanaf de overliggende oever afgeschoten, zetten ons in een oogverblindend schijnsel. We zaten in de val. Het eiland was vergeven van de Russen. Ze hadden ons rustig laten oversteken, rustig laten landen – het leek bijna doorgestoken kaart. Een afgrijselijke slachting was het resultaat. Massaal geweervuur, handgranaten, mitrailleurs, we liepen er recht op in, we werden neergemaaid. Het gras kleurde zich donker van het bloed.

Slechts een handjevol wist, in het wilde weg hollend zonder enige dekking, het andere einde van het eilandje, waar we in geval van alarm opgepikt zouden worden, te bereiken. En de rubberboot doemde op uit het duister. Als razenden roeiend, terwijl het lekgeschoten bootje langzaam leegliep en om ons heen een regen van kogels tegen het water sloeg, slaagden we erin de oever te bereiken. We waadden door het riet. En aan de voet van de dijk gekomen kregen we tot slot een gordijn van spervuur boven ons. Op handen en voeten kropen we omhoog, te midden van het gedreun en de opflitsende explosies. Tenslotte zaten we in de commandobunker. Negen man, doorweekt, trillend over alle leden. Een paar merkten op dat moment pas dat ze verwondingen hadden opgelopen. Ze keken met verbijsterde blik naar het bloed dat aan hun vingers kleefde, naar de doorweekte plek op hun tuniek.

Rapport uitbrengen was overbodig. Carstens had de gebeurtenissen met het blote oog kunnen volgen, niet bij machte ons steun te verlenen of onze terugtocht zelfs maar te dekken. Hij bracht verslag uit aan de staf die kilometers landinwaarts over een stafkaart gebogen opdracht had gegeven tot onze noodlottige manoeuvre. Hij legde de veldtelefoon neer, en zei:

'Wahnsinn...'

De volgende dag keerden we terug. De Russen hadden het eilandje inmiddels ontruimd. Hun artillerie zweeg. Meer dan tachtig doden troffen we aan. Het waren de Hitlerjugend-jongens, het waren de huisvaders. De verbijstering lag in een laatste kramp over hun gelaat. Ze werden aan land gebracht om achter het front begraven te worden. Een tiental moest als vermist worden geregistreerd. Misschien waren ze door de Russen krijgsgevangen gemaakt, waarschijnlijk was dat de rivier ze had meegevoerd. Een van hen dook diezelfde dag nog op, kilometers en kilometers stroomafwaarts. Het was een jongen die 'de dichter' genoemd werd maar die Willy heette. Hij was zwemmend ontkomen, had zich een halve nacht lang met de stroom mee laten voeren, en was bij de dageraad, naakt tot op zijn onderbroek, nog bijna door eigen mensen neergeschoten.

Maar die nacht begon Willy hartverscheurend te hoesten. De volgende dag had hij hoge koorts. En twee dagen later was hij dood. Via Carstens kreeg ik een opgevouwen stukje papier. Het was een pagina, gescheurd uit een poëziebundel. Twee regels waren onderstreept:

'Und meine Hände, welche blutig sind
vom Graben, heb ich offen in den Wind...'

In de kantlijn was geschreven: 'Dresden, 13/14 februari 1945', en onder de bladspiegel: 'Van Willy, voor Jan.' Ik draaide het papiertje om en om. Ik schaamde me.

We hadden elkaar amper meer gesproken, na die vooravond in de trein, alweer meer dan zes weken geleden. Teruggeworpen op mezelf. Ik had Willy gemeden. Van mijn maats kende ik amper de naam. Geen vriendschap meer. Wie niets bezit kan niets verliezen.

Vrijwel dagelijks werden op de rivier verkenningspatrouilles uitgevoerd, in razendsnelle motorbootjes. Soms met een paar man, soms een man alleen. Opdracht was, op een eilandje, zo dicht mogelijk bij de tegenoverliggende oever, aan land te gaan, om met een sterke kijker iets gewaar te worden van de troepenbewegingen aan de overkant. Dat de Russen bezig waren een oversteek voor te bereiden was bekend, maar niet op welke punten dat precies te wachten stond. Soms kreeg je, terwijl je op het water zat, mortiervuur. Vermoedelijk schoten ze alleen maar om de tijd te doden, want het was bijna onmogelijk zo'n wendbaar bootje te raken. Maar meestal bleef het rustig tijdens zo'n verkenningstocht, al kon je ervan overtuigd zijn dat je van beide zijden scherp in het oog werd gehouden. Dan was het een eigenaardige sensatie: in je eentje, te midden van het uitbottende groen op de eilandjes, op die brede, traag stromende rivier. De zon kwam op, watervogels snaterden – niets verried het blote oog dat de oevers voorste linies waren en het water frontlijn.

Hoe vaak had ik een dergelijke opdracht uitgevoerd zonder dat er iets voorviel?

Ik had het bootje gecamoufleerd met rietstengels en gras, en was aan land gegaan – aan de andere kant van het eilandje moest een Russische soldaat op precies hetzelfde moment precies hetzelfde gedaan hebben. Ik was, het geweer op de rug, de kijker op de borst, door het hoge gras omhooggekropen. Hij ook. Ik keek behoedzaam over het hoogste punt – ook hij. We keken elkaar recht in het gezicht, niet meer dan tien meter van elkaar verwijderd.

Hij daar, ik hier. Hij met zijn wapen, ik met het mijne.

En allebei doken we weg. Ik liet me langs de glooiing naar beneden rollen, dook weg achter een struik. Het was hij of ik.

Ik drukte me tegen de grond. Een kogel floot rakelings over me heen. Hij wist waar ik zat. Maar hij had gemist en ik wist nu ook waar hij zat.

We kropen door het riet, doken weg achter struiken,

wachtten tot de ander zich zou verraden, richtten ons voorzichtig op, zagen elkaar of zagen iets aan voor elkaar, en schoten. Ik schoot en miste. Hij schoot en miste. En we verplaatsten ons weer.

Het duurde een kwartier, een halfuur. Ik had hem intussen wel drie keer in het vizier gehad. Maar mijn handen hadden zo getrild dat ik niet zuiver had kunnen richten.

Het duurde bijna een uur.

Toen had ik een omtrekkende beweging gemaakt, over de volle lengte van het eilandje. Ik kroop omhoog. Ik kreeg hem in het oog. Hij verwachtte me van de andere kant, ik had hem van opzij. Ik legde aan – hij zag me. Ook hij legde aan. Maar ik schoot eerder, en dit keer mochten mijn handen niet trillen. Hij veerde op. Toen zag ik hem niet meer. Ik wachtte. Het bleef stil. Ik stond op, naderde. Hij lag roerloos op zijn buik. Ik sleepte hem naar zijn bootje, waarom wist ik niet. Ik keerde terug naar het mijne. De motor sloeg onmiddellijk aan.

De lange vlucht

Het wachten duurde precies twee maanden. Op de vroege ochtend van de twintigste april trokken de Russen, na een kort maar vernietigend bombardement, de Oder over. We konden hun landingsvaartuigen met het blote oog onderscheiden, een vijftal kilometer links en rechts van ons. Er kwam geen eind aan. Op veel tegenstand schenen ze niet te stuiten, want binnen een paar uur hadden ze bruggenhoofden gevormd. Het kon niet lang duren of de oevers zouden met pontonbruggen met elkaar verbonden zijn: hun genie was er ongehinderd mee bezig. Onze positie aan de dijk begon met het uur hachelijker te worden.

Het leek of we vergeten werden. Carstens zat onafgebroken aan de veldtelefoon. Wanneer we bleven waar we zaten zouden we ingesloten worden. Maar eindelijk kregen ook wij, zoals we aan weerszijden van ons hadden zien gebeuren, toestemming terug te trekken. We moesten, zo luidde het bevel, positie innemen in de tweede linie. Wat dat precies inhield, bleef onduidelijk. Die tweede linie bestond vermoedelijk alleen op de kaarten van de generale staf. We trokken door het open veld, troffen niets aan dan kapotgeschoten voertuigen en verlaten bunkers en kazematten. Bij een dorpje, een kilometer of tien van de rivier, hielden we halt. – Het was een afstand die ik die dag drie keer af zou leggen.

Ik kreeg van Carstens opdracht op verkenning uit te gaan bij het rechterbruggenhoofd. Van mijn knie had ik, na twee maanden betrekkelijke rust, geen hinder meer, en met de ervaring, opgedaan in twee weersportkampen, moest het mogelijk zijn in dit golvende terrein. Maar ik ging wel alleen. En ongewapend, met het vaste voornemen me bij het minste geringste over te geven. Ik kreeg vijf uur de tijd.

Zo holde ik gebukt door greppels, snelde ik door bosjes, kroop ik op m'n buik door het gras. Een paar keer raasden Russische colonnes rakelings langs me heen, maar opgemerkt werd ik niet. Ik slaagde erin het concentratiepunt tot op een paar honderd meter te naderen. Op het hoogste punt van een glooiing, aan het oog onttrokken door een paar struiken, maakte ik een schetsje van de situatie. Ze waren bezig zich in te graven, er werden tenten opgericht, er stond lichte artillerie, pantserwagens, via de pontonbrug naderde een onafzienbare colonne door paarden getrokken huifkarren: hun aanvoerlijn kwam op gang. Ik maakte schattingen van de aantallen en vervolgens was het zaak dat ik maakte dat ik wegkwam.

Toen ik aan het eind van de middag weer in het dorp arriveerde was de evacuatie al in volle gang. Veldkeukens en een veldhospitaal werden afgebroken, burgers waren bezig schaarse bezittingen op karren te laden. Alles liep door elkaar. Ik bracht verslag uit, Carstens belde de gegevens door. Die wezen er volgens hem op dat ze nog die avond een gordel zouden leggen tussen de twee bruggenhoofden. – En wij zaten daar nog steeds tussenin.

Rond zes uur werden we, onder dekking van een paar lagen zandzakken, bewapend met een mitrailleur, drie geweren en een nachtkijker, bij de invalsweg naar het dorp geposteerd, met de opdracht die plek tot negen uur in handen te houden. Dan zou aan de andere kant van het dorp een motorfiets met zijspan verschijnen om ons op te pikken. De anderen zouden in de tussentijd gelegenheid hebben flink afstand te nemen. *We* waren drie man... Een Deen van een jaar of drieëntwintig, ook uit de marine afkomstig, een jongen van de Hitlerjugend die niet ouder leek dan vijftien, en ikzelf. Drie man, één mitrailleur. Daar stonden we, de doodsangst in het hart, en tuurden. Links open veld. Dan de weg, steenslag, afbuigend tussen de heuvels. Rechts glooiend bos.

Anderhalf uur lang gebeurde er niets. – Toen kwamen de Russen. Het leek wel een compleet leger dat daar in de schemering langs de bosrand aan kwam zetten. Het waren er honderden en nog eens honderden. Maar stil. Zwijgend. Niets te horen dan het duizendvoudig geritsel van bladeren, zwiepende takken, gekraak van laarzen. We gooiden lukraak handgranaten, we schoten in het wilde weg met alles wat kon vuren – om maar zoveel mogelijk lawaai te maken en aldus de schijn te wekken dat de verdediging van het dorp meer omvatte dan één lichte mitrailleur, twee matrozen en een scholier in korte broek. – Het was bijna ondenkbaar dat ze zich erdoor lieten misleiden. Niettemin trokken ze zich terug tussen de bomen en te zien kregen we ze niet meer. Wel kwam er af en toe mortiervuur. Eerst een paar missers. Toen een voltreffer. Ik werd met kijker en al tegen de grond geslingerd. Verdoofd krabbelde ik overeind. Ik was ongedeerd. De granaat moest precies tussen mijn twee metgezellen in terechtgekomen zijn. Van de mitrailleur restte niets dan verwrongen schroot. Versuft bleef ik zitten. Het was opeens heel stil. En het begon donker te worden.

Om halfnegen hield ik het niet langer uit. Ik holde door het verlaten dorp naar de afgesproken plek. De motorrijder stond er. Vragen werden niet gesteld. Met vol gas stoven we weg en in minder dan een halfuur hadden we ons bij de anderen gevoegd. En verder ging het te voet, de hele nacht door.

Zo begon onze terugtocht in westelijke richting. Richting Elbe. Richting Amerikanen.

Het was hoogst eigenaardig: nadat wij helemaal voorin het front hadden gelegen, maakten we nu opeens de achterste linie uit. We vluchtten. 'Vertragende opmars', werd het officieel genoemd. Russische tanks en infanteristen zaten ons dag en nacht op de hielen. Soms waren ze een paar kilometer van ons verwijderd, af en toe niet meer dan enkele honderden meters. Het was onze taak hun opmars te vertragen door voortdurend voeling met ze te onderhouden. Maar dat hadden we ook wel gedaan wanneer het niet onze opdracht was geweest: het was de enige methode om uit hun handen te blijven. Want er kleefde een beperking aan deze vlucht: het was hollen wat we hollen konden, maar we mochten ook weer niet te *hard* hollen.

Wie te veel haast had liep het risico op een patrouille van de Feldgendarmerie te stuiten. Nog steeds was die fatale grens van kracht, wie hem overschreed was deserteur. Wat er dan met je gebeurde viel af te leiden uit de gehangenen in de bomen. – Vóór ons de Feldgendarmerie, achter ons de Russen.

Af en toe waren ze zo dicht genaderd dat we ze zagen of het geratel van de rupsbanden hoorden. Dan gaven we wat vuur af met onze lichte mortieren of gooiden in het wilde weg een paar handgranaten. Meestal kwam hun colonne daarmee wel een ogenblik tot stilstand. Ze stuurden dan verkenners vooruit en wanneer die terugkeerden om het sein veilig te geven was er toch weer een halfuur overheen gegaan – een halfuur waarin wij afstand konden nemen. Bij uitzondering groeven we ons in, maar tot een rechtstreeks treffen kwam het zelden. Niemand had de behoefte te ver zijn nek uit te steken, deze laatste dagen. En dat gold voor beide kanten.

Toch werden we in deze laatste stuiptrekkingen van de oorlog nog een keer in verhevigde mate geconfronteerd met de verschrikkingen en absurditeiten van het geweld.

We leden met de dag verliezen, hoe kundig Carstens ons ook door de mêlee manoeuvreerde. Het was een voortdurende heksenketel van beschietingen en bombardementen, waarbij we soms niet eens de gelegenheid kregen in dekking te gaan liggen uit angst ingelopen te zullen worden. Het groepje werd met de dag kleiner. Sommigen trapten op een mijn, anderen konden het eenvoudigweg niet meer bijbenen – er waren erbij van tegen de zestig jaar. Ze werden overmand door de vermoeidheid, slaapgebrek, honger. Het was niet eens een kwestie dat we ze achterlieten, ze waren domweg verdwenen wanneer we een moment halthielden om op adem te komen en ons te hergroeperen. Vermoedelijk waren er ook die overliepen, en we konden ze geen ongelijk geven. Het was overleven, ieder voor zich, op welke wijze ook...

De verschrikkingen en de absurditeiten. Op plundering stond officieel de doodstraf. Maar er was geen andere mogelijkheid om aan voedsel te komen dan het je toe te eigenen. De wegen werden gecontroleerd door de Feldgendarmerie en in beslag genomen door de onvoorstelbare stoet van vluchtelingen. Honderdduizenden moesten het zijn, op boerenkarren, fietsen, te voet met enorme bundels op de rug, zwaarbeladen kinderwagens voortduwend – of uitgeput in de berm, met holle ogen, in afwachting van wat komen ging, omringd door bezittingen waarvan het transport de laatste krachten gevergd had. Wij trokken door het veld. De boerderijen die op ons pad kwamen waren bijna altijd verlaten. Soms zo kort tevoren dat de pannen nog warm op het fornuis stonden. Dan hoefden we het vuur maar op te rakelen. Een paar haastige happen – en verder ging het weer.

We troffen een grote herenboerderij verlaten aan. Een paar verdwenen in de provisiekelder, ik nam met een paar anderen een kijkje in de slaapkamer. We waren vervuild, we zaten weer onder de luizen. De gedachte aan schoon ondergoed, aan één moment zonder jeuk, was een obsessie geworden, krachtiger dan de honger. In de slaapkamer troffen we twee heuse hemelbedden aan. En in een kleerkast een weelde aan zijden ondergoed. – Maar juist op dat moment klonk in de verte het geratel van tanks. We gristen een willekeurig kledingstuk uit de kast, sjorden onze tuniek eroverheen. En naar buiten, zo snel je voeten je konden dragen. Je voeten...

Eerst krijg je blaren. Die blaren gaan stuk. Je voetzolen worden bloederig en het is of je over glasscherven loopt. Tenslotte wordt je voet één gloeiende, rauwe massa. Dan durf je je schoenen niet meer uit te trekken wanneer er even rust is, uit angst dat je ze niet meer aan zult kunnen krijgen. Toch loop je door. Je voelt ze niet meer, je voeten, want alles doet pijn. Iedere ademtocht snijdt door je borst. Je raakt in trance, je bewegingen zijn als van een robot. Maar je loopt.

De absurditeiten. Overal troffen we achtergelaten vrachtauto's, pantserwagens, motorfietsen aan. Droog, zonder benzine.

We kwamen bij een dorpje, het dorpsplein overvol vluchtelingen. Daar stond ook de Feldgendarmerie, de afschrikwekkende, glimmende schildjes op de borst. Carstens maakte ze duidelijk dat de Russen ons op de hielen zaten, dat ze beter konden maken dat ze wegkwamen. – Was dat de volgende dag? Twee, drie dagen later? We hadden elk tijdsbesef verloren.

Vier man kregen opdracht wat eten bij elkaar te zoeken. De overigen groeven zich razendsnel in langs de weg.

Waren we toen nog met veertig man? Met zestig? Dertig? We vonden een bakkerij. De ovens, in het souterrain, waren nog warm, het beslag stond nog in de potten.

'Wij gaan pannenkoeken bakken!'

Waarop ik mijn tuniek uitdeed en de anderen begonnen te lachen. De absurditeiten. – Want daar stond ik opeens in een hemelsblauwe nachtjapon die ooit toebehoord had aan een boerin. Zuivere zijde, met kant en lubben. Ik had er geen moment meer aan gedacht...

En de verschrikkingen. Want terwijl we, zwaaiend op onze benen van uitputting, bezig waren een stapel pannenkoeken te bakken klonk buiten de oorverdovend jankende nadering van Russische duikbommenwerpers. Enorme explosies op ooghoogte, achter de vensters van het souterrain. Gegil, gekerm. Nergens dekking. Vrouwen, kinderen, ze werden neergemaaid. Een gruwelijk bloedbad.

En de absurditeiten. Want hier stond ik, onder de beschutting van een gemetseld gewelf – en bakte pannenkoeken.

Zes dagen en nachten. Zeven dagen en nachten. Acht. We hadden al tijden geen radiocontact meer met de commandopost gehad. Misschien *was* er helemaal geen commandopost meer. De stafkaarten die we hadden, bestreken niet langer het gebied waar we ons bevonden. We hadden geen idee waar we zaten. We liepen maar, vooruitgejaagd...

Maar op de negende dag hoorden we in de stilte van de avond het doffe gedreun van artillerie in de verte. En het was niet achter ons maar vóór ons. Wanneer het Russisch vuur was waren we, zoals we steeds gevreesd hadden, met een tangbeweging ingesloten. Wanneer het de Amerikaanse artillerie was waren we bijna gered. Alles of niets – we gingen verder, eropaf.

In de vroege ochtend bereikten we een bosrand. Daar, beneden bij een boerderij, zagen we een voertuig dat we nooit eerder gezien hadden, met een witte ster op de motorkap. Een jeep. Er zaten soldaten in met vreemde helmen op. Niet Russisch en niet Duits...

De absurditeiten. Oostfront en Westfront waren samengevallen tot één lijn. Wij waren de allerlaatste Duitse post geweest. Voordat de bondgenoten contact met elkaar hadden kunnen zoeken lagen we zij aan zij met drie Amerikaanse soldaten midden in een laatste Russische beschieting.

De verschrikkingen. Tijdens die laatste beschieting werd Carstens vol geraakt door een mortiergranaat.

Met tweehonderdtwintig waren we uit Klagenfurt vertrokken. Met zeventig lieten we de Oder achter ons. Met zes man bereikten we de Amerikaanse linie. En het waren er vijf die zich over konden geven.

We leverden onze wapens in. Op de rug van onze tuniek werd met witte verf de letters POW gekwast. Krijgsgevangene. *Prisoner Of War.*

We hadden het gehaald.

Een paar dagen later. Motregen daalt neer op een onafzienbare menigte krijgsgevangen soldaten op een open, modderige vlakte ergens in Noord-Duitsland. Ze schuilen onder primitieve sheltertjes, onder een dienstjas die ze, zwaar van het vocht, over hun hoofd getrokken hebben, of ze bezitten niets om onder te schuilen. Hier en daar kringelt een pluimpje rook boven een vuurtje van een paar gelukkigen die wat brandstof bij elkaar hebben weten te scharrelen. Een grauwe, traag deinende zee van mensen. Zijn het er vijftigduizend? Honderdduizend? Ze zijn vervuild, bebaard, gehuld in lompen van wat ooit uniformstukken geweest zijn die op exercitieterreinen op hun smetteloosheid werden geïnspecteerd. Grijs, groen, bruin, zwart. Ze hebben hun insignes afgerukt. Hun ogen staan hol, apathisch van uitputting en voedselgebrek.

Eén van hen was ik.

Ik lag onder een canvas zeiltje, in een gat dat ik meteen

na mijn aankomst gegraven had. Er mochten dan geen bommen en granaten meer te duchten zijn, open en bloot op het maaiveld voelde ik me onbeschermd – het ingraven was me een tweede natuur geworden.

De eerste dagen had ik niets gedaan dan slapen, want daarvan had ik weken in te halen. Maar inmiddels begon ik weer enigszins bij m'n positieven te komen en me rekenschap te geven van de situatie waarin ik me bevond. Hoe moest het nu verder? Hoe lang zouden we hier vastgehouden worden? Nieuws kwam uitsluitend bij geruchte. En geruchten deden dagelijks de ronde. Dat we zouden kunnen tekenen voor de nog voortdurende strijd tegen Japan, marinemensen in de eerste plaats. Dat het zou komen tot een conflict tussen de Amerikanen en de Russen, dat ook wij daarbij zouden worden ingezet. Vanwaar anders die belangstelling van onze overwinnaars voor de Russische tactiek en strategie van oorlogsvoering?

Complete slagvelden werden nagebootst in kamergrote zandbakken. Miniatuurtanks, kanonnen, tinnen soldaatjes, alles op schaal. Hoe legde het Duitse, hoe het Rode Leger mijnenvelden? Ze wilden alles weten, niet alleen van de officieren, maar ook van Jan Soldaat, die tot zijn nek in de modder had gezeten met niet meer overzicht dan zijn eigen frontsector. Daar was de voorste Russische linie, daar stond hun lichte artillerie, hier lagen wij, daar, in die sector zat ikzelf. Een fragmentje Koerland in vogelperspectief.

Maar hoe meer ik bij mijn positieven kwam, des te groter werd mijn verwarring. Er was bij het appèl gevraagd of er iemand letters kon schilderen en ik had me gemeld. Vervolgens stond ik de hele dag in een grote bivaktent cijfers en letters te zetten op munitiekisten met aan het eind van de middag een extra gamel dunne soep en wat *cakes* als beloning. Een van de bewakers, een sergeant die zich met zijn kortgeknipte haar in niets van de anderen onderscheidde, bleek oorspronkelijk uit Nederland te komen: ik hoorde een knetterende Hollandse vloek toen hij zijn vinger openhaalde aan een spijker. Ik sprak hem aan.

'Ben jij een Nederlander?' antwoordde hij verbaasd. Hij nam me nieuwsgierig op. Dat er landgenoten aan Duitse zijde hadden meegevochten was hem, ofschoon een paar jaar voor het uitbreken van de oorlog naar Amerika geëmigreerd, bekend, maar een dergelijk product had hij nog niet in levenden lijve onder ogen gekregen. Hij wilde weten hoe de situatie in Holland geweest was, met name in Harlingen, waar hij vandaan kwam. Wat had me ertoe bewogen in Duitsland dienst te nemen? Over de situatie in Holland kon ik hem niet veel vertellen, over die in Harlingen al helemaal niets. Wel deed ik in het kort mijn verhaal. Vlucht voor de Arbeitseinsatz. Marine. Koerland. Daarna terug naar huis. Dan Klagenfurt en naar de Oder. Bij dat laatste schoot zijn verstand tekort:

'En toen ben je nog teruggegaan ook?'

Ik knikte.

'Maar had je je snor niet kunnen drukken?'

Ik wist het hem niet duidelijk te maken. Hoe ik die twee weken radeloos had rondgezworven, verscheurd door tegenstrijdigheden. Iedere dag een dag. De angst als deserteur tegen de lamp te lopen. En het gevoel van ontheemding, omdat ik daar niet meer thuishoorde, in het Oudewater waar niets veranderd was, omdat ik niet kon wennen aan nachten van stilte en dagen zonder spanning. Maar waar ik geen melding van maakte, was dat ene moment, bij een keukendeur in Zeist, toen ik bij mijn zwager een aarzeling bespeurd had, dat ene moment dat ik het gevoel had dat ik op een tweesprong stond. Het was nu eenmaal zo gelopen...

'Nou, je hebt je wel vies in de nesten gewerkt,' besloot hij.

Van hem was het dat ik een verhaal hoorde dat daarop het laatste restje vaste bodem onder mijn voeten wegmaaide. Een verhaal over concentratiekampen, waarvan hij er een mee had helpen bevrijden, over de vernietiging van de joden. Ik kon het niet bevatten. Hij toonde me afgrijselijke foto's in de *Stars and Stripes*, het Amerikaanse legerblad. Bergen schoenen, immens als puinkegels naast een kolenmijn, bergen brillen, bergen naakte lijken, verbrandingsovens. Overlevenden, vel over been, met glanzende ogen diep in de kassen. Hij had het gezien, hij was er getuige van geweest – en ik zat volkomen verlamd tegenover hem, niet in staat een woord uit te brengen. Ik herinnerde me opeens wat dokter Van Praag gezegd had, die laatste keer in Oudewater. Ik herinnerde me een brief van mijn jeugdvriendje Chiel. Hij had me geschreven, niet lang nadat ze verhuisd waren naar Amsterdam. Ze gingen weg, schreef hij, ze gingen naar Polen – om daar te werken.

'Maar daar moet je toch iets van geweten hebben?'

Ik schudde het hoofd. En mijn eigen stem klonk me bijzonder weinig overtuigend in de oren toen ik antwoordde:

'Ik hoor dit echt voor het eerst. Ik geloof niet dat iemand van ons daar iets van geweten heeft.'

Ik tastte radeloos mijn geheugen af. Wanneer dit gebeurd was, en er was geen enkele reden om aan te nemen dat dat niet het geval was, moesten we er toch *iets* van gehoord hebben. Had iemand er op gezinspeeld? Maar waar? Wanneer? Ik kon het me niet herinneren.

'Hoe kan dat nou?'

Ik werd rood. Er klonk te veel ongeloof in zijn stem. Ik *wist* niet hoe dat kon. Zou Carstens het geweten hebben? Die was officier. Maar nee, ik kon het me niet voorstellen. Dit alles moest zich achter de coulissen hebben afgespeeld. En, hoe onloochenbaar het ook bleek, het was niet mogelijk me er een voorstelling van te maken. Miljoenen mensen...

'Maar hebben ze zich dan niet verzet?'

Dat begreep hij ook niet helemaal:

'Ze gingen niet tegelijk, natuurlijk...'

Het deed er ook niet toe. Net zomin het ertoe deed of we het geweten hadden of niet: we waren handlangers van beulen geweest. We hadden hun daden, gewild of niet, gedekt. – Alles wat ik had meegemaakt werd in een flits vergiftigd door die gedachte. Ik had het overleefd. *Maar met welk recht?*

Ik keek naar de foto's, een waas voor de ogen. Dit was een wetenschap, zo ingrijpend dat ik niet in staat was haar volledig tot me door te laten dringen, laat staan dat ik haar onder woorden kon brengen.

'En wat nu?'

Ik haalde mijn schouders op. Ik wist het niet.

Een paar dagen later werd hij overgeplaatst, deze Amerikaanse sergeant van Hollandse afkomst, maar niet zonder dat hij me gedag was komen zeggen. Hij gaf me zijn adres. Ik moest beslist een keer bij hem langskomen, 'wanneer ik in de buurt was'. Ik beloofde het, al kon ik me met geen mogelijkheid voorstellen nog ooit een leven te betreden waarin die belofte geen absurditeit was.

DEEL 5

Legionair

'Beschwindelt, dat is wat we zijn. *Beschwindelt.* We hebben ons voor een karretje laten spannen...'

Hij heette Luc en hij had een speciale voorliefde voor dat woord: hij voelde zich door alles en iedereen bedrogen.

Luc was lang, en mager als een lat. Hij had donker krulletjeshaar en bruine, beweeglijke ogen. Wanneer hij eenmaal aan het woord was, viel er niet snel een stilte. Hij was een Belg. Hoewel hij uit Wallonië kwam en dus Franstalig was opgevoed, sprak hij redelijk Nederlands. Ik kon me intussen aardig behelpen in het Duits, maar het was toch steeds weer een opluchting voor me wanneer ik me van mijn moedertaal kon bedienen. Luc had, net als ik, meteen na zijn komst in het krijgsgevangenenkamp een dekkingsgat gegraven: daarin kenmerkten zich de voormalige frontsoldaten. Hij was iets ouder dan ik, had zich als student voor de Waffen-ss gemeld:

'Echt een idealist,' zoals hij er zelf spottend aan toevoegde. Hij had twee jaar aan het Oostfront gezeten, maar daar sprak hij nauwelijks over. Des te meer over zijn achtergronden. Hij was doorkneed in politiek. Het was dankzij hem dat begrippen als communisme, socialisme, nationaal-socialisme voor het eerst enige inhoud voor me kregen. Hijzelf kwam uit een fascistisch milieu. Mussolini, en later in mindere mate Hitler, hadden bij hem thuis het denken bepaald. Zijn vader was partijlid en had het tijdens de bezetting gebracht tot burgemeester. Wanneer hij het over hem had, werd hij bleek van woede:

'Een parvenu, een baantjesjager van het zuiverste water.

Wanneer ik die nog een keer tegenkom vermoord ik hem...'

Hij was furieus, op zichzelf, op zijn verleden, juist omdat hij er zelf in geloofd had, omdat hij getekend had, samen met een jongere broer, ter wille van de denkbeelden die hun als vanzelfsprekend waren bijgebracht. 'En wanneer je die eerste stap gezet hebt, is het te laat. Je hebt niets meer in te brengen, je bent een werktuig geworden.'

'Wanneer heb je getekend?'

'In '42.'

'En wanneer Duitsland de oorlog nou gewonnen had?'

'Onzin. Een oorlog wordt alleen maar gewonnen in de geschiedenisboekjes. In werkelijkheid zijn er alleen maar verliezers: zoveel aan de ene kant, zoveel aan de andere. Vraag het maar aan m'n broer toen hij op die mijn stapte. De rest is pure quatsch, holle woorden, vlaggen, vaandels. Ik heb m'n portie gehad – ik heb er nog achteraangelopen ook.'

We zaten naast elkaar onder een tentzeiltje te midden van de tienduizenden, Luc en ik. We aten ieder met een vork uit het blik cornedbeef dat hij had bemachtigd, en daarna rookte hij de ene sigaret na de andere. Hoe hij dat allemaal wist te organiseren, vlees, sigaretten, soms zelfs bier of coca-cola, was me een raadsel. Het was aan meer te danken dan zijn talenkennis, hoe indrukwekkend die ook was: hij sprak niet alleen Frans en Nederlands, maar ook vloeiend Duits en Engels. Hij liet zich door niemand imponeren. Zonder schroom sprak hij officieren aan alsof het zijns gelijken waren. Mij beschouwde hij als een provinciaal, en het feit dat ik nog geen vol jaar eerder getekend had voor de Duitse marine als het toppunt van stompzinnigheid. – Maar er was één verlangen dat ons bond en samendreef: de drang te ontsnappen.

Volgens Luc waren er een paar miljoen krijgsgevangenen. We zouden berecht worden, dat stond voor hem vast, en alleen al met het wachten daarop konden jaren heengaan. Ontsnappen...

'Maar wat dan?'

'Een koud kunstje. We zien in Straatsburg te komen, in de Franse bezettingszone. Daar tekenen we voor het Vreemdelingenlegioen. Ze vragen je niets, niet eens je naam. Je bindt je voor vijf jaar...'

'Weet je dat zeker?'

'Natuurlijk weet ik dat zeker...'

Ik aarzelde geen moment, en ik had ook niet geaarzeld wanneer hij gezegd had het *niet* zeker te weten. Na twee weken rust waren mijn krachten teruggekeerd, maar ook een kwelling waarmee ik eerder, tijdens mijn verlof in Oudewater, had kennisgemaakt. Ik was niet bestand tegen de stilte, ik kon niet slapen wanneer ik niet fysiek uitgeput was. Mijn hoofd herbergde een slangenkuil. Zo gauw ik mijn ogen sloot en wegzakte, lag ik te schudden onder een trommelvuur van angstbeelden. Ik werd gek in dat gat in de grond. We zouden veroordeeld worden – maar ik was al veroordeeld, tot de straf die ik het slechtste kon verdragen: lijdelijk wachten, passiviteit.

De eerste de beste maanloze nacht waagden we het erop, en *wagen* bleek een te groot woord. De bewaking stelde niet veel voor, en het passeren van een paar rollen prikkeldraad leverde geen problemen op. Zo lieten we, gedekt door duisternis en grondmist, de mensenzee achter ons, waarin we gedobberd hadden, hij drie weken, ik twee. Het was een vlucht – een vlucht voor mezelf, voor het verleden. Maar ik herademde. Er was weer beweging.

We liepen de hele nacht dwars door velden en akkers. Tegen de dageraad verscholen we ons met uitzicht op een kleine, alleenstaande boerderij. De zon kwam op en het duurde niet lang of het leven ontwaakte. Een meisje van een jaar of vijftien kwam naar buiten, het gezicht nog dik van de slaap. Ze verdween achter het huis, om terug te keren met een bundel hout in de armen. Even later verscheen een vrouw, het haar in de bekende vlecht, een emmer in de hand. De ketting van de put ratelde.

'Ik geloof dat hier geen pappie is, en ook geen waakhond,' zei Luc. En toen er rook uit de schoorsteen begon te kringelen:

'Jan, het ontbijt staat klaar...'

We klopten aan, Luc deed het woord. Hij beantwoordde de wantrouwende blik van de vrouw met een buiging.

Of ze misschien ook Gefreiter Müller kende, dat wil zeggen: diens familie, die hier ergens in de buurt, hoe heette het hier ook alweer – o ja, precies – moest wonen, want die had ons op het hart gedrukt vooral de groeten te doen aan zijn verwanten, met de boodschap dat hij godzijdank gezond was en nog in het bezit van al zijn ledematen – enzovoort. Nee, een Müller kende ze niet, maar we moesten maar eens een dorp verderop proberen, daar woonden verscheidene Müllers. Och nu ja, zo'n haast had het nu ook weer niet. We hadden drie dagen en drie nachten gelopen om het blijde nieuws te brengen, dus dat kon evengoed nog wel een uurtje velen – misschien mochten we éven binnenkomen?

Aldus geschiedde, en even later zaten we achter een groot bord pap met bruine suiker. Of de vrouw enig geloof hechtte aan het steeds ingewikkelder wordende verhaal van mijn metgezel viel niet op te maken. We kregen, zonder dat er vragen gesteld werden, toestemming te gaan slapen in de schuur, en ze stak ons, toen we tegen de avond weer naar buiten kropen, in de burgerkleren.

We vervolgden onze tocht, ik met een glimmend vestje over mijn hemelsblauwe nachtjapon, en daarover een oude overjas, Luc in het donkere zondagse pak dat ongetwijfeld ooit de heer des huizes als trouwkostuum gediend had, en dat aan alle kanten slobberde, ondanks de omgeslagen pijpen en mouwen. In het donker hoefde ik maar af te gaan op de lucht van mottenballen. Vanaf dat moment waren we twee Franse vluchtelingen die in Duitsland gedwongen arbeid hadden verricht. Dat ik geen woord Frans sprak was geen bezwaar – zolang ik mijn mond maar hield.

Aanvankelijk liepen we 's nachts door de velden zuidwestwaarts, om overdag te schuilen in een hooiberg of een schuur, rammelend van de honger. Maar op die manier schoten we niet erg op, en de vier-, vijfhonderd kilometer indachtig die we nog voor de boeg hadden, werden we steeds roekelozer. Tenslotte liftten we overdag mee met militaire transporten en bedelden we bij veldkeukens om voedsel. We zagen er wonderlijk uit, ik in mijn lange jas, hij in zijn te wijd bemeten pak, maar dat viel niet op in een land dat in volslagen ontreddering verkeerde, en waarin in alle richtingen een ware volksverhuizing van vluchtelingen en daklozen plaatsvond. Wanneer mij iets gevraagd werd antwoordde Luc in mijn plaats. Ik was niet helemaal in orde, beduidde hij, op zijn voorhoofd tikkend:

'Un peu tralala...'

En ver bezijden de waarheid was dat niet. Ik liep achter hem aan als een hond achter zijn baas. Het ene moment was ik opgewekt omdat we weer wat eten hadden bemachtigd, omdat de zon doorbrak – en die won naarmate we zuidelijker kwamen aan kracht –, omdat we in de laadbak van een vrachtauto mochten kruipen en verder afstand namen – maar afstand waarvan eigenlijk? Want het volgende ogenblik sloeg mijn stemming weer om in doffe radeloosheid. Dan moest ik strijden tegen de aanvechting om aan de kant van de weg te gaan liggen, en verder alles op zijn beloop te laten. Vormeloze herinneringen welden op: angst, verdriet, beklemming, paniek – alles door elkaar. Het was nog maar drie weken terug dat Carstens een mortiergranaat voor zijn voeten had gekregen, een maand terug dat we met z'n drieën de wacht betrokken hadden bij een dorp en een leger op ons af hadden zien komen, het was twee maanden terug dat ik op een eilandje in de Oder op een Russische soldaat gestuit was, drie maanden terug dat we in een hel hadden verkeerd die Dresden heette. En zo verder, het maakte niet uit. In het diepste van een scheepsruim te midden van de mijnen, een oude veerboot die getorpedeerd werd, in de sneeuw: de laatste klap, de dood van Hein... – En zo verder. Het maakte niet uit, want *niets* had de tijd gekregen.

'We hadden een compagniescommandant. Die kreeg op het allerlaatste moment nog een mortiergranaat op zijn kop.'

'Dat is pech hebben,' zei Luc.

''t Was een goeie vent...'

'Tja,' zei Luc. 'Die gaan altijd 't eerst...'

Ik keek hem aan. Hij trok aan zijn peuk tot hij zijn vingers schroeide.

Er was iets dat me in hem tegenstond. Waren het zijn wenkbrauwen die doorliepen, boven zijn neuswortel? Waren het zijn lippen? *Was Carstens er nog maar*. Of Hein...

'Carstens heette hij, en hij viel juist als *laatste...*'

Luc wierp me, verbaasd over mijn plotselinge stemverheffing, een verstrooide blik toe, maar meteen daarop kreeg hij een bord in de wegberm in het oog:

'Morgen zijn we er. Nog maar tachtig kilometer. Dat hebben we 'm verdomd snel gelapt.'

Het was inmiddels een week geleden dat we de grauwe mensenmassa op de vlakte achter ons hadden gelaten.

De weinige keren dat we controle hadden gekregen waren we dankzij een fantastisch verhaal van mijn metgezel ongemoeid gebleven. Van wat er in het Frans precies gezegd werd, verstond ik geen woord, maar ze gingen steeds bijna als oude bekenden uiteen, Luc en zijn ondervrager. De laatste etappe legden we zelfs af in een jeep van de Franse militaire politie.

'Het is heel simpel,' verklaarde hij zijn truc, 'je laat gewoon een veel voorkomende naam vallen. Er is altijd wel iemand in een geboortedorp of legeronderdeel die zo heet, en die ken jij dan toevallig óók...'

In Straatsburg meldden we ons bij een wervingsbureau, en toen bleek althans één verhaal uit de mond van mijn reisgenoot op waarheid te berusten. Het Vreemdelingenlegioen bestond echt. En inderdaad, er werd ons niets gevraagd, we werden zelfs met open armen ontvangen. We kregen een *permis*, met vrij reizen tot Marseille.

Daar arriveerden we samen met een vijftigtal anderen, vrijwel allemaal Duitsers, vrijwel allemaal minderjarig, al de volgende dag. We werden medisch gekeurd en geschikt bevonden, we zetten onze handtekening. Vanaf dat moment luidde mijn naam Jean Montin, en dat zou, wanneer ik in de tussentijd het leven niet liet, gedurende minstens vijf jaar zo blijven.

Legio patria nostra, het Legioen is ons vaderland. Je bent een huurling. Vechten is je ambacht. Je naam doet niet ter zake, je nationaliteit doet niet ter zake. Je bent een nummer.

Sidi bel Abbès, Algerije. Weer een kazerne. Kale gangen, kale zalen. Weer een ander uniform, een andere vlag die 's ochtends gehesen werd op de binnenplaats. Opnieuw te midden van een groep onbekenden. Opnieuw onder krijgstucht, en harder dan ik eerder had meegemaakt. Want, zo werd ons voorgehouden, nu dienden we in het enige *echte* leger dat er bestond. De voertaal was Duits, alleen de bevelen werden in het Frans gegeven. Over het verleden werd niet gesproken, we werden geacht geen verleden te bezitten. Onze toekomst lag in Azië, in Indo-China dat nog door

Japan bezet was, en zou daar voor velen van ons ongetwijfeld ook eindigen. We hadden de ene oorlog overleefd om te sneuvelen in de volgende.

De eerste weken kregen we een keiharde infanteristenopleiding. Dagmarsen van tachtig kilometer door het gloeiende woestijnzand, met een minimaal rantsoen aan water. Er waren er die flauwvielen, er waren er die aan een hartaanval bezweken. Als recruten mochten we de poort niet uit, maar 's avond was iedereen zo moe dat niemand het betreurde. We waren soms zelfs te moe om te eten, te moe om ons uit te kleden.

Het Legioen had dringend versterkingen nodig en de instructieperiode was tot een moordend tempo opgeschroefd. Er was geen rustig moment, geen ogenblik om je gedachten te verzamelen, om de nieuwe omgeving van witte huizen en palmen werkelijk tot je door te laten dringen, of zelfs maar te twijfelen aan het bedrijf waarin je je begeven had. Het was looppas, van 's ochtends zes tot 's avonds zeven.

Zelfs de meest doorgewinterde veteranen vervloekten het moment waarop ze getekend hadden. Maar een weg terug was er niet. Op desertie stonden zware straffen. Desertie betekende wegkwijnen in een cel – of erger. Iemand probeerde het. Hij werd gepakt en in een kuil gezet. Twee nachten waarin de temperatuur tot onder het nulpunt zakte, twee dagen waarin het kwik tot boven de veertig graden steeg. Het wrak dat van hem restte, werd weer in genade aangenomen.

Drie weken na onze aankomst werden we geïnstalleerd. We kregen de witte kepie, de ronde, platte pet van het Vreemdelingenlegioen. We kregen onze soldij: één nacht van bodemloze dronkenschap, één nacht naar de hoeren...

Lucs weg en de mijne scheidden zich daarop. Hij bleef bij de infanterie, ik koos voor de para's. Tien parachutesprongen, tien keer de angst voor de diepte, tien keer de overwinningsroes wanneer ik behouden op aarde was teruggekeerd. – Toen zat mijn opleiding erop. Ik was klaar voor Indo-China. Klaar voor de volgende vlucht naar een volgend front.

Maar niet lang voor het definitieve vertrek naar het Verre Oosten werd ik samen met een paar andere manschappen van mijn afdeling aangewezen om een transport te escorteren van een honderdtal recruten die voor herkeuring naar Marseille moesten. En nadat we ze hadden afgeleverd kregen we avondpermissie. Passagieren in de stad. Café in, café uit, in uitgaanstenue. Wonderlijke sensatie: we werden er verwelkomd als gevierde bevrijders van het Duitse juk...

Het Legioen had roemrucht meegevochten aan geallieerde zijde, beseften we opeens. Het kan verkeren. *Wij* lieten het misverstand voor wat het was...

Aanvankelijk hield ik, niet gewend aan de plotselinge bewegingsvrijheid, nog aansluiting met het groepje. Toen zonderde ik me af. Ik sloeg een zijstraatje in, stemmen en voetstappen van de anderen stierven weg, ik was alleen. Ik bleef staan, in het halfdonker, luisterde naar het koortsachtige bonzen van mijn hart. Ik nam mijn kepie in de hand. Het was alsof ik hem voor het eerst echt zag. Ik zette hem weer op, bekeek mezelf in de spiegeling van een winkelruit. Ik was het die daar stond, Jan Montyn. Jan Montyn uit Oudewater. Maar tegelijk was het een vreemde die ik zag, van al mijn hoedanigheden ontdaan, even doorzichtig als het glas waarin hij zich spiegelde. Ik keek omhoog. Sterren. Ik keek voor me uit. Steegjes, straten, mensen, een stad vol leven.

Het was voor het eerst sinds ik me kon heugen dat ik werkelijk *alleen* was. Geen slaapzaal, geen groep, geen tucht, geen metgezel. Even kon ik gaan en staan waar ik wilde zonder met iemand rekening te houden of verantwoording af te hoeven leggen. De deur van mijn cel stond nog een paar uur open. Dan zou hij dichtklappen, definitief.

'Wat is er aan de hand, soldaat?'

Het duurde een moment voor het tot me doordrong dat de vraag gericht was tot mij, en vervolgens duurde het nog verscheidene momenten voordat het me duidelijk was wat er met me aan de hand was.

Ik was een kleine, halfdonkere bar binnengegaan. Door het raam had ik gezien dat het er stil was. Ik wilde nadenken. Eentonige Arabische muziek kwam me tegemoet. Achterin zaten een paar mannen te kaarten, zonder op te kijken bij mijn binnenkomst. Ik was op een kruk gaan zitten, had mijn kepie op de bar gelegd. De kastelein keek me vragend aan, en ik zocht in mijn zakken. En dan was er nog dat meisje, klein, exotisch, met schitterende bruine ogen. Zij had de vraag gesteld. – Terwijl ik zocht, binnensmonds vloekend. De ene na de andere zak van mijn splinternieuwe, stijfgeperste uitgaanstenue bleek leeg. Zelfs geen stofje. Borstzakken, zijzakken, broekzakken. Leeg. Mijn prachtige bankbiljetten! Mijn kleurige, knisperende bankbiljetten! Waar had ik ze gestopt? Opnieuw alle zakken. *Niets.* – Waar was ik geweest? We hadden verschillende cafés aangedaan. In het laatste had ik een rondje gegeven. Daar moest het gebeurd zijn. En het wisselgeld had ik gul op het tafeltje achtergelaten, ellendige stomkop die ik was...

'Een legionair die zich laat uitschudden!' – Om dat te kunnen begrijpen was het niet nodig de woorden te verstaan. Maar ik kon de humor ervan met geen mogelijkheid inzien. Zij wel. Ze lachte, met blikkerend witte tanden. Ook de kaarters vonden het heel leuk. Alleen de kastelein vond het niet leuk. En ik dan. Ik stond daar met een kop als een boei – als een legionair met een kop als een boei. Als de eerste de beste buitenman – Holland ja, Oudewater ja – had ik me de zak laten rollen. Ik kon m'n laatste avond wel vergeten. Mijn maats vond ik in deze warwinkel van straatjes en stegen nooit en te nimmer terug. Ik zag mezelf al terugkeren naar de kazerne, om me vervolgens uit de slaap te laten houden door de anderen, die druppelsgewijs terugkeerden en niet op konden houden over hoeveel drank wel niet, en hoe mollig de vrouwen.

'Wat drink je, legionair?' Het meisje was naast me komen zitten. Ik wees beduusd op het glas dat ze in haar handen koesterde en kreeg tot mijn verbazing thee. Dan maar thee. Een ongeluk komt nooit alleen, zo zegt het spreekwoord. Maar een ander gezegde wil, dat er geluk bij ongeluk komt. Zo kan het noodlot alle kanten op.

''t Is stil vanavond,' zei het meisje, alsof ze voor zichzelf een verklaring gaf waarom ze haar tijd verdeed met een legioensoldaat die platzak was. En ik, ik keek haar aan, van heel dichtbij, en besloot dat dit het mooiste meisje was dat ik ooit gezien had. Er ontspon zich een gesprek waarin met heel weinig woorden, tien Franse, tien Engelse en vijf Duitse, toch veel gezegd werd. Hoe oud we waren bijvoorbeeld. Ik dus twintig. Zij tweeëntwintig. Waar ik vandaan kwam. Holland. Zij uit Algiers. Hoe ik heette. *Jean*... Haar naam was onverstaanbaar:

'Maar hier noemen ze me Loulou...'

Ze was getrouwd. Haar man was heel oud. Veertig. Hij had haar in Algiers opgepikt toen ze zestien was. Hij was weg, op zee. Soms wel voor een halfjaar. Ze spaarden. Wanneer ze genoeg hadden overgehouden zouden ze een cafétje kopen. Dat was haar ideaal. – Zo spraken we. En intussen was er steeds een angstig voorgevoel. Dat er iemand binnen zou komen. Iemand die wél geld had. Iemand met wie ze mee zou gaan naar boven, naar een heel klein kamertje waar alleen maar een bed stond. Maar die angst was ongegrond. Wel kwam er iemand binnen, herhaaldelijk zelfs. Misschien was daar ook díé iemand bij. Maar zij bleef rustig zitten waar ze zat. En dat was naast mij.

We dronken vele glazen thee, nooit had ik zoveel glazen zoete thee gedronken. En ver na middernacht liepen we door een subtropische zomernacht over straten en door stegen. Haar huisje, aan het eind van een stikdonkere wenteltrap, kwam me voor als het toppunt van vrouwelijkheid. Overal felgekleurde lappen, kussens, poefs. Ze kookte. We aten couscous. Intussen praatte ze op me in. Ik had haar, voorzover mijn woordenschat het toeliet, verteld dat ik een halfjaar aan het front gezeten had, dat we de volgende dag zouden terugkeren naar Algerije, om vandaar naar een volgend front getransporteerd te worden. Ze verklaarde me voor gek – complètement *fou* ! – dat ik voor het Legioen getekend had. Ik was gek dat ik me naar Indo-China liet sturen. Ik loste er niets mee op. Ik zou er doodgeschoten worden, dat wist ze zeker, dat voelde ze.

'Niet doen, Jean. Niet gaan. Ik wil het niet...' – Ze herhaalde het vele malen.

'Maar ik heb getekend. Wanneer ik niet ga is dat desertie. Ze zullen me gaan zoeken...'

Waarna ze opstond, resoluut de gordijnen dichttrok en zei:

'Je blijft hier!'

Zij zou me wel verbergen, zorgen dat ik burgerkleren kreeg, papieren desnoods. Bij haar was ik veilig, de hele buurt werd gecontroleerd door het *milieu*, de onderwereld. De politie waagde zich er niet.

'Hier heb je eten en drinken en een dak boven je hoofd. Ik zal voor je werken. Je kunt hier net zolang blijven tot je weet wat je gaat doen...'

Ik stond op zonder een woord te zeggen, zocht mijn kepie. Ze schrok. Ik klakte op klassiek Pruisische wijze mijn hakken tegen elkaar, salueerde:

'Oui, mon capitaine...'

Vervolgens werd ik, zoals ik daar stond, ceremonieel ontkleed door de zachtste handen die me ooit beroerden. Het zandkleurige jasje, het hemd, de broek. Schoenen, sokken. Eerst de linker, toen de rechter. Er viel iets uit die sok. Het waren een paar plat samengevouwen bankbiljetten. We lieten ons op het bed vallen, slap van het lachen.

Om zes uur in de ochtend werd ik gewekt door een innerlijke wekker. Het was het tijdstip waarop mijn nachtpermissie afliep. Ik lag in een bed, een klein zacht lichaam in mijn armen. – Het was de eerste keer in mijn leven dat ik de nacht met een vrouw had doorgebracht.

Om twaalf uur ontwaakte ik opnieuw. Ik was alleen. Ook het uniform op de vloer voor het bed was verdwenen. Rond dit uur vertrok de veerboot naar Algiers. Zonder mij. Want ik lag hier. En draaide me nog eens om.

Ik was een kleine, donkere bar binnengegaan met de bedoeling na te denken. Ik was tegen iemand aangelopen, en de beslissing was gevallen voordat ik er zelf besef van had. Voor de zoveelste keer. Maar dit was, meende ik, wel het beste besluit sinds jaren.

Drie weken bleef ik bij Loulou. We leefden 's nachts. Ze ging om vijf uur 's middags naar haar werkterrein, keerde pas na tweeën 's nachts terug. Dan had ze boodschappen bij zich, eten, een fles wijn, een paar geïllustreerde blaadjes voor mij. Ze kookte, we aten, praatten wat, sliepen in wanneer het licht werd. Rond drie uur 's middags stonden we op. En dan was het voor haar alweer snel tijd om te verdwijnen. Mijn uren van wachten achter het raam namen een aanvang. Tegen zessen werd het druk in het straatje. Rond achten sloten de winkels. Het werd donker. De buitenwereld bestond nog slechts uit flarden rumoer die opklonken achter de openstaande deuren van de cafeetjes. Na elven werd het stil. Nog drie uur voordat ik haar vertrouwde stap zou horen...

Wanneer ze 's nachts thuiskwam, was haar eerste gang naar de geciseleerde geelkoperen pot die op de schoorsteenmantel stond. Daarin bewaarde ze haar spaargeld. Uit het bedrag dat aan het totaal werd toegevoegd kon ik afleiden hoeveel klanten ze zo ongeveer gehad moest hebben die avond. Het was iets waar ik maar liever niet over nadacht. Zij sprak er niet over, niet uit schaamte, maar omdat het voor haar de gewoonste zaak van de wereld was. Iedere nacht telde ze haar geld na, iedere nacht opnieuw met het puntje van haar tong tussen haar tanden. Stapeltjes Franse francs, dollarbiljetten, per tiental bijeengehouden door een speld.

'Ben je niet bang dat ik ermee aan de haal ga?' vroeg ik een keer.

'Nee, want dat doe je niet.'

Al die dagen bleef ik binnen. Het enige zonlicht dat ik zag was de weerkaatsing op de huizen aan de overkant van het straatje. Ik kon jaloers zijn op een poes die zich koesterde, daar op die vensterbank, op de kanaries, kwetterend in hun kooitjes die naast de ramen hingen. Mijn huid werd met de dag bleker, maar overdag waagde ik me niet buiten. Een paar keer maakten we in het holst van de nacht een wandelingetje. Dan troonde ze me mee naar vriendinnen die, zoals zij, een nachtleven leidden. Het waren mijn enige verzetjes.

Ik had willen nadenken – daarvoor was nu tijd te over. Zo kon het niet eeuwig voortduren, dat was wel duidelijk. Dat haar man op een gegeven moment weer zou opduiken zag ze niet als een probleem. Die gaf ze eenvoudigweg de bons. Het ingelijste fotootje van een bebaarde veertiger dat ik die eerste nacht naast het bed had aangetroffen was de volgende dag al verhuisd naar een lade. Maar ik kon toch bezwaarlijk de rest van mijn leven op driehoog boven een straatje in Marseille slijten. Ik moest terug, ik moest schoon schip maken. Ik had een misstap begaan, zou daar ongetwijfeld voor moeten boeten. Maar pas dan zou de mogelijkheid geschapen zijn om werkelijk opnieuw te beginnen.

Ik sprak erover, en ze knikte, al stond het huilen haar nader dan het lachen. Dit was geen leven, dat begreep ze wel. De volgende dag verscheen ze met een verfomfaaid paspoort. Een opgetrommelde kennis maakte, terwijl we allebei buiten het raam hingen ter wille van het licht, een foto, en zorgde voor de vervalsing van het stempel. – Ik was opeens zeeman, negenentwintig jaar oud. En ik had de Zweedse nationaliteit. Holland of Zweden: dat was één pot nat.

Op een nacht bracht ze me weg, door de buitenwijken van de stad. Ze wees. Daar, verderop, was de grote verkeersweg naar het Noorden. We omhelsden elkaar in het besef dat we elkaar niet terug zouden zien. Ik keek haar na tot ze om een hoek verdwenen was. Omkijken deed ze niet.

Toen begon ik te lopen, langzaam, in de aangegeven richting, terwijl ik, zonder te weten waarom, mijn passen telde.

In een greppel wachtte ik tot de sterren begonnen te verflauwen. Tegen die tijd kwam het verkeer langzaam op gang. Ik stelde me op aan de kant van de weg. De eerste de beste vrachtauto stopte, zonder dat ik zelfs maar een teken had gegeven.

'Waar moet je naartoe?'

'Naar Straatsburg...'

Via Straatsburg had ik geprobeerd het verleden te ontvluchten, via Straatsburg zou ik proberen een toekomst te hervinden.

Tussen twee oorlogen

Met veertien man stonden we te wachten op het einde. De eerste was met de kolf van een geweer naar buiten geslagen. De deur van de barak viel dicht. Het was weer stil. We stonden naast elkaar, roerloos, de handen op de rug gebonden. Af en toe klonk er gekuch, meer niet. Geen woord. Niemand waagde het een ander aan te kijken, uit angst zich te zullen laten kennen. Het leek wel of we ons schaamden de laatste ogenblikken in elkaars gezelschap door te moeten brengen.

Buiten klonk het geblaf van bevelen. Even niets. Dan één afgemeten kreet, onverstaanbaar, maar de betekenis kon geraden worden. Bijna onmiddellijk volgde een salvo. Droog, zonder de minste echo. Dat was het dus. Er ging even overheen voor de deur opnieuw werd opengesmeten. Daarop werd de volgende afgevoerd, met samengeperste, bloedeloze lippen, half hollend, half vallend onder de slagen. Hoe lang duurde het? Ik telde. Eenentwintig, tweeëntwintig, drieëntwintig, vierentwintig... – Niet dat het er iets toe deed.

Wat ging er door me heen, terwijl ik daar stond? *Dat was nu juist wat ik mij afvroeg.* Geen verheven gedachten. Hoop noch wanhoop. De angst me niet te kunnen beheersen. Een zeker ongeduld. Laat het dan nu maar zo snel mogelijk gebeuren. O ja, *de datum.* Die kwam me eensklaps zeer belangrijk voor. Achter een vervuild bovenraam schemerde een vierkantje blauwe lucht. Het was augustus en het moest een donderdag zijn. Van dat laatste was ik zeker, al wist ik niet waarom. Maar de datum... Was het de tiende augustus? De elfde? De negende? – Niet dat het er iets toe deed.

Weer een salvo. Gebroken dit keer, niet zo gelijk als het vorige.

De volgende verdwijnt. Nog één, dan ik. Minder dan een minuut, wanneer ik niet te snel geteld heb. Laat het maar de elfde zijn. Elf augustus. En laten ze voortmaken.

Dan is het mijn beurt. Ik slaag erin, ondanks mijn gebonden handen de geweerkolf te ontwijken zonder mijn evenwicht te verliezen. Verblind door het zonlicht word ik de binnenplaats over gejaagd. Daar is de muur, het witgeschilderde pleisterwerk op vele plaatsen geperforeerd door de inslagen van kogels. De gaten lijken op bomkraters in de sneeuw – niet dat het er iets toe doet. De blinddoek. De bevelen. Ook nu weer die korte stilte na het voorlaatste bevel. Ik hoor opeens het getsjilp van mussen, ik zie in een flits een polderlandschap voor me. Dan die ene afgemeten kreet. Het gaat snel, het gaat vanzelf. Ik zet me schrap. De knal.

Vier kogels. Ze sloegen precies gelijktijdig in. In mijn borst, hart, longen. Ik werd door de kracht ervan tegen de muur achter me geslagen. Alles werd zwart. Maar daarna rood. – Want vreemd, mijn benen bleven me dragen. Of verbeeldde ik me dat? Ik voelde niets meer. Geen pijn. Niets. Alsof ik niet meer bestond, alsof ik mijn lichaam had verlaten. – En meteen daarop: stemmen, gelach. Van ver. Van dichterbij...

De blinddoek werd afgerukt, tegelijk met een pluk haar. Dat voelde ik. Oogverblindend zonlicht.

Ik kreeg een duw. Ik viel. Ik krabbelde overeind. Viel weer.

Ik werd naar een deur aan de overzijde van de binnenplaats gesleept. Mijn broek kleefde aan mijn benen. In het halfduister onderscheidde ik het drietal dat me was voorgegaan. De een zat op een lage bank, staarde uitdrukkingloos voor zich uit, de ander zat voorovergebogen, zijn schouders schokten.

De derde lag op de grond, met weggedraaide ogen, zijn mond vol bloed. Hij had zijn tong afgebeten.

Ik was zonder veel hindernissen in Straatsburg aangekomen. Het paspoort dat Loulou voor me georganiseerd had, had ik weggegooid. Ik was er verschillende keren een controle mee doorgekomen, het had zijn werk gedaan. Bij de eerste de beste militaire post had ik me aangegeven: 'Ik ben Nederlander. Ik heb vrijwillig bij de Duitse marine gediend en ben uit een krijgsgevangenenkamp ontsnapt...'

Na een nacht in een cel te hebben doorgebracht werd ik op transport gesteld naar Neuengamme, het voormalige concentratiekamp. Daar zaten tienduizenden krijgsgevangenen, onder wie veel niet-Duitsers, ondergebracht in barakken en tenten. De bewaking was in Engelse handen. De behandeling, hoorde ik meteen na mijn aankomst van mijn kamergenoten, was slecht. Daar merkte ik aanvankelijk niet veel van, afgezien van de eindeloze nachtappèls, want meteen de eerste ochtend werd ik er door een Engelse officier uitgepikt om hem als huisknecht te dienen. 's Ochtends vroeg verdween ik naar het officiersverblijf, 's avonds keerde ik terug. Ik poetste schoenen, veegde de vloer, zette thee. Aan voedsel geen gebrek. En ik genoot heimelijk van iets dat voor iedere soldaat, krijgsgevangen of niet, een ongekende luxe was: ik zat uren in het bad. Maar toen mijn beschermer me daarin een keer betrapte, maakte de ene schrik plaats voor een andere. Hij was niet boos. Integendeel. Hij was aangenaam verrast.

De volgende ochtend liep hij weer keurend, zijn stokje onder de oksel geklemd, langs de gelederen, mij negerend. Een ander viel de eer te beurt, en ik marcheerde even later voor het eerst samen met mijn barakgenoten het kamp uit, naar een buitenwijk van de naburige stad Hamburg, om er puin te ruimen. Daarbij werd er door onze bewakers fanatiek op los geslagen, want iedere Duitse bom die boven Engeland was afgeworpen moest vergolden worden. Het waren leeftijdgenoten die sloegen tot je er beurs van was, het waren slagen waartegen je je niet kon verweren. Tegen een dergelijk gevoel van machteloosheid is geen schuldbesef bestand: ik vervloekte het moment waarop ik besloten had om terug te keren.

En op een dag wankelde onze kameroudste krijtwit naar binnen. We moesten in onze barak blijven. Die middag kwamen we voor het vuurpeloton. We zouden gefusilleerd worden. En zo geschiedde. Met losse flodders. Maar de salvo's, en het hoongelach daarna, zouden nog lang in onze oren klinken.

Een paar dagen later verscheen er een eenheid Nederlandse marechaussee in het kamp, tot ieders opluchting, zeker van de anderen, want die hadden er al maanden geïnterneerd gezeten. Alle Hollanders moesten aantreden. We werden in veewagons geladen en belandden na een barre tocht in Vught, ook een oorspronkelijk door de Duitsers ingericht kamp. We werden kaalgeschoren, kregen een baan oranje verf over onze schedel. Gestoken in gestreepte gevangeniskledij werden we ondergebracht in een afgezonderd kamp binnen het kamp.

Daar zaten de wapendragers: zij die onder Duitse vlag gevochten hadden. We werden als de zwaarste gevallen beschouwd, en er waren bewakers, leden van de Binnenlandse Strijdkrachten, tijdens de oorlog uit het verzet ontstaan, die ons dat met een kennelijk genoegen aan den lijve lieten voelen. Vooral op onze dag van aankomst moesten we het ontgelden – we werden bij tientallen bewusteloos geslagen. Het zou opvallend blijken dat bewakers die afkomstig waren uit reguliere eenheden, de Prinses Irenebrigade die zij aan zij met de geallieerden gevochten had, en de Canadezen die in het kampt Vught gelegerd waren, niet aan de mishandelingen deelnamen, en soms zelfs probeerden excessen tegen te gaan.

Kwam het doordat de eersten, als burgers, meer geleden hadden in de bezettingsjaren, en dat nu op ons afreageerden – of was het zo dat sommigen, en over onze ergste kwelgeesten hoorden we dat ze pas bij het verzet waren gegaan toen de oorlog in feite al afgelopen was, met ons als doelwit nog eens moesten bewijzen hoe heldhaftig ze wel niet waren? – Heldhaftig genoeg om in het wilde weg een geweer leeg te schieten in een barak vol gevangenen bijvoorbeeld. Misschien was die gevolgtrekking niet terecht, wij hielden het erop.

Het wachten op onze berechting nam een aanvang.

In oktober mochten we een briefkaart naar huis schrijven. Ik leef. Ik zit in Vught. Jan.

Het was mijn eerste levensteken sinds ik in februari vertrokken was naar Klagenfurt.

Een paar weken later kreeg ik bezoek. Mijn moeder en m'n middelste zusje. We mochten tien minuten met elkaar praten, onder een nauwlettend oog en oor van een bewaker en met inachtneming van een meter tussenruimte zodat er niet stiekem iets overgereikt kon worden.

'We dachten allemaal dat je dood was...'

'Hoe is het met pa?'

'Goed. Hoe is het met jou?'

'Ook wel goed.' Stilte. – Het is opmerkelijk hoe weinig een mens bij zo'n gelegenheid te zeggen weet. Zeker wanneer een bewaker voortdurend op zijn horloge staat te kijken.

Gaandeweg werd het regiem in het kamp wat milder. Ik bezocht iedere zondag trouw de heilige mis. Niet omdat ik me tot het katholieke geloof bekeerd had, maar omdat ik dan naast Pim kon zitten, het schoolvriendje uit Oudewater dat later naar Bergen op Zoom verhuisd was. Ik had zijn naam horen roepen en had hem aanvankelijk niet herkend. Mager, met een stoppelbaard en rimpels naast zijn ogen. Geen jongen maar een man. We hadden een paar woorden kunnen wisselen, gescheiden door een hek. Hij was ook lid geworden van de Jeugdstorm, maar had zich vervolgens gemeld voor de Waffen-SS.

'En hoe ben jij hier verzeild geraakt?'

'Ik heb bij de Kriegsmarine gezeten. Eerst op zee, daarna in de loopgraven in Koerland.'

'Dan hoeven we elkaar niets te vertellen,' zei Pim.

Overigens kregen we van de aalmoezenier te horen dat het nog wel meeviel met ons. Het communisme bevechten was zo erg nog niet. Maar dat was nu niet precies de gedachte die ons door het hoofd speelde toen we geconfronteerd werden met Amerikaanse documentaire films over de vernietigingskampen. Auschwitz, Bergen-Belsen, Majdanek. Er was een enkeling die het afdeed als oorlogspropaganda. Er waren er die volhielden dat *zoveel* eenvoudigweg niet kon. De meesten stommelden naar buiten, bleek, ontdaan. – Een paar keer brandde het me op de tong Pim te vragen of hij er iets van geweten had. Ik durfde het niet.

Januari '46 – twee maanden na mijn 21ste verjaardag – werd ik voor verhoor overgebracht naar Gouda. Daarna Den Haag, de Cellenbarakken. Met vijf man in een ruimte van een paar vierkante meter. Daar, op de binnenplaats, liepen de voormannen van de NSB. Mussert, Blokzijl, hoe ze verder mochten heten. De eerste veroordelingen kwamen los. Een aantal SS'ers werd terdoodveroordeeld. Anderen kregen vijftien jaar. Er was voor ons geen reden iets anders te verwachten.

'Maar jij was toch niet bij de SS, en hoe oud was je nou helemaal toen je je meldde...'

'Ja, dat zeg *jij*.'

Tenslotte kwam ik terecht in het Scheveningse kamp Duindorp, een met prikkeldraad afgezette huizenwijk die onderdak bood voornamelijk aan jeugdgevallen.

Daar zaten we, vijftienhonderd in getal, te wachten op onze uiteindelijke berechting. De vonnissen waren intussen milder geworden. De doodstraf zou ik niet krijgen en vijftien jaar gevangenisstraf evenmin. Gedetineerden die tijdens hun oorlogsdeelname minderjarig waren geweest kwamen voor de jeugdrechter. Drie à vijf jaar heropvoedingsgesticht was de standaardstraf. Iedere dag kregen enkele tientallen hun veroordeling te horen, iedere dag werd Duindorp leger. Er moet altijd één de laatste zijn. En die laatste was toevallig ik.

De dagvaarding werd voorgelezen. Of ik nog iets te zeggen had, vroeg de vrouwelijke rechter. Nee, dat had ik niet. Zoals zij het had voorgelezen was het. De zaak was duidelijk, leek me – daarom had ik ook een advocaat geweigerd. Kort tevoren had ik bezoek gekregen van de dominee van Oudewater, niet van 'onze' kerk, maar van de hervormde. Hij probeerde de twee jongens die ik een jaar eerder uit de handen van de Landwacht had weten te houden, te bewerken om voor mij te getuigen. Maar ook dat vond ik onzin. Wat ik gedaan had had ik gedaan.

Een hamerklopje. Drie jaar, luidde het vonnis, met aftrek van de periode dat ik geïnterneerd had gezeten. De lichtste straf.

Ik liep voor het laatst door de uitgestorven straatjes van Duindorp om afscheid te nemen van de oude heer Van Weerlee.

Hij was restaurateur van schilderijen, was lid van de NSB geweest, had een atelier toegewezen gekregen in Duindorp om toch door te kunnen werken. Een formidabel vakman – hij had zelfs Rembrandts *Nachtwacht* onder handen gehad

– en een hoogst onaangenaam mens. Hij was klein, humeurig, niet in staat één zin uit te brengen zonder te vloeken. Het was godverdomme voor en godverdomme na. Toch was ik elk vrij moment te vinden in zijn werkplaats. Hij had gemerkt dat ik verstand had van verven en pigmenten, daarom duldde hij me. Zelfs was hij zo genereus dat ik vrijelijk mocht knoeien met zijn materialen, want omtrent het leerproces had hij maar één stelregel:

'Zelf doen, godverdomme!'

Ook hielp ik hem wel bij het verdoeken van oude schilderijen. Ik had daar weleens van gehoord, maar hoe het mogelijk was een oud schilderij op nieuw linnen over te brengen had ik nooit begrepen. Ik was er al snel handig in. De beschilderde zijde van het doek wordt voorzichtig beplakt met ragdun papier dat in een lijm van roggepap gedrenkt is, laag voor laag, tot er een centimetersdikke, keiharde koek ontstaat. Het oude, halfvergane doek wordt vervolgens met een oplosser zacht gemaakt en met een pincetje draadje voor draadje verwijderd.

Echt monnikenwerk, des te lastiger naarmate de verflaag dunner is. Tenslotte zit het schilderij zonder drager met de beeldzijde op de dikke papierlaag, en kan de 'achterkant' van de verflaag worden schoongemaakt. Het nieuwe doek wordt tot slot met een strijkbout in die achterzijde van het schilderij gedrukt en gaat zich hechten, waarna het papier weer laagje voor laagje kan worden afgeweekt.

Maar daarbij bleef het niet. Van Weerlee leerde me oude, bruin geworden vernislagen te verwijderen zonder de verflaag zelf aan te tasten. Oorspronkelijke kleuren bloeiden zo, plekje na plekje op. Van Weerlee maakte me vertrouwd met de toets van de oude meesters, Pieter de Hooch, Jan Steen, Ruysdael. Ik leerde het recept van een vernis die in craquelé opdroogt, waardoor het lijkt of een schilderij de eeuwen getrotseerd heeft. Ik leerde, kortom, oude schilderijen restaureren – en vervalsen.

Ik trof hem aan, gebogen over een middeleeuws paneeltje dat hij sinds kort onder handen had.

'Meneer Van Weerlee, ik vertrek. Ik heb drie jaar gekregen. Ik ga naar het heropvoedingsgesticht in Katwijk.'

'Godverdomme,' zei Van Weerlee.

Anderhalf jaar bracht ik door in het in een voormalig klooster gehuisveste heropvoedingskamp in Katwijk, en vervolgens nog een jaar in een soortgelijke instelling in Nunspeet. Waarin nu precies het heropvoedende element gelegen was, bleef onduidelijk. Het waren open internaten, overdag werkten we buiten de deur, ik als schildersknecht. De weekenden mochten we naar huis, maar ik trok meestal naar Amsterdam, de 'poel des verderfs', zoals het vroeger thuis genoemd werd. Ik hing er rond in de kunstenaarscafés aan het Leidseplein.

Daar heerste na vijf bezettingsjaren nog steeds een bevrijdingsroes. Iedere zaterdagavond werd er wel ergens een groot feest gegeven, en het kostte, al kende ik niemand, nooit moeite aansluiting te vinden bij de groepjes die erheen togen. Er werd onmatig gedronken, er werd gedanst op muziek die 'negerjazz' genoemd werd. Ik hield me altijd wat afzijdig, maar genoot van de vrijmoedigheid die er heerste. En op een avond raakte ik op zo'n feestje in contact met een man wiens woorden nog maandenlang door zouden klinken. Hij stond in een hoek van het vertrek, praatte nu eens met de een, dan weer met de ander. Het natuurlijk overwicht dat hij uitstraalde had me geïmponeerd vanaf het moment dat ik hem in het oog kreeg. Uit de flarden van gesprekken die hij voerde maakte ik op dat hij belangrijk geweest moest zijn in het verzet.

Ik vroeg iemand wie dat was, die man daar in die hoek. Hij bleek hoofdredacteur te zijn van *Vrij Nederland*, een weekblad dat uit de illegaliteit ontstaan was. Toen hij een moment alleen stond, stapte ik op hem af, beschroomd, nog niet goed wetend wat ik moest zeggen. 'U kent mij niet,' begon ik, 'maar u bewijst mij een grote dienst wanneer ik even met u mag spreken...'

Hij knikte.

'Ik zit in een jeugdkamp in Nunspeet. Ik heb drie jaar gekregen vanwege dienstname bij de Duitse marine. Over een paar maanden kom ik vrij, maar hoe moet 't nou verder, ik moet toch weer doorgaan op de een of andere manier...'

Zelden had ik me zo kwetsbaar en misplaatst gevoeld. Wanneer hij zich op dat moment had omgedraaid had hij een oordeel over me geveld waartegen geen gerechtelijk vonnis op kon wegen. Maar hij draaide zich niet om. Zijn blik verstarde een moment – toen wees hij op twee stoelen die wat afgezonderd stonden. We gingen zitten. Hij vroeg waar ik vandaan kwam, en liet me, zonder me te onderbreken, vertellen hoe het met me gelopen was. Hij vroeg me of ik geweten had wat er precies aan de hand geweest was. Ik zei van niet, echt niet. Tenslotte zei hij:

'Ik geloof je. Jij hebt het niet geweten. Maar anderen hebben het wél geweten. Jij moet zo goed mogelijk gaan onderzoeken wat er gebeurd is, zodat je het een volgende keer *wel* herkent, en je moet meehelpen een maatschappij op te bouwen waarin dit soort dingen niet meer voor zullen komen. Je bent nog jong, je moet verder, maar je mag het niet vergeten...'

En hij stond op, groette, mengde zich weer in het gezelschap.

De daaropvolgende tijd las ik alles wat los en vast zat en over de oorlog handelde. Ik sprak met mensen uit het verzet, met mensen die in concentratiekampen hadden gezeten. Ik ging naar het niet ver van Nunspeet gelegen Putten, het dorp dat zo zwaar geleden had. Niemand wees me de deur, hoewel ik 'fout' geweest was. En ik leerde dat juist de mensen die zich het moedigst hadden gedragen, of het meest geleden hadden, als eerste bereid waren me te accepteren en verder op weg te helpen.

Op vijf mei 1948, drie jaar na de Duitse capitulatie, kwam ik vrij. Ik was drieëntwintig. Terug naar Oudewater. Terug bij vader in de zaak. Uithuilen en opnieuw beginnen. De burgermaatschappij in.

Zo stond ik weer te plamuren, te schuren, te gronden en te lakken, zes dagen per week. Ik sliep weer in het zolderkamertje van weleer. En in de wintermaanden: op naar Utrecht, naar de School voor Meesterschilder. Op zaterdagavond naar cafés. Veel bier drinken en de streek onveilig maken met een groepje leeftijdgenoten: jongens die ook in Duitsland hadden gezeten, of juist in het verzet – jongens die net als ik hun draai niet meer konden vinden. Want de oorlogsherinneringen mochten dan in een sluimering zijn weggezakt, mijn onrust was gebleven. Daar waren geen goede voornemens tegen bestand.

'Jan is toch zo'n steun in het bedrijf...'

Ik werkte hard, en dat was nodig ook, want de zaak was na een lichte hartaanval van mijn vader enigszins in de versukkeling geraakt. Hij keek reikhalzend uit naar de dag dat hij zich er volledig uit terug kon trekken. Huis- en decoratieschilder: mijn voorland.

'Jan moest maar eens aan trouwen gaan denken...'

Ik had verkering met een meisje dat Marietje heette. Maar toen haar vader ervan hoorde kreeg ze huisarrest. Niet omdat ik fout geweest was, maar omdat ik niet katholiek was. Dat was Oudewater: de hoofdstad van mijn voorland.

Bij vlagen ging het goed, soms maanden achtereen. Maar dan was het opeens alsof er een schakelaar bij me werd omgedraaid. Dan kneep ik ertussenuit, van het ene op het andere moment, soms zonder een cent op zak. Naar Amsterdam, op de fiets, of naar Antwerpen. Of liftend naar Parijs, waar in halfduistere kelders het existentialisme bedreven werd. En verder weg, naar Griekenland. Op de Winterschool kregen we kunstgeschiedenis, en meester Flipse had verteld van de Griekse beschaving, onze culturele bakermat. Ademloos had ik zitten luisteren. Die godenleer – dat was nog eens iets anders dan die hardvochtige God der Wrake. Schitterende tempels, schitterende beelden. Apollo. Odysseus. Plato. Knapenliefde: het toppunt van vrijmoedigheid. – Dat moest ik zien.

Liftend trok ik door Europa. Duitsland, Italië, Joegoslavië. En tenslotte, te voet door een kurkdroog berglandschap, Macedonië, Griekenland. Ik was op zoek naar de Helleense beschaving – die ik meende te zullen aantreffen ongeveer zoals meester Flipse het verteld had – en ik trof een klein dorpje, brandend, half uitgemoord.

Wat er aan de hand was, begreep ik niet. Ik sprak geen enkel woord Grieks. 'Bandieten', dat was wat ik opving, en dat was ook wel duidelijk, want niet alleen was van tientallen mensen het hoofd van de romp gescheiden, ook hadden ze alle kinderen met zich meegevoerd. – Pas later leerde ik dat er sprake was van een burgeroorlog tussen communistische partizanen, en een andere groepering, die gesteund werd door de geallieerden. Maar welke van de twee partijen nu zo huisgehouden had, dit keer hier, een paar dagen later daar, bleef me volmaakt duister, want in praktijk vielen ze niet van elkaar te onderscheiden. Het was een strijd die wreder was dan ik ooit ervaren had: een strijd van burgers tegen burgers, zonder discipline, zonder hiërarchie, waarin zelfs een kind als vijand gold. Ik liep erdoor. Ik keek. Ik wist wel wat van eerste hulp. Ik had een grote bedrevenheid in het aanleggen van noodverband. – Ik verkeerde weer in oorlogstijd. Drie weken lang en ongewild.

Maar waar ligt de grens tussen gewild en niet-gewild?

Er was intussen de naam van een ver land in het wereldnieuws gekomen: Korea. In het zuiden heerste een westers georiënteerde regering onder Syngman Rhee, het noorden was een communistische volksrepubliek en lag binnen de invloedsfeer van China. In 1950 vielen de Noordelijken Zuid-Korea binnen. En voor het eerst in de geschiedenis ging een volkenbond, de Verenigde Naties, ertoe over een gewapende macht te zenden om tussenbeide te komen. Vijftien landen leverden troepen, de zaak stond onder Amerikaans bevel. Een vredesleger, zo heette het tenminste.

Ook in Nederland verschenen oproepen voor vrijwilligers in de kranten.

Waarom ging ik? Omdat ik niet meer voluit kon ademhalen, na twee jaar Oudewater. Omdat ik nog een schuld te vereffenen had. Omdat de onrust me geen ogenblik werkelijk verliet, de smeulende frontervaringen, diep weggedrukt in mijn herinnering, ervaringen waarover ik met niemand kon spreken. Omdat het een nieuw avontuur was.

Het waren al die factoren samen.

's Ochtends had ik op karwei bij een klant de oproep in het ochtendblad gezien. Nog voor het middagmaal had ik mijn vader op de hoogte gesteld van mijn besluit – hij protesteerde niet. En 's avonds hadden we het schildersbedrijf verkocht, want zonder opvolger had het in zijn ogen geen zin dat voort te zetten.

De volgende dag zat ik in een keuringslokaal in Den Haag te wachten, omringd door een vijftigtal leeftijdgenoten. Onze achtergrond was verschillend. Er waren er die in de oorlog bij het verzet geweest waren. Er waren oud-ss'ers bij die op deze wijze hun Nederlanderschap terug konden verdienen, maar ook jongens die bij de Prinses Irenebrigade hadden gezeten. Weer anderen hadden tijdens de politionele acties in Indonesië gevochten. Maar één ding hadden we gemeen. En dat was het gevoel van ontheemding dat we met één oogopslag in elkaar herkenden.

Ik werd goedgekeurd. Mijn Haagse oom, referendaris ten departemente, kwam me hoogstpersoonlijk de hand drukken:

'Jan, gefeliciteerd met deze *koene* stap!' – Zijn woorden.

Korea

Een militaire training volgde, de opleiding tot commando dit keer, in het Brabantse Roosendaal. Voor de zoveelste keer werd ik door de mangel gehaald. Daarna werden we met enig ceremonieel ingescheept in een uit de Tweede Wereldoorlog daterend, voor troepentransport omgebouwd libertyschip. De tocht zou meer dan zes weken duren. Eerst ging het naar Southampton, vervolgens werd Frankrijk aangedaan, daarna Griekenland. Steeds kwamen nieuwe detachementen aan boord om hun bijdrage te leveren aan de grote spraakverwarring. Zo zag ik dan toch nog iets van het Griekenland van meester Flipse. De Acropolis beantwoordde aan de afbeelding die ik ervan kende, maar daarmee hield het op. Athene was een gloeiendhete heksenketel waar meer zakkenrollers rondliepen dan filosofen, laat staan goden.

Turkije volgde. We lagen drie dagen in een onooglijk klein havenstadje, met straatjes vol van de dikste hoeren die ik ooit zag. Op het appèl voor het vertrek bleken vijftien man te ontbreken. Maar de commandant van het Turkse contingent zag daar geen enkel probleem in. Er werd eenvoudigweg een straat afgezet en vijftien jongens die voldeden aan de gewenste leeftijd werden bij hun kraag gepakt. Zo klopte het aantal toch. Het militaire bedrijf zou ze onderweg wel bijgebracht worden.

En verder ging het. Port Said, het Suezkanaal, woestijn, de piramiden.

Als een van de ouderen was ik ingedeeld bij de MP, de militaire politie die tot taak had aan boord en in de havensteden waar gepassagierd werd de orde te handhaven. We liepen de hele dag te patrouilleren, met groepjes van een man of vijf, bewapend met lange houten knuppels. En dat was geen overbodige luxe, want op het schip, afgeladen met zo'n tweeduizend jongens die van nature toch al niet tot het meest bezonnen deel der natie hoorden en bovendien in spanning zaten over wat hun boven het hoofd hing, waren vechtpartijen aan de orde van de dag. Het leek wel of in deze smeltkroes van volkeren, vredesmacht genaamd, alle internationale vetes uit heden en verleden, met de vuist, en desnoods met de blanke bajonet, moesten worden beslecht.

We staken de Indische Oceaan over, deden Colombo en Singapore aan. En verder ging het, van haven naar haven.

Het was een reis vol tegenstellingen. 's Avonds scheidde ik in cafés met de knuppel een kluwen vechtersbazen, 's ochtends bezocht ik boeddhatempels. Van de achtergronden van het boeddhisme wist ik niets, maar dat was ook niet nodig om te kunnen delen in de sereniteit die er heerste. Hier geen zwaarmoedigheid, geen angst voor een toornende God. Hier geen stijve, zwarte pakken, geen weeë lucht van eau de cologne. Hier werden geen beschuldigende vingers in de lucht gepriemd, hier had het gezwollen stemgeluid van een voorganger nooit geklonken. – In deze tempels zaten monniken te mediteren, in kleurrijke gewaden, er werd wierook gebrand en overal lagen bloemen. Gelijkmoedigheid en rust in plaats van innerlijke verscheurdheid en doem... Ook dat bleek mogelijk.

Mijn kennismaking met de tropen was als de begroeting van een oude bekende. Ik zat op een simpel houten vlondertje achter de open pui van een klein eethuisje. Ik liet mijn ogen gaan over de mensenmenigte in een straat van aangestampte aarde: sierlijke, fragiel gebouwde vrouwen, in sarongs, in wijde zwarte broeken, strooien punthoeden op het hoofd; mannen, in kleurige, loshangende shirts, die zich soepel voortbewogen, zonder haast, een glimlach rond de lippen; kinderen die zich voor me verdrongen, vol verbazing over mijn uniform, maar zonder angst toen ik ze op schoot nam. En ik had de gewaarwording dat ik daar al eens eerder gezeten had, precies op diezelfde plek, ooit, in een droom, in een vroeger bestaan. Ik zoog de lucht diep in me op, mengeling van rottingsgeur, van voedsel, bloesem, kruiden – en ik *herkende* die lucht. Ik leunde achterover: laat het zo maar blijven. Geen haast, geen spanning, geen verbetenheid. Geen erfzonde, geen *schuld*.

Ik kreeg een kommetje aangereikt: een handvol rijst, wat groente, een stukje vis. Ik proefde. Er werd me iets gevraagd in een taal waarvan ik geen woord verstond. Ik beantwoordde een lach.

'Lekker,' zei ik. 'Very nice...'

En ik wist: hier kom ik terug. Dit is de natuurlijke staat. Dit is vrede. Hier kom ik terug – ik, die op weg was naar een oorlog.

In Poesan, de Zuid-Koreaanse havenstad, debarkeerden we en werden we ondergebracht in een reusachtig kampement. Wij Hollanders zouden een frontsector overnemen van Amerikaanse mariniers. Een paar dagen later werden we op transport gesteld. Een eindeloze colonne vrachtauto's kroop door het macabere, zwartgeblakerde landschap. Overal granaattrechters, dode, afgeknapte bomen, gekookt door de napalm, uitgebrand materieel. Het beeld van alle oorlogen. We zaten, heen en weer geschud, naast en tegenover elkaar, onze geweren tussen de knieën. Er werd gekettingrookt. Er werden opmerkingen gemaakt, de een nog flauwer dan de ander. Er werd gegiecheld. Wanneer er maar even een stilte viel, ging er een dominee voorbij. We waren gespannen, zenuwachtig als schoolmeisjes op weg naar hun eerste bal. Sommigen van ons zouden niet terugkeren, anderen zouden verminkt of gewond raken. – Soldaten op weg naar het front. Onze stelling lag ter hoogte van de 38ste breedtegraad, de oorspronkelijke demarcatielijn tussen Noord- en Zuid-Korea. We zaten ingegraven op een heuvel, op de tegenoverliggende helling zaten de Noord-Koreanen en de Chinezen, de vallei was niemandsland. 'Land van de morgenstilte' betekent de naam Korea, en nu begrepen we waarom. Door de gesteldheid van de bodem wordt geluid geabsorbeerd, de atmosfeer is twinkelend, helder als glas. Een ander fenomeen: de echo's. Het was bijna onmogelijk te bepalen uit welke richting de geluiden kwamen, en dat werd door onze tegenstanders uitgebuit. Wanneer ze aanvielen, bliezen ze op koperen trompetjes één hoge toon. Door de echowerking was het of ze van de andere kant kwamen. Zíj waren vertrouwd met het terrein, wij beschikten over de modernste wapens. Zij hadden een overvloed aan mensen, wij onuitputtelijke arsenalen. Zij beheersten het veld, wij bewaakten de wegen. Oorlogvoering, *American way.*

Veel was hetzelfde, veel was nieuw. Hetzelfde was de dodelijke regelmaat van wachtlopen en rusten, met altijd gespitste oren, het vier uur op en vier uur af. Hetzelfde was de trance die slaapgebrek en oververmoeidheid brachten, de vervuiling, de modder, de kou, hoog in de bergen. En het wachten, het eindeloze, gedachteloze wachten. Een gat in de grond. Een gat in de tijd.

'Waarom heb je getekend?' – Niet om na te denken. Misschien juist om *niet* na te hoeven denken.

'Ik hield het thuis niet uit.' – Ben je bang? Natuurlijk ben ik bang. Iedereen is bang in een stilte die elk moment verscheurd kan worden. Maar tegelijk kan ik geen rust vinden die niet gekoppeld is aan angst. Hier moet ik *direct* reageren. Dit is de werkelijkheid in geconcentreerde vorm. Dit leven is *overleven.*

'De een vlucht in veiligheden, de ander in gevaar...' – Ik had een nieuw woord geleerd. Escapisme.

Veel was hetzelfde, veel was nieuw. Nieuw was het moderne oorlogstuig. Straaljagers, raketten. De dood naderde sneller dan het geluid. Maar ook in die omstandigheden ontwikkelde je een intuïtie. Je liet je op de grond vallen, en één tel later wist je pas waarom. Nieuw was dat ik me in een compleet vrijwilligersleger bevond. Iedereen had dit lot zelf verkozen. Nieuw was het alcoholmisbruik. Munitiegebrek werd minder gevreesd dan een tekort aan whisky. Het waren ruwe klanten. *We* waren ruwe klanten.

Onze eerste werkelijke gevechtsactie was weinig succesvol. We kregen opdracht het plateau waar de twee hellingen samenkwamen, een mortiernest dat veel onheil aanrichtte, te bezetten, nadat er eerst een allesvernietigend bombardement op was uitgevoerd. We naderden in linie, zonder dat er vuur kwam. Niets bewoog. Alles moet daar wel dood zijn, dachten we. Dachten we. Want toen we bijna boven waren en onze dekking minimaal was, barstte het onweer los.

Hoe ze het overleefd hadden, was een raadsel, want we hadden het daar onder de raketten zien koken en zieden, maar nu was het hun beurt, of, vanuit een ander gezichtspunt, *onze*. Het liep uit op een verschrikkelijke slachting.

Een van de eersten die geraakt werd was luitenant Pieterse, onze compagniescommandant. Hij was getroffen in zijn been. Half vallend, half glijdend slaagde ik erin hem in veiligheid te brengen. Daarna moest ik spoorslags terug om zijn plaatsvervanger te melden dat het commando nu bij hem berustte. Toen was het raak bij mij. Precies op het moment dat de straaljagers terugkeerden om ons te dekken sloeg een mortierscherf een gat in mijn helm. En achter dat gat moest een ander gat zijn. In mijn hoofd.

Ik kwam weer bij in een geïmproviseerd veldhospitaal

vlak achter de eerste linie. Ik had een hoofdwond, alweer. En weer een hersenschudding. Dit keer was het een Amerikaanse arts die bij mijn brits stond. Hij had mijn helm in zijn hand, twee vingers door het rafelige gat gestoken. Hij zei iets over de verbazende hardheid van sommige menselijke schedels.

Na drie weken hospitaal keerde ik terug naar mijn onderdeel. Mijn hoofdwond was geheeld, er waren een aantal granaatsplinters verwijderd uit mijn borst, maar aan de hersenschudding had ik een evenwichtsstoornis overgehouden. Af en toe werd het me duister voor de ogen en moest ik me aan iets vasthouden om niet onderuit te gaan. Dat zou wel minder worden, zei men.

Het duurde niet lang of we werden afgelost door een bataljon Turken. We gingen 'op rust', ver achter het front, in het zuidelijk deel van het land. Dorpjes van stro, golvende, weelderig begroeide heuvels, valleien met glinsterende beekjes: een landschap als een Chinese prent.

We werden in een andere frontsector ingezet. Het bleef er rustig, weken achtereen. We doodden de tijd met kaarten, drinken, praten – over de toekomst. Sommigen overwogen na hun vrijwillige dienstname beroepsmilitair te worden, anderen waren van plan te gaan emigreren, naar Australië of Nieuw-Zeeland. Ik wist het niet. Ik was inmiddels zevenentwintig geworden: een veteraan, overdekt met littekens. Waar en hoe ik nog zou kunnen aarden – ik kon me er geen voorstelling van maken.

Na drie maanden Korea hadden we recht op *R and R*, op 'Rest and Recuperation'. Vijf dagen verlof. We werden overgevlogen naar Tokio, en daar, in het Rode-Kruiscentrum, werden we allereerst in bad gestopt, want we waren weer eens vervuild zoals alleen frontsoldaten vervuild zijn. Dan, schoon als baby's, een handdoek om, eten en drinken tot je niet meer kon, en daar hing vervolgens voor iedereen een splinternieuw, perfect passend uitgaansuniform. We kregen dollars, een heleboel dollars zelfs, dankzij de gevarenpremie die boven op onze normale wedde kwam. En de stad in. Er waren er die een bordeel indoken en daar vervolgens vijf dagen later door de MP uitgesleept moesten worden, platzak, murw van de drank, maar in ieder geval voor even bevrijd van de angsten en spanningen van de oorlog. Ik nam me voor toch ook *iets* van de omgeving te gaan zien: de tempels, de befaamde Zen-tuinen waarover ik gehoord had.

We waren ondergebracht in een compleet afgehuurd hotel. Daar was het feest, dag en nacht. Het was een voortdurend komen en gaan, van militairen, van betaalde meisjes, maar ook van verpleegsters van alle nationaliteiten. En van Japanse studenten: de jongere generatie die in de ban was geraakt van het amerikanisme en dweepte met jazzmuziek, spijkerbroeken, kauwgom en coca-cola. En daar ontmoette ik Yoshika. Het was liefde op het eerste gezicht.

Yoshika was klein en tenger. Ze had ravenzwart haar en donkere ogen waaruit, ondanks haar zeventien levensjaren, een innerlijk evenwicht sprak zoals ik nooit eerder was tegengekomen. Ze studeerde Engels, woonde nog bij haar ouders. Haar vader was kolonel geweest in het keizerlijke leger, telg van een oud geslacht van militaire adel, de samoerai. Hoe jong ze ook was, in haar maakte ik kennis met de Aziatische vrouw: hoe ze zich volmaakt kunnen voegen zonder hun distinctie te verliezen, afstandelijk en toch warm.

Een relatie met een westerling was in haar milieu, van oudsher het bolwerk van vreemdelingenhaat, taboe, maar Yoshika probeerde zich los te maken van de oude tradities. Toch kostte het de grootste moeite haar te overreden naast me te lopen op straat, en niet een meter achter me. Ik, van mijn kant, moest weer aan andere zaken wennen. Dat het woordje 'nee' in Japan niet bestond bijvoorbeeld. Wanneer ik botweg iets ontkende of weigerde leek het alsof ik haar een klap in het gezicht verkocht. Het kon me tot wanhoop brengen.

'Maar hoe moet ik dan duidelijk maken dat ik het met iets niet eens ben?'

'Dan begin je ermee de ander gelijk te geven, en van daaruit probeer je zijn standpunt te ondergraven, waardoor het begrip "nee" vervangen wordt door een motivatie.'

Yoshika liet me de beroemde Zen-tempels zien. Een ervan was omringd door op westerse leest geschoeide nieuwbouw.

'Wat lelijk,' zei ik.

En ook bij dat woord kromp ze ineen alsof ik een liederlijke vloek had laten vallen. Het moest zijn: 'Pijnlijk om te zien.'

En zo moest ik, een Hollandse rabauw die een paar maanden eerder nog groepsgewijs de dancings in de buurt van Oudewater mee onveilig had gemaakt, een frontsoldaat die een paar dagen eerder nog in een schuttersput op wacht had gestaan, me proberen te verplaatsen in een ander. Maar ik leerde.

Dat ze een nacht van huis weg zou kunnen blijven was ondenkbaar. Maar, wat ouders van alle landen en alle tijden altijd schijnen te vergeten: de liefde kan ook overdag bedreven worden. Dat deden we dan ook, langdurig en met overgave. En het was een andere liefde dan ik tot dusver had leren kennen. Dit was de cultuur van het beminnen, ontspannen en bewust. Alle hemelen openden zich. Jubelend verscheen ik voor Gods aangezicht – al was het op een andere wijze dan ik ooit in een kerkgebouw had horen propageren.

Ze waren snel verleden tijd, die vijf dagen verlof.

We hadden afscheid genomen met de belofte elkaar niet uit het oog te verliezen, Yoshika en ik. En we zouden elkaar sneller terugzien dan we konden vermoeden, maar niet bepaald onder de omstandigheden die we voor ogen hadden gehad.

Direct na onze terugkeer in Korea werd onze eenheid ingezet bij een kort, penetrerend offensief. We liepen patrouille. Een smal in de rotsen uitgehakt paadje. Naast ons gaapte een ravijn. Ik had al eerder last van een duizeling gehad, maar had mijn evenwicht weten te bewaren. Opeens werd er geschoten. Waren het de onzen? Was het een hinderlaag? – Wat er precies gebeurd was wist ik niet. Het was me zwart voor de ogen geworden. Heel even maar. Ik was gestruikeld en gevallen. En weer bijgekomen, onmiddellijk daarop, nog tijdens mijn val.

Hoe lang duurt een val van tien, twintig meter, langs een vrijwel loodrechte rotswand? Onwaarschijnlijk kort en tegelijk onbegrijpelijk lang. Hoe lang duurt een moment? Een moment waarop alles stilstaat duurt een eeuwigheid. De zintuigen geven één gillend alarmsignaal, één schrille kreet van angst. De maag draait zich om. *Nu ben ik verloren.* Eén vervloeking. Het is je eigen schuld geweest. Eén verwensing, vanwege die onmogelijke reeks van botte stommiteiten, uitmondend in een eenparig versnelde val. Die opeenvolging van korte broeken, van vlaggen in de wind, van zogenaamde zeemansromantiek, het eeuwige soldaatje spelen. Je bent er steeds weer met open ogen ingetuind! Nooit zul je iets leren! Vrijwilligers gevraagd? – En ja hoor: jij weer! Verslaafd aan de gokzaal van het quitte of dubbel, aan het spotten met het noodlot juist om het te slim af te zijn, welnu, alle escapes zijn voor niets geweest, hier heb jij je quitte! Ik viel. Dan de finale klap. *Het is met me gebeurd.* Eén flits. Dan heel lang niets.

Maar het was niet met me gebeurd.

Een ijskoude motregen daalde op me neer. En ik was niet dood. Weer eens niet dood. Nog niet dood. Mijn voet was afgekneld, mijn rug was gebroken, mijn ogen verblind door het bloed, geen rib was heel. Ik kon geen vin verroeren, ik kon niets zien, mijn tong was slap. Maar ik leefde. Ik kon horen. Vanuit de hoogte klonk een stem.

'Jan! We komen...'

Ik lag ruggelings op de rotsbodem. Boven mij torende onpeilbaar hoog een kathedraal. Donkere muren, zuilen. De wind speelde door de kapotte ramen. Brokstukken van kleuren. Het dak was weg, heel in de hoogte gloorde vuilwit licht. Motregen daalde erdoor neer. De grond was ongelijk, hard en koud. Granieten zerken met reliëf moesten dat zijn. De orgelpijpen ruisten. En er klonk een stem, van boven. Nee, het was de echo van een stem.

'Jan! We komen...'

Meerdere stemmen nu. Dichtbij. Ver weg. Een steen rolt weg. Gehijg. Iemand haalt zijn neus op, spuugt.

'Gooi dat touw eens!'

En van boven:

'Is ie dood?'

'Nee. Kom op met dat touw!'

Voorzichtig! wil ik roepen. In godsnaam! Raak me niet aan! Maar mijn lippen gloeien en mijn tong is slap. Ik word op een brancard gehesen, omhoog getrokken. Aan het deinen voel ik dat ze lopen. Dan ruik ik benzinelucht. Geklik. Een deur slaat toe.

Veel later stond er een dokter over me gebogen. Schel licht scheen in mijn ogen. Hij had een fijn naaldje in zijn hand. Daarmee, zag ik, prikte hij in mijn bovenbeen.

'En hier?'

Steeds hoger prikte hij. Uiteindelijk in mijn arm, mijn schouder.

'En hier?' – Zijn stem, bezorgd, vlak boven me. Pas op dat

moment drong de betekenis door van het feit dat ik wel gezien maar niet *gevoeld* had dat hij prikte.

Nadat ik per vliegtuig was overgebracht naar het militaire hospitaal in Tokio volgde er een periode van ellendige onderzoeken, en daarna een periode van niet minder ellendige behandelingsmethoden. Wat er nu precies de oorzaak van was, een hersenbeschadiging of een gekwetste zenuw in mijn rug, bleek niet met zekerheid uitgemaakt te kunnen worden, maar de rechterzijde van mijn lichaam bleef geheel gevoelloos en verlamd.

Ik kreeg bezoek van een Hollandse aalmoezenier. Hij wierp een blik op mijn medische status:

'Zo Montyn... Jaja, ik heb er al van gehoord. 't Is een wonder dat je lééft, jongen. Dáár moeten we God voor dankzeggen...'

Het mocht in zijn ogen een wonder zijn, het was er toch niet een waarvoor ik op mijn knieën ging liggen van dankbaarheid. Want vervolgens gaf hij me in bedekte termen te kennen dat ik me er maar liever geestelijk op moest voorbereiden de rest van mijn dagen in een rolstoel te zullen slijten. Het leven van een plant.

'Wanneer dat zo is, maak ik er een eind aan.'

'Montyn toch! Zo mag je niet spreken! Het leven heeft nog zoveel andere zaken aan schoons te bieden, denk eens aan het geestelijke...'

Ik wilde een gebaar maken van: ga nu maar. *En dat kon dus niet.*

Een paar dagen later ging het met een stel andere gedoemde rolstoelklanten per omgebouwde bus naar een speciaal voor invaliden ingerichte bar. Daar waren meisjes, daar waren alle denkbare soorten drank in onbeperkte hoeveelheid: de Amerikaanse therapie om een geestelijke klap te verwerken. Af en toe verscheen er een psychiater om een oogje in het zeil te houden en te praten met wie dat wilde. Maar de spanning verliet me geen moment, al was ik dronken, drie dagen en drie nachten achtereen. Voor mij hoefde het niet meer. Dat bewustzijn viel met geen drank te ondermijnen.

Het enige lichtpuntje in mijn bestaan was Yoshika. Ze bezocht me iedere dag. Haar liefde was ongeschonden en mij restte niets dan dat. Ze zat uren naast me, streelde, praatte.

'Wanneer je de moed opgeeft, ben je verloren. En je geeft de moed niet op...'

Hoe vaak zei ze dat, in steeds weer andere bewoordingen? Misschien wel duizend keer, mijn dode rechterhand in de hare. Aan haar was het te danken dat ik de strijd aanging, de strijd tegen een geheimzinnige, verborgen tegenstander, met geen ander wapen dan mijn wilskracht. Ik werd dag aan dag behandeld met elektroshocks, ik deed urenlang oefeningen die aanvankelijk uit niets bestonden dan dat ik me tot het uiterste concentreerde op spieren die zelfs niet te kennen gaven dat ze nog bestonden.

Het duurde weken en weken. Eerst hield ik Yoshika voor de gek, om althans bij haar de hoop intact te houden, en vervolgens had ik het idee dat ik mezelf voor de gek hield.

Maar een tweede wonder voltrok zich, al had dat begrip uit de mond van aalmoezenier Jansma een andere betekenis dan uit de mijne. Tergend langzaam, maar toch onmiskenbaar, keerde er gevoel terug in mijn rechterbeen en arm. Eerst niet meer dan een tinteling, een lichte, alleen door mijzelf bespeurbare tractie van de spieren – maar er was vooruitgang. Een derde wonder volgde.

Yoshika werd zwanger. En het was geen onbevlekte ontvangenis, want die lichaamsfunctie was gebleven. We trouwden in een zaaltje van het hospitaal. Kosten twaalf dollar. Mijn linkerhand moest de rechter leiden. Maar ik was toch alweer in staat om mijn handtekening te zetten. Hoewel ik nog steeds gekluisterd was aan de rolstoel werd ik inmiddels als lopend patiënt beschouwd. Yoshika nam me mee naar buiten, stelde me voor aan haar vrienden.

Vaak was ik ook in haar ouderlijke woning te vinden, een groot huis, met een schitterende tuin, zo stil en vredig als alleen een Japanse tuin kan zijn. Haar moeder accepteerde de vreemde indringer, maar haar vader weigerde rechtstreeks het woord tot me te richten. Hoewel hij vloeiend Engels sprak, verliep de communicatie via een tolk: een van zijn zoons, een personeelslid of Yoshika zelf. Ik was dan wel geen Amerikaan, ik droeg toch het uniform van de overwinnaars, en dat was de enige reden dat hij mij, gewoon soldaat, geen officier, onder zijn dak duldde. Maar spreken, dat deed hij niet tegen een lid van een lagere kaste.

Langzaam keerde de kracht terug in mijn ledematen. Ik liep nu met twee stokken. We gingen vaak gedrieën de stad in, het toekomstige nageslacht niet meegerekend. Want Yoshika was steeds vaker te vinden in het gezelschap van een medestudent, Imazu, een aardige jongen, met wie ook ik het uitstekend kon vinden. En het ontging me niet dat er iets groeide tussen die twee.

Imazu was van goede familie, net zoals Yoshika. Het waren families waarin het van oudsher de gewoonte was dat de kinderen op jeugdige leeftijd al uitgehuwelijkt werden. De liefde kwam later wel. En die twee bleken, zonder dat ze het aanvankelijk wisten, indertijd voor elkaar bestemd. De liefde was intussen al geboren, ik had het zonder bitterheid geconstateerd. Naarmate ik me beter kon bewegen, lokte een toekomst in Japan steeds minder. Ik hoorde daar toch niet, nog los van het feit dat ik niet wist hoe ik er in mijn levensonderhoud zou moeten voorzien. Het kon niet lang meer duren of ik zou ontslagen worden uit het ziekenhuis. Bovendien zaten de negen maanden waarvoor ik getekend had er vrijwel op. Ik zou vervolgens wel afgekeurd worden, zei men. Ik maakte een afspraak met Imazu, vertelde hem van mijn plan terug te keren naar Europa. Een paar weken later deden ze me in Yokohama uitgeleide. Ons huwelijk was in alle vriendschap ontbonden. Kosten acht dollar. Het hunne zou spoedig gesloten worden. Imazu had beloofd het kind als het zijne te accepteren.

'Pas goed op elkaar...' – Gevolgd door twee omhelzingen.

'Yoshika, wanneer jij er niet geweest was, had ik hier niet gestaan. En dat bedoel ik letterlijk. Good bye, ik zal je nooit vergeten...'

Weer een zeereis van zes weken. Dit keer niet op een smerig, overvol troepentransportschip, maar op de *Edinburgh*, een van alle comfort voorzien Engels hospitaalschip. Het werd bijna een pleziertocht, voor mij tenminste, want veel anderen, die rechtstreeks van het front kwamen, waren er beroerd aan toe. Mijn revalidatie werd aan boord voortgezet. Steunend op twee stokken had ik het schip betreden, steunend op één stok stapte ik in Liverpool aan wal.

Vandaar werden we met z'n zevenen door een Nederlandse militaire dakota opgepikt. En na negen maanden, waarvan ik er meer dan zes in hospitalen had doorgebracht, zette ik in Valkenburg weer voet op vaderlandse bodem. Tijden kunnen veranderen. Want daar stond een ontvangstcomité op ons te wachten. Er werden toespraken gehouden, er werd eremetaal met lintjes uitgereikt, voor al dan niet bewezen heldendaden. Eentje namens Hare Majesteit de Koningin, eentje namens de president van de Verenigde Staten zelf.

En daar verscheen Jan weer eens in Oudewater. Voor de tweede keer steunend op een stok, maar dit keer gehuld in tropenuniform. Na mijn ouders begroet te hebben was mijn eerste gang die naar het café. Daar trof ik mijn oude vrienden. Die wilden best vernemen hoe het me vergaan was. Daar voegde een stadgenoot die ook, bij een ander onderdeel, in Korea had gezeten en rechtstreeks per vliegtuig was teruggekeerd, zich bij ons.

In datzelfde café zaten we de volgende middag nog steeds, weer dronken, of nog steeds dronken. We waren er 's ochtends in een hoek wakker geworden, die andere Korea-ganger en ik. Men had ons in een oud tapijt gerold.

Opeens rinkelde de telefoon. De kastelein nam op.

'Jan, voor jou. Je vader.'

Het kostte enige inspanning me de werking van een telefoontoestel te binnen te brengen. Niet het spreekgedeelte aan het oor dus. Tenslotte:

'Jongen, ben je daar? Je bent toch niet dronken? De harmonie staat voor de deur, de burgemeester is hier, om jullie te huldigen...'

Beroepsmilitair

Het was een nacht van zaterdag op zondag. Buiten woedde een vliegende storm. Vroeg in de ochtend, het was nog ruimschoots donker, ging de telefoon. Mijn moeder schudde me wakker:

'Jan, je moet naar Rotterdam, de dijken in Zeeland zijn doorgebroken.'

De stand van zon en maan hadden gezorgd voor springtij, een noordwester storm van orkaankracht had het water van de Noordzee de engte van Het Kanaal binnengedreven. In Rotterdam, waar de lager gelegen buitenwijken blank stonden, waren de ratten uit kelders en riolen naar buiten gekropen.

Niemand wist precies wat er aan de hand was. Zeeland, een deel van Brabant en de Zuid-Hollandse eilanden stonden onder water. Vrijwel alle verbindingen waren verbroken. De situatie moest rampzalig zijn, maar was nog catastrofaler geweest wanneer een dijk bij Schiedam, ijlings versterkt die nacht, het begeven had. Dan was heel Holland, een gebied met drie miljoen inwoners overstroomd.

Samen met marinemensen, opgetrommeld als wij, werden we verdeeld over de beschikbare schepen en bootjes. Ik kwam met drie man op een motorvlet terecht. Er stond nog steeds windkracht tien, met windstoten waarin je je amper staande kon houden, en die zondag bleek het niet mogelijk met het kleine bootje het open water te trotseren. Twee keer voeren we uit, twee keer moesten we, hozend wat we konden om niet te zinken, terugkeren. Maar de volgende ochtend slaagden we erin het Haringvliet over te steken.

Door een stroomgat in een dijk bereikten we het ondergelopen land. Het eiland Flakkee was veranderd in een binnenzee.

Drie dagen waren we van zonsopgang tot zonsondergang verbeten in de weer om mensen uit bomen, van zolders, van daken te halen. Het was oorlog. Het was weer de shocktoestand van het front, waarin geen vermoeidheidsgrens meer geldt. Het was één ijskoude, amorfe nachtmerrie. Bij opkomend tij spoelde het water allesvernietigend door en over de afgekalfde dijken, met eb spoelde het even vernietigend weer terug. Op sommige punten bleef het water metersdiep staan, elders veranderde de zee in een desolate modderpoel, doorsneden met kreken, overdekt met plassen waarvan de diepte moeilijk te peilen viel. Voortdurend liepen we vast op afrasteringen vlak onder de waterspiegel. En overal mensen, in de ijzige kou, mensen die twee, drie, vier nachten eerder overvallen waren door een metershoge muur van water, mensen die zich vastklampten op daken van huizen die elk ogenblik konden instorten onder de golfslag en de kracht van de getijden. Geschreeuw in de dorpen, wapperende lakens op de nok van boerderijen verderop, stipjes van mensen in de verte, ingesloten op een dijkgedeelte dat boven water was gebleven, zwaaiend met een kledingstuk.

Het was avond. Ik lag op een biljart in een café in Ouddorp, het uiterste puntje van het eiland dat dankzij de duinen gespaard was gebleven. We waren te moe geweest om te eten, we waren te moe om te slapen. Ik lag, verkleumd tot op het bot, ondanks de cognac die ik naar binnen had gegoten, ondanks de dekens die ik over me getrokken had. Ingespannen tuurde ik naar het plafond boven me, bruin van de rook. Mijn ogen durfde ik niet te sluiten, want dan verschenen er beelden waarvan ik niet wist hoe lang ze me zouden blijven achtervolgen.

Beelden van wanhoop en ontreddering.

De eindeloze terugtochten met de tergend trage vlet, die je wel naar voren had willen *vloeken*, naar de enige twee vlekken op het eiland die droog waren gebleven. Lijf aan lijf met mensen die voor hun ogen buren of bloedverwanten hadden zien verdrinken, die machteloos hadden moeten toezien hoe hun vrouw, hun kinderen waren bezweken onder de kou en de ontberingen – mensen tegen wie niets te zeggen viel, voor wie we niet meer konden doen dan we op dat moment deden.

De volslagen wanhoop, wanneer je je slachtoffers ergens aan een dijk had afgeleverd – en waarheen nu?

Het verschrikkelijke dilemma wie achter te laten wanneer het armzalige bootje vol was, niet wetend of je in de vallende schemering nog een keer terug zou kunnen keren, niet wetend hoe lang de huizen die je achter je liet nog stand zouden houden.

De man met het dode kind in zijn armen.

Het jongetje, niet ouder dan zeven, dat we oppikten van een provisorisch vlot. Een dag en een nacht had hij rondgedreven. De een na de ander had hij in de diepte zien verdwijnen. Ik wikkelde hem in een deken en het volgende moment sliep hij. Hij sliep door alles heen, loodzwaar op mijn schoot. En toen ik hem overgereikt had, had ik niet durven vragen of hij nog leefde.

Ik was ingeslapen op een biljart. Ik was wakker geschrokken, doorweekt van het zweet. Ik had gedroomd. Wanneer had ik voor het laatst gedroomd? Na drie dagen van allesdoordringende kou had ik gedroomd van een allesverzengende hitte. Van handen, ruw van de ontvellingen, wit van de kalk. Handen die brokken puin overgaven, van het ene handenpaar naar het andere. Bewegende handen, machinaal aanvattend en overreikend.

Het puin van Dresden. – Voor het eerst.

Ik lag te rillen op een biljart in Ouddorp, onder een deken die klam was van het zweet.

Ik zag een breedgeschouderde jongen voor me, met wonderlijk lichtblauwe ogen. Ik, die me *niets* herinnerde, wist zelfs hoe hij heette, die jongen. Willy. Willy las gedichten in de trein. Ik wist zelfs hoe de dichter heette die hij las. Rilke.

Het puin lag wel een verdieping hoog. Het had misschien wel twee verdiepingen dik gelegen. We waren uren bezig, met twintig, dertig man. Een levende ketting. Om ons heen brandde het nog. Rook, stank van zwavel en fosfor. – Maar dat alles was vaag. Onmogelijk het terug te halen. Alleen dat ene moment was helder. Ik reik Willy een steenbrok aan, het zoveelste, het duizendste. En het valt. Willy staat bevroren van schrik, nee, van verbijstering – en ik zie wat hij ziet, op hetzelfde moment. Het is een kat. Een poes. Te voorschijn gekropen uit het puin. Gehavend, de vacht verschroeid. Maar *levend*. Miauwend. Trippelend over het puin. – Dat was alles. Alleen die kat.

Ik lag op een biljart in Ouddorp en buiten begon het eerste licht te gloren.

Na drie dagen was er geen hoop meer nog overlevenden aan te zullen treffen. Desondanks voeren we uit, op zoek naar degenen voor wie de redding te laat was gekomen.

Alleen al in het dorp Oude Tonge moesten driehonderd lijken geborgen worden.

Overal dreven koeien, de buiken opgeblazen door rottingsgas, de poten stram. Twee weken lang voeren we af en aan, met achter ons een sleep kadavers, koeien, paarden, varkens. Ze werden op het vasteland afgevoerd naar een destructiebedrijf om verbrand te worden. We maakten kennis met het onwaarschijnlijke gewicht van een log dood dier.

Bijna drie weken vochten we zonder ons rust te gunnen tegen het water, en toen we tenslotte terugkeerden naar de vaste wal, niet omdat we daartoe de opdracht hadden gekregen, want er werden en waren geen opdrachten gegeven, maar omdat we óp waren, toen was onze huid door de voortdurende aanraking met het vocht gaan rotten aan ons lijf.

Vijf weken later verhuisde ik naar Weert, de Onderofficiersschool, uitverkoren om opgeleid te worden tot onderofficier bij het Wapen der Infanterie. Maanden waren eroverheen gegaan, sinds mijn terugkeer uit Korea, voor die beslissing afkwam. Afkeuren wilden ze me niet, want dan kwam ik in aanmerking voor een invaliditeitsuitkering. En iemand met mijn frontervaring moest tenslotte als instructeur toch bruikbaar zijn...

Weert, tien jaar eerder had ik er als arbeidsdienstplichtige in oorlogstijd de heide ontgonnen, nu was ik er, samen met een paar oud-Indiëgangers en andere Korea-veteranen, de oudste te midden van achttien- en negentienjarigen. Het kan verkeren: nog niet zo lang geleden was ik wegens krijgsdeelname veroordeeld tot drie jaar jeugdkamp, nu gold het bijna als een positieve aantekening in mijn staat van dienst. Ik had dan toch maar mooi tegen de communisten gevochten. Twee keer zelfs. Ja, maar de eerste keer aan Duitse zijde. – Aan de zijde van een huidige bondgenoot dus. Het tijdperk van de Koude Oorlog was aangebroken.

Veel opleidingen had ik achter de rug, maar het was altijd in ijltempo gegaan. Ik was inmiddels vertrouwd geraakt met de Duitse, de Franse, en de Amerikaanse tactiek van oorlogvoeren. Maar wat ik nu leerde kennen was nieuw voor me: het kazerneleven, vierentwintig uur per etmaal, zeven dagen per week. Wéér met veertig man op een zaal, wéér om zes uur op voor het ochtendappèl – de kazerne, voor de zoveelste keer, maar dit keer niet als voorbereiding op actie, dit keer was het voorgoed, met het vooruitzicht van een waardevast pensioen. Velddienst,. avonddienst, nachtdienst, exercitie. Alles even gedisciplineerd, alles even saai, alles buitengewoon model. En vooral ook knopen poetsen, vooral ook een messcherpe vouw in je broek... Moesten wij niet het goede voorbeeld geven, later, de rest van ons leven?

'Zet die bril af militair! Waar is godverdomme je baret?!'

Waarop ik het briefje van de dokter toonde dat ik wegens aan het front opgelopen verwondingen met een donkere bril mocht lopen, en dat ik geen hoofddeksel kon verdragen.

De hoofdpijn was gebleven, maar overigens was ik fysiek weer opgekrabbeld. Ieder vrij moment was ik in trainingspak in de omgeving van Weert te vinden, in m'n eentje. Veldlopen door de bossen, langs de vennen, die uitgroeiden tot ware marathons. Ik zocht er de grenzen van mijn kracht, ik ontvluchtte de omslotenheid van de kazernemuur. Het waren de schaarse momenten dat ik me gelukkig voelde.

De hoofdpijn was gebleven, en er was iets bijgekomen, een spookachtige, nachtelijke kwaal. Soms ging het weken achtereen goed, maar dan werd ik opeens weer 's ochtends wakker met ontvelde knokkels, overdekt met blauwe plekken en bloeduitstortingen. Ik had weer amok gemaakt die nacht. Zes kamergenoten hadden me maar met moeite in bedwang kunnen houden. Ik slaagde er bijna niet in overeind te komen. Overal pijn.

'Godsamme. Wat is er gebeurd met me?'

'Je was vannacht weer behoorlijk bezig, Jan.'

'Maar wat was er dan?'

'Ah, laat maar zitten...'

Ik werd geconfronteerd met de resultaten van een aanval van razernij, maar van de aanval zelf kon ik me niets te binnen brengen. Mijn maats waren zuinig met hun mededelingen. Ik was een beetje 'raar'. Ze maakten er geen melding van, dat zou mijn vooruitzichten kunnen bederven. 'Het ging wel over...'

Ik werd wakker om tot de ontdekking te komen dat de

massieve spijlen van mijn brits uiteengebogen waren, met reuzenkracht, alsof ze van ijzerdraad waren. Wie anders kon dat gedaan hebben dan ikzelf? Had ik gedroomd? – Ik wist het niet. Ik ging naar de dokter en kreeg pillen. Slaappillen. Maar dat was het probleem niet, slapen. Het werd erger. Ook overdag kreeg ik soms zo'n mysterieuze aanval.

Ik loop door een bos en alles wordt onwezenlijk voor mijn ogen. De bomen lopen, ik sta stil. De stammen dringen zich dreigend op, in een gesloten front, ik word van alle kanten ingesloten... Ik houd halt, grijp naar mijn hoofd. Achter mijn slapen bonkt het. – Ik kom weer bij bewustzijn, gekromd op het mos, aan de voet van een beuk. Duizelig, versuft. Hoe lang ik daar gelegen heb weet ik niet. Wat er gebeurd is weet ik niet. De afschuwelijke druk, van binnenuit, in mijn hoofd is weggeëbd tot een flauwe herinnering. Maar mijn handen zijn geschramd en beurs, twee vingers zijn gebroken. Er kleeft bloed aan de stam. Ben ik die boom te lijf gegaan?

Het was in die tijd dat ik weer begon te tekenen en te schilderen. Eerst in mijn schaarse vrije tijd: frontsituaties, zo nauwkeurig als ik kon, maar ook pittoreske hoekjes Limburg – en die vonden tot mijn verbazing gretig aftrek à raison van vijfentwintig gulden. Mijn activiteit op dit gebied bleef niet onopgemerkt. Het duurde niet lang of ik werd vrijgesteld voor een aantal vakken. Ik kreeg een grote kamer toegewezen en daar zat ik uren te werken, ongestoord, alleen. Een eigen kamer was een ongekend privilege waarin zelfs de officieren niet deelden. Want privacy wordt in het leger schadelijk voor het moreel geacht. Alleen de commandant had een eigen kamer.

En nu ik dan. Ik vervaardigde er instructietekeningen, lesmateriaal voor de school. Van bazooka's tot mijnen, van mitrailleurs tot handgranaten, compleet met situatieschetsen van hoe ze te gebruiken in de praktijk. Die kamer werd mijn toevluchtsoord. Mijn laatste eigen plek was mijn zolderkamertje in Oudewater geweest. Gevolgd door een onafzienbare reeks kazernes, ziekenhuiszalen, barakken, kampementen, plaatsen waar je hoogstens een brits en een niet-afsluitbaar kastje het jouwe kon noemen. Ik was in tien jaar niet alleen geweest.

De tijd ging verder. Ik werd bevorderd tot soldaat eerste klas, tot korporaal, tot korporaal eerste klas, en tenslotte tot sergeant: de ruggengraat van ieder leger.

Ooit had ik het ouderlijk huis achter me gelaten, om veel redenen. Maar onder meer om het avontuur. En wat ik uiteindelijk gevonden had was sleur. Ik haatte het kazerneleven waarin iedere handeling op een vast tijdstip was voorgeschreven, ik haatte het groepsverband waarin al het eigene met argusogen werd bekeken, ik haatte de verhoudingen die door rang en leeftijd werden bepaald, ik haatte de mensen die me omringden, met hun petten en hun lintjes. Ik was een van hen. Ik haatte mezelf in de eerste plaats.

Sergeant-instructeur Montyn viel de eer te beurt ingedeeld te worden bij het garderegiment der Grenadiers te Vught. Iedere zes weken werd ik geacht een nieuwe lichting recruten de grondbeginselen van het militaire bedrijf bij te brengen:

'Voorwáárts mars! Over de schouder gewéér! Op de plááts rust!' – Mijn stemgeluid.

Twee lichtingen recruten gingen door mijn handen. Drie maanden van toenemende radeloosheid. Mijn kamer was ik kwijt, en het kon niet lang duren of ik was ook mezelf kwijtgeraakt. Drie maanden in het vooruitzicht van jaren.

Toen werd ik bij de regimentscommandant geroepen, Van Tuyll van Serooskerken, baron en kolonel.

'Zeg Montyn,' zei Tuyll, 'jij bent een nogal artistiek type heb ik gehoord. Ik zou jou een voorstel willen doen...'

Hij vertelde dat er voor de oorlog in Den Haag een historische collectie was geweest van de Grenadiers en van het zusterkorps, de Jagers. Van oude uniformen en wapens tot schilderijen en documenten. Die verzameling was, om te voorkomen dat zij in Duitse handen zou vallen, verspreid onder verschillende oud-officieren. De vraag luidde, of ik ervoor voelde die objecten weer op te sporen om, aangevuld met wat ik noodzakelijk achtte, er een historisch museum mee in te richten op de zolders van de kazerne. Ik zou vrijgesteld worden van reguliere dienst. Ik kreeg een atelier. Ik kreeg de beschikking over een dienstauto met chauffeur. Ik moest maar zeggen of ik ervoor voelde.

Ik werd beurtelings warm en koud, nam stram de houding aan.

'Kolonel! Hier staat uw man!'

Zo was ik museumconservator, van de ene op de andere dag. Het was een functie die binnen de hiërarchie van het leger in feite niet bestond – precies de reden waarom zij mij zo op het lijf was geschreven. Ik kon er zelf naar believen inhoud aan verlenen.

Ik verdiepte me grondig in de geschiedenis van de garderegimenten, de Grenadiers, de Jagers en de voormalige Prinses Irenebrigade, de eenheid Nederlandse militairen die in de Tweede Wereldoorlog aan de geallieerde invasie had deelgenomen, eveneens tot erekorps verheven. Ik maakte mezelf wegwijs in oude boeken over krijgs- en wapenkunde. Ik bezocht de tachtigjarige jonkheer Van Eeghen, die voor de oorlog commandant van de Grenadiers geweest was, en kreeg van hem een reeks namen van gepensioneerde officieren bij wie na de capitulatie objecten uit de oorspronkelijke collectie waren ondergebracht, stuk voor stuk heren die best wilden weten dat ze in hun jongere jaren bij een gardekorps gediend hadden, heren ook met wie het uitstekend tafelen was.

Ik plaatste oproepen in dagbladen en militaire organen, waarop van alle kanten schenkingen aan de verzameling toe begonnen te stromen: oude uniformen en uitrustingsstukken, antieke kaarten, vuurwapens, insignes. Ik bezocht antiquairs, bij wie al spoedig de rode loper werd uitgerold wanneeer ik als een vorst achterin mijn dienstauto-met-chauffeur aan de horizon verscheen: ik had een onbeperkt budget. Ik catalogiseerde, rubriceerde. Ik liet vitrines maken. Ik koos me uit elke nieuwe lichting recruten een nieuwe assistent. Ik bezocht vergelijkbare historische collecties in het buitenland – ieder uitstapje heette eensklaps dienstreis – om de aanpak te bestuderen. Ik ruilde een aantal oude wapens die veelvoudig in de verzameling aanwezig waren tegen een motorfiets, een *Harley*, niet voor het museum maar voor mezelf – dus tóch voor het museum. Ik toverde de zolders van de kazerne om in expositieruimte, in magazijnen, plus, het allerbelangrijkste, een riant atelier voor eigen gebruik. – Ik had, kortom, een leven als een luis op een zeer hoofd.

In het atelier herstelde ik de oude, halfvergane uniformstukken, poetste en oliede ik de antieke achterladers en voorladers, restaureerde ik de schilderijen, van veldslagen tot portretten van illustere officieren, die vaak in slechte staat verworven of geschonken waren. De kennis die ik van de oude heer Van Weerlee in mijn Scheveningse interneringstijd had opgedaan, kwam me nu uitstekend van pas. Mijn ster als restaurateur van schilderijen steeg snel, ik kreeg opdrachten van andere musea, tot de collectie van het Koninklijk Huis toe. Ook op het gebied van Krijgsgeschiedenis hoefde men mij spoedig niets meer wijs te maken. Ik zat regelmatig als jongste disgenoot in het Amsterdamse Amstelhotel aan tafel met de Hoogmogende Heren Museumconservators. En het viel niemand op dat het Jan de Behanger was die daar zat...

Maar Van Weerlee had mij meer geleerd dan alleen schilderijen restaureren.

Er stond een klein paneeltje, olieverf op oorspronkelijk, trekvrij gestoken wagenschot, op de ezel in het atelier. Voor eigen genoegen vervaardigd. Een grenadier met berenmuts, rustend in de schaduw van een oude eik, naar de regelen der kunst geschilderd in achttiende-eeuwse stijl. Het patina der eeuwen, compleet met craquelé, was stijl-Van Weerlee. Ik had er een paar dagen eerder de laatste hand aan gelegd.

'Hoe oud is dat dingetje nou?' vroeg een van onze officieren, van adel, niet onbemiddeld, die eens een kijkje op zolder kwam nemen.

'Ik zou zeggen rond de tweehonderd jaar, majoor. Te oordelen naar het uniform eerder 1750 dan 1800.' – En dat laatste klopte.

'Van wie is het?'

Hij had het bewonderend op de hand genomen.

''t Is een onbekende meester...'

Hij kuchte. Het was een soort kuchen dat ik in de daarop volgende tijd feilloos zou leren herkennen. Hij was aangeraakt door begeerte.

'Hoeveel moet zoiets nou kosten?'

'Dat zou ik aan de eigenaar moeten vragen,' antwoordde ik met droge mond, want een weg terug was er niet meer.

''t Kan zijn dat die er afstand van wil doen...'

'Zeg hem maar dat ik duizend gulden bied. Wat denk je, komt dat in de richting?'

'Dat lijkt me een heel billijk bedrag, majoor,' antwoordde sergeant Montyn, wiens wedde honderdtwintig gulden per maand bedroeg.

Zo begon het. Zo ging het verder. En dat was nodig ook.

Want in het leven dat ik leidde komt een mens met honderdtwintig gulden per maand niet ver.

Dubbelleven

Jan Montyn – er waren twee personen met die naam, en die twee verdroegen elkaar in afnemende mate.

De een werkte gestaag aan de opbouw van een historisch verantwoorde museumcollectie, hield als wapendeskundige lezingen door het hele land, dronk sherry met het militaire adeldom, werd, ofschoon de jongste van het gezelschap, gekozen tot praeses van de onderofficiersclub, verwierf zich een reputatie als tafelredenaar, voerde op hoogtijdagen in groot tenue, de berenmuts op het hoofd, bevel bij erewachten.

'Jan maakt carrière in het leger', zo heette het thuis in Oudewater. Het was toch nog goedgekomen met me. Ik had zelfs verkering.

Cécile was blond en vierentwintig. Ze droeg het haar opgestoken en liep op hoge hakken in knisperende pettycoats. Ze was apothekersassistente, dochter van een belastingconsulent te Vught. Op zaterdagavond gingen we naar de bioscoop, op zondagmiddag werd er gewandeld.

We waren wát een mooi paar, zoals we daar stijfgearmd stonden, in de weerspiegeling van de etalageruit van een meubelmagazijn. Na haar derde glaasje port mocht ik haar op schoot nemen, bij dansfeestjes in de onderofficiersmess. Maar onder haar cocktailjurk een hand op haar knie mocht niet:

'Dat is voor later, Jan...'

De ene Jan Montyn werd voorgesteld aan haar ouders. Hij zat een hele avond in een huiskamer waar kruisbeeldjes boven de deuren hingen, en zware pluchen fauteuils stonden met antimakassars, en rookstandaards, en salontafeltjes met gewelfde poten en een geslepen glazen blad om het geloogde eikenhout tegen kringen te beschermen.

Modern-klassiek heette zo'n interieur, en daar hield Cécile zelf ook zo van. Haar jongste broertjes vergaapten zich aan mijn uitgaansuniform met decoraties, haar vader raakte niet uitgepraat over zíjn militaire diensttijd. De mooiste jaren van zijn leven, hij was met spijt afgezwaaid. Maar ter zake. Waar kwam ik vandaan? Wat deed mijn vader voor de kost? Was ik gelovig, en zo niet, was ik dan bereid in het geval van kinderen een fatsoenlijke katholieke opvoeding niet in de weg te zullen staan? En gebruikte ik suiker en melk in mijn thee?

De ene Jan Montyn kreeg tot slot in het portiek een kusje omdat hij het er zo goed had afgebracht die avond, de andere met diezelfde naam stapte even later in burgerkleren op zijn geheime Harley en verdween volgas in het duister. Het was nog lang niet goedgekomen met die ander.

De aanvallen van agressie, waarvan ik het bestaan 's ochtends af moest leiden uit de verwoestingen die ik gedurende de nacht had aangericht, kwamen steeds regelmatiger terug. De hoofdpijn bleef me onverminderd kwellen. Bovendien werd ik bezocht door angstdromen, zo hevig en langdurig dat ik vaak niet durfde gaan slapen. Dan werkte ik hele nachten door, soms drie, vier nachten achtereen, om tenslotte, zoals ik zat achter de schildersezel, aan tafel gebogen over een naslagwerk, in uitputting te verzinken en 's ochtends aangetroffen te worden door de schoonmaakploeg. Dat ging nog. Maar ook begon ik steeds vaker toevlucht te zoeken in de alcohol. Ik ging me te buiten aan nachtenlange doorzakpartijen. Al was ik een goede klant, ze zagen me tenslotte liever gaan dan komen, in de cafés vlak over de Belgische grens, die onbeperkt openbleven. Eén verkeerd gekozen woord kon voldoende zijn om mijn blinde woede op te wekken, en niet alleen het barinterieur moest het dan ontgelden – soms was ik met vijf man nog niet in bedwang te houden.

Het was alsof er, in een steeds terugkerende cyclus van een paar weken, een voltage in mijn hoofd tergend langzaam werd opgevoerd, tot de spanning zo ondraaglijk werd dat het leek of mijn hoofd het elk moment zou kunnen begeven onder de druk. Dan ging ik het gevaar opzoeken. Dan zocht ik spanning, juist om die spanning te lenigen. 's Avonds vertrok ik op de motorfiets naar Amsterdam of Antwerpen, smeet er met geld in kroegen en bordelen zonder te kunnen vinden wat ik zocht. In het holst van de nacht keerde ik terug, op de verlaten wegen beproevend hoe lang men het met zijn ogen dicht op een motorfiets in volle vaart uit kan houden.

Altijd weer iets langer dan ik gemeend en misschien ook wel gehoopt had... Daarna lag ik een paar uur in het bedauwde gras van een berm, tot de morgenstond, in een toestand tussen slapen en waken: een vagevuur van rust. *Mijn* rust. De angst van het heden had de angst van het verleden even op de achtergrond gedrongen. Voor zolang het duurde. Ik stalde de motorfiets in een schuurtje dat ik gehuurd had, even buiten de stad, want niemand mocht weten dat ik die had. Een sergeant bezat nu eenmaal niet een splinternieuwe Harley-Davidson. Ik pakte de fiets en kwam aan bij de kazerne, waar juist het ochtendappèl, waarvan ik vrijgesteld was, plaatsvond. Sergeant Montyn present. Daar liep ik, met mijn donkere bril mijn roodomrande drankogen aan het zicht onttrekkend, zo kaarsrecht als ik kon, langs de troep – me niet bewust van de aanblik die ik bood. Op zolder gekomen ontdekte ik pas dat witte, blote been. Mijn rechterbroekspijp ontbrak. Finaal afgescheurd ter hoogte van het kruis. Ik had niet kunnen vertellen waar en hoe ik hem verspeeld had.

Het spel met het noodlot werd beloond met korte perioden van ontspanning, waarin ik me ongehinderd kon wijden aan mijn werk – want ook dat vond doorgang. De collectie groeide gestaag. Haast had ik niet, want het was onduidelijk wat er met me zou gebeuren wanneer mijn taak erop zat. Ik verwierf enkele pronkstukken: het etenskoffertje van Koning Willem I, het stokje van Chassé, generaal tijdens de Tiendaagse Veldtocht: ebbenhout met een massief gouden knop. Ik restaureerde schilderijen, vervalste op steeds groter schaal om mijn schulden te kunnen voldoen. Ik gaf officieren instructielessen wapenleer, van de antieke ruiterpistolen en voorladers tot de meest geavanceerde toe. Ik deed kortom in velerlei opzicht mijn plicht.

Maar dan nam de cyclus weer zijn aanvang, werd de hoofdpijn met de dag ondraaglijker, werd ik weer nacht aan nacht gekweld door angstdromen – en hield mijn destructief gedrag gelijke tred.

Twee personen Jan Montyn. Twee werelden. In de ene was het niet toegestaan iemand van het andere geslacht in het zwembad op minder dan anderhalve meter te benaderen. Dat was onzedelijk gedrag. Dan kreeg je een bekeuring. – En een andere wereld, hemelsbreed misschien maar een paar kilometer verwijderd van datzelfde zwembad. In die wereld organiseerde ik op Romeinse leest geschoeide feesten. Ook dat is, als zoveel, een kunst. En dat ik die verstond, had zich als een lopend vuurtje verspreid door de zuidelijke contreien – bakermat van de dubbele moraal.

Met steeds grotere regelmaat werd ik opgebeld, steeds vertoonde het voorspel hetzelfde patroon:

'Zeg Montyn, je kent ons niet, maar we hebben over je gehoord. We zitten hier met een paar man bij elkaar. We hebben een feestje in ons hoofd, en iemand vertelde ons dat jij ons uit de nood kunt helpen, dat jij de weg kent...' Dan wist ik het al. Ik zou het niet tegenspreken. – Waarop de onbekende stem vervolgde:

'Wanneer we volgende week nou eens gezellig ergens een hapje gingen eten...'

En daar verscheen sergeant Montyn in zijn inmiddels op staatskosten aangeschafte Citroën *Traction Avant*. Eerst liet ik me de locatie tonen waar het feest gehouden zou worden: grote, afgelegen landhuizen en kasteeltjes, omringd door hagen, verscholen in het bos. Ik nam notitie van het aantal kamers, inspecteerde de keuken, bekeek tuin en stallen. En daarna gingen wij dat traditionele hapje eten, de ambtsdragers, de advocaten, de hoge officieren, de gefortuneerde fabrikanten, en ik, hun onbezoldigde majordomus. Zij hadden het geld, ik had de warenkennis. Ik huurde de kok en het extra personeel, ik hield oog op het koude buffet, ik regelde de wijn. En ik regelde nog meer. Want steevast luidde het, na een aarzelende stilte:

'Zeg Jan, er komen nogal wat heren... zeg jij nou 'ns wat! 't Moet een beetje *leuk* worden, hè...'

'Allicht ja. Hoeveel meisjes hadden jullie zelf gedacht?'

En dan sloeg ik de daaropvolgende dagen aan het bellen met de madammekes in Antwerpen en Brussel. Ze kenden me daar wel. Soms hing ik om de twee weken aan de telefoon. Dertig meisjes, veertig meisjes. Niet te oud, niet ál te jong. Liefst ook niet ál te ordinair. En het belangrijkste: alsjeblieft gezond...

''t Zijn geen heren van de vlakte die daar komen, dus laten ze zich een beetje chic in de kleren steken.'

Soms werden er feestgangers verwacht met speciale wensen:

'Zeg Jan, onze vriend Pierre is ook van de partij. Die is je-weet-wel...'

Volgde het bekende gebaar met het handje. En ook daarin kon worden voorzien:

'Tante Roos, stuur ook een paar jongens. Beetje vrouwelijke types.'

Op de afgesproken dag was ik, in smoking of rokkostuum gestoken, al rond het middaguur aanwezig om de bestellingen te controleren. Zoveel kisten champagne, zoveel flessen cognac, zoveel kaviaar. Op een gulden meer of minder werd niet gekeken: ik deed de bestellingen carte blanche, de rekeningen gingen rechtstreeks naar mijn opdrachtgever – dat was de afspraak. Het ingehuurde personeel werd met een gebaar van 'sleutel op de mond' geïnstrueerd. De vereiste discretie werd met een fikse fooi beloond. Kamers en sanitair werden nog even op zindelijkheid geïnspecteerd. – Het feest kon een aanvang nemen.

Tegen vijf uur reden de eerste auto's voor, particuliere auto's, maar ook dienstauto's met chauffeur, in rangen en standen. Keurige heren waren het, sommigen nog jong, met een beginnend grijs aan de slapen, anderen ouder, kaalhoofdig en met buikje, maar allemaal uitstekend gesoigneerd, in krijtstreeppak met vest, een blosje van opwinding over wat komen ging op de wangen. Er werd kennisgemaakt, er werd geklonken, er werd geconverseerd over commerciële of industriële aangelegenheden, over zaken van staats-, provinciaal of gemeentelijk belang.

De ruimten, versierd met boeketten en kamerpalmen, boden de aanblik van een staande receptie. Het koude buffet werd op dienwagens binnengereden en men deed zich te goed. Flessen oude cognac werden ontkurkt, sigarenkistjes gingen open. De speeltafels werden van hun stofhoezen ontdaan. En de ruimten boden de aanblik van een klein casino. Rond tienen kwamen de meisjes ten tonele, trippelend op hoge hakken. Blondines en brunettes, negerinnen, halfbloed, Indisch of Chinees – alle maten en soorten. In lange jurk met hoge split, in korte rok, gedecolleteerd en mollig, of juist slank, met hooggesloten hals en parelketting, alle soorten en maten.

De stemming was nog wat onwennig in het begin. De

heren waren onder de indruk van de meisjes – zovéél meisjes – en de meisjes van de heren – échte heren. Er werd *gepraat*. De heren met de heren. De meisjes met de meisjes. Maar lang duurde dat niet. De champagne vloeide. Er werd geloerd en gelonkt. En ook Pierre was niet vergeten:

'Pierre, ga maar eens gauw boven kijken. In de kamer aan het einde van de gang wacht je een verrassing...'

En Pierre, die ongetwijfeld degelijk getrouwd was voor het oog van de wereld, en van wiens geheime wensen alleen zijn beste vrienden op de hoogte waren, hij zou die avond niet meer beneden worden gesignaleerd – beneden, waar de ruimten inmiddels de aanblik boden van een bordeel in vol bedrijf. De jasjes waren uitgegaan, de vestjes hingen los. Er was gekeurd en gekozen, men lachte en men dronk, er werd gedanst en op de schoot getrokken, en naar believen trok men paarsgewijs naar boven – en vervolgens deed men ook dat niet meer. Wat een overbodige moeite, helemaal naar boven! Wat een overbodige moeite om je aan en uit te kleden! Wat omslachtig om uit een glas te drinken, het kan ook uit de fles! – Een orgie, dat was de aanblik die de ruimten boden.

Drie dagen en nachten waren we doorgegaan. Op vrijdag waren we begonnen. De beklagenswaardigen die thuis huwelijkse plichten te vervullen hadden, vertrokken in het holst van de nacht en keerden 's middags terug. Anderen hadden ter wille van de hoogmis op zondag een kleine pauze ingelast. En 's maandags, het was al licht, de vogels floten, verschenen de dienders. – Ontucht plegen met minderjarigen, het scheelde niet veel of de doodstraf stond erop. En daar zat ik, in de tuin, zo dronken dat ik niet eens gemerkt had dat het pijlsnel stil geworden was om mij heen. Ik zat midden in de vijver op de sokkel van een beeldje, in niets gehuld dan een purperen gordijn dat ik bij wijze van mantel om mijn schouders had geslagen. Op mijn ene knie zat een meisje, op de andere een jongen. Beiden duidelijk minderjarig, duidelijk naakt. En achter me, eveneens in de vijver, eveneens in zéér kennelijke staat, speelde de blaaskapel een opgewekte welkomstmelodie.

Maar de dienders waren nog heviger geschrokken dan de *in flagrant delicto* betrapte hoogwaardigheidsbekleders. De doofpot was groot. Proces-verbaal werd niet gemaakt.

Het begon echt een beetje uit de hand te lopen. Feesten. Doorzakken in cafés over de Belgische grens. Op zondagochtend wakker worden in de goot van het Antwerpse havenkwartier, uitgeschud, onder de blauwe plekken en het geronnen bloed. Uren zoeken naar mijn motorfiets – een motorfiets die ik al snel total loss reed tegen een boom. Slalom door het bos. Veertig kilometer per uur. Vijftig. Zestig. – Wanneer ik *tegen* die boomstam was geschoten en niet erlangs was ik dood geweest. Eindelijk dood. Mijn smoking, glimmend, stijf van het vuil, droeg ik nu al meer dan twee weken, dag en nacht. Onder mijn oksel hield ik het generaalsstokje van Chassé geklemd, het echte, want het stokje dat elders in een vitrine lag was een replica. Donker ebbenhout met massieve gouden knop.

'Weet je wat zwaarder is: een pond veren of een pond goud?' Even zwaar? Vergeet het maar. – Wie het niet geloven wilde mocht de knop van mijn stokje gerust even wegen op de hand. Zo zwaar dus.

We zaten in de bar van Hotel Brabant in Den Bosch. Middelpunt van het vrolijke groepje was de oude baron Van Voorst, een nicht als een paard, altijd in het gezelschap van twee hazewinden. Hij had een vaste kamer in het hotel. Voor het geval dat. En het was zeer vaak het geval dat. Met hem was ik nu al langer dan een etmaal ononderbroken doorgezakt op roze champagne. Want de baron was verzot op roze. Maar nu was het drie uur, de bar ging dicht. Geen nood. Iemand wist een feestje in de buurt van Eindhoven. Op naar Eindhoven.

Mijn Citroën, verlengd model, bood plaats aan negen man. De motor was opgevoerd. De topsnelheid lag boven de honderdveertig kilometer per uur. Verder wilde het wijzertje van de snelheidsmeter niet wijzen.

Plankgas ging het door de duisternis. De weg tussen Den Bosch en Eindhoven is recht, dat wist ik. En daar hield ik mij ook aan, het zweet van inspanning op mijn voorhoofd. Maar er waren een paar kleinigheden die me ontgingen tijdens de rit. Dat de weg wegens werkzaamheden was afgezet en gedeeltelijk opgebroken bijvoorbeeld. Ook mijn passagiers hadden daar helemaal geen erg in. Net zomin als in het feit dat we achtervolgd werden door twee politieauto's – maar wij waren sneller.

De weg tussen Den Bosch en Eindhoven is recht, maar vertoont toch één flauwe bocht, ter hoogte van Boxtel. En ik had nu juist al mijn aandacht nodig om die wagen *recht* te houden. Het ging zeer snel. We raakten tweemaal een boom en botsten vervolgens frontaal tegen een muur. Ik werd wakker in een celletje, onder de blauwe plekken, met de ergste kater van mijn leven. Wat was er in vredesnaam gebeurd? Het bovenstaande. Maar dat hoorde ik pas een dag later, want die eerste vierentwintig uur achtte men het terecht verspilde moeite me aan een verhoor te onderwerpen. Ik was niet in staat één stom woord uit te brengen.

Ze hadden nog, letterlijk *gillend van angst*, geprobeerd ons bij te houden. Maar dat was onmogelijk gebleken, laat staan dat ze ons hadden kunnen passeren om ons aan te houden. Het was een wonder dat er geen doden en gewonden gevallen waren onder de wegwerkers. Die hadden voor hun leven moeten springen, terwijl de planken van de wegversperringen en de rode petroleumlampen hun om de oren vlogen. We waren uit het zicht verdwenen.

Ter hoogte van Boxtel hadden ze het wrak ontdekt. Eén verfrommelde hoop schroot. Ze hadden op afstand een beetje bedremmeld staan kijken. Wat zich *in* dat wrak ophield, dood of levend, moest verschrikkelijk zijn om aan te zien...

Maar toen was opeens tot hun verbijstering het restant van een portier omhooggegaan, en er was iemand naar buiten gekropen, iemand die zich met geen mogelijkheid staande had kunnen houden – en dat niet vanwege zijn verwondingen. En vervolgens was er nóg iemand naar buiten gekomen, ook op handen en voeten, en nóg iemand, en nóg iemand. Ze hadden elkaar aangekeken met een verwilderde blik: ben ik nu gek geworden, of zie jij misschien hetzelfde? Want er waren negen man uit het wrak te voorschijn gekomen, onder de builen en de schrammen, maar verder ongedeerd. En na die negen man twee hazewinden.

Die twee personen Montyn: het ging niet goed met ze. Ze werden beiden veroordeeld tot vier weken gevangenisstraf. Maar de een kon in de cel vanwege zijn angstdromen niet slapen, terwijl de ander overdag tussen die vier muren werkte als een bezetene. Dat museum moest eindelijk eens open.

De ene Jan Montyn recipieerde niet lang daarna. Groot feest. De plechtige openstelling van de historische collectie van de garderegimenten der Grenadiers en Jagers, alsmede van de voormalige Prinses Irenebrigade, werd verricht door de inspecteur-generaal van het Nederlandse Leger, Z.K.H. Prins Bernhard. Sergeant Montyn ontving uit handen van Zijne Majesteit een gouden aansteker met inscriptie. Er waren speeches, er was een banket. Eenieder was zeer opgetogen. En later op de avond klonk de stem van Kruls, generaal der Mariniers.

'Montyn,' sprak Kruls, 'wij van het Korps Mariniers hebben een veel oudere traditie dan jullie godverdomde zakken...' – Dat was waar.

'Zo'n museum wil ik ook!'

Dat kon geregeld worden. Ik werd benoemd tot adviserend conservator, toegevoegd aan het Korps Mariniers. En alles ging door. De angsten 's nachts, de *fake* van overdag. De drank tot er wel een delirium op moest volgen. Zoeken naar vergetelheid. Spelen met het noodlot. – Die andere Montyn was bezig stapelgek te worden.

Ik sloop in het donker door de velden. Keer op keer. De spoorweg tussen Den Bosch en Eindhoven werd druk bereden en lag op niet meer dan een halfuur gaans. Ik klom de spoordijk op, wachtte, misselijk van nervositeit, reikhalzend als een frontsoldaat naar het moment van aanval – omdat hij dan verlost is van dat wachten. Daar verscheen in de verte al een flauwe krans van licht. Met wildkloppend hart legde ik mijn gloeiende voorhoofd op het koele, gepolijste loopvlak van de rail. Twee gele koplampen kwamen naderbij, met honderdtwintig kilometer per uur. De rail begon te zingen. Eén toon, hoger en hoger, luider en luider. Ieder moment fragmenteerde zich tot een oneindig aantal kortere momenten. Alles trilde. Eén stampende muur gedreun. – En dan, op het *allerlaatste* moment, maar niemand kan weten welk moment het allerlaatste is, trok ik mijn hoofd terug.

De wielen daverden mijn ene oor in, het andere weer uit, draaistel na draaistel, wiel na wiel, wagon na wagon, een stormwind loeide door mijn haren. Met honderdtwintig kilometer per uur schoot de laatste wagon langs mij heen, de wielen op handbreedte afstand, de achterlichten werden kleiner, het gedreun verstierf, de rail zong, lager en lager, tot een vaag gebrom. En het was stil.

Ik liet me van de spoordijk rollen. Beneden bleef ik liggen, doorweekt van het zweet, rillend in de nacht. Maar de spanning was geweken.

Twee keer Jan Montyn. De een zou zich verloven met een zekere Cécile, een keurig meisje dat al voor haar uitzet spaarde. De ander werd verliefd op Ank.

Ank had ravenzwart haar en donkere, wilde ogen. Maar ze was pas zestien, en ze was de dochter van een collega-sergeant. Ze had thuis ruzie gehad, ze was weggelopen. Ik verborg haar in het schuurtje waar het wrak van mijn motorfiets nog stond. Dagen, nachten.

Haar foto verscheen in de kranten. Haar vader liep over de binnenplaats met van vermoeidheid roodomrande ogen.

Ik bracht haar eten. Sliep met haar. En wanneer ik weer vertrok deed ik de deur op slot. Verborg ik haar of had ik haar daar opgesloten? – Wat was het verschil. Ze was van mij. Ze was mijn eigendom. We lagen in elkaars armen. Bevend. Zij begreep mijn angsten. Ik hield van haar. In haar ogen herkende ik de waanzin. Haar waanzin. Mijn waanzin.

H.M. Gekkenhuis

Het gebeurde volmaakt onverwachts, van het ene moment op het andere, zonder een enkel waarschuwingssignaal, zonder dat er een directe aanleiding viel aan te geven. Natuurlijk, het ging bergafwaarts met me, maar het ging al heel lang bergafwaarts. En ik had hoofdpijn op het bewuste ogenblik. Maar ik had bijna altijd hoofdpijn.

Ik stond op het station van Den Haag, waar ik inmiddels als adviseur een eigen kamer had op het Ministerie van Defensie, te wachten op de trein naar Den Bosch. – Of nee... Er was wel degelijk iets aan voorafgegaan, hoe futiel schijnbaar ook. Ik had immers op de klok gekeken! Mijn trein ging om even over halfzes. Ik had gekeken hoe laat het was. Maar die klok was stuk. De minutenwijzer stond vrijwel op het halve uur – de kleine wijzer was verdwenen... Was dat het? Nee, dat kan niet. Dat kan toch geen verklaring zijn. Maar wat dan? Wat gebeurde er precies?

Het was als een elektrische schok. Een droge, echoloze knal, zonder dat ik in feite iets hoorde. Er knapte iets, daarboven bij me, en het perron werd week onder mijn voeten. Ik greep in paniek naar mijn hoofd, omvatte het met beide handen. *Dit kan niet!* Deze pijn kan ik niet verdragen! Het was alsof mijn ogen uit hun kassen werden gedrukt, van binnenuit, alsof de aders in mijn slapen knapten, mijn trommelvliezen scheurden... – Mijn hoofd werd opgeblazen als een luchtballon. Het groeide en groeide, werd groter en groter, met hoeveel stomme kracht ik het ook omklemde, duizelend van de pijn. Onverdraaglijke pijn. En *dwars door* die pijn zeurde de blikken stem van een luidspreker, dreunde het geschuifel en gedruis van duizend mensen, scheurde het gepiep van remmen. Het geluid zwol aan tot oorverdovend en verstierf meteen weer tot gefluister. Alles kwam in golfslag op me af en werd weer weggezogen. Alles draaide. En ik stond daar en omklemde mijn wanstaltige hoofd radeloos met beide handen.

Hoe ik in die trein belandde wist ik niet. Dat het achteraf de juiste bleek moest toeval zijn.

'Bent u niet goed?'

'Mijn hoofd...'

Dat was het enige dat ik wist uit te brengen, met een stem die van heel ver weg klonk, een stem die in niets leek op de mijne. Mijn hoofd. Raak mij niet aan! Mijn hoofd zal knappen als een zeepbel!

'Maar wat is er dan met uw hoofd?'

Botsend en struikelend slaagde ik erin de wc te bereiken. In de spiegel een lijkbleek gezicht, uitpuilend, onherkenbaar, met bloeddoorlopen ogen. Het gedreun van de wielen op de rails zwol aan, zakte weer weg. Daar doorheen een stem die van boven leek te komen, een stem, neutraal als van een nieuwslezer van de radio:

'Caissonziekte evenzeer gevreesd... De longen scheuren, bloed vloeit uit neus en oren, de schedel knapt als een eierschaal...'

Ik rukte in paniek aan het waterkraantje. Zonder resultaat. Pas toen ik op de toiletpot ging zitten ontdekte ik een voetpedaal. Het water spoot me recht uit de ontwrichte buis in het gezicht. Eén wanhopige gedachte.

Laat ik in godsnaam niet doodgaan in een trein-wc... – Eén bundeling van krachten.

Wanneer ik nu maar eenmaal die trein verlaten heb... Ik slaagde erin om heelhuids uit de trein te komen. En ik herkende het perron.

Wanneer ik nu maar eenmaal in een taxi zit... Ik slaagde

erin op eigen kracht een taxi te bereiken. Maar toen was het gedaan. Tot het opgeven van een adres was ik niet meer in staat. Ik kreunde maar wat.

'Mijn hoofd...' – Dat was het enige dat ik nog wist uit te brengen.

'Mijn hoofd...'

Ze dachten dat ik niets wist, maar ik wist alles. Ik had in voldoende hospitaals gelegen om haarscherp te weten waar ik me bevond. Dit was het kamertje dat men niet geacht wordt levend te verlaten. Ze dachten dat ik in coma lag. Zes dagen al. Maar ik hoorde alles. En ik kende genoeg medische termen om te begrijpen dat men mij had opgegeven. Mijn moeder had gehuild. Mijn zuster had nachtenlang aan mijn bed gewaakt, het goeie mens. En ik was niet dood. Nog steeds niet dood. Ik zweefde in het water van een bodemloos diep meer. Beneden heerste duisternis. Boven me was licht. Ik leefde. Hoe dat kon, begreep ik niet. Maar ik leefde. Me bewegen kon ik niet. Ik wilde het ook niet. Iets zeggen kon ik niet. Er viel ook niets te zeggen.

Na zes dagen en zes nachten opende ik mijn ogen. Er stond een verpleegster over me gebogen, een Indisch meisje met het liefste gezicht dat ik ooit zag.

'Bent u wakker?' fluisterde ze.

'Ja...'

'Wilt u iets hebben?'

Ik knikte. Of verbeeldde ik me dat? Ze boog zich dieper over.

'Biefstuk...' fluisterde ik. 'Kan ik een biefstuk krijgen?'

'De keuken is dicht, maar ik zal het proberen,' antwoordde ze met een ernstig gezicht. Ze verliet het vertrek. Ik sloot mijn ogen. Hoe lang het duurde wist ik niet.

Ze zat weer naast mijn bed, een bordje in haar hand. Eén, heel klein stukje biefstuk maar. Het was de heerlijkste biefstuk die ik ooit proefde.

'Nu ga ik slapen...' – Waarna ze opstond, en op gedempte toon vroeg:

'Uw familie staat buiten op de gang. Wilt u nog afscheid van ze nemen....?'

Ik schudde het hoofd.

De volgende dag zat ik rechtop in bed. Ik was vel over been, maar ik had het overleefd. De spanning in mijn hoofd was weggevloeid. Geen hoofdpijn meer.

Wat me nu precies gemankeerd had, wisten ze me niet te vertellen. Bijna een week in coma, bijna een week meer dan 41 graden koorts. Evenmin had men een verklaring voor het feit dat de spanning in mijn hoofd geweken was. Wel vernam ik dat ze ervan overtuigd waren geweest dat ik met dat vragen naar biefstuk een laatste opleving voor de dood had doorgemaakt. Mijn familie had ik niet meer willen zien. Ook nu niet. Ook de komende tijd niet. Wekenlang lag ik in een witgelakt ziekenhuisbed te worstelen met mijzelf. Bezoek kon ik niet verdragen. Ik was verwikkeld in een strijd met het verleden die ik met niemand kon delen. De film werd teruggedraaid.

Ik hing weer aan de voorplecht van die duikbootjager. Omhoog, omlaag, op de golfslag. Een van de jongens was door de explosie gewond geraakt. Hij lag vastgeklemd, vlak aan de waterlijn. Omhoog, omlaag. Iedere golf die terugvloeide over het dek kleurde door een wolk van bloed. Niemand bewoog. Hij stierf voor onze ogen. Zwart en wit. De loopgraven in Koerland. De modder en de sneeuw. Het gebrul in de nacht. De benen afgerukt. Ogen die smeken om het genadeschot. Een hoofd dat weggeblazen wordt. Hein... Hein, je ontglipt me! Laat me hier niet alleen! Ik grijp zijn hand. – Dan explosies, urenlang, fonteinen van modder. *Maar zonder geluid.* Iedere minuut een inslag, iedere minuut brengt de dood. Een Rus veert op, zakt zonder geluid ineen. De echo van een schot. – Het wachten op de laatste klap. De absolute verlatenheid, de absolute eenzaamheid van het wachten. Dresden. Een rosse mist. Daardoorheen menselijke figuren. Schimmen. Stemmen. Geschreeuw van pijn. Wanhopig huilen.

Overdag lag ik in een ziekenhuisbed, 's nachts lag ik in een scheepsruim, de oren gespitst, omringd door muren van water. Eén droge tik zal voldoende zijn. En ik tel de seconden, de minuten af.

Dan opeens een beeld waarvan ik niet begrijp dat het zo nadrukkelijk in mijn geheugen is blijven steken. Een venster aan het einde van een gang. Buiten is het donker. Natte sneeuw kleeft tegen het glas. Ik zit op een verwarmingsradiator, kijk naar de smeltende vlokken. En ik ervaar een gevoel van intense tevredenheid. Ik voel geen pijn. – Het is de gang van het ziekenhuis in Flensburg, aan de Deense grens.

Overdag lag ik in bed. 's Nachts demonteerde ik mijnen. Een eindeloze herhaling van één en dezelfde handeling, nu eens traag, dan weer koortsachtig gehaast. Bijvoorbeeld het afbinden van een slagaderlijke bloeding. En steeds scheurde het, dat vervloekte surrogaat verband. En steeds die stem, vlak bij mijn oor:

'Schiet op Jan. Schiet godverdomme op!'

Het volgende moment stond ik weer voor het executiepeloton, geblinddoekt. De bevelen, steeds weer de bevelen. Het afschot, keer op keer. De inslag in hart en longen. *Maar ik voel niets.* – En dan weer de bevelen.

Overdag lag ik. 's Nachts kroop ik op mijn buik door niemandsland, holde ik van muur naar muur, dook ik weg in greppels, roeide ik onder een regen van kogels, rolde ik me op mijn buik, op mijn rug, mijn zij, veerde ik op, sprong ik, viel ik. – Ik viel in een ravijn en brak mijn rug. O ja. Korea.

Ik was vel over been. Overdag at ik kolossale biefstukken, kreeg ik room, eieren. Een overdadig rantsoen, bedoeld om aan te sterken. Zes weken lang, iedere dag. En na die zes weken was ik precies een kilo aangekomen. Overdag at ik, 's nachts werd ik verteerd.

Hoe het mogelijk was dat ik na die zes weken uit het ziekenhuis ontslagen werd? Omdat ik tegen niemand met één woord gerept had over mijn nachtelijke strijd.

Ik verhuisde weer naar Vught. Het museum. Rondleidingen. Instructie. Een adviseurschap bij de Mariniers. Mijn atelier. Restauraties. En de rest. Alles ging door. De kratten bier onder mijn bed. En iedere nacht oorlog.

Het duurde maanden. Maanden waarin ik met de dag radelozer werd. Het was een zich versnellend proces. Ik sloeg iemand vijf tanden uit zijn mond. Ik barricadeerde de deur van het atelier, kwam dagenlang niet te voorschijn. Ik sprak hoge officieren aan bij hun voornaam. Ik dwong recruten me als meerdere in hun bed te dulden. Wie gooide ik toen van de trap? Ik wist niet eens meer wie. Ik kroop als een beest op handen en voeten over de binnenplaats, hoestend van kots en slijm. Het werd erger en erger. Het duurde maanden. En niemand zei iets.

Ik moest praten. Maar met wie? Ik moest tot rust komen. Maar hoe?

Toen brak de dag aan waarop de marechaussee verscheen. Eindelijk.

'Zo Jan. Je moest maar eens met ons meekomen. Ik geloof dat jij het een en ander te vertellen hebt...'

Iemand had een aanklacht ingediend. Eindelijk. Ik was weer eens dronken bij een recruut in bed gekropen, midden in de nacht. En dit keer bij een die daar heel erg van geschrokken was. Niet dat ik me dat kon herinneren. Ik kon me zoveel niet herinneren. Het zou wel waar zijn. Ik sloot de deuren af en volgde. Ik was doodmoe. Ik was werkelijk aan het eind. Ik volgde, bijna opgelucht.

In de marechausseekazerne sliep ik vervolgens een

nacht, een dag, en nog een nacht – aan één stuk. Ik kon weer slapen, ik voelde me ontslagen van verantwoordelijkheid. Tenslotte kreeg ik papier en potlood, want praten lukte niet. Ik moest maar eens opschrijven wat ik op mijn kerfstok had. De oude wachtcommandant klopte me bemoedigend op de schouder:

'Doe dat nou. 't Zal allemaal wel meevallen...'

'Ik schrijf alles op waarvan ik meen dat ik ermee in overtreding ben geweest,' zei ik. Dat deed ik. En het viel niet mee...

Ik begon met alle verkeersovertredingen die ik me te binnen kon brengen. Het verkeerd parkeren van mijn auto. Te hard gereden. Meer passagiers vervoerd dan volgens mijn rijbewijs was toegestaan. Door rood licht gereden. Geen gevolg gegeven aan stopsignalen. Rijden onder invloed. Rijden met de ogen dicht op motorfietsen. Alles zo mogelijk met plaats en datum.

Ik vulde vel na vel. Openbare dronkenschap. Niet groeten van meerderen. Mishandeling. Het in gevaar brengen van het treinverkeer. Onzedelijke handelingen met minderjarigen van beiderlei geslacht. Het aanzetten tot ontucht. Het onttrekken van minderjarigen aan de ouderlijke macht. Het verduisteren van rijkseigendommen. Valsheid in geschrifte. Oplichting. Vervalsing van schilderijen. Insubordinatie.

'Plus wat ik vergeten ben...'

'Jezus, Jan...' stamelde de wachtmeester, de eindeloze waslijst strafbare feiten in de hand, 'was *jij* de kidnapper van Ank van Galen?'

Dat was ik dus. Ik had haar na een week losgelaten. Of was ze weggegaan? Ze was teruggegaan naar huis, volledig in de war. Maar noch tegenover haar ouders, noch tegenover de politie had ze iets losgelaten over haar verblijfplaats.

'Ja, dat was ik. Jullie moeten naar dat meisje toe. Ze moet hulp hebben, het gaat niet goed met haar.'

Nee, het viel niet mee. Dezelfde dag nog werd ik overgebracht naar de strafgevangenis in Den Bosch. Daar in de cel maakte ik het werk af dat ik onder handen had. De restauratie van een klein schilderijtje van Van Ostade, uit een Duitse collectie. Na tien dagen bezeten arbeid was het klaar. Ik liet het weghalen. Ook mijn spullen gingen mee. Ik hoefde niet meer, ik kon niet meer.

De cel, en dat in het vooruitzicht van misschien wel jaren, was te veel. Ik wilde dood.

Ik had voedsel en water kunnen weigeren, en ik was gestorven van honger en dorst. Ik had mijn adem in kunnen houden, en ik was gestikt. Ik had nog wat krachtiger met m'n hoofd tegen de muur kunnen bonken dan ik al had gedaan. – Ik deed het met een hoekje van een scheermesje dat ik 's ochtends uit het waslokaal gesmokkeld had.

Maar dat hoekje sneed niet diep genoeg.

'Ik ben jouw psychiater,' zei de man met de krakende stem, terwijl hij zijn lorgnet oppoetste. Een ogenblik later lag hij in een hoek van het vertrek, en het ogenblik daarop had ik vier ziekenbroeders op mijn nek.

Ik kwam bij in een dwangbuis. Zelden was ik zo versuft geweest. De deur van de kamer ging open. Er kwam een man van mijn leeftijd binnen, zonder witte jas, zonder lorgnet.

'Ik heet Mertens,' zei de man, terwijl hij naast me ging zitten. 'Ik heb jouw conduitestaat gelezen, en ik verzeker je één ding. Jij gaat niet terug naar de cel. Daar sta ik persoonlijk borg voor.'

Een halfuur later liep ik naast dokter Mertens door de tuin van mijn nieuwe verblijfplaats, Harer Majesteits Psychiatrische Inrichting te Utrecht. Hijzelf had me uit de dwangbuis losgemaakt. Ik vertelde hem van de nachtelijke aanvallen van agressie en de black-outs die jaren eerder, tijdens mijn opleiding in Weert, de kop al hadden opgestoken. Hij vond het onbegrijpelijk dat men me al die jaren zonder hulp had laten doormodderen. O ja, ik had een keer slaaptabletten gekregen.

'Maar ik heb er ook nooit met iemand over gesproken...'

'Ik wil je iets voorstellen,' zei Mertens tenslotte. 'Je hoeft niet met me te praten wanneer je dat niet wilt, maar ik zou het op prijs stellen wanneer jij je levensverhaal op schrift stelde.'

De volgende dag zat ik achter een tafeltje in een zonnige kamer die uitkeek op een tuin. Alles wat je je kunt herinneren, had Mertens gezegd. Doe er net zolang over als je nodig acht.

En vreemd, ik die geen geheugen had, bleek me gaandeweg alles te kunnen herinneren. Het verleden was jarenlang een donker gat voor me geweest: een sinister hol waaruit in mijn slaap slangen te voorschijn kropen die zich een weg vraten door mijn hersenpan. Wanneer ik terugkeek blikte ik in totale duisternis. In Oudewater was ik geboren. Hein was mijn vriend geweest, in Koerland was ik zwaargewond geraakt. Dat waren feiten. Ik kende ze zoals ik mijn geboortedatum wist. Maar het had ook een ander kunnen zijn, iemand met dezelfde naam. *Ikzelf* ontbrak eraan. De angsten die me jarenlang gekweld hadden waren de angsten geweest van iemand die een vreemde voor me geworden was. *Hem* zocht ik terug. Ik begon bij mijn vroegste jeugdherinneringen. Onweer in de nacht. In nachthemd in de werkplaats. Een roffel van regen tegen de ruiten. Oogverblindend weerlicht. Vader op de knieën, luid biddend, de zusjes huilend. De tuin. Geur van open aarde, van mest en stro. Konijnen. Duiven. En mijn vriendjes. Pim en Chiel. Piet die dood zou gaan aan polio. Mijn eerste fiets, symbool van vrijheidsdrang. De meidagen van '40. Een breuklijn. Nooit zou het weer worden als het was. De eenzaamheid thuis: ik, een verdoemeling. De verdachtmakingen buitenshuis: moffenvriend. De arbeidsdienst. Voor het eerst van huis. Een machinefabriek in Waddinxveen. Weggelopen. Een voettocht over de Veluwe. Wuivend, zondoorstoofd gras. De lucht van rubber gympjes. Hein. Een arm om mijn schouder. De weersportkampen. Een halve nacht duizelend op een rand boven een ravijn. Een vrouw die Monika heette, een trein ontspoorde, en Monika verdween.

Ik volgde de dagen, uur na uur, soms zelfs minuut na minuut. *Alles was er.* Mannheim, Ludwigshafen. Bootsman Heyne, met uitpuilende ogen te midden van het puin, een baby in zijn armen:

'Ik wist het. Godverdomme, ik wist het...' – Zijn stem. De stoppels van zijn baard wit van het kalk, zijn mouw gescheurd, zijn wangen onder het roet.

Ik schreef. Vel na vel. Wanneer ik een pakje vol had, legde ik het op een afgesproken plek. Daar haalde Mertens het op. Over het geschrevene werd met geen woord gesproken. Ik schreef. De nachtoefeningen in de klei van Pommeren. Hemelvaartcommando. Kadaverdiscipline, *ohne Rücksicht auf Verluste.* De eerste landmijn die gedemonteerd moest worden. Dan opeens, alsof de zon doorbreekt, een havenstad aan de Oostzee. Danzig in. Passagieren. Maar ook een meisje. Marika. Haar naakte benen, de knieën nog van een kind. Haar kleine borsten, oneindig teer, haar buik, doorschijnend bleek in het harde schijnsel van een kaal elektrisch peertje. Haar ouders waren omgekomen, of haar broertje nog leefde wist ze niet. Oorlog. Grijze ogen, en een stem die zegt:

'Kom Jan...'

Een smoezelige matras. En de mateloze eenzaamheid daarna.

Duikbootalarm. De uren bij het waterdichte schot van een mijnenveger, benedendeks. *Stel je koud.* Gustav en Erich. Zij waren de eersten geweest. Het water had zich boven hen gesloten. En ik lag in mijn hangmat. Een gedachte. Hoe kom ik *hier* uit... Getorpedeerd. Op de voorplecht van een duikbootjager. Op en neer op de golfslag. Klinknagels springen. En daarna Koerland. De loopgraven, weken, maanden. De eerste inslag:

De eerste inslag zal je maatstaf zijn. Iedere volgende zal je er aan afmeten. Dichterbij of verder weg. Behalve de laatste. Want die zal je niet meer horen. – Dat schreef ik.

Iedere dag is een dag die je overleefd hebt. Hein kreeg een schot naar huis. Toch stierf hij voor mijn ogen. En er knapte iets bij me.

Maar verdriet kon je daar niet hebben. Er was geen ruimte voor verdriet. Het verdriet kan later komen. Maar ik leerde het niet kennen: later. Al die jaren was er geen moment om tot mezelf te komen.

Dan de klap die toch niet de laatste was. Een nacht in de sneeuw. En toch gevonden. Hoe vaak had ik niet geluk gehad? Of bestaat er zoiets als intuïtie voor geluk? Kan overlevingsdrang zo sterk zijn dat het noodlot wijkt?

Dokter Schneider was marinearts in Libau. Hij riep me terug naar het leven. We werden getorpedeerd, nog maar net buitengaats. Mischien wel duizend man gingen mee de diepte in. Ik had tussen hen gelegen, hulpeloos, handen en voeten in dikke zwachtels. Schneider was het die me naar dat reddingsvlot droeg. Waarom *mij?*

Ik had met Hein geslapen. We bevredigden elkaar. Maar wat biseksualiteit was wist ik niet. Dat woord had ik nog nooit gehoord. Ik wist zoveel niet. Pas in '45 legde iemand me uit wat nu eigenlijk het verschil was tussen socialisme en nationaal-socialisme. Politiek had me nooit geïnteresseerd. Maar ik had het kúnnen weten. Daarom is nietweten geen excuus.

Luc was het geweest die me inwijdde in de politieke termen: de Waalse jongen met wie ik ontsnapte uit het krijgsgevangenkamp. Maar zover was het nog niet. Ik zat nog lang niet in dat krijgsgevangenkamp. Eerst moest ik nog op een brancard naar beneden gedragen worden, diep het ruim in. Op de Oostzee, een log schip, machteloos dobberend te midden van de mijnen. – Die nacht duurde een mensenleven lang. Eerst moest ik nog terug naar Oudewater, achter in een postwagen, boven op een munitietrein, steunend op een stok te voet, op een melkkar, – en het laatste stukje in een auto vol ss'ers. En na Oudewater moest ik me melden in Klagenfurt. Een trein. Dan Dresden. Een zee van vlammen. Ik zag alles, hoorde alles, rook alles. Voor het eerst. Toen had ik het meegemaakt, nu maakte ik het door. Terwijl ik schreef. Terwijl ik daarna in bed lag onder een spanlaken, schreeuwend. Tot ik een spuitje kreeg. Maar ieder vel, iedere regel, elk woord bracht opluchting. Want nóg een keer hoefde niet...

Ik beschreef de situatie aan de Oder. De stellingen, de kazematten. Welk geschut waar, welk kaliber. De stalinorgels. De inslagen, elke dertig seconden één, urenlang. Met honderd man moesten we een eilandje bezetten, negen keerden terug. En Willy die zwemmend ontkomen was. Maar die kreeg longontsteking. Het briefje. Waar ik het was kwijtgeraakt wist ik niet, maar ik had het nog steeds in mijn bezit. *Van Willy, voor Jan.* Plus twee dichtregels. – Die kreeg ik niet uit mijn pen.

Van een ander eilandje tekende ik de plattegrond. Daar was ik aan wal gegaan. Daar was ik omhooggekropen. Daar had dat andere bootje gelegen, van die Russische soldaat. Naast zijn bootje had ik hem achtergelaten. En ik schreef:

Dat was het meest schokkende. Het was hij of ik. Het had de schijn van een duel. Maar hij was zonder twijfel dienstplichtig soldaat. Ik niet. Ik bevond mij daar voor eigen verantwoordelijkheid. Daar zit ik fout.

De terugtocht naar de Elbe. Een Deen, een Hitlerjugendjongen, één mitrailleur, en ik. Geritsel van bladeren, gezwiep van takken. Een leger in aantocht. Ik was even later achter op een motorfiets gesprongen. Die andere twee niet. Waarom ik wel? – Pannenkoeken bakken in een hemelsblauwe nachtjapon: de waanzin. Luchtaanvallen, beschietingen, mijnen: de verschrikkingen. Met zeventig man lieten we de Oder achter ons, vijf konden zich tenslotte overgeven. Waarom ik wel? Waarom Carstens niet? En ik schreef:

Na Hein is hij de enige op de hele wereld die ik terug zou willen zien.

En daarna kon ik dagenlang niet schrijven. Ik kwam dokter Mertens op de gang tegen. Hij hield me tegen. Hij had al een tijdje geen vellen papier meer aangetroffen op de afgesproken plek. Was ik klaar?

'Nee. Het begint pas.'

Daarop liep ik naar mijn kamer. Pakte een vel papier en schreef:

In het krijgsgevangenkamp vertelde een Amerikaanse officier van Nederlandse afkomst me wat er gebeurd was met de joden.

En ik schreef verder. De ontvluchting met Luc. Het Vreemdelingenlegioen. Desertie. Drie weken bij Loulou op een kamertje. Straatsburg. De schijnexecuties in Neuengamme. Internering. Jeugdkamp. De wilde jaren, terug in Oudewater. En dan Korea, de val in het ravijn. Maanden in een rolstoel. Yoshika.

Tenslotte stelde ik mijn carrière als beroepsmilitair te boek en het langzame proces van gek worden. – En wonderlijk: hoe dichter ik naderde in de tijd, hoe moeilijker het me viel me alles te herinneren en op schrift te stellen.

Bijna een jaar lang schreef ik. De angstdromen werden minder, de nachtelijke aanvallen bleven steeds langer uit. Het spanlaken kon in de kast blijven, geen spuitjes meer om te kunnen slapen. Vel na vel had ik gevuld. Hoeveel wist ik niet, want ik nummerde ze niet. Overlezen kon niet, want ik gaf ze af. – Uiteindelijk belandde ik bij mijn arrestatie. De eindeloze lijst strafbare feiten. Mijn zelfmoordpoging. Overgebracht naar Harer Majesteits Gekkenhuis in Utrecht. Mertens' verzoek om alles op te schrijven...

Dat had ik nu gedaan. Ik was klaar. En ik schreef:

Dit was mijn leven tot nu toe.

Daaronder zette ik mijn naam: *Jan Montyn*. En de datum: *22 maart 1957*.

En onder dat alles zette ik een dikke streep.

DEEL 6

De tijd staat stil

April '75. Ik loop door de vertrekhal van Bangkok Airport. Tien uur in de ochtend. Over een paar minuten de dagvlucht naar Frankfurt. Dan een overstap naar Amsterdam.

Een canvas schoudertasje is mijn enige bagage. En ook dat niet meer voor lang. Iedere stap die ik zet is definitief. Want ik weet: dit is de laatste keer

'Over twee weken ben ik terug,' heb ik gezegd. 'En dan nooit weer. Het zit erop.'

Er zijn beslissingen die je neemt op grond van overwegingen. Er zijn er die je neemt in een impuls. De rekenschap komt later.

Ooit had ik in een gevangeniscel een eind aan mijn leven willen maken. Het was niet gelukt, het afgebroken hoekje van een scheermes sneed niet diep genoeg. Daarna had ik een jaar lang geschreven en rekenschap afgelegd: duizend dichtbeschreven vellen papier. Ze zouden hun stoffelijk bestaan beëindigen in een potkachel, tegelijk met het uniform van sergeant der Grenadiers. Toen was ik tweeëndertig, nu ben ik vijftig. Wat ik toen achter me had liggen was oorlog, en weer is het een oorlog die achter me ligt. Toen zat ik in een kamer die uitkeek op een ommuurde tuin, nu zit ik in een comfortabel eersteklas compartiment op tienduizend meter hoogte in het luchtruim – en weer leg ik rekenschap af. Een vol jaar is niet nodig, en schrijven hoeft ook niet. Ik heb voldoende aan herinneringen. Achttien uur duurt deze vlucht. Het is de laatste keer. Opnieuw een afscheid van wie ik was. En dan nooit weer.

De jumbojet van Singapore-Airlines heeft Bangkok achter zich gelaten. En ik, *in* die jumbo, heb inmiddels Utrecht, de psychiatrische inrichting, verruild voor een bestaan in Amsterdam. – O nee, ik vergeet iets. Voor het zover was moest er nog iets afgehandeld worden. Een kleinigheid. Een formaliteit, meer niet...

Ik had, een jaar lang schrijvend, afgerekend met het verleden, er bleef intussen een instantie geduldig wachten tot ik weer aanspreekbaar werd geacht, een instantie die een zeker onderdeel van dat verleden allerminst als afgeschreven beschouwde. Op een ochtend verschenen er twee marechaussees. Ze overhandigden me een envelop. Daarin zat een dagvaarding. Ik moest voorkomen. De Krijgsraad in Den Bosch.

'Wanneer ze me willen opsluiten maak ik amok. Ik ga de cel *niet* in!'

Mertens probeerde me gerust te stellen. Hij vertelde dat ik wegens geestelijke onstabiliteit een s-5 gekregen had: 'Je bent officieel afgekeurd voor de militaire dienst en verminderd toerekeningsvatbaar. Daar zullen ze in de strafmaat rekening mee houden...'

Ik was er allerminst gerust op.

'Zal ik met je meegaan?' vroeg Mertens de bewuste dag. Nee, dat wilde ik niet. Ik wilde ook geen ziekenbroeder om me te begeleiden. Ik ging alleen, in burger. Volgens voorschrift diende ik in groot tenue, met eretekens en al, te verschijnen. Dat weigerde ik pertinent. Mijn haar, dat me tot de schouders reikte, had ik af laten scheren. Ik ging in een zwarte broek en een zwarte sweater. – Ze moesten me maar nemen zoals ik was, in het zwart, met kale kop.

Blijf maar lachen, had Mertens me aangeraden. Maar het lachen verging me toen ik in het wachtlokaal hoorde dat niet lang tevoren twee officieren voor veel mindere vergrijpen door dezelfde Krijgsraad veroordeeld waren tot celstraffen van vier en zes jaar. Ze hadden het weinig op met zedendelicten, daar in Den Bosch. En dan durfde ik niet eens te denken aan de verduisteringen, de vervalsingen, laat staan de kidnapping die de dagvaarding vermeldde...

'Hé Jan...'

Het was Tuyll, nog steeds officieel mijn commandant, die me op de gang staande hield.

'Kerel, wat heb ik toch allemaal over je gehoord! Waarom ben je nooit naar me toe gekomen met je problemen? Dan waren we samen gaan *sporten*...'

De zaak-Montyn begon. Achter gesloten deuren, vanwege het onzedelijke karakter van sommige delicten. Het Hof verscheen. En wie schetste mijn verbazing: onder die hoge officieren herkende ik twee heren die indertijd zéér genoten hadden van mijn Romeinse feestjes... Ze zaten er wat besmuikt bij, terwijl de aanklacht werd voorgelezen, een waslijst, zo lang, dat de auditeur-militair er niet in slaagde zijn gezicht in de plooi te houden. Of ik de feiten toegaf.

'Ja.'

Of ik nog iets ter verdediging had op te merken?

'Ja.'

En het ontging me niet dat twee heren, stijf van de decoraties, ineenkrompen achter de groene tafel.

'Heren, ik zal het kort houden. Ik zal me beperken tot één ding. En dat ene is: s-5. Dank u.'

Het hof trok zich terug voor beraad. Ik moest wachten. Het langste uur van mijn leven. Alweer. Want in dat krankzinnige leven van mij waren al heel wat uren het langste uur geweest... Toen mocht ik weer binnenkomen. Het vonnis werd voorgelezen.

Ik werd ontslagen uit de militaire dienst. Niet eens oneervol ontslagen, naar ik begreep. Ik kreeg een gevangenisstraf van drie weken, met aftrek van het voorarrest. En ik had precies drie weken in voorarrest gezeten!

Ik wachtte. Nu moest het komen... Maar er kwam niets meer.

Dat was alles. Wanneer ik hoger beroep wenste aan te tekenen, moest ik dat binnen vierentwintig uur kenbaar maken. – Maar dat laatste hoorde ik amper meer. Ik stond al buiten. De eerste die me feliciteerde was de goede oude Tuyll.

'En wat nu, Jan?'

'Een groot glas bier drinken, kolonel. Ik ben vrij!'

Wat nu precies de achtergrond was van mijn absurd lage straf zou ik nooit te weten komen. Op dat moment was het ook wel het laatste dat me bezighield...

En dan toch: *Amsterdam*. – Terwijl tienduizend meter beneden me het golvende groen van de oerwouden van Birma plaats heeft gemaakt voor het gele, door droge rivierbeddingen doorsneden mozaïek van velden. India.

'Wat doet u voor de kost?' vroeg een hospita in spe. Ik was op zoek naar woonruimte. Een annonce in de krant had me op haar spoor gezet.

'Ik ben kunstschilder,' aldus mijn antwoord. Dat was beslist een mooi besluit. Maar naar die kamer kon ik fluiten.

In de inrichting was ik op aanraden van dokter Mertens weer aan het tekenen en schilderen geslagen. Ik maakte portretten van medepatiënten, van de verplegers, ik schilderde de tuin, de binnenplaats. Tekenen en schilderen, ik had het met tussenpozen eigenlijk mijn hele leven al gedaan, maar nu was het voor het eerst dat ik het gevoel had dat waar ik mee bezig was ook iets te maken zou kunnen hebben met een zo onbenaderbaar begrip als *kunst*.

Een ander zou het intussen een zorg zijn wat we deden voor de kost. Dat was tante Aal. Samen met haar zuster, tante Dirkje, dreef ze een roemrucht café annex bordeel aan de Zeedijk. Ze kenden me daar nog wel uit mijn militaire jaren. Wij moesten ook een dak boven ons hoofd hebben, vond ze – wij, dat waren Hans, een jongen die ik in Utrecht had leren kennen, Loek, die ook net met schilderen was begonnen, en ik. Ze wees ons op een reusachtig pakhuis, om de hoek, aan de Oudezijds Kolk. Het was eigendom van de bakker die ernaast zat, en het stond leeg zolang zij ervan wist, en dat was lang, want tante Aal was de zeventig al ruimschoots gepasseerd.

Zo waren ze begonnen, de jaren aan de Kolk.

Zes verdiepingen telde het pand, met een totale vloeroppervlakte van meer dan duizend meter. *Leeg* kon men het overigens niet noemen, want op alle vloeren lag een halve meter vuil. Elektra was er niet, water evenmin, de trappetjes waren steil als ladders, het wemelde er van de ratten. Maar het was een eigen plek, voor het eerst. Ik zou er werken, ik zou er leven. Ik deed geen oog dicht, die eerste nacht.

Wekenlang waren we bezig het vuil af te voeren, per vuilnisschuit, want het pakhuis, dat via een smalle loskade bereikbaar was, stond met de voorgevel in het water van de gracht. We sleepten oude meubels weg bij het Leger des Heils, vergaarden het voor ieder ander onbruikbare afval dat na zes uur achterbleef op de rommelmarkt. Want we hadden geen cent. Er werd gehamerd en gezaagd, en toen het huis, althans naar onze maatstaven, bewoonbaar was gaven we een feest. De hele buurt liep uit: de hoertjes, de pooiers, de madams, de caféhouders, plus de rest. De een verscheen met een fles jenever onder de arm, de ander zeulend met een krat bier, een derde met een dampende pan soep. En tante Aal met aaltjes. Met het huis aan de Kolk werd een nieuw begin geschapen. Zestien jaar lang had ik in gesloten gemeenschappen geleefd. Opeens was ik vrij, en onbeschermd tegelijk, in een maatschappij die vijandig stond tegenover alles wat een spijkerbroek droeg en outcast was. Buiten de ons welgezinde, rosse driehoek tussen Zeedijk en Oudekerksplein waagde ik me zelden, drukke winkelstraten meed ik. Aan alles moest ik wennen. Geen superieur meer boven me, geen vastgestelde dagindeling. Een pond zout bleek opeens acht cent te kosten. Zoveel zout voor acht cent! – Ik had nooit boodschappen voor een huishouding gedaan.

We werkten in de marge van de officiële kunst, we leefden aan de zelfkant van de maatschappij. Honger hadden we eigenlijk altijd, want bijna al ons geld ging op aan schildersmateriaal. We leefden van de buurt. Wanneer er bij een vechtpartij een caféruit aan diggelen was gegaan, waren wij het die het glas vervingen. En ikzelf was het letterzetten niet verleerd. Eén gulden per letter, vast tarief. Alleen al de woorden *Volledige vergunning* leverden een week leeftocht op. En we verkochten. Zwarte Hennie, Finse Josje, Apache-Alie – zij waren de eerste collectioneurs van ons werk. De klanten van het bordeel van tante Aal waren verplicht een lootje te kopen. Van de opbrengst werden onze schilderijtjes afgenomen. – Wij moesten ook leven, vond tante Aal. En we waren met velen.

Het huis aan de Kolk, niet meer dan honderd meter verwijderd van het politiebureau Warmoesstraat, werd een wijkplaats voor alles wat niet mocht. Het wemelde ervan. Er zouden jongens en meisjes die uit opvoedingsinstituten waren weggelopen op De Kolk verborgen worden gehouden. En zo was het. Een dubbele muur die we gemetseld hadden, diende hun als schuilplaats. Er zou op De Kolk ontucht worden gepleegd met minderjarigen. En zo was het. Drie bonzen op de vloer betekende: zedenpolitie voor de deur...

Het huis aan de Kolk, ik hoef mijn ogen maar te sluiten of vijftien, zestien jaren worden overbrugd door een mengeling van beeld en geur: de scherpe lucht van vernis en terpentijn, van petroleum voor de lampen, de grondlucht uit de gracht – en in de kachel knettert aanmaakhout. Ik zie een laag plafond van zware balken, een ruwe houten vloer. Kleine, smalle raampjes in muren die meer dan een halve meter dik zijn. In een baan zonlicht zit een poes, *mijn* poes. Links staat de hoge schildersezel, rechts de etspers. – Want ik was gaan etsen in die tijd. En etsen zou het blijven, tot op de dag van vandaag. Vijftien jaar etsen. Tienduizend prenten.

Maar ook dat niet meer. Genoeg gewerkt, genoeg geëtst, het reservoir is leeg. Ik heb niets meer mee te delen, en ik stel het zonder weemoed vast.

Of ik champagne wil, vraagt de stewardess. Geef mij maar koffie op dit uur. Of nee, geef toch maar een glas champagne. Want op de Kolk ontmoette ik Thom...

En dan is er toch weemoed.

Maar eerst nog de tussenlanding in Delhi, vliegveld van grote zwarte kraaien, van dunne lange mannen met een snor. En dan, tot de volgende stop in Teheran: Thom.

Ter gelegenheid van de jaarwisseling 1960-'61 werd er op de Kolk volgens de traditie een groot feest aangericht waar een paar honderd mensen aan deelnamen. Een van de aanwezigen was een jongen, niet ouder dan een jaar of achttien, die binnengekomen was in het gezelschap van twee mannen die ik niet kende. Hij fascineerde me, die jongen, terwijl ik hem van een afstand gadesloeg. Hij was uitgelaten, een charmeur, hij palmde iedereen, man of vrouw, voor zich in, en intussen voelde ik dat hij langs de rand van een afgrond balanceerde. Ik hoorde hem lachen, het hoofd in de nek, en ik wist dat dat lachen elk ogenblik kon omslaan in een bodemloos verdriet. – Ik kwam te weten dat hij Thom heette. Hij was achttien, weggelopen uit een opvoedingsgesticht, en hij zat sinds een tijdje ondergedoken bij het tweetal. Hij sprak me aan, Thom. Woorden die altijd na zouden blijven klinken in mijn oren:

'Zijn dat jouw schilderijen?'

'Ja, ik woon hier.'

'Ik vind ze mooi. Zo zou ik ook willen werken...'

'Dan moet je 't doen. Wanneer je wilt zou ik je misschien op weg kunnen helpen.'

'Kun jij schaken?' – Ik knikte.

En daarop schaakten we, de ene partij na de andere, zonder verder nog te spreken, te midden van een deinende mensenmassa, een massa die langzaam dunner werd, want het feest liep af. Tenslotte was de ruimte leeg. Op de twee mij onbekende mannen na. En Thom. En ik.

'Zeg Thom, we wilden eens opstappen. Ga je mee?'

Waarop Thom opstond, naar zijn jas liep, een sleutel uit de zak haalde en zei:

'Hier is de sleutel terug. Ik blijf hier. Is dat goed, Jan? Kan ik bij je blijven?'

'Dat is goed...' zei ik, in het volle bewustzijn van de consequenties. En op hun aarzeling:

'Jullie hebben het gehoord. Hij blijft hier.'

Waarop het tweetal vertrok. En Thom bleef.

Wat ik verwacht had gebeurde. De deur was beneden nog niet in het slot gegooid of de jongen barstte in tranen uit, onstuitbaar, en naarmate het grauwe ochtendlicht naar binnen begon te vallen drong het tot me door hoe beroerd hij er ook fysiek aan toe was: broodmager, lijkbleek, bevend. We kenden elkaar nog maar een paar uur en hadden amper een woord gewisseld, maar hij drukte zich tegen me aan alsof ik zijn laatste steunpunt was. We praatten. Het werd ochtend, middag, het werd avond. Thom was joods. Zijn ouders waren in de jaren dertig uit Duitsland naar Nederland gevlucht. Hij was in '42 geboren en als baby ondergebracht bij zijn latere voogd, een Haagse advocaat. Zijn ouders waren zowel geestelijk als lichamelijk geknakt uit het concentratiekamp teruggekeerd, en er waren jaren overheen gegaan voordat ze zich in staat hadden geacht de opvoeding van hun zoon zelf ter hand te nemen. Pas toen leerde hij, tot dat moment van alles onkundig gehouden, zijn werkelijke achtergrond kennen. Zijn afkomst, de oorlog, het lot van de joden, dat alles was hem sindsdien in toenemende mate gaan achtervolgen. Hij was met de jaren onhandelbaarder geworden, werd van scholen afgestuurd, was na een paar winkeldiefstalletjes onder voogdij gesteld en in een opvoedingsgesticht geplaatst. Hij was er verschillende keren weggelopen, twee weken terug voor het laatst.

En ditmaal was hij vastbesloten niet weer terug te keren:

'Wanneer ze me pakken maak ik er een eind aan...'

Het zou, zo jong als hij was, niet zijn eerste zelfmoordpoging zijn: hij voelde zich misplaatst in het leven, hij voelde zich verstoten door de maatschappij.

Thom vertelde zijn geschiedenis. En ik vertelde hem de mijne. Ik *praatte*. Voor het eerst... – En vreemd, hij die op het scherp van leven en dood op de wereld was gekomen, accepteerde mij en mijn verleden als een vanzelfsprekendheid.

Die nacht sliep Thom in het logeerbed achter de dubbele muur, en de volgende dag sliep hij nog steeds. Hij sliep zo vast dat ik keer op keer ging kijken of hij nog wel leefde.

Maar hij werd wakker, en bekeek de wereld met een ander oog: een nachtelijke wereld, want zolang hij op de politietelex stond waagde ik me niet bij daglicht met hem buiten.

Drie weken zat Thom verborgen op de Kolk. Hij werkte.

Ik had hem leren etsen en het was verbluffend hoe snel hij vorderingen maakte. Al na een paar dagen drukte hij zijn eigen prenten, trefzeker van lijn, ontroerend mooi.

'Dit is wat ik zocht, hiermee wil ik doorgaan ...'

Het was voor het eerst van zijn leven dat hij iets deed dat hem bevredigde omdat hij er een doel in zichzelf in vond. En ik, ik raakte volledig verweven met zijn lot. Ik deelde in zijn vreugde, deelde in zijn angst: de vreugde om wat hij gevonden had, de angst dat het weer zou worden afgenomen. Want hij kon toch moeilijk de drie jaar die hem scheidden van de meerderjarigheid in een donker pakhuis blijven bivakkeren...

Ik besloot zijn voogd te bellen, anoniem, vanuit het café van tante Aal:

'U kent mij niet. Ik wil praten over Thom...'

'Wie bent u?'

'U weet dat ik dat niet kan zeggen. Ik houd hem verborgen, ik ben strafbaar. Maar het kan niet eeuwig zo voortduren.'

'Maar wat wilt u dan?'

'Thom moet vrij. Hij werkt, daar moet hij mee door kunnen gaan.'

Dat bleek een ongekend bericht. Thom werkte! Hij die nooit iets kon, nooit iets wilde...

'Wat is uw voorstel?'

'We spreken af op een neutrale plaats. U bent er als voogd, de psychiater van de inrichting waaruit hij ontsnapt is moet er ook zijn – en ik ben er. Ik zal u vertellen waarom ik vind dat Thom deze kans moet krijgen...'

Een paar dagen later ging ik de stationsrestauratie van Utrecht binnen. Daar zaten twee heren in pak met vest. Hier kwam ik, in mijn schone spijkerbroek, mijn speciaal voor de gelegenheid aangeschafte ruitjesoverhemd...

'Mijn naam is Montyn. Ik woon aan de Oudezijds Kolk in Amsterdam. Thom zit bij mij ondergedoken...'

Ik wachtte even. Nu wisten ze waar hij zat. Wanneer de ontmoeting doorgestoken kaart was zou dit het geijkte moment zijn om me in de kraag te laten grijpen. Maar er gebeurde niets. Ik ging zitten, vertelde waar Thom mee bezig was, hoe het werk dat hij nu deed hem een andere blik op de toekomst had gegeven.

'Het is ongelooflijk hoeveel hij in die paar weken geleerd heeft, hij is werkelijk begaafd. Ik weet dat ik hem als alleenstaande niet officieel kan adopteren, toch moet hij bij me blijven...'

We namen afscheid. Ze zouden zijn zaak bepleiten. Ze zouden komen kijken naar onze leefomstandigheden. Het opsporingsbevel werd voorlopig ingetrokken.

Ze kwamen, ze bewonderden Thoms werk, de eerste, prille pogingen. En na een week van spanning kwam er een bruine dienstenvelop. Thom mocht blijven.

Hij was achttien, ik was zesendertig: oud genoeg om leermeester, jong genoeg om vriend te kunnen zijn.

Zijn komst betekende een omslag in mijn leven. Die eerste jaren aan de Kolk had ik een bestaan geleid als een schorpioen onder een steen: teruggetrokken en argwanend. Hij was het die me in het zonlicht trok. Het verleden lag opeens achter me, ik was ervan bevrijd, het heden werd een *nu*. Ik legde mijn defensie af, ik durfde me te geven, voor het eerst. Via hem hervond ik de onbevangenheid van de jongen van achttien, met wie ik, in even zoveel jaren oorlog, nasleep, schuld, het contact verloren had. Het was een nieuwe start.

Ik gaf het schilderen eraan. Het zacht op zacht van kwast op linnen voldeed niet meer. Ik durfde eensklaps te vertrouwen in de abstractie, in de bijna automatische beweging van mijn hand. Wat voorstelling was werd boodschap. Grote etsen ontstonden in die tijd. Hard op hard. Een etsnaald kervend in metaal. Onverdund zoutzuur op het zink. In één keer goed. Of niet. – Alles of niets: dat was de aanwezigheid van Thom. Want hoezeer ook in zijn angsten en depressies beangstigend dicht bij een zelfgekozen dood, hij had ook het vermogen om het leven als een feest te vieren. We waren samen, dag aan dag, we werkten hard, we gingen uit, vertoonden ons. Hij, uitdagend en briljant, ik, zijn schaduw – in de tergende wetenschap van de afgrond van vertwijfeling die naast hem gaapte. Want zoals hij, waar hij ook was, de wereld uit kon dagen tot er een grens was overschreden en hij afgewezen werd, zo daagde hij het leven uit. – En hij, Thom, redde het niet.

Ik zit in een vliegtuig en de tijd staat stil. Westwaarts gaat het, met negenhonderd kilometer per uur. De zon verandert niet van stand. Beneden me, kaal en onherbergzaam, ligt Afghanistan, korrelig, roestbruin. Ooit legde ik dit traject in tegengestelde richting over de grond af. Muilezels, lemen hutten, en tweeduizend jaar daarboven, in de transparante blauwe lucht: een streep condens, een zilverwitte stip. En ik verbeeldde me dat ik daar ook was, hoog in het luchtruim, op hetzelfde moment, en naar beneden keek – precies zoals ik nu doe. Nooit waren plaats en tijd zo relatief...

Ik bestijg de trappen van de Kolk weer, en moet me geweld aandoen om mijn stap niet te versnellen. Trappen, steil als ladders, met in plaats van leuningen een glimmend, polsdik touw. Steeds weer bestijg ik die trappen, al die jaren, en steeds is er die angst. Eénhoog, tweehoog, driehoog. En dan die deur. Daarachter is ruimte, een gat van schemerduister. – En Thom duikt eruit op. *Hij is er en hij leeft.* Hij klimt tegen me op. Zijn armen om mijn nek. 'Hai Thom...'

Ik draag hem naar binnen, licht als een veertje. Ik druk hem dicht tegen me aan.

'Kijk wat ik gemaakt heb, Jan!'

Op tafel ligt een prent, de inkt nog nat. Links een compacte massa, ongecontroleerd, dreigend. In de leegte rechts twee ijle figuurtjes. Maar op het vlak heerst evenwicht. De massa wijkt, deinst terug. Hij wijst:

'Dat zijn wij...'

Ja dat zijn wij: bedreigd. De provocaties, de agressie op

straat. Het onbegrip over *dat enge homojongetje.* Met je rug tegen de muur. *Jou pakken we nog wel.* En de angst, sluipend, ondermijnend, omdat alles ervan doordrongen was dat het tijdelijk zou zijn, een uitstel van het onvermijdelijke.

'Is het goed, Jan?'

Het was goed, en het ging goed. Precies anderhalf jaar lang. Stormachtige tijden. Thoms talent werd ongelooflijk snel herkend. We hielden exposities, we verkochten. We trokken naar Parijs, legden contacten met galerieën, keerden terug met grote plannen.

Toen ging het fout. Ik werd ziek.

Acute vergiftigingsverschijnselen, spoedopname. Dagen en nachten worstelde ik met de koorts, zonder dat mijn lichaam reageerde op enig medicijn of tegengif. De aard van mijn besmetting bleef onduidelijk. Het konden de ratten zijn, waarvan het wemelde op de Kolk. Het konden de dampen zijn van het onverdunde zoutzuur die vrijkwamen bij het etsen. Misschien was het een verlate nasleep van mijn oorlogsverwondingen. – Misschien was het alles bij elkaar. Het duurde een week, het duurde tien dagen: tien dagen waarin ik één keer bezoek van Thom ontving. Hij was bij de deur blijven staan, krijtwit, had een moment gekeken, was zwijgend weer verdwenen. En op de elfde dag kreeg ik het bericht dat Thom weg was, al een paar dagen. Na zijn bezoek aan het ziekenhuis had hij wat spullen gepakt. Op de Kolk was hij niet meer gesignaleerd.

Vanaf dat moment kende ik, hoe ziek ik ook was, geen rustig ogenblik.

'Ik moet weg,' meldde ik de dokter. 'Ik moet Thom zoeken.'

'Dan ga je dood.'

'Dan maar dood.'

Ik was vastbesloten. Het was hij of ik, of wij alle twee.

Desnoods dan maar alle twee... – Ik kreeg één raad:

'Ga niet terug naar dat afschuwelijke pakhuis. Zie dat je een tijdje in een warm land terechtkomt!'

Drie dagen strompelde ik wanhopig door de stad. Ik moest ondersteund worden. Ik sliep niet, ik at niet, ik leefde op cognac. Waar was Thom? Niemand had hem gezien. Ik belde naar Parijs. Ook daar niet. Hij leek van de aardbodem verdwenen – en dat was precies mijn angst, de angst die me anderhalf jaar lang beheerst had, iedere keer wanneer ik hem uit het oog verloor, iedere keer dat ik thuiskwam. – Het was gebeurd. Ik had een nederlaag op het leven geleden.

Maar de vierde dag kwam er een telegram. Uit Malaga, Spanje. Van Thom.

Links en rechts leende ik geld en een paar uur later zat ik in het eerste het beste vliegtuig zuidwaarts. De vlucht was een marteling. Ik vloog, en tegelijk hallucineerde ik dat ik vloog. – Eindelijk daalden we. Palmen, de warmte van de zon. En daar, oneindig klein, oneindig jong, bevend als een blad, stond Thom. We omhelsden elkaar en het was alsof mijn bloed weer begon te stromen.

'Hoe staan we tegenover elkaar, Thom?'

'Laat het weer worden zoals het geweest is, Jan. Ben je boos op me?'

Nee, ik was niet boos. Niet boos omdat hij me in de steek gelaten had, niet boos omdat hij van mening was geweest dat ik het was die hém in de steek liet: want ik was ziek geworden, ik zou doodgaan. En dan stond hij weer alleen. – Ik was niet boos, maar het zou ook niet meer kunnen worden zoals het geweest was. Want ik wist opeens: die nederlaag op het leven zal ik lijden. Van nu af is iedere dag meegenomen. Ooit zal ik terugblikken op deze tijd, met weemoed in het hart. Omdat het voorbij is.

Bangkok ligt tien uur achter me, maar licht is het nog steeds, en dat zal het tot diep in West-Europa blijven. We zijn allang geland in Teheran, vliegveld tussen de straten, vliegveld van de taxfree kaviaar. We zijn weer opgestegen. We vliegen boven de eindeloze woestijn, het grensgebied van Irak en Syrië. Straks het groen van de ceders van de Libanon. En ik ben nog lang niet klaar met Thom. Er zijn te veel vragen waarop nooit meer een antwoord zal komen.

Van Malaga staken we over naar Marokko, Thom en ik. Daar bleven we bijna een jaar, en het was het gelukkigste jaar van mijn leven. Hadden we in Marokko moeten blijven – *was dat het?* Maar we gingen terug. En in Amsterdam volgde een proces van afbrokkeling. Je ontglipte me. Had ik je toen vast moeten houden – *was dat het?* Als achttienjarige was je gekomen, toen je ging was je eenentwintig. Meerderjarig. De vogel vloog uit. Jij ging verder met een ander, en het ging mis, ik werd verliefd op Sonja, en het ging niet mis – *was dat het?*

Op een oudjaarsfeest was Thom in mijn leven gekomen, op net zo'n oudjaarsfeest, drie jaar later, zou ik hem voor het laatst zien. En hij was even buitensporig uitgelaten als die eerste keer, zo uitgelaten dat ik mijn hart vasthield, opnieuw. Hij stoof op me af toen we elkaar in het oog kregen, hij kroop tegen me op...

'We hebben het gemáákt, Jan!'

Ik had net mijn eerste grote eenmanstentoonstelling achter de rug, hij had een overheidsbeurs gekregen om een jaar te gaan werken in Parijs en New York. Binnen een paar dagen zou hij vertrekken.

Ik rilde van zijn kus. Ik keek hem na.

'Dat gaat niet goed...'

'Maar hij is zo vrolijk!'

'Ja, té vrolijk...'

Twee dagen later werd ik in de vroege ochtend gebeld

door de politie. Ze hadden hem aangetroffen op de keukenvloer. Het gas stond open. Thom was dood.

Misschien was de schok nog groter juist vanwege mijn voorgevoel. Hetzelfde voorgevoel als toen. Maar wat had ik moeten doen? De Thom van nu was niet de Thom van toen geweest, Thommetje, ontsnapt uit het opvoedingsgesticht. En ik was niet meer de Jan van toen...

Maar de vragen bleven, tot op de huidige dag, omdat er nooit een antwoord komt. En later zou het tergende vermoeden volgen dat hij het gered zou hebben wanneer hij het een paar jaar langer volgehouden had. Dan zou hij, verwoed vechtend voor een acceptatie van al zijn hoedanigheden, maar steeds gefnuikt door een intolerante wereld, door het tijdsbeeld zijn ingehaald. *Je was te vroeg, Thom.* Hectische dagen braken aan, van kaarten schrijven, van regelen en bellen. Dan de crematie, die geheel in Thoms geest historisch uit de hand zou lopen. Dan het grote zwarte gat.

En daarna heel lang stilte...

Het huis op de Kolk werd opgedoekt. Weg uit Amsterdam, dat opeens door een sinistere golf van zelfmoorden werd overspoeld, weg van Thom die niet meer leefde. We verruilden van de ene op de andere dag de levendigheid van de stad, het opgewonden nachtleven van kroegen, dancings, clubs, voor het isolement van de Provence. We trokken naar Frankrijk, Sonja en ik, en bouwden er een huis.

Zij was twintig, ik was bijna veertig. Zij woonde nog bij haar ouders thuis, ik had bijna drie jaar samenzijn met Thom achter de rug en was daar nog lang niet los van. Ik had haar ontmoet bij de opening van een tentoonstelling. Ze was binnengekomen, tenger, donker, jong, en ik wist: zij zal het zijn of niemand. Ze was het geworden, ondanks alle hindernissen. In mijn omgeving vond mijn overgang van een jongen naar een meisje niet bij iedereen evenveel begrip, terwijl haar vader er niet bepaald mee ingenomen was toen hij merkte dat zijn dochter een relatie onderhield met iemand van zijn leeftijd. Hij bleek er zelfs toe overgegaan te zijn mijn gangen na te laten lopen door een privé-detective:

'Aangevraagde Montyn schildert doeken die het overgrote deel der mensen als een dooreenmengen van potten verf ziet, die tegen het doek worden gegooid...' – aldus het rapport dat ze in de brandkast van haar vader aantrof. Dat ik het met iemand van hetzelfde geslacht gehouden had, was de speurder ontgaan. Het was al erg genoeg zo. Sonja kreeg huisarrest. Maar geen verbod bleek weer eens zo stimulerend als het liefdesverbod van ouders: twee weken later stond ze met haar koffertje voor mijn deur. Het huis uitgezet. En niet lang daarna zaten we in Zuid-Frankrijk, op een steen, te midden van de krekels, en moesten vaststellen dat we elkaar eigenlijk nog maar amper kenden. Maar het lukte.

We begonnen met een enkel vertrek van drie bij vier meter, gevormd door de enige vier muren die nog overeind stonden van de ruïne, op zeshonderd meter hoogte, midden in het niets, die we van een kennis gratis ter beschikking hadden gekregen. Elektra was er niet, stromend water evenmin, de dichtstbijzijnde boerderij lag op een uur lopen, het eerste dorp op twee uur lopen afstand maar we waren omringd door een overweldigende natuur, puur en ongerept. We bouwden een huis, tegelijk bouwden we aan elkaar en aan onszelf. Opnieuw een begin.

Thom was de rusteloosheid en het rumoer van de stad geweest, de cultuur – van kunst tot decadentie. Sonja werd de natuur, de stilte en het innerlijk evenwicht, het leven op het land, in eenzaamheid, zonder bezit.

Aarde, water, vuur: de elementen herkregen hun betekenis. Opstaan met de zon. Water halen uit de put. Vuur maken. En dan stenen zoeken, het juiste formaat, de juiste vorm. Bouwen, met geen ander gereedschap dan een emmer en een troffel. Muren die een meter dik zijn, gemetseld in de eeuwigheid. Je handen het werk laten doen, urenlang, tot het zweet je in de ogen loopt en je gedachten gestold zijn tot het puurste goud. Want een eigen huis bouwen is alchemie bedrijven...

Mijn broekriem was mijn maat, mijn schietlood was mijn oog. Niets stond recht of waterpas. Maar het dak waarop die eerste herfst de regen roffelde was *ons* dak...

Het huis dat we bouwden... – Het is ochtend. Een smalle, langgerekte baan zonlicht valt door het raampje op de muur boven het bed. De plek naast me is nog warm. Buiten ratelt de putketting langs de katrol. De emmer wordt piepend opgehaald. Gebonk van zink op steen. Sonja komt binnen, het haar los, op blote voeten. Ze verlegt de blokken in het vuur. De schoorsteen trekt aan. De grote, zwartberoete ketel wordt plenzend gevuld. Twee aardewerken borden belanden met een droge tik op het massieve eiken tafelblad. Dan de driftige halen van de broodzaag door een zwaar rond brood. Het water zingt... – En ik sta op.

Vier jaar lang bouwden we: vier betoverende lentes, vier zomers van verzengende Provençaalse hitte, viermaal een grillige herfst, viermaal een winter met sneeuw en in de ochtend dekens die kraakten van de vorst. Toen was het klaar, ons vreemdsoortige paleis, omringd door bloemen en cipressen. Linksvoor was de metselaar begonnen, rechtsachter was hij opgehouden. Alles stond schots en scheef, maar geen storm kon er vat op krijgen. Slaapkamers, een woonkamer die elf meter lang was. En een atelier, ook dat. Want ik was eindelijk weer gaan tekenen en etsen. Een nieuwe fase, gekenmerkt door een geprononceerder kleurgebruik: ze kwamen nog steeds van pas, de potjes met natuurlijke pigmenten, in een grijs verleden gemalen in Oudewater, bij vader in de werkplaats. De eerste grote series prenten ontstonden en tentoonstellingen volgden.

Een tijd van reizen en trekken brak aan. De zomers brachten we door in Zuid-Frankrijk, de winters in Parijs of Amsterdam, waar mijn etspers nog steeds stond en waar Sonja als fotomodel begon te werken. En verder weg: de reis naar Marokko, waar we, aan de rand van de Sahara, te midden van een Berberstam een paar maanden in de Middeleeuwen leefden. En nog verder weg, toen een bevriende luchtvaartemployé vroeg of we er niet voor voelden af en toe een transport adoptiekinderen te begeleiden. Het leverde een gratis ticket op, en de mogelijkheid een tijdje rond te kijken in Zuidoost-Azië. – Unicef, Holt Adoption of Terre des Hommes waren de organisaties, Japan Airlines, Air France of KLM waren de luchtvaartmaatschappijen, en de kinderen waren de weggooikinderen uit Seoul, baby's die, soms nog maar een paar uur oud, 's ochtends gevonden werden op de vuilnisbelten, het waren de kinderen uit Vietnam, van wie de ouders dood of zoek waren, het waren de kinderen uit Bangladesh. De ene keer met zes kinderen naar Stockholm of Kopenhagen, de volgende keer met twintig kinderen naar Oslo of Parijs, met tweehonderd kinderen naar New York of Rio de Janeiro.

Zo begon het. Zo eindigde het, met Sonja en mij. En zo eindigt het nu met mijzelf.

Eens, op weg naar een oorlog in Korea, had ik, aan een straat achter de open pui van een eethuisje zittend, het onmiskenbare gevoel gehad eerder op die plek geweest te zijn. En ik had me voorgenomen: hier kom ik terug, dit wordt mijn thuisbasis. Nu hernieuwde ik de kennismaking, en werkelijk, het leek een thuiskomst na jaren van afwezigheid. Weer snoof ik die lucht op, de lucht van de tropen, mengeling van rottingsgeur, van houtskoolvuurtjes, van vruchten, kruiden, bloesem. En dit keer wist ik: hier blijf ik. Zo werd de driehoek Thailand, Laos en Cambodja, die ik eerst samen met Sonja als toerist zou bereizen, en die ik later, na de verwijdering die er tussen ons kwam – zij trok meer en meer naar het Amsterdam dat uitgeroepen was tot 'Magisch centrum' van de wereld – als werkterrein exploreerde, mijn tweede vaderland. Of nee: was dat altijd al geweest, zonder dat ik er weet van had...

Zes jaar. Het lijkt oneindig lang geleden, en tegelijk is het vlakbij, omdat het jaren waren waarin iedere vaste tijdsorde ontbreekt. Jaren zonder kalender, waarin de tijd nu eens koortsachtig voort zou ijlen, dan weer vrijwel stil zou staan.

Maandenlange tochten door een sprookjesachtig landschap, vaak te voet, waarbij niet de tijd maar de afstand maatgevend is. In een kampong blijven hangen, waar de tijd zo regelmatig en traag verloopt dat de herinneringen eraan vervloeien tot één dag, van zonsopgang tot zonsondergang, en een nacht, door een dakje van palmbladeren gescheiden van de tropenhemel. Daarna Bangkok in: het uitgaansleven dat zich aan geen uren stoort.

Dan weer naar Frankrijk, beladen met een pak schetsen en dagboekbladen. Koortsachtig werken aan etsen, om het vast te leggen en te vermenigvuldigen: niet de tijd telt, maar het resultaat. Vervolgens naar het mondaine Parijs of naar het Amsterdam van de vele vrienden. Exposities, diners, besprekingen. Een volle agenda en een horloge om de pols. Terug naar Thailand, vandaar naar Cambodja, Laos of Vietnam: de oerwouden, de savannen, de heuvels en de bergen, het moerasland met de gele, traagstromende rivieren – waar geen tijd maar kringloop heerst.

Wekenlange retraites in boeddhistische kloosters, met als enige klok de afwisseling van dag en nacht. De kindertransporten, met weeskinderen naar Scandinavië of Parijs, met gewonde kinderen naar Tokio of Singapore, soms eens in de drie maanden, dan weer drie keer in één maand. Achtenveertig uur op de been. Zeventig uur op de been. Maar met een wanhopig huilend kind in je armen duurt één minuut een eeuwigheid.

En tenslotte: de kortste tijdseenheid, de *split second* tussen leven en dood, de flits waarin je je op de grond laat vallen vóór de granaatinslag. En het tijdloze wachten in een mollengang onder een heuvel, zo nauw dat je zelfs je hoofd niet op kunt richten, happend naar zuurstof die buiten door een vuurzee van napalm wordt weggezogen, wachten, drie uur lang, zes uur lang, zestien uur lang: uren die alleen maar achteraf bestaan... Want de wereld waarin ik, zwervend door wouden die niet door mensenhanden waren aangeraakt, opgenomen in dorpsgemeenschappen waar in eeuwen niets veranderd was, in kloosters waar ik eindelijk een koers voor mijn denken vond, een wereld waarin ik een nooit eerder gekende vrede ontmoette – die wereld werd het terrein van oorlog.

Zes jaar. In '69 kwam ik. Het lijkt oneindig lang geleden doordat er zoveel veranderd is: de nederzetting waar ik een paar weken had doorgebracht, was twee jaar later een guerrillaversterking en weer twee jaar later restte er niets van dan een plek verschroeide aarde, de vrienden die ik gemaakt had in een kampong droegen een jaar later voor het eerst van hun leven een geweer en weer een jaar later vond ik ze niet terug, de rijstvelden waar ik ooit had helpen oogsten, waren veranderd in uitgedroogde woestenijen, de teakwouden waarvan ik eens het lijnenspel geprobeerd had vast te leggen in mijn etsen waren door fragmentatiebommen te gronde gericht, de beboste hellingen die me eens schaduw hadden geboden, waren gekookt onder de chemicaliën.

Zes jaar. Ik moet het jaartal erbij halen om het te weten. Het lijkt een eeuwigheid geleden, en tegelijk is het een zucht. Er is zoveel gebeurd, in zo'n razende opeenvolging, dat iedere herinnering meteen verdrongen wordt door een volgende. Want het was weer oorlog, voor de zoveelste keer in mijn leven. Maar dit keer had ik geen wapen in de hand, en kon ik me onbelemmerd bewegen, niet gebonden aan een legeronderdeel. Voor het eerst had ik de vrijheid om eruit te treden, maar ook om een keus te maken – en iets te doen.

Zes uur plaatselijke tijd is het. We zijn geland in Beiroet, het vliegveld in de zee. Na uren bruin en geel van de woestijn: eindelijk het groen van Libanon. Het is de laatste tussenstop. Achttien uur duurt deze vlucht, en achttien jaar zijn er verlopen sinds ik van de inrichting in Utrecht verhuisde naar Amsterdam. Ieder uur een jaar. Nog zes uur zal het duren voor we in Frankfurt landen: het zijn de zes jaar Zuidoost-Azië.

Maar die terugblik heeft al plaatsgevonden.

Vier weken geleden is dat nu. Ik liep over een marktpleintje in Vientiane. En ik ontmoette Ted. Ted, de voormalige kolonel van de Amerikaanse luchtmacht, die eens met een druk op de knop zijn bommen uitwierp, hoog boven de plek waarvan hij niets wist dan de coördinaten die hem op de luchtbasis waren opgegeven. Ted, die zijn kolonelsuniform opgegeven heeft voor een schortje, en nu een restaurantje drijft aan de oever van de Mekongrivier.

We hadden elkaar nooit eerder gezien, maar we waren, na een blik van verstandhouding gewisseld te hebben, samen opgelopen. We hadden gepraat, een middag en een avond lang. Ik had hem verteld van mijn werk als graficus en van de kindertransporten die ik begeleidde. Hij had me aangekeken en geknikt, een halve knik die het midden hield tussen bevestigen en ontkennen...

'Maar dat is niet alles,' had hij aan die hoofdknik toegevoegd.

En daarin had hij gelijk. Er was meer.

Ted had zijn verhaal gedaan: hoe hij neergeschoten was en het er dankzij zijn schietstoel levend had afgebracht. De weken krijgsgevangenschap waarin hij voor het eerst kennis had gemaakt met de tegenstander die hij bevochten had. Zijn verwarring toen tot hem was doorgedrongen dat die vijand in de eerste plaats uit een burgerbevolking bleek te bestaan, gemobiliseerd door een Bevrijdingsfront waarvan hij merkte dat het méér idealen koesterde dan politieke doctrines die hij niet deelde. En zijn verbijstering over de ongebroken wilskracht, ondanks de miljoenen bomkraters, de honderdduizenden doden, de ontelbare gewonden en ontheemden. Hoe hij ontsnapt was, en, terug in Saigon, het militaire bedrijf vaarwel had gezegd. Nooit meer die druk op de knop. *Geflipt*, werd dat genoemd. Maar toen hij was gaan praten over wat hij gezien had, hadden ze hem liever zien gaan dan komen, hoe verder weg hoe beter. Want praten was niet goed voor het moreel. En gegaan was hij. Niet terug naar huis, niet terug naar de *States*, waar een vrouw en drie kinderen op hem wachtten, maar naar Laos, om er, samen met de twee jongens met wie hij samenleefde, een eethuisje te beginnen...

Ted had zijn verhaal verteld, en ik het mijne.

Hoe het begon met een tocht over de Vlakte der Kruiken. Ik zou niet eens kunnen zeggen waar en wanneer het precies was, vier, vijf jaar geleden: het weerzien met de oorlog.

Ik had niets opmerkelijks gezien of gehoord, die dag. Het landschap lag er vredig bij en ongerept, en aan de kleine nederzetting die ik tegen het vallen van de schemering naderde viel niets bijzonders op te merken. Ik werd op een veranda genodigd, kreeg iets te drinken aangeboden.

De gebruikelijke ingehouden verbazing over de komst van een westerling. Waar ik vandaan kwam, werd er gevraagd. Waar ik naartoe ging. – Alles was uiterlijk normaal. Maar ik voelde iets.

Er heerste een spanning die me deed vragen wat er aan de hand was. Ze antwoordden niet, ze brachten me naar een bamboehutje. En daar, in het flakkerende licht van een olielampje, lagen twee jongens. Ze waren vreselijk toegetakeld. De een, niet ouder dan zestien, bewoog niet meer. De ander moest een paar jaar ouder zijn. Zijn linkerbeen was afgerukt. Hoewel de wond nog vers was glansden zijn ogen al van de koorts. Ze verdrongen zich achter me, ze keken me vragend aan. Ze hadden die jongens naar binnen gedragen, ze hadden een olielampje aangestoken, en verder wisten ze niet wat ze moesten doen. – Ze hadden misschien nooit eerder een vliegtuig gezien, laat staan een laagvliegende straaljager, sneller dan het geluid, die raketten afschoot.

Wat ziekte was, wisten ze. En ook wat ouderdom was. En dood. Je kon gebeten worden door een slang en je kon verdrinken in de rivier. Maar dit kenden ze niet: een vliegtuig dat over de boomtoppen scheert en al vóór de explosie die hij aanricht uit het zicht verdwenen is. Het gekerm dat dan opklinkt, is een gekerm dat je nooit eerder gehoord hebt en nooit meer zult vergeten. Je ene zoon is opeens dood, het been van je andere zoon ligt erbij en hij zal ook binnen een paar uur doodgaan. Zomaar. Misschien omdat een onbekende piloot een spade voor een vuurwapen had aangezien en een strohoed voor een helm. Misschien zelfs dat niet.

Misschien alleen maar omdat het oorlog was, ver weg in Vietnam, een land waar ze nooit geweest waren, een oorlog waarvan ze amper gehoord hadden.

Ze keken me vragend aan. *Zij* wisten het niet. En ik, ik wist het. Maar ik wist niet of ik het nog kon, en ik wist niet of ik het nog durfde. Wanneer je een vinger uitsteekt aanvaard je de verantwoordelijkheid... Ik durfde hem niet aan te raken, toch raakte ik hem aan. Ik stond al naast hem, zijn pols in mijn hand. Ik maakte een gebaar dat ze het lampje hoger moesten houden, ik kleedde hem voorzichtig uit, ik sprak hem bemoedigend toe in een taal waarvan hij geen woord verstond, ik bette zijn voorhoofd, ik bevochtigde zijn lippen, ik maakte de wond schoon, en mijn hart stond stil van schrik toen hij van de pijn in coma raakte.

Ik voelde zijn pols opnieuw. Hij hád nog pols. Toen scheurde ik een hemd in repen en bond ik zijn been af – en terwijl ik dat deed moest ik me schrap zetten om mijn handen niet uit het oog te verliezen, die, onder het bloed, in een bezeten tempo bezig waren handelingen te verrichten die ik blijkbaar nog kende: zolang ik er maar niet bij nadacht. – Een kloof van bijna dertig jaar viel weg, van het ene op het andere moment.

Mijn handen waren nog dezelfde handen. Hier waren het niet de loopgraven in de modder en de sneeuw, hier was het een door een flakkerend lampje verlicht bamboehutje in een tropennacht. Maar het waren dezelfde handelingen, en ik voerde ze uit in dezelfde trance als toen, een trance die *voorbij* het denken gaat. En toen ik klaar was moest ik naar buiten, zwaaiend op mijn benen, doorweekt van het zweet. Het kotsen daarna, dat was ik vergeten. Tenslotte waste ik mijn handen, haalde ik een paar keer diep adem, en nam me heilig voor om voortaan beter geoutilleerd op stap te gaan...

Een paar weken later zat ik in Hué, dat niet lang tevoren door de Amerikanen en Zuid-Vietnamezen op het Bevrijdingsfront heroverd was. Er werden vrijwilligers gevraagd. Een naburig dorp had onder vuur gelegen. Er zouden vele optientallen gewonden zijn. Burgers. Die moesten worden opgehaald om verzorgd te kunnen worden.

We vertrokken met drie vrachtauto's: drie artsen, vijftien vrijwilligers. Maar na een paar uur rijden werden we opeens door mortieren beschoten, door wie wisten we niet eens. Een loodrecht neerkomend spervuur. Zo snel we konden: de auto's uit. In dekking liggen in de goten naast de weg. Links en rechts ontploffingen, gefluit, opspattende fonteinen modder. En alles was vertrouwd. Zesentwintig jaar na de terugtocht van de Oder naar de Elbe, twintig jaar na Korea: de eerste granaatinslag. – Die eerste inslag zal voortaan je maatstaf zijn. Iedere volgende komt dichterbij of verder weg. Behalve de laatste. Maar die laatste zul je niet horen...

En, weer een paar weken later, terug in Europa: die Franse arts die transporten adoptiekinderen coördineerde. Hij vroeg of ik de eerstvolgende keer dat ik ging een paar pakketten medicamenten mee kon nemen. Voor waar het nodig was. En de keer daarop kwam hij met geld, een aanzienlijk bedrag aan dollars. Van particulieren. Voor waar het nodig was. En bitter nodig was het bij voortduring in het grensgebied van Vietnam, Laos en Cambodja, waar de Ho Tsji Minh-route liep, de aanvoerlijn in de strijd tegen de grootmacht van het onuitputtelijke materieel. Maar daar lagen ook de mijnenvelden en de booby-traps, daar konden de paden door valkuilen ondermijnd zijn, daar lag ook het brandpunt van de bombardementen en kon de wereld schudden onder de explosies terwijl ik in het binnenste van een heuvel lag, samen met de mensen die een uur eerder nog hun akker hadden bebouwd, een akker die vervolgens nog jarenlang onbruikbaar zou blijven.

Zo begon het, en zo breidde het zich uit, naarmate de Vietnamese oorlog escaleerde en zich als een olievlek verspreidde over Zuidoost-Azië.

Heen en weer. Heen met kinderen, met gewonden, terug met pakketten medicamenten, met geld dat door een groeiend netwerk van anonieme donateurs werd opgebracht. Maar er tussendoor ook werken – en vreemd, in afwisseling met de perioden waarin ik de meest massale en gruwelijke vormen van geweld ontmoette, ontstonden de meest serene prenten. Harmonie, geen innerlijke verscheurdheid meer. Alle lijnen van mijn leven kwamen in die zes jaar samen: oorlog en vrede waren in balans geraakt.

We hadden een middag en een avond gepraat, Ted en ik, terwijl we op de vlonder van zijn restaurantje zaten, met uitzicht over de Mekongrivier, en, vaag aan de overkant, de heuvels van Thailand. Ted had zijn verhaal verteld, en ik het mijne: mijn activiteiten in Zuidoost-Azië. *Voor het eerst*. Want in al die jaren had ik er nooit met meer dan een paar woorden over gesproken. We hadden thee gedronken, daarna bier, tenslotte whisky. Hij had me af en toe iets gevraagd, maar niet naar een *waarom*...

'Het is niet de eerste keer dat ik in een oorlog zit,' besloot ik, 'en als je ouder bent kun je er beter mee overweg.'

'Dat zag ik meteen. Korea?'

'Ook Korea. Maar daarvoor in de Tweede Wereldoorlog bij de Duitse marine. Oostfront.'

Hij keek me aan. En ik voelde dat hij mijn woorden opvatte als het antwoord op die niet gestelde vraag. Misschien wás het ook zo. Alleen, het was een vraag die ik mezelf al jaren niet meer stelde.

We namen afscheid van elkaar, nu vier weken geleden. Ik beloofde hem in zijn restaurantje op te komen zoeken wanneer ik weer in Vientiane was.

'Pas goed op jezelf,' riep hij me na – en dat was precies een raad die ik in de wind zou slaan, of nee, zonder het me bewust te zijn al in de wind geslagen *had*.

Daar, vier weken geleden, op de vlonder van een restaurantje aan de Mekongrivier, begon het einde. Nu weet ik dat, terwijl ik, nog steeds levend, nog steeds in het bezit van al mijn ledematen, in een vliegtuigstoel zit, hoog boven de Middellandse Zee – en terugblik. Want ik had mijn verhaal verteld, voor het eerst. En ik had het verteld alsof het iets van *vroeger* was...

Vier weken. De laatste vier weken van zes jaar. Vier

weken waarin het zou lijken alsof ik met mijn schild van jarenlang zwijgen tegelijk een beschermend schild had afgelegd. Vier weken waarin ik twee keer te ver zou gaan.

Eén keer met het noodlot. Eén keer met mezelf. – Het is zo recent dat alleen nog maar de naakte feiten en niet de emoties een plaats hebben gevonden in mijn herinnering. Want de emoties zijn nog geen verleden tijd.

We zakten de Mekongrivier af: een patrouille van drie lange, platte bootjes. Dertig man, jongens en meisjes eigenlijk nog. De oudste was misschien twintig, de jongste een jaar of vijftien, maar de machinegeweren van Chinese makelij hadden voor geen van hen geheimen. Een politieke instructeur van begin dertig stond aan het hoofd.

Mijn contactman in Vientiane had hevig met hem moeten debatteren om hem van mijn betrouwbaarheid te overtuigen. Hij toonde de pakketten die ik had afgegeven, de pakketten uit Parijs. Waarom wilde ik mee? Omdat ik in Laos niets meer te zoeken had, omdat ik tóch naar Vietnam wilde. En omdat ik het nooit eerder zo gedaan had, omdat het me interesseerde hoe het ging – maar dat zei ik er niet bij. Of ik wist dat het gevaarlijk was? Ja, dat wist ik. Maar ik was een paar keer over land gegaan en dat was minstens zo gevaarlijk. – We spraken de plek af en het uur.

's Nachts voeren we, peddelend, door stroomversnellingen laverend, losdrijvende bomen ontwijkend. Alles met zo min mogelijk gerucht, want zelfs het gesnater van een opgeschrikte vogel kon voldoende zijn om onze aanwezigheid op de rivier te verraden. En dat viel niet mee vanwege de loodzware containers die met touwen onder de bodem vastgesjord waren. Bij de ochtendstond werden de bootjes aan land getrokken en met bladeren gecamoufleerd. De rest van de dag hielden we ons schuil in de jungle. De rantsoenen rijst werden rondgedeeld, wie geen wacht had probeerde wat te slapen, de instructeur gaf fluisterend zijn voor mij onverstaanbare lessen waarin ongetwijfeld een zaligmakende toekomst voorspeld werd. Ik zat wat te schrijven of te tekenen in het dagboek dat ik bijhield. En wanneer de duisternis viel, ging het weer verder.

Vier dagen en vier nachten verliep alles zonder incidenten. Geen vliegtuigen of helikopters, geen patrouilleboten, overdag noch 's nachts. We zagen geen levende ziel.

Maar de vijfde nacht, de laatste voordat we de rivier achter ons zouden laten, ging het fout. En daarna ging meteen ook *alles* fout. Ik voelde het, maar een weg terug was er niet. We werden opeens vanaf de oever beschoten. Knetterende salvo's in het donker, wie het waren zou onduidelijk blijven. Het vuur werd niet beantwoord, we peddelden wat we konden, zo diep mogelijk gebukt boven de waterspiegel. Toen we buiten het schootsveld waren bleek een van de drie bootjes verdwenen. Twee gingen er verder. Bij de dageraad begroeven we drie doden. Twee gewonden konden niet op eigen kracht verder en werden naar een naburige kampong getransporteerd. Toen scheidden onze wegen. Zij gingen over land zuidwaarts, ik moest naar het oosten, richting bewoonde wereld.

Ik zag ze verdwijnen, achter elkaar, de containers op de schouders. Het geritsel stierf weg, en ik was alleen, alleen in het gefilterde schemerduister van het woud, alleen met de geluiden van vogels en aapjes, met andere geluiden, die ik niet thuis kon brengen, in een hitte die me als een lauwe dweil omvatte, met niets bij me dan een schoudertasje waarin een paspoort, een schetsboek, een scheerapparaat met uitgeputte batterijen, een tandenborstel en wat zouttabletten tegen overmatig zweten. Daar stond ik. *En ik raakte in paniek.* Voor het eerst.

Minutenlang tuurde ik met ingehouden adem om me heen, de oren wijd open, vruchteloos speurend naar een bron van dreiging die op dat moment niet buiten me, maar *in* me zetelde. Ik kende het gevaar: ik was mijn zelfvertrouwen kwijt. Tevergeefs bracht ik me vergelijkbare situaties te binnen waarin ik *niet* in paniek was geraakt, hield ik mezelf voor dat het pad dat zich voor mijn voeten uitstrekte, ergens heen moest voeren zoals ieder pad. Het gevoel van beklemming verliet me niet. Er hing me iets boven het hoofd, en ik wist niet wat het was.

Onwillekeurig begon ik te lopen, maar al na een paar passen schrok ik op bij de gedachte aan valkuilen: de kuilen met de naaldscherpe bamboestaken die alles perforeren, tot een leren schoenzool toe... Ik besloot náást het pad te gaan lopen, maar opnieuw een paar passen verder bleef ik stokstijf staan bij de gedachte aan gifslangen. – En dat had ik óók nog nooit gehad.

Maar ik moest verder en ik ging. Ik liep drie volle dagen achtereen. Drie nachten bracht ik door in bomen.

Toen pas gebeurde het. Het was geen valkuil of een booby-trap, het waren vier jonge jongens met machine-pistolen op de heup. Witte helmen met een rode band. Zuid-Vietnamese militaire politie. De gevaarlijksten, de onverschilligsten. Die niets meer te winnen hadden in een oorlog die allang verloren was. – Ik zag hen, zij zagen mij. Zij naderden. Ik naderde, met benen die slap waren van de angst.

Wat ik daar uitvoerde. Ik was verdwaald. Of ik niet wist dat ik me in een frontgebied bevond. Nee, ik wist niet waar ik was. Waar ik vandaan kwam. Da Nang. Of ze mijn paspoort mochten zien. Ik gaf het – en op hetzelfde moment wist ik dat ik gloeiend fout zat. Het was zo stompzinnig dat het me moeite kostte een zenuwlach te onderdrukken. En ja hoor. Waarom er geen stempel in mijn paspoort stond. Een stempel van de douane in Da Nang. Hoe was ik Vietnam binnengekomen? – Vijf nachten in een bootje, drie nachten in een boom. Ik was uitgeput. Ik had geen weerstand meer. En het scheelde één ademtocht of ik had gezegd: over de Mekong, met een patrouille van de Pathet Lao. Zet me maar tegen die boom, schiet maar. Laat het nu alsjeblieft voorbij zijn allemaal...

Maar ik vermande me. Nog één keer. De laatste keer.

Wanneer ik hier levend uitkom is het *afgelopen*. En ik zei op goed geluk:

'Toen we in Da Nang landden werd het vliegveld juist beschoten. Er was geen paspoortencontrole, 't was een puinhoop. Ik ben gaan lopen en raakte de weg kwijt, ik ben oorlogscorrespondent...'

Ik toonde overijverig mijn schetsboek. En dat was opnieuw een blunder. Want weliswaar dateerde ik de bladen uit voorzorg nooit, en waren de schetsen van de afgelopen dagen abstract genoeg om overal gemaakt te kunnen zijn, géén stempel in mijn paspoort en op de koop toe tekeningen maken, voorzien van notities in een taal die ze niet konden lezen – dat kon in hun ogen maar één ding betekenen. De blik van verstandhouding die ze wisselden liet er geen twijfel over bestaan. Ik was een spion.

Ze boeiden me, na zich ervan vergewist te hebben dat ik ongewapend was, en voerden me mee. Ik moest wel een vette buit zijn, dat ze die moeite namen...

Binnen een paar uur bereikten we een vrij groot dorp. Ik werd opgesloten in een hut met de mededeling dat ik die nacht op transport zou worden gesteld voor nader verhoor. Daar zat ik, in het halfdonker, in de stellige wetenschap dat het nu heel snel met me gebeurd zou zijn. Ik voegde mijn stront toe aan de stront van hen die voor mij opgesloten hadden gezeten. De middelen waarmee de Zuid-Vietnamese MP gevangenen aan een verhoor onderwierp waren me niet onbekend...

Met het vallen van de schemering werd ik opgehaald. Samen met een vijftal Vietnamezen, van wie ik er twee als noorderling herkende, werd ik geblinddoekt. De handen op de rug gebonden werden we in de open bak van een vrachtauto gegooid, en daar gingen we, op en neer, heen en weer, de hele nacht. En daarna nog een dag. Toen werd de blinddoek afgedaan. In het laatste daglicht zag ik een witstenen MP-kazerne. En ervoor zag ik een boomloze vlakte, een vlakte overdekt met gaten, gaten die met bamboe traliewerk waren afgedekt. We werden naar zo'n gat getrapt. Het traliewerk ging open. En ik daalde af, langs een laddertje, kokhalzend van de weeë stank die me tegemoetkwam, en ik zag ogen, in het halfduister, ogen waaruit ieder blijk van leven geweken was. We stonden met elf man in een rond gat, drie meter onder de grond, tot onze enkels weggezakt in modder van urine en diarree. We stonden de hele nacht, zonder dat er één woord gesproken werd. Het begon licht te worden, de hitte nam toe, en de stank. Uit de geluiden boven ons viel af te leiden dat de dagelijkse activiteiten een aanvang hadden genomen. Geschreeuw. Wegstervend gegil. Het geratel van een machinepistool. Af en toe een enkel pistoolschot.

Om de zoveel tijd werd er iemand van ons opgehaald. Zonder groet klom hij de ladder op naar boven. Terug zagen we hem niet. Nieuwkomers namen de opengevallen plaatsen in. Af en toe werden een paar in bananenbladeren gevouwen rantsoenen rijst naar beneden gegooid. Wie er een te pakken kreeg, deelde hem niet met anderen. Ook ik niet. Af en toe verscheen een bewaker boven de rand. Hij knoopte zijn gulp open en piste naar beneden. Wie er onder stond nam niet de moeite de straal te ontwijken. Ook ik niet.

Het duurde een nacht, een dag, opnieuw een nacht, en nog een halve dag. Toen was het mijn beurt.

Ik werd een wachtlokaal van de kazerne binnengevoerd. Daar, achter een tafeltje, zat een Amerikaanse officier van de inlichtingendienst. Hij nam me op.

'Jij bent er vies bijgelapt,' zei hij. – En ik wist dat mijn enige kans gelegen was in de houding die ik aan zou nemen. Mijn houding, plus geluk.

'Bullshit,' zei ik. 'ik weet niet eens wat er aan de hand is!'

'Je bent clandestien Vietnam binnengekomen.'

'Helemaal niet. Toen we in Da Nang landden, werd het vliegveld beschoten. Er was geen controle, ik kon zo doorlopen. Dat is mijn schuld niet!'

'Wanneer was dat dan?' – Die vraag had ik verwacht, en ik had twee etmalen de tijd gehad om over het antwoord na te denken.

'Ruim een week geleden. 't Was een maandag. Ik weet bij god niet de hoeveelste het is vandaag.'

'Vorige week maandag dus?'

'Ja, dat moet wel.'

Hij stond op en verliet zonder iets te zeggen het vertrek. Belde hij met Da Nang, of deed hij maar alsof? Hij kwam terug:

'Je hebt geluk. Maandag kan kloppen.' – Hij lette op mijn reactie, dat voelde ik. Geluk gehad zei hij.

'Wat nou geluk! Ik zit twee dagen en twee nachten midden in de Vietnamese *shit*, man! Wat gaat er met me gebeuren?'

'Daar heb ik niets over te zeggen, dat hangt helemaal van de Zuid-Vietnamezen af. Wanneer ze volhouden dat je een spion bent ga je tegen de muur.'

Ik werd teruggeleid. Het duurde een halve dag, een nacht, opnieuw een halve dag.

Twee MP's kwamen me halen. Plus diezelfde Amerikaanse officier. Het was het een of het ander.

'Je gaat naar Saigon,' zei hij. 'Op het vliegveld krijg je je papieren terug. Je gaat op een vliegtuig naar Thailand...'

En weer was ik ervan overtuigd dat hij mijn reactie peilde.

'Jammer,' zei ik. 'Ik had voor m'n werk nog wel wat in Vietnam willen blijven...'

Ik werd achter in een jeep gezet, en nog steeds geloofde ik het niet. Pas toen het vliegtuig, afgeladen met bepakte en gezakte Zuid-Vietnamezen die de wijk namen voor het te laat was, zich van de grond verhief, besefte ik het echt.

Het was *waar*. Ik was erdóór... – En ik herhaalde mijn belofte: nu is het afgelopen.

Een paar uur later keek ik in een spiegel: een levend lijk met blauwomrande, bloeddoorlopen ogen. In die ogen een volkomen lege blik.

Vijf nachten in een bootje, drie nachten in een boom, één nacht in een open laadbak, drie nachten in een gat onder de grond. Twaalf nachten. Maar er zouden nog twee nachten overheen gaan voordat ik kon slapen.

Twee weken zijn sindsdien verstreken. Dagen van apathie. Nachten vol dromen. Ik was mijzelf volkomen bijster.

En toen nog één keer. Opnieuw een laatste keer. De kinderen van Pnom Penh.

Hunter had het gehoord, een Amerikaanse civiele piloot. Vlak bij het vliegveld van Pnom Penh in Cambodja lagen wel honderd gewonde kinderen in een school. Er was geen enkele verzorging, het was daar een chaos, ze moesten weg. Andrews belde me op, een Engelse oorlogscorrespondent. Of ik niet een leeg vliegtuig wist. Dat was negen uur in de ochtend. Ik belde Lindsay, die op de Australische ambassade werkt. Een halfuur later zat ik naast hem aan de telex. Nog een halfuur later hadden we een lege charter die in Saigon stond, naar Bangkok moest, en in Pnom Penh een tussenlanding kon maken. Hunter regelde *ons* vervoer daarheen. Andrews zorgde ervoor dat er in Bangkok medische hulp op het vliegveld klaar zou staan. Lindsay zou intussen proberen een bestemming te vinden voor die kinderen.

Nog voor het middaguur zaten we, inmiddels met acht man, in een Amerikaans transportvliegtuig, ingericht om parachutisten te droppen. Ingesnoerd met riemen zagen we onder het gat in de bodem vlak onder ons de boomtoppen wegschieten. Pnom Penh was aan alle kanten ingesloten, maar beschoten werden we niet. We landden en vonden het schooltje snel, een halve kilometer van het vliegveld. Bijna negentig kinderen lagen er, tussen de vijf en tien jaar oud. Sommigen met wonden die nog niet eens verbonden waren.

Hoe ze daar gekomen waren was volmaakt onduidelijk. Er waren een paar vrouwen bij, maar die waren óf compleet over hun toeren, óf apathisch door een shock. Brancards waren nergens te bekennen, we moesten ze op omgekeerde tafels naar het vliegveld dragen – en dan is in de hitte van de tropen een halve kilometer heel erg ver. Omstreeks twee uur arriveerde het chartervliegtuig uit Saigon. Om drie uur hadden we alle kinderen ingeladen en konden we de lucht in.

Toen pas hadden we de gelegenheid naar ze om te kijken, maar veel meer dan ze water geven was er niet bij.

Om vijf uur landden we in Bangkok. Daar stond een ander vliegtuig klaar. Er waren twee artsen en een paar verpleegsters. Lindsay had voor elkaar gekregen dat Australië de kinderen op zou nemen, een ziekenhuis in Perth werd in gereedheid gebracht. Hunter ging mee, ik ging mee. Binnen het uur stegen we alweer op.

Tijdens de vlucht waren we als bezetenen in de weer. De artsen hielden zich met de ernstigste gevallen bezig en gaven aanwijzingen. We desinfecteerden wonden, legden verband aan, gaven injecties.

Maar het was in het vliegtuig niet mogelijk noodoperaties uit te voeren, er was geen zuurstof, er kon geen bloed gegeven worden.

Tien stierven er tijdens de vlucht. We droegen ze naar de achterste stoelen. Eerst één. Een jongetje van een jaar of zes.

Toen een meisje. Uiteindelijk tien. Tien kleine mensjes. – En dat was onvergeeflijk. We zouden het onszelf niet vergeven, hoe machteloos we ook waren, we zouden het de tijd niet vergeven, die nooit uitstel biedt, we zouden het de wereld niet vergeven, omdat die het gebeuren liet...

's Avonds droegen we in Perth het transport over aan een medisch team. Onze artsen en verpleegsters gingen mee naar het ziekenhuis. Hunter zocht een hotel op. Ik wilde terug.

Met veel moeite wist ik een stoel te bemachtigen in een chartervliegtuig naar Bali. Het zat propvol uitgelaten toeristen. Op Bali had ik nog net aansluiting op de lijnvlucht naar Jakarta. Verder kon ik niet die nacht. En ik mocht zonder visum niet van het vliegveld af. Uren zat ik in de uitgestorven vertrekhal op een bank. Kapot. Ik wist niet meer wat ik aan moest met mezelf.

Kinderogen, vertroebeld door de koorts. Een mond half open. Hijgen. En de wetenschap: *die haalt het niet*. Een roerloos lichaam in mijn armen. Naar achteren. Die ene flits: hier loop ik met *mezelf*... – Hoe lang al? Al die jaren... Jaren waarin ik de ene onverwerkte ervaring compenseerde met de volgende, waarin ik zo bezeten voortjakkerde om het noodlot te ontlopen dat ik het in feite op de hielen zat. Terwijl de schuld blijft.

En ik zei: ik kan niet meer. Het is op. Ik kap ermee.

In Bangkok aangekomen kocht ik diezelfde dag een ticket voor de eerste de beste vlucht naar Amsterdam.

Dat was gisteren.

En het was vanochtend om tien uur dat ik vertrok. Achttien uur geleden. Achttien jaar in achttien uur. *Fasten your seatbelts.* We gaan landen in Frankfurt. Over een uur ben ik in Amsterdam. Voor het laatst. En ik ben opgelucht. Want ik ben klaar.

Slot zonder einde

Ik was naar Europa gegaan om er een punt achter te zetten. Definitief. Het huisje dat ik gedurende al die jaren als pied à terre in Amsterdam had aangehouden, doekte ik op. Zo ook het huis in Frankrijk. M'n spullen konden weg. Bezit was niet meer nodig. Ook de kunst hoefde niet meer. Wat ik te zeggen had, was gezegd. De kindertransporten hoefden niet meer. Wat ik had kunnen doen, was gedaan. Ik was aan m'n eind – de zaak waarin ik verwikkeld was eveneens: Da Nang stond op het punt te vallen, Saigon was ingesloten. De Vietnamese oorlog zou afgelopen zijn. – En ik ging een klooster in, een boeddhistisch klooster, in Laos of Thailand, en nu niet voor een paar weken of maanden, dit keer voorgoed. Ik had het allemaal gehad. Nooit meer oorlog.

Laat in de avond arriveerde ik in Amsterdam. De volgende ochtend ging ik naar mijn galeriehouder om hem op de hoogte te stellen van een onherroepelijk besluit. Maar hij was er niet. Wel was daar een assistente, een meisje van Indo-Chinese afkomst. Ik kende haar niet. Een halfuur lang keek ik vanuit een hoekje toe hoe ze een bezoeker te woord stond. Het waren mijn etsen die ze toonde: mijn tekens, ooit in zink gegrift. Ik zag dat ze ze *las.* Ze verstond de taal...

En ik verdween, zonder een woord met haar gewisseld te hebben, zonder haar naam zelfs maar te weten.

Diezelfde middag vertrok ik naar Frankrijk. Maar ik ging niet langer om er het huis op te doeken. Ik maakte het er schoon. Er wachtte me een ticket voor Seoel. Ik ging. Ik keerde terug via de Pool. In Kopenhagen leverde ik zes Koreaanse baby's af. Ik vloog naar Amsterdam.

Opnieuw de galerie. Ze was er. En dit keer sprak ik haar aan. Ze heette Hi-en. Ze was zevenentwintig. Ze studeerde Spaans.

Die zomer zouden we samen in Frankrijk zijn, die herfst zou ze haar studie voltooien, in december zouden we trouwen, onze huwelijksreis zou naar Zuidoost-Azië gaan, we zouden Indonesië bezoeken, haar geboortegrond, we zouden samen kindertransporten begeleiden, van Tokio naar Stockholm, van Korea naar Parijs, niet lang daarna zou het tijd worden om naar een grotere woning uit te zien, een huis met meer modern comfort dan het zelfgebouwde paleis... – Maar dat alles wisten we toen nog niet.

En op een stralende augustusmiddag, in een ziekenhuiskamer met uitzicht op de Middellandse Zee, zou jij geboren worden, Carolynne.

Een dochter. Je werd me aangereikt, ik hield je op. Je ogen waren even helder en blauw als de hemel en de zee die ze spiegelden.

Dit is de wereld, Carolynne.

We zullen ons best doen dat je het goed krijgt.

Inhoud

Dit boek werd geschreven aan de hand van vraaggesprekken die gehouden werden tussen november 1979 en juni 1982. Namen van nog levende personen werden, waar nodig, veranderd en in de beschrijving werd herkenbaarheid vermeden.

COLOFON

Montyn van Dirk Ayelt Kooiman werd in opdracht van Uitgeverij De Harmonie te Amsterdam gedrukt door Drukkerij Wöhrmann te Zutphen.
Omslagontwerp Magda Rijs
Foto omslag © Reporters / AP / Horst Faas
Opmaak Ar Nederhof, Amsterdam

ISBN 978 90 6169 182 2

Eerste druk oktober 1982
Twaalfde druk januari 2013

www.deharmonie.nl

Montyn verscheen onder de titel *A Lamb to Slaughter* in 1984 in een Engelse editie bij Souvenir Press te Londen en in 1985 in een Amerikaanse editie bij Viking Press in New York.